ullstein

Das Buch

Frankfurt am Main 1512: Die charismatische Alma und ihre verführerische Tochter Irene bescheren dem Frauenhaus am Dempelbrunnen einen Zulauf wie in besten Zeiten. Die Hurenkönigin Ursel ist glücklich, in Alma eine Seelenverwandte gefunden zu haben. Von ihr erfährt sie vom Orden der Venusschwestern, einem Geheimbund, der die Göttin Venus verehrt.

Doch kurz nach der Ankunft der beiden neuen Frauen findet man die Leiche eines Ratsherrn unweit des Frauenhauses. Da sie tags zuvor einen heftigen Streit mit ihm hatte, verdächtigt man Alma. Die Hurenkönigin beginnt mit ihren eigenen Recherchen und findet heraus, dass es einige Personen gab, die gute Gründe hatten, dem Senator nach dem Leben zu trachten. Ihre Spur führt in hohe Politikerkreise, aber auch zu dem mysteriösen Venusorden. Als ihr schließlich klar wird, wer den Mord wirklich begangen hat, muss sie um ihr Leben bangen …

Die Autorin

Ursula Neeb hat Geschichte studiert. Aus dem spannenden Thema für die eigentlich geplante Doktorarbeit entstand ihr erster Roman *Die Siechenmagd*. Sie arbeitete beim Deutschen Filmmuseum und bei der *FAZ*. Heute lebt sie als Autorin mit ihren beiden Hunden in Seelenberg im Taunus.

Von Ursula Neeb sind außerdem in unserem Hause erschienen:
Das Geheimnis der Totenmagd
Die Hurenkönigin

Ursula Neeb

Die Hurenkönigin und der Venusorden

Roman

Ullstein

Besuchen Sie uns im Internet:
www.ullstein-taschenbuch.de

FSC
www.fsc.org
MIX
Papier aus verantwortungsvollen Quellen
FSC® C014496

Originalausgabe im Ullstein Taschenbuch
2. Auflage August 2013

Umschlaggestaltung: ZERO Werbeagentur, München
Titelabbildung: akg images (Venus: Tizian, Ruhende Venus, um 1538);
FinePic® München (Beschläge)
Satz: Pinkuin Satz und Datentechnik, Berlin
Gesetzt aus der Garamond
Papier: Pamo Super von Arctic Paper Mochenwangen GmbH
Druck und Bindearbeiten: GGP Media GmbH, Pößneck
Printed in Germany
ISBN 978-3-548-28522-1

Der Göttin in Liebe

»Stern so hell, Stern so klar, diese Nacht so
wunderbar, mache meinen Wunsch mir wahr,
der in meinem Herzen war.«

Vers, mit dem der Planet Venus als
Abendstern angerufen wird.

TEIL 1 –
Die Göttin der Liebe

»Es stand ein Mädchen,
In rotem Kleidchen.
Wer sie berührte:
Das Kleidchen knisterte. Eia!«

Carmina Burana, um 1230

Prolog

Die Hurenkönigin stand Hand in Hand mit Alma und Irene in einem langen Reigen von Frauen. Das Licht des Vollmonds, der über den Wipfeln der Ulmen aufgegangen war, tauchte die Waldwiese in silbernen Glanz. Der Duft von Wiesenkräutern, durchsetzt vom würzigen Geruch des Waldes, stieg ihr in die Nase. Zarte Nebelschwaden hingen über dem Gras. Aus dem Ulmenhain drang plötzlich der Ruf eines Käuzchens und durchbrach die gespenstische Stille.

Mehr als hundert Venusschwestern waren auf der Lichtung versammelt. Sie trugen Blumenkränze im Haar und waren in ockerfarbene Gewänder gekleidet, und alle verharrten in tiefer Andacht. Die Hurenkönigin sah Frauen jeglichen Alters und unterschiedlichster Herkunft. Erstaunt gewahrte sie, dass sich auch einige Männer in dem Kreis befanden. Sie hatten Frauenkleider an, und das Mondlicht fiel auf ihre geschminkten Gesichter.

Nach einer Weile löste sich Alma aus dem Kreis und trat in die Mitte. Das alterslose Gesicht der Hohepriesterin verströmte Würde und Schönheit, als sie sich ehrfürchtig herunterbeugte und die Erde küsste. Langsam richtete sie sich wieder auf und schaute mit ausgebreiteten Armen in den Sternenhimmel. Ihr Blick verweilte auf dem Abendstern, der hell und klar am Firmament prangte. Das gleißende Sternenlicht fiel auf sie herab, und vor den staunenden Augen der Hurenkönigin wandelte sie sich zur sternengekrönten Venus, deren betörend schönes Antlitz die Züge von Irene trug.

»Höret die Worte der Großen Mutter«, sprach die Göttin mit dunkler, wohltönender Stimme aus ihr. »Die einst Artemis, Astarte, Diana, Melusine, Aphrodite und Venus genannt ward und viele andere Namen trug: Wann immer ihr mir nahe sein wollt, sollt ihr euch bei Vollmond an einem geheimen Ort zusammenfinden und mich anbeten, mich, die Königin aller Weisheit. Ihr sollt frei sein von jeglicher Sklaverei, und als Zeichen eurer Freiheit sollt ihr eure Riten nackt vollziehen.«

Die Göttin streifte ihr Gewand ab. Ihr Körper war der Inbegriff weiblicher Anmut.

Die Hurenkönigin war wie geblendet von ihrer Schönheit. Auch sie zog sich, ebenso wie die anderen Frauen und Männer im Kreis, das Kleid über den Kopf.

»Singt, feiert, tanzt und liebt euch in meiner Gegenwart«, sagte Venus mit verführerischem Lächeln. »Denn ich bin die Göttin der Liebe!«

Die Hurenkönigin fühlte sich von einer mächtigen Woge der Lust ergriffen. Sie hätte nicht sagen können, ob es Alma war, eine der anderen Frauen – oder gar die Göttin selbst –, mit der sie sich vereinigte, es gab einfach keine Grenzen mehr, und sie hatte das unbeschreibliche Gefühl, mit allem eins zu sein. Wie lange die Glückseligkeit anhielt, wusste sie nicht, und auch nicht, wie viel Zeit vergangen war, als sie aus ihrem lustvollen Traum erwachte. Es erschien ihr endlos wie die Ewigkeit und gleichzeitig so jäh vergangen wie eine Sternschnuppe am Abendhimmel.

Noch ganz benommen schaute sie sich um. Das Mondlicht war dem Morgengrauen gewichen, eine bleierne Stille lastete auf der Lichtung, und die Nebelschwaden wurden immer dichter.

Mit lautlosem Flügelschlag huschte eine große Eule an ihr vorbei, und die Hurenkönigin begann unversehens zu frösteln. In diesem Moment gewahrte sie im Morgennebel eine schattenhafte Gestalt, die von grauen Schleiern umhüllt war.

Wie gelähmt vor Angst starrte die Hurenkönigin auf die düstere Erscheinung, die bedrohlich auf sie zukam.

»Venus ist nicht allein die Göttin der Liebe«, verkündete die graue Gestalt mit furchterregender Stimme. »Sie ist auch die Königin der Schatten, die über den Tod regiert!«

Entsetzt sah die Hurenkönigin, dass sie eine Sichel in den Händen hielt.

Sie schrie laut auf und rannte um ihr Leben.

1

Dienstag, 20. März 1512 – Frühlingsanfang

Um die siebte Abendstunde legte die alte Irmelin noch ein paar Holzscheite in die Glut des Kachelofens, ergriff den Krug mit heißem Würzwein, der auf der Ofenbank stand, und schenkte zwei Becher voll.

Sie trat ans Fenster und reichte einen davon der Hurenkönigin, die im Lehnstuhl saß und mit der Spindel Garn spann.

»Vom Frühling merkt man ja noch nichts«, sagte Irmelin und spähte durch die gefrorenen Butzenglasscheiben. »Jetzt fängt es sogar noch an zu schneien. Da werden sie sich morgen auf der Frühjahrsmesse ganz schön den Arsch abfrieren.«

»Solange sie sich sonst nichts abfrieren, soll mir das egal sein«, erwiderte die Gildemeisterin Ursel Zimmer mit grimmigem Lächeln. »Ich hoffe nur, das Geschäft läuft diesmal besser als bei der Herbstmesse. So wenig Kunden hatten wir noch nie …«

»Kuck nur, da kommen schon wieder ein paar Auswärtige«, bemerkte Irmelin unwillig. »Wir sind doch schon voll bis unters Dach.«

»Ja, mit Huren schon …«, sagte die Zimmerin und ließ

ihren Blick verdrießlich durch die Schankstube schweifen, wo die Hübscherinnen deutlich in der Überzahl waren.

Gleich darauf betraten zwei Frauen in gelbverbrämten Gewändern und mit schweren Tornistern auf den Rücken den Schankraum und schauten sich suchend um. Ihre Gesichter unter den weiten Kapuzen ihrer Mäntel waren vor Kälte gerötet.

»Grüß Gott«, sagte die ältere von ihnen höflich und schlug die Kapuze zurück. »Wir suchen die Hurenkönigin Ursel Zimmer …«

»Die bin ich.« Die Gildemeisterin erhob sich von ihrem Stuhl und ging auf die Besucherinnen zu.

Beim Anblick von Ursel knicksten die Frauen ehrerbietig.

»Mein Name ist Alma Deckinger – und das ist meine Tochter Irene«, sagte die Frau in Ursels Alter mit leicht schwäbischem Akzent. »Ich war in Ulm ebenfalls Frauenhauswirtin – bis sie es wegen der Geschlechterpest geschlossen haben. Und jetzt müssen wir als Wanderhuren über die Lande ziehen.« Alma hatte ungebändigtes rotblondes Haar, das von silbernen Strähnen durchwirkt war. Es gemahnte Ursel an eine Löwenmähne. Das Gesicht war sehr apart und mutete trotz feiner Fältchen um Mund und Augen alterslos an. Ihre Tochter Irene war von auffallender Schönheit. Sie lächelte Ursel so liebreizend an, dass es ihr ganz warm ums Herz wurde.

Alma blickte die Hurenkönigin eindringlich an. »Wir wollten fragen, ob Ihr uns vielleicht Obdach gewähren könnt? Wenigstens während der Messe. Wir haben viel von Euch gehört, von Eurem Mut und Eurer Tapferkeit, wie Ihr im letzten Jahr die Hurenmorde aufgeklärt habt, und zollen Euch große Anerkennung.« Alma verneigte sich vor der Hurenkönigin und streckte ihr einen Strauß Schneeglöckchen entgegen. »Die sind für Euch, Gildemeisterin. Ein kleiner Frühlingsgruß – auch wenn der Winter noch nicht weichen mag«, sagte sie lächelnd.

Ursel Zimmer nahm die Blumen und war gerührt. »Wie reizend, ich danke Euch! Setzt Euch doch auf die Ofenbank und wärmt Euch auf. Ihr könnt auch gerne einen heißen Würzwein trinken. – Nur leider muss ich Euch sagen, dass wir keinen Platz mehr haben. Alle freien Zimmer sind schon an auswärtige Huren vergeben. Tut mir leid, aber da hättet Ihr ein bisschen früher kommen müssen. Zur Messezeit strömen die ortsfremden Hübscherinnen doch scharenweise nach Frankfurt. Daran hat auch die Geschlechterpest nichts geändert.« Ursel schüttelte bedauernd den Kopf.

Die beiden Frauen ließen sich enttäuscht auf der Ofenbank nieder. Die alte Irmelin, die seit dem Tod von Ursels bester Freundin Ingrid die Stellvertreterin der Gildemeisterin war, warf Ursel einen betretenen Blick zu und kredenzte den Besucherinnen die Getränke.

Die Hurenkönigin sagte freundlich: »Ich stell nur rasch die Blumen ins Wasser, dann setze ich mich ein wenig zu Euch. Wir finden in Frankfurt schon noch eine geeignete Unterkunft für euch beide.«

Als sie in die Küche ging, um eine Vase zu holen, folgte ihr Irmelin eilig. Ursel drehte sich zu ihr um und zog nachdenklich die Brauen hoch. »Du brauchst gar nichts zu sagen …«, murmelte sie zerknirscht. »Aber es geht nicht. Ich komme einfach nicht über ihren Tod hinweg, und ich kann es nicht ertragen, das Zimmer an jemand anderen zu vergeben.« Der Hurenkönigin waren unversehens Tränen in die Augen getreten.

Die alte Irmelin trat auf Ursel zu und schloss sie in die Arme. »Wir trauern doch alle um Ingrid und auch um Rosi und Isolde. Es ist ja gerade ein halbes Jahr her, seit sie tot sind. – Doch so bitter das ist, Meistersen: Das Leben muss weitergehen. Auch wenn Ihr Ingrids Zimmer leerstehen lasst, sie wird trotzdem nicht mehr zurückkehren. Das ist halt nun mal so.«

»Du hast ja recht«, entgegnete Ursel gepresst. »Vielleicht ist es doch langsam an der Zeit, das Zimmer wieder zu vergeben.«

Seit ihre beste Freundin im letzten Sommer auf tragische Weise zu Tode gekommen war, war Ingrids Zimmer für Ursel ein Zufluchtsort gewesen. Besonders in der ersten Zeit nach Ingrids Tod hatte die Hurenkönigin dort häufig eine Kerze angezündet, an die Freundin gedacht und sich ihrer Trauer ergeben. Auch jetzt hielt sie sich noch gerne dort auf, stellte einen Blumenstrauß oder Zweige in die Kammer, hielt mit der Freundin stumme Zwiesprache und fühlte sich ihr nahe. Daher war die Entscheidung für Ursel so schmerzlich.

Endlich erklärte sie mit brüchiger Stimme: »Gut, ich sage den Hübscherinnen aus Ulm, sie können das Zimmer haben.« Sie griff nach der Blumenvase und kehrte mit Irmelin in den Schankraum zurück.

Die beiden Neuankömmlinge wärmten ihre klammen Hände an den heißen Bechern, sie sahen müde und erschöpft aus. Als Ursel ihnen mitteilte, dass sie doch bleiben könnten, hellten sich ihre Mienen auf.

»Ihr seid ein Engel, Zimmerin!«, rief Alma aus und

drückte dankbar Ursels Hand. »Ich wusste doch, dass eine Frau wie Ihr uns nicht die Tür weisen wird.« Die grünen Augen der ehemaligen Frauenhauswirtin strahlten.

Ihre Tochter Irene schien nicht minder erleichtert zu sein. »Gott vergelt's, Gildemeisterin«, sagte sie und legte die Hand aufs Herz.

Ursel Zimmer, der die überschwänglichen Dankbarkeitsbezeugungen unangenehm wurden, lächelte beschwichtigend und erklärte: »Ihr werdet Euch allerdings ein Zimmer teilen müssen, denn es ist das letzte, das wir haben. Außerdem muss jede von Euch einen Gulden pro Woche an den Scharfrichter entrichten. Das ist während der Messe so üblich. Dafür kriegt jede Hure täglich einen Hering und zwei weitere Gerichte, und Ihr könnt so viel Wein trinken, wie Ihr wollt. Es ist zwar noch Fastenzeit, aber für die Frankfurter Frühjahrsmesse hat der Kaiser die strengen Fastenvorschriften ein bisschen gelockert. Wir wollen ja auch ein paar Taler verdienen, wenn Messe ist, gell?«

»Das ist doch selbstverständlich, Hurenkönigin. Und was das Zimmer anbetrifft, werden Irene und ich uns schon einig werden. Irene wird sowieso die meisten Freier abstauben, und die wenigen, die sich zu mir verlaufen, können wir schon irgendwie dazwischenschieben …«, sagte Alma gutgelaunt.

»Gut, dann trinkt aus und kommt mit«, erwiderte Ursel. Sie nahm die Ulmerinnen noch einmal genauer in Augenschein – und sie gefielen ihr, alle beide.

Alma hatte ein sehr ausdrucksvolles, markantes Gesicht, das verriet, dass sie viel erlebt hatte. Am meisten beeindruckt war Ursel von Almas Augen, die von fast transparentem, hellem Grün waren und sie an Bergseen erinnerten.

War die Mutter schon eine eindrucksvolle Erscheinung, so war Irenes Schönheit schlicht atemberaubend. Sie hatte makellose blasse Haut, sinnliche Lippen und geheimnisvoll schräge, mandelförmige Augen, alles umrahmt von kastanienbraunen Locken. Die Hurenkönigin konnte kaum die Augen von ihr abwenden.

Die wird uns guten Zulauf bescheren, dachte Ursel pragmatisch und begleitete die Frauen nach oben.

✺

In der holzgetäfelten Wohnstube war es bitterkalt. Die zierliche Frau mit den verhärmten Gesichtszügen zog sich den Wollumhang fester um die Schultern und blies in die spärliche Glut des Kaminfeuers, das kaum noch Wärme von sich gab. Ihr Blick fiel auf den Stapel Buchenholzscheite, der an der Seite der mannshohen Feuerstelle sorgsam aufgeschichtet war, und Angst legte sich um ihr Herz.

Nein, sie durfte nichts mehr nachlegen, denn er hatte die Holzscheite am Morgen genau gezählt – und sie hatte doch schon drei Scheite verbraucht.

Bald würde er nach Hause kommen, und dann musste sie nicht mehr frieren. Angespannt blickte sie zur Tür und lauschte mit angehaltenem Atem, doch alles blieb still. Hastig beugte sie sich zu der hellgrauen Windspielhündin hinab, die vor ihrem Lehnstuhl lag. Obgleich das Tier in eine Wolldecke gewickelt war, zitterte es vor Kälte. Mit klammen Fingern streichelte sie den Kopf des Hundes und zog ihm behutsam die Decke vom Körper. Das Tier sah freundlich zu ihr auf und wedelte.

»Gleich wird es warm, Asta«, raunte sie dem Hund zu und schüttelte mit mehreren ruckartigen Bewegungen die Decke aus. Auch wenn das Fell des Hundes fein und glatt war, konnte ihn zuweilen doch schon das kleinste Hundehaar zur Weißglut bringen. Zwar bürstete sie Asta täglich und achtete peinlichst auf Sauberkeit, trotzdem konnte es vorkommen, dass er an dem Fell des Hundes schnüffelte und verärgert ausrief: »Der Köter stinkt ja wie eine Kloake!« – was zur Folge hatte, dass er das verängstigte Tier packte und es unten in der Waschküche in einen Wasserbottich setzte, wo er es über und über mit Kernseife einschäumte und ausgiebig schrubbte.

Sie streifte die grazile Hündin mit einem mitleidigen Blick. Asta fürchtete sich fast genauso vor ihm wie sie.

Auf einmal sprang der Hund auf und flüchtete mit eingeklemmtem Schwanz unter die Sitzbank im hinteren Winkel der Wohnstube. Ein sicheres Zeichen, dass er nach Hause kam. Der fragile Körper der Frau erbebte, hektisch griff sie nach dem Stickrahmen, der neben ihr auf einem Tischchen lag, und begann mit zitternden Händen zu sticken. Den ganzen Tag waren ihre Finger vor Kälte so steif gewesen, dass sie an ihrer Stickerei nicht arbeiten konnte.

Gleich darauf vernahm sie das Knirschen des Schlüssels im Haustürschloss, energische Schritte stapften durch die Halle, und im nächsten Moment trat er bereits durch die Stubentür. Er trug noch seine pelzverbrämte Schaube und die Kappe aus Biberfell, als er grußlos zum Wandbord eilte und begann, die Zinnkrüge, Kerzenhalter und

Teller zurechtzurücken. Dann fuhr er mehrfach mit den Fingern über die Regalböden, besah sich die Fingerkuppen genau und knarzte übelgelaunt: »Es wird Zeit, dass hier mal wieder Staub gewischt wird! Was bist du bloß für eine untaugliche Hausfrau!«

Wie immer enthielt sie sich einer Entgegnung, denn jedes Widerwort hätte ihn nur noch wütender gemacht. Dabei wusste sie genau, dass sein Tadel unbegründet war, denn die Magd hatte die Regale erst am Morgen abgewischt.

Dann näherte er sich dem Kamin. Ohne sie anzusehen, begutachtete er den Holzstapel.

»Ich … ich habe drei Holzscheite verheizt … weil … weil es mir so kalt war«, stieß sie mit bangem Blick hervor.

Nun wandte er sich zu ihr um. »Schaff was, dann frierst du auch nicht!«, zischte er aufgebracht. »Wenn ich den ganzen Tag auf der faulen Haut liegen würde, wäre es mir auch kalt!«

Abwartend blieb er vor ihr stehen. Sofort sprang sie auf und nahm ihm Hut und Schaube ab. Dabei musste sie sich ganz schön strecken, denn der große, bullige Mann überragte sie um gut zwei Köpfe. Während sie mit der schweren Schaube überm Arm und der Biberpelzkappe in der Hand zur Halle lief, rief er ihr nach: »Sorg gefälligst dafür, dass eingeheizt wird und das Essen auf den Tisch kommt!«

Nachdem sie der Magd und der Köchin die entsprechenden Anweisungen gegeben hatte, kehrte sie mit seinem gefütterten Hausmantel und den Filzpantoffeln wieder in die Stube zurück. Während sich das Dienstmädchen am Kamin zu schaffen machte, deckte die

Köchin den Esstisch und trug Schüsseln und Platten mit dampfenden Speisen herein.

Der kahlköpfige Mann mit den groben Gesichtszügen hatte sich auf einem gepolsterten Lehnstuhl am Kamin niedergelassen und musterte die junge Magd, die vor ihm auf dem Boden kauerte und ihm den Rücken zukehrte, mit lüsternen Blicken. Unversehens beugte er sich zu ihr hinab und tätschelte ihr pralles Hinterteil. Erschrocken fuhr das Mädchen zusammen und wich ängstlich zurück.

Ohne weiter auf sie zu achten, erhob er sich und schlurfte zum Tisch, wo er sich an die Stirnseite setzte. In diesem Moment schlug die mechanische Räderuhr am Römerrathaus die siebente Abendstunde. Seine Gattin machte sich daran, ihm von den Speisen aufzutun, doch er brüllte so lautstark, dass sie vor Schreck den silbernen Schöpflöffel auf den Boden fallen ließ: »Wo bleibt denn das Frauenzimmer nur wieder? Um sieben wird gegessen!« Gleich darauf gab er seiner Frau wegen ihrer Ungeschicktheit eine schallende Ohrfeige.

Von der Halle her waren Schritte zu vernehmen, und eine hochgewachsene junge Frau trat in die Stube. Ehe sie sich an den Tisch setzte, beugte sie sich zu ihrer Mutter, die mit dem Schöpflöffel in der Hand auf dem Boden kniete, und umarmte sie. Sie gewahrte ihren verstörten Blick und die gerötete Wange.

»Na, Mutsch, was ist denn wieder?«, fragte sie besorgt und fixierte den Vater mit unverhohlener Feindseligkeit.

»Nichts, mir ist nur der Löffel aus der Hand gefallen …«, erwiderte die kleine Frau hastig und bemühte sich um einen heiteren Tonfall. Sie lächelte ihre Tochter tapfer an und sagte: »Setz dich, Kind. Es gibt saure Nieren.«

Sie hatte gelernt, nicht mehr in Tränen auszubrechen, wenn ihr Mann sie züchtigte. Sonst fühlte er sich lediglich dazu angestachelt, erneut zuzuschlagen. Mit fahriger Geste wischte sie die Schöpfkelle an ihrem Gewand ab und wollte sie gerade in die Schüssel tauchen, als er sie empört anschrie: »Mir vergeht gleich der Appetit! Schaff gefälligst den dreckigen Löffel weg und hol einen sauberen aus der Küche! Da sind doch lauter Hundehaare dran!«

Die junge Frau richtete sich auf, legte der Mutter beschwichtigend die Hand auf den Arm und sagte mit fester Stimme: »Lass nur, Mutter. Ich gehe ihn holen.«

Als sie die Küche betrat, saßen die Köchin, die Magd und der Hausknecht gerade beim Essen. Dienstbeflissen richtete sich die Magd auf und fragte: »Braucht Ihr etwas, gnädiges Fräulein? Soll ich kommen?«

Die junge Frau warf ihr einen kühlen Blick zu. »Bleib sitzen, Traudel. Ich hole mir nur eine frische Schöpfkelle.«

»War die andere denn nicht in Ordnung?«, erkundigte sich die Magd betreten.

»Nein, nein, es ist schon alles recht«, entgegnete sie und trat an den Herd, über dem, aufgereiht an einer Eisenstange, die unterschiedlichsten Küchenutensilien hingen. Sie nahm eine Schöpfkelle und wollte die Küche schon wieder verlassen, als ihr Blick auf das lange Brotmesser fiel, das neben der Kochstelle auf einem Holzbrett lag.

Ihre Gedanken überschlugen sich. Sollte sie …? Die Bediensteten würden es vom Tisch aus nicht sehen können, weil sie davorstand und ihnen den Rücken zukehrte. Ihre Hand zitterte, als sie es am Griff packte und mit einer raschen Bewegung unter den Ärmel schob.

✵

Nachdem Alma und Irene sich oben im Zimmer ihrer Mäntel entledigt und ihr Gepäck verstaut hatten, kehrten sie in die Schankstube zurück. Gerade betrat eine Gruppe Kaufleute die Gaststube. Als die Männer Irene gewahrten, flackerte Begehrlichkeit in ihren Augen, und eh sie sich versah, wurde die schöne Hübscherin mit Avancen nur so überhäuft. Obgleich Irene von der langen Reise noch ziemlich erschöpft war, entschied sie sich für den erstbesten Galan und ging mit ihm aufs Zimmer.

Als sie nach geraumer Zeit zurückkehrte, wiederholte sich das Schauspiel – und so ging es unter den missgünstigen Blicken der anderen Hübscherinnen mit kurzen Unterbrechungen weiter.

Im Frauenhaus am Dempelbrunnen herrschte an diesem Abend ein Betrieb wie in besten Zeiten. Unter den Messebesuchern hatte es sich wie ein Lauffeuer herumgesprochen, dass es dort eine Hübscherin gab, die schön sei wie die Sünde. So war die betörende Irene bereits am Vorabend der Frankfurter Fasten- und Frühjahrsmesse zur Attraktion des Frauenhauses geworden – neidisch beäugt von den anderen Huren, denen nur noch die Freier blieben, die Irene nicht bedienen konnte.

Die Hurenkönigin, die gemeinsam mit der alten Irmelin und Alma an einem Schanktisch am Rande der Stube saß und das Schauspiel mit angehaltenem Atem verfolgte, sagte staunend: »So was habe ich in all den Jahren noch nicht erlebt. Die Kerle scharen sich ja um die Kleine wie Raben ums Aas!«

Alma lächelte stolz. »Das kenne ich nicht anders bei Irene. Sie ist wie geschaffen für unser Gewerbe.«

Gerade wollten die drei Frauen auf den erfolgreichen

Abend anstoßen, da trat Irene in Begleitung eines vornehm gewandeten Mannes an den Tisch.

»Das ist Sebastiano Visconti aus Mailand«, stellte sie ihren jungen Begleiter vor. »Er möchte die ganze restliche Nacht mit mir verbringen und zahlt dafür einen Golddukaten.« Geschäftstüchtig zwinkerte sie der Hurenkönigin zu.

»Dagegen ist prinzipiell nichts einzuwenden«, meinte Ursel zögerlich. »Nur, was machen wir dann mit Eurer Mutter? Sie kann Euch ja schlecht im Bett Gesellschaft leisten …«

»Macht Euch um mich keine Sorgen, Zimmerin, ich kann hier unten in der Stube schlafen. Gebt mir einfach eine Decke, dann leg ich mich vor den Ofen«, schlug Alma vor.

Die Hurenkönigin runzelte die Stirn. »Aber das geht doch nicht! Ihr seid auch nicht mehr die Jüngste, und auf dem harten Boden holt Ihr Euch bis morgen früh nur Kreuzschmerzen.« Sie musterte Alma mit nachdenklicher Miene. »Wisst Ihr was, teilt halt das Bett mit mir. Es ist breit genug für zwei, und für eine Nacht wird es schon gehen.«

Almas Augen leuchteten auf. »Es ist mir eine große Ehre, von einer solchen Berühmtheit, wie Ihr das seid, so herzlich aufgenommen zu werden«, sagte sie erfreut. »Ihr seid eine richtige Heldin, Zimmerin. Die Huren im ganzen Land sind stolz auf Euch! Wisst Ihr das eigentlich?«

Die Hurenkönigin lächelte geschmeichelt. »Das war mir nicht bewusst«, erklärte sie schlicht. »Ich habe nur getan, was getan werden musste.«

Almas Augen glänzten vor Begeisterung. »Allerorts

haben die Flugblatthändler verkündet, wie die mutige Hurenkönigin von Frankfurt dem teuflischen Adelspaar, das Huren grausam gequält und ermordet hat, auf die Schliche gekommen ist. Und dass Ihr dem Senat auch noch abgetrotzt habt, dass Ihr das Bürgerrecht erhaltet! So etwas gibt es im ganzen Abendland für Huren nicht.«

»Das Bürgerrecht hat sie nicht nur für sich erstritten, unsere Meistersen«, warf die alte Irmelin ein. »Auch wir anderen haben am Anfang des Jahres das Bürgerrecht erhalten. So ist sie halt, unsere Gildemeisterin.«

»Ihr seid eine großartige Frau, Zimmerin. Und ich muss zugeben, dass wir nicht nur wegen der Messe hierhergekommen sind. Ich wollte Euch auch unbedingt einmal kennenlernen.«

Die Hurenkönigin schüttelte verlegen den Kopf. »Jetzt ist es aber genug mit der Bauchpinselei. Erzählt lieber mal von Euch. Wann hat man denn Euer Frauenhaus geschlossen?«

»Im Januar«, antwortete Alma, der unversehens die Tränen kamen. »Ich kann es einfach nicht verwinden. Das Frauenhaus war mein Zuhause, ich bin dort mehr oder weniger aufgewachsen. Meine Mutter – Gott hab sie selig – war nämlich auch eine Hure, und außerdem die Frauenhauswirtin. Das hat in unserer Familie eine lange Tradition. Ich wurde ihre Nachfolgerin, und meine Tochter Irene sollte ebenfalls einmal Hurenkönigin werden.«

Ursel hörte ihr interessiert zu. »Dann seid Ihr ja eine richtige Hurendynastie«, sagte sie beeindruckt.

»Ja, das sind wir. Und nicht nur das, wir stehen in der viel älteren Tradition der römischen Venuspriesterinnen. Die heiligen Tempeldirnen des Altertums lehrten nicht nur die Sexualriten, sie waren auch sehr angesehen und überdies hochgebildet. Sie verkehrten mit den großen Gelehrten ihrer Zeit auf Augenhöhe. Zu Ehren der Erdenmutter trugen sie ockerfarbene Gewänder – was sich ja bis in die Gegenwart im gelben Gewand der Huren erhalten hat. Mit dem großen Unterschied, dass Gelb inzwischen als die Farbe der Liederlichkeit gilt und Huren allgemein verachtet werden. Das haben wir der Kirche und den Pfaffen zu verdanken«, schnaubte Alma verächtlich.

Irmelin und Ursel lauschten ihr gebannt. »Das ist ja famos, mit den Venuspriesterinnen«, stieß Ursel begeistert hervor. »Erzählt mir mehr von ihnen.«

»Alma Mater nannten die Römer jede Priesterin der Göttin Venus. Das heißt Seelen-Mutter«, fuhr Alma fort. »Nach ihr bin ich benannt. – Meine Mutter war eine sehr gelehrte Frau. Sie beherrschte die alten Sprachen und hat ihr Wissen an mich weitergegeben. Auch das gehört in unserer Familie zur Tradition. Denn nur weil Huren in unserer heutigen Zeit verachtet werden, müssen sie ja nicht auch noch ungebildet sein.«

»Dann könnt Ihr auch lesen und schreiben? Ich beneide Euch darum!«, rief Ursel aus. »Meine verstorbene Freundin Ingrid, die frühere Lohnsetzerin des Frauenhauses, konnte es auch und war zudem sehr gebildet. Und mein Geliebter Bernhard von Wanebach – vielleicht habt Ihr schon von ihm gehört – ist ein großer Gelehrter, der sogar mehrere Doktorhüte erworben hat. Ihr müsst ihn unbedingt kennenlernen. Am Wochenende kommt er vorbei.« In Ursels Augen war ein zärtlicher Ausdruck getreten.

Alma schwieg einen Moment und schüttelte unwillig den Kopf. Dann erzählte sie weiter von der langen Tradition der Venuspriesterinnen.

Als der Frauenhausknecht am Tresen die Schelle läutete und damit die Sperrstunde verkündete, sagte die Hurenkönigin: »Eure Geschichten sind einfach phantastisch. Aber wir müssen leider Schluss machen – für heute jedenfalls.« Sie lächelte versonnen und erhob den Trinkbecher. »Wollen wir nicht auf das ›Du‹ anstoßen? Wir sind doch etwa im gleichen Alter!«

»Gerne«, erwiderte Alma bewegt. »Dann müssen wir uns aber auch küssen.« Spontan umarmte sie Ursel und küsste sie mitten auf den Mund.

Irmelin warf den beiden einen missmutigen Blick zu. »Wir kennen uns seit über dreißig Jahren, und ich duze Euch nicht«, grummelte sie verdrossen.

Ursel umhalste die alte Hure übermütig. »Dann wird es aber langsam Zeit!«, erklärte sie warmherzig und prostete Irmelin zu. »Komm her, altes Haus, und lass dir auch einen Kuss geben!«

Irmelin lächelte zwar, als die Hurenkönigin sie küsste, aber dann verabschiedete sie sich knapp. »Ich geh dann mal ins Bett. Gute Nacht.«

»Wir sollten auch langsam nach oben gehen«, sagte Ursel und gähnte herzhaft.

Als die beiden Frauen wenig später in Ursels Stube ihre Nachtgewänder überzogen, fiel der Hurenkönigin an Almas Hals ein eigentümliches Amulett auf. Sie trat näher und nahm es genauer in Augenschein. Es war aus Gold und hatte die Form einer Mondsichel.

»Hat dieses Schmuckstück eine besondere Bedeutung?«, fragte Ursel erstaunt.

Alma lächelte geheimnisvoll. »Die Sichel war eine Waffe der Amazonen«, erklärte sie. »Die Priesterköniginnen verwendeten sie bei der rituellen Kastration der männlichen Diener der Venus.«

Ursel lief ein Schauder über den Rücken, es schüttelte sie unwillkürlich. »Das ist ja schrecklich!«, entfuhr es ihr.

»Die Kastration war ein heiliger Akt, dem sich die männlichen Priester freiwillig unterzogen. Die Diener der großen Göttin waren allesamt Eunuchen«, erläuterte Alma beschwichtigend.

Als sie wenig später im Bett lag, konnte die Hurenkönigin nicht verhindern, dass ihr die Ulmerin bei aller Sympathie, die sie für sie empfand, auch ein bisschen unheimlich war.

2

Samstag, 24. März 1512

Am Samstagmorgen um die neunte Stunde erschien der Henker Jerg Kalbfleisch im Frauenhaus und verlangte die Gildemeisterin zu sprechen.

»Die Hurenkönigin schläft noch«, erklärte ihm der junge Frauenhausknecht Franz Ott, den die lauten Schläge des Türklopfers aus dem Bett getrieben hatten. Er rieb sich verschlafen die Augen. »Es ist spät geworden gestern. Die Bude war voll bis unters Dach.«

Der Henker nickte zufrieden. »Ist doch gut, dass der Laden wieder läuft. Ich wär auch gar nicht so früh gekommen, wenn's nicht wichtig wäre. Also, holt mir die Gildemeisterin herbei.«

Der muskulöse Hausknecht tat wie ihm geheißen und kehrte wenig später in Begleitung der Hurenkönigin zurück, die noch im Nachtgewand war.

»Morgen, Meister Jerg«, murmelte Ursel gähnend und ließ sich auf dem Stuhl neben dem Henker nieder. »Was steht denn so Wichtiges an, dass Ihr mich zu nachtschlafender Zeit aus dem Bett holt?«

»Hoher Besuch steht an, Zimmerin«, erwiderte der Henker. »Sagt Euch der Name ›Fugger‹ etwas?«

»Fugger? Das ist doch der reiche Geldsack aus Augsburg. Den habe ich schon mal bedient. Das muss aber gut zwanzig Jahre her sein.« Ursel musste unwillkürlich grinsen.

»Und jetzt werdet Ihr vielleicht wieder das Vergnügen haben«, knarzte Meister Jerg. »Er kommt nämlich am Montag nach Frankfurt, um die Frühjahrsmesse zu besuchen. Da werden die Stadtoberen dem hohen Herrn gehörig in den Arsch kriechen.« Der Henker verzog hämisch die Mundwinkel. »Bürgermeister Reichmann will ihn am Montagmorgen um zehn am Mainzer Tor feierlich willkommen heißen. Und die Herren vom Rat lassen sich natürlich nicht lumpen: Reichmann hat bestimmt, dass die Hurenkönigin und die drei schönsten Hübscherinnen des Frauenhauses den reichen Augsburger artig begrüßen sollen. Anschließend wollen sich die Herrschaften im Frauenhaus vergnügen. Die Hütte bleibt also am Montag für das gemeine Volk geschlossen, verstanden? Haltet Euch bereit, Zimmerin, und weckt auch die Huren auf. In einer halben Stunde kommen die Gewandmacher mit den Stoffen, um Maß zu nehmen, und die Goldschmiede, Schuhmacher und Hutmacher haben sich auch angekündigt, denn Ihr und die drei Schönsten sollt ja zu so einem Anlass entsprechend herausgeputzt sein, gell! – So, das war's erst mal. Gehabt Euch wohl und haltet nur ordentlich die Hand auf bei diesen Pfeffersäcken!« Grinsend verabschiedete sich der Henker.

Die Hurenkönigin hatte sämtliche Huren, ortsansässige wie fremde, in den Aufenthaltsraum beordert und sie über die Pläne des Bürgermeisters informiert.

»Das ist ja dumm, wenn das Frauenhaus am Montag geschlossen hat. Da geht uns doch die ganze Messekundschaft durch die Lappen«, murrte eine der auswärtigen Hübscherinnen.

»Keine Angst, unsere Stadtväter werden schon dafür sorgen, dass ihr entsprechend entschädigt werdet«, erwiderte die Zimmerin und musterte die Huren mit prüfendem Blick.

Dann sagte sie: »Die Jennischen Marie, die rote Mäu und die Ulmer Irene bleiben hier. Die Gewandmacher müssen jede Minute eintreffen.« Die Übrigen schickte sie wieder auf ihre Zimmer.

»Warum nehmt Ihr denn eine von den Auswärtigen?«, beklagte sich eine blonde Hure und verzog schmollend die rotgeschminkten Lippen. »Sind wir Euch vielleicht nicht schön genug, Meistersen?«

»Natürlich seid ihr schön, Kinder! Eine schöner als die andere – deswegen fällt mir ja die Auswahl auch so schwer«, erwiderte die Zimmerin begütigend. »Aber es dürfen ja nur drei bei dem Begrüßungskomitee dabei sein, da muss ich mich halt ein bisschen beschränken.«

Auch andere Huren äußerten ihren Unmut darüber, dass Irene zu den Auserwählten gehörte – ausgerechnet sie, die schon in den vergangenen Tagen die meisten Freier abgestaubt hatte.

»Seid doch nicht kindisch, Mädchen! Das nächste Mal kommen andere an die Reihe. So, und jetzt macht euch vom Acker, damit die Gewandmacher maßnehmen können«, wiegelte die Hurenkönigin ab.

»Wenn's nach mir gegangen wär, ich hätt sie auch nicht genommen«, murmelte die alte Irmelin und warf Alma, die über Ursels Wahl augenscheinlich hocherfreut war, einen scheelen Blick zu.

Ursel zog ärgerlich die Brauen in die Höhe. »Und an wen hättest du gedacht?«, fragte sie ihre Stellvertreterin gereizt.

»Halt eine von unseren Mädels. Da sind doch genügend schöne darunter«, entgegnete die Dienstälteste verschnupft und wandte sich dem Ausgang zu.

Irmelins Worte stimmten die Hurenkönigin nachdenklich. War es wirklich richtig gewesen, ihre eigenen Mädchen zu brüskieren? Aber Irene war nun einmal außergewöhnlich liebreizend …

Alma kam auf die Hurenkönigin zu und umarmte sie. »Ich danke dir, Ursel! Es freut mich sehr, dass du Irene ausgewählt hast.«

Die Hurenkönigin entwand sich ihr und murmelte missmutig: »Ich weiß nicht, ob das so klug von mir war. Das gibt böses Blut unter den Mädels.«

»Eine Entscheidung, die von Herzen kommt, kann nicht verkehrt sein«, erwiderte Alma und lächelte Ursel entwaffnend an.

Plötzlich erklang das laute Schlagen des Türklopfers, und ein ganzer Trupp Tuchhändler, gefolgt von mehreren Gewandschneidern, trat in die Schankstube. Die Tuchhändler trugen schwere Stoffballen auf den Armen, die sie ächzend auf den großen Tisch des Aufenthaltsraums legten.

Die drei Hübscherinnen und die Hurenkönigin rissen beim Anblick der prächtigen Stoffe staunend die Augen auf: Samt, Atlas, Seide und Brokat in den schillerndsten Farben, denn zu einem solchen Anlass war es den Huren erlaubt, ihre gelbe Hurentracht abzulegen und in Purpur einherzuschreiten wie Adelsdamen.

Es dauerte eine Weile, bis die Frauen, trefflich beraten von den Tuchhändlern und den Gewandmachermeistern, ihre Wahl getroffen hatten.

Ursel entschied sich für schweren scharlachroten Atlas, der wunderbar mit ihrer hellen Haut und den rot gefärbten Haaren korrespondierte.

»Das Gewand einer Königin«, schwärmte einer der Schneidermeister und schien im Geiste schon die fertige Robe vor sich zu sehen.

Die Jennischen Marie hatte rosafarbene Seide ausgewählt, die ihren dunklen Teint und die schwarzen Haare vorteilhaft zur Geltung brachte. Nach längerem Zaudern suchten auch die beiden anderen Hübscherinnen ihre Stoffe aus. Irene entschied sich für blutroten venezianischen Samt, und die rote Mäu nahm jadegrünen Brokat.

Während die Gewandmacher bei der Zimmerin und den drei jungen Frauen Maß nahmen und sich die Tuchhändler mit den restlichen Stoffen zurückzogen, erschien eine Abordnung der städtischen Goldschmiedeinnung mit Schatullen voller Geschmeide. Jede der Huren konnte sich zu ihrer Festtagsrobe den passenden Schmuck aussuchen – sollten doch die kostbar ausstaffierten Hübscherinnen dem hohen Besucher den Wohlstand der Stadt Frankfurt demonstrieren.

Die Ohrgehänge, Stirnreifen und Halsbänder wurden von den Goldschmiedemeistern in einer eigens mitgebrachten Kladde genau quittiert und vermerkt, denn nach Beendigung der Feierlichkeit mussten sämtliche

Schmuckstücke wieder unbeschadet und vollständig an die Goldschmiedeinnung zurückgegeben werden. Die Hurenkönigin verpflichtete sich mit ihrer Unterschrift, dafür Sorge zu tragen.

Im Laufe des turbulenten Vormittags gaben sich die städtischen Handwerker im Hurenhaus regelrecht die Türklinke in die Hand. Schuhmacher passten den ausgewählten Huren elegante Schnabelschuhe aus weichem Ziegenleder an, und schließlich kam noch ein Hutmachermeister mit seinen Gesellen, um für kunstvolle Kopfbedeckungen Maß zu nehmen.

Alle Handwerker sagten verbindlich zu, die fertiggestellte Garderobe mitsamt den Accessoires bereits am frühen Montagmorgen, also in zwei Tagen, am Dempelbrunnen anzuliefern. Als sie das Frauenhaus um die Mittagszeit verließen, kamen ihnen bereits die ersten Freier entgegen.

*

Am Samstagabend betrat Bernhard von Wanebach um die sechste Stunde die berstend volle Schankstube des Frauenhauses und sah sich suchend nach der Hurenkönigin um. Unter all den lärmenden, angetrunkenen Menschen kam sich der hochgewachsene Mann im schwarzen Gelehrtentalar und einem Samtbarett auf den graumelierten Haaren fast ein wenig verloren vor. Er roch die Ausdünstungen und fühlte unversehens einen leichten Unmut in sich aufsteigen. Wo war Ursel denn nur? Sie eilte ihm doch sonst immer freudig entgegen, wenn er kam, oder spähte erwartungsvoll aus dem Fenster, um ihn, kaum dass er durch die Tür getreten war, an ihr Herz zu drücken.

»Die Meistersen sitzt hinten in der Ecke und schwätzt mit ihrer neuen Busenfreundin«, vernahm er hinter sich die kehlige Stimme der alten Irmelin. Der Gelehrte wandte sich um und begrüßte die dienstälteste Hübscherin herzlich. Trotz aller Raubeinigkeit schätzte er ihre offene und ehrliche Art. »Wieso denn Busenfreundin?«, fragte er erstaunt. »Ich dachte immer, seit Ingrids Tod bist du Ursels beste Freundin.«

Die alte Hure zuckte unwirsch mit den Schultern. »Das dachte ich eigentlich auch, zumal ich diejenige bin, die die Meistersen am längsten kennt. Aber seit die Ulmerin da ist, bin ich abgemeldet.«

Bernhard betrachtete Ursels Stellvertreterin verblüfft. Die sonst so fröhliche Frau schien tatsächlich betrübt zu sein. Er tätschelte Irmelin aufmunternd die Schulter. »Komm, altes Mädchen, nimm dir das nicht so zu Herzen. Du weißt doch so gut wie ich, dass Ursel sehr launisch sein kann. Aber im Grunde genommen ist sie treu wie Gold«, meinte der Gelehrte lachend.

»Da bin ich mir nicht mehr so sicher«, erwiderte Irmelin missmutig. »Die Meistersen ist wie ausgewechselt. Wie eine Klette klebt sie an der Ulmerin.« Sie maß Bernhard mit einem seltsamen Blick. »Wenn ich's nicht besser wüsste, könnte man fast meinen, sie steht auf die Neue …« Die bejahrte Hübscherin verdrehte die Augen.

»Und wenn ich es nicht besser wüsste, könnte man fast denken, du bist eifersüchtig«, scherzte Bernhard gutmütig. »Jetzt hast du mich aber neugierig gemacht. Ich sollte diese Busenfreundin einmal kennenlernen …« Er verabschiedete sich von Irmelin und bahnte sich einen Weg durchs Gedränge.

An einem Tisch in der Ecke entdeckte Bernhard endlich die Hurenkönigin. Sie saß neben einer älteren Frau mit aparten Gesichtszügen und einer rotblonden Haarmähne und war in ein so angeregtes Gespräch vertieft, dass sie ihn gar nicht bemerkte. Erst als Bernhard vor ihrem Tisch stand, sich räusperte und »Ursel« sagte, blickte sie auf.

»Schön, dass du da bist!«, begrüßte die Zimmerin den Geliebten freudig. »Das ist Alma Deckinger, die ehemalige Frauenhauswirtin aus Ulm. Sie und ihre Tochter Irene sind erst seit Mittwoch bei uns, aber Alma ist mir bereits so ans Herz gewachsen, als würden wir uns schon ewig kennen.« Ursels dunkle Augen strahlten vor Begeisterung. Dann sah sie mit stolzem Lächeln Alma an und sagte: »Mein treuer Gefährte Bernhard von Wanebach. Der Mann, der mein Leben verändert hat.«

Die Fremde lächelte den Gelehrten freundlich an und erklärte charmant: »Ich habe schon viel von Euch gehört – und nur das Allerbeste.«

Bernhard bedankte sich höflich für das Kompliment und streifte Alma mit neugierigem Blick. Ebenso wie Ursel war sie eine eindrucksvolle Erscheinung und von altersloser Schönheit – und überdies nicht minder charismatisch. Die beiden hätten Schwestern sein können. Aus Almas Augen sprach dieselbe Lebensklugheit, und ihre markanten Gesichtszüge gemahnten Bernhard an eine Löwin.

»Ein weiter Weg von Ulm bis nach Frankfurt«, richtete Bernhard das Wort an Alma. »Ihr seid bestimmt wegen der Herbstmesse hergekommen?«

»Nicht nur«, erwiderte Alma geheimnisvoll und warf Ursel einen verschwörerischen Blick zu.

Bernhard, der nur höflich sein wollte, ärgerte sich über die einsilbige Antwort der Ulmerin.

»Ulm muss eine interessante Stadt sein«, mühte er sich, die Konversation fortzusetzen.

»In der Tat«, erwiderte Alma. »Wart Ihr schon einmal dort?«

Der Gelehrte verneinte. »Ich weiß nur, woher der Name rührt«, fügte er hinzu.

Ihre hellgrünen Augen musterten ihn unverblümt. »Soso«, sagte sie mit einem spöttischen Lächeln.

Obgleich sich Bernhard unter ihrem herablassenden Blick fühlte wie ein Pennäler, der seine Lektion nicht richtig gelernt hat, erwiderte er befangen: »Der Name Ulm geht auf einen der weiblichen Gottheit geheiligten Ulmenhain zurück …«

»Was Ihr nicht sagt«, bemerkte Alma mit hochgezogenen Brauen. Ihre Augen kamen ihm mit einem Mal vor wie die scharfen, bohrenden Augen eines Greifvogels.

Alma lächelte, als hätte sie seine Gedanken erraten, und Bernhard fühlte sich auf unangenehme Weise von ihr taxiert. *Die ist mir nicht wirklich gewogen …*

Der Gelehrte räusperte sich und trat unbehaglich von einem Fuß auf den anderen. Unversehens wurde ihm bewusst, dass er noch immer stand.

Erst jetzt schien es auch Ursel aufzufallen, dass an ihrem Tisch ein dritter Stuhl fehlte und Bernhard noch keinen Sitzplatz hatte.

»Ach Gott, mein Armer, wir haben ja gar keinen Stuhl für dich!«, stieß sie bedauernd hervor und schaute sich suchend um. Doch sämtliche Stühle im Gastraum waren besetzt. Ursel runzelte unwirsch die Stirn. »Was machen wir denn da?«, murmelte sie zögerlich und blickte unwillkürlich Alma an. »Dann … dann werden wir wohl doch nach oben gehen müssen. Schade, wo wir uns gerade so gut unterhalten haben!«

Alma erhob sich kurzerhand und bot Bernhard ihren Platz an. »Ich wollte mir sowieso ein wenig die Beine vertreten«, erklärte sie zuvorkommend.

Doch Ursel gebot ihr Einhalt. »Das kommt nicht in Frage, dass du vertrieben wirst«, protestierte sie entschieden und hielt die neue Freundin am Arm zurück. »Da habe ich eine bessere Idee …« Sie sah Alma eindringlich an.

»Ich auch«, presste Bernhard hervor, der sich allmählich überflüssig vorkam. »Am besten, ich gehe wieder.«

»Jetzt hör aber auf!«, empörte sich Ursel und warf Bernhard einen ärgerlichen Blick zu.

»Tut mir leid, dass ich euch bei eurem Gespräch gestört habe«, murmelte er unwirsch.

»Du störst wirklich nicht«, suchte ihn die Hurenkönigin zu beschwichtigen, doch Bernhard konnte sich des Gefühls, fehl am Platze zu sein, nicht erwehren.

»Wir können uns doch weiter unterhalten – wir drei«, sagte Ursel versöhnlich und erhob sich von ihrem Stuhl. »Lasst uns nach oben in mein Zimmer gehen, dann machen wir uns noch einen netten Abend.«

Als Bernhard gleich darauf an der Seite von Ursel und Alma den Schankraum verließ, ließ er sich seinen Verdruss zwar nicht anmerken, doch das Hochgefühl, mit dem er das Frauenhaus betreten hatte, war dumpfer Übellaunigkeit gewichen.

Oben im Zimmer schenkte Ursel allen Wein ein und hob prostend den Becher. »Auf diesen Abend!«, verkündete sie gutgelaunt und erzählte Bernhard von dem feierlichen Empfang, der für den kommenden Montag im Frauenhaus geplant war. »Ein ganz schickes Kleid habe ich mir heute Morgen anpassen lassen, schade, dass ich es dir noch nicht zeigen kann, aber es wird erst am Montag geliefert.«

»Da bin ich mal gespannt«, erwiderte Bernhard wortkarg und trank in wenigen Zügen seinen Becher leer. Doch weder der Wein noch die Anekdoten, die Ursel fröhlich plaudernd erzählte, konnten dazu beitragen, seine Stimmung zu heben.

Als Ursel ihn schließlich in die Seite knuffte und ihm zuraunte, er solle doch nicht so ein Trauerkloß sein, musste er unversehens hüsteln. Ihm war tatsächlich, als steckte ihm ein Kloß im Hals, der ihn daran hinderte, etwas Nettes, Unverfängliches zu sagen. Andererseits mochte er auch keinesfalls seinem Unmut freien Lauf lassen und Ursel eine Szene machen.

Bernhards Missstimmung schien indessen weder auf Ursel noch auf Alma abzufärben. Sie ignorierten ihn weitgehend und ergingen sich in Gesprächen über Gott und die Welt. Bernhards Aversion gegen Alma wurde immer stärker. Warum begriff Ursel nicht, dass er endlich mit ihr allein sein wollte?

Während in dem Gelehrten zunehmend der Entschluss reifte, das Zimmer zu verlassen und sich auf den Heimweg zu machen, klopfte es an der Stubentür. Eine Hübscherin trat ins Zimmer, die Ursel Bernhard als Almas Tochter Irene vorstellte.

Das hinreißende Lächeln, das ihm die junge Frau zuwarf, und die freundliche Art, wie sie ihn begrüßte, wärmten dem enttäuschten Gelehrten das Herz – und er dachte mit einiger Bitternis, dass dies das erste erfreuliche Erlebnis dieses Abends war. Der Lebemann und Frauenkenner musterte Irene mit wachsendem Interesse und gewann bald den Eindruck, selten eine liebreizendere Frau gesehen zu haben.

»Gildemeisterin, ich wollte nur fragen, ob es recht ist, wenn der junge Visconti aus Mailand heute wieder bei mir nächtigt?«, erkundigte sich Irene bei der Hurenkönigin.

Ursel zögerte und überlegte eine Weile. Dann wandte sie sich mit sichtlicher Überwindung an ihren Geliebten und fragte: »Kann ich heute ausnahmsweise bei dir übernachten?«

Bernhard zuckte nur mit den Schultern und erwiderte einsilbig: »Von mir aus.«

»Na, das klingt ja nicht gerade begeistert«, sagte die Hurenkönigin und wandte sich an Irene: »Das geht klar.«

Die junge Hübscherin wünschte allen noch einen schönen Abend. Beim Hinausgehen ruhten ihre betörenden Katzenaugen ein paar Sekunden lang nachdenklich auf Bernhard, und der Gelehrte musste sich eingestehen, dass er ihren Galan um die Nacht mit diesem Ausbund an weiblicher Grazie glühend beneidete.

Unterwegs in den menschenleeren, verschneiten Gassen, verzichteten Ursel und Bernhard darauf, einander unterzuhaken. In dumpfem Schweigen liefen sie nebeneinanderher wie zwei Menschen, die sich nichts zu sagen haben.

Die Stimmung zwischen ihnen war noch immer gereizt, als sie Bernhards Wohnhaus in der Neuen Kräme betraten. Allen beiden schnitt die ungewohnte Missstimmung, die sich einfach nicht auflösen wollte, gehörig ins Herz.

Schließlich verschaffte sich Ursel auf ihre direkte Art Luft und raunzte ärgerlich und so laut, dass es durch die dunkle Diele hallte: »Jetzt reicht es mir aber! Welche Laus ist dir denn nur über die Leber gelaufen?«

Bernhard antwortete nicht, sondern schwieg nur betreten, was die Hurenkönigin noch mehr aufbrachte.

»Du bist ja der reinste Stockfisch heute! So kenne ich dich ja gar nicht«, stieß sie hervor, und vor Erbitterung kamen ihr die Tränen.

Anstelle einer Erwiderung wandte sich der Gelehrte brüsk ab und begab sich in die Wohnstube, wo er schweigend Holz auf die noch schwelende Glut des Kaminfeuers legte und Kerzen anzündete. Dann ließ er sich am Tisch nieder, ergriff den Weinkrug und füllte einen Becher, den er in großen Zügen leerte.

Die Hurenkönigin stand in der Tür und starrte ihn konsterniert an. »Was ist denn nur mit dir los?«, entrang es sich ihr mit tränenerstickter Stimme.

»Kannst du dir das nicht denken?«, knurrte Bernhard düster.

»Ist es wegen Alma?«, fragte Ursel. »Was hast du bloß gegen sie?«

Bernhard presste erbittert die Lippen zusammen. »Was ich gegen sie habe? Das fragst du auch noch! Sie hat mir den ganzen Abend verdorben!« Er fixierte Ursel wütend.

»Und du warst daran auch nicht ganz unbeteiligt, denn wenn ich mich recht entsinne, hatten wir beide eine Verabredung!«

»Was soll denn das heißen?«, fragte die Hurenkönigin erzürnt. »Erwartest du im Ernst von mir, dass ich Alma mitten im Gespräch einfach sitzenlasse, sobald mein Herr und Gebieter kommt?«, sagte sie sarkastisch. »Ich wusste ja gar nicht, dass du ein solcher Despot bist!« Sie schüttelte den Kopf.

»Und ich wusste nicht, was für eine Ignorantin du sein kannst«, stieß Bernhard zwischen den Zähnen hervor und trat ans Kaminfeuer.

»Also wirklich, mit dir ist heute überhaupt kein Auskommen!«, klagte die Hurenkönigin.

»Du kannst ja gehen, wenn es dir nicht passt.« Bernhard streifte sie mit einem leeren Blick.

Ursel sprang auf. »Du liebst mich nicht mehr!«, brach es aus ihr heraus. »Offensichtlich bin ich dir gleichgültig geworden!«

»Ich bin momentan nicht in der Stimmung, Liebesschwüre abzulegen«, erwiderte Bernhard kühl und schenkte sich noch Wein nach.

»Darauf kann ich auch gerne verzichten!«, schrie Ursel erbost, knallte die Tür hinter sich zu und stürmte aus dem Haus.

Während die Hurenkönigin Kleid und Unterkleid auszog und ihr Nachtgewand überstreifte, berichtete sie Alma von der unerfreulichen Szene, die sich gerade in Bernhards Haus abgespielt hatte.

»Ich weiß auch nicht, was heute mit ihm los war. So

kenne ich ihn eigentlich gar nicht, so verstockt und sauertöpfisch. Aber so, wie er sich eben gebärdet hat, kann er mir erst mal gestohlen bleiben!« Mit einem wütenden Schnauben kroch sie neben Alma unter die Daunendecke.

»So geht es mir mit allen Kerlen«, erwiderte Alma mit trockenem Auflachen und legte einen Arm um Ursel. »Komm, mach dir nichts draus, das sind die Mannsbilder doch gar nicht wert.«

Ursel schwieg einen Moment. Dann murmelte sie nachdenklich: »Bernhard schon. Erst, seit ich ihn kenne, weiß ich, was Liebe ist. Er hat mich schon in unserer ersten Nacht so unsagbar glücklich gemacht.« Sie schluckte ergriffen. »Es war die absolute Hingabe! Ich habe es nie für möglich gehalten, dass mir ein Mann solches Glück schenken kann, und seitdem mochte ich nur noch ihm gehören.«

Alma schien von Ursels Worten bewegt zu sein, in ihren schräggeschnittenen Augen glitzerten Tränen. Doch dann stieß sie mit bebender Stimme hervor: »Das hat dieser Sack doch gar nicht verdient!«, und ihr scharf geschnittenes Gesicht verhärtete sich vor Abscheu.

Befremdet erkannte die Hurenkönigin, dass es Wut war, was Almas Augen verschleierte. »Sag so etwas nicht über Bernhard!«, protestierte sie mit Nachdruck. »Die Liebe zu ihm hat mich mit allen Widerwärtigkeiten meines Lebens versöhnt, und das heißt schon was, das kannst du mir glauben.«

»Das glaube ich dir ja«, erwiderte Alma unwirsch. »Aber es ist halt, wie es ist: Im Grunde genommen mag ich Männer nicht!« Sie zuckte die Achseln.

»Das ist in unserem Gewerbe keine Seltenheit«, gab

Ursel betreten zurück. »Ich habe noch keine Hure erlebt, der nach einem langen Arbeitstag noch der Sinn nach Kerlen steht.«

»Mir stand er noch nie danach!«, sagte Alma.

Ursel musterte sie betroffen. »Das hat dir unser Geschäft aber bestimmt nicht leichter gemacht«, stellte sie fest. »Wie hast du das nur all die Jahre ausgehalten? Ich meine, du bist doch auch schon lange dabei …«

»Ich habe es als meine naturgegebene Aufgabe betrachtet«, antwortete die ehemalige Frauenhauswirtin ernst. »Im Altertum war es für die Venuspriesterinnen ein heiliges Ritual, das Tier im Menschen zu wecken – und das hat sich auch bis heute nicht geändert.«

»Das Tier im Menschen wecken, das gefällt mir!«, sagte die Zimmerin lächelnd. »Nichts anderes ist ja die Lendenlust.«

»Traurig ist nur, dass die Freier heutzutage keine Achtung mehr vor den Liebesdienerinnen haben. Sie gehen nur noch zu den Huren, um sich abzureagieren. Und deswegen sind sie mir auch so zuwider.«

»Das kenne ich nur zu gut«, erwiderte die Hurenkönigin mit grimmigem Lächeln und erzählte Alma, dass sie sich über viele Jahre hinweg mit opiumhaltigem Theriak betäubt hatte, um die Freier überhaupt ertragen zu können.

Alma sah sie erstaunt an. »Du stehst auf die Himmelsarznei?«

»Ich war über viele Jahre hinweg süchtig danach«, erklärte Ursel. »Erst als ich Bernhard kennenlernte, habe ich damit aufgehört. Da war ich so berauscht vor Glück, dass ich den künstlichen Rausch nicht mehr brauchte.

Aber letztes Jahr, als die Mädchen so bestialisch ermordet wurden, bin ich noch einmal rückfällig geworden. Es hat mich ganz schön Mühe gekostet, wieder die Finger davon zu lassen. Doch ich habe es hingekriegt, Gott sei Dank. Bernhard hat mir sehr dabei geholfen, und ich habe ihm versprochen, das Teufelszeug nie mehr anzurühren.«

»So ergeht es den meisten Huren«, meinte Alma. »Die einen saufen, und die anderen betäuben sich mit Drogen, weil sie den Ekel kaum noch aushalten können.«

»Das stimmt«, sagte die Zimmerin und fügte versonnen hinzu: »Nur bei Bernhard war das anders.«

Alma verdrehte die Augen. »Bernhard, Bernhard … das scheint ja der reinste Wundermann zu sein«, spöttelte sie. »Nur, wenn er wirklich so toll ist, wärst du jetzt wohl nicht hier.«

Die Hurenkönigin schwieg betreten. Sie war noch immer tief verletzt von dem Streit mit ihrem Geliebten.

Verächtlich raunzte die Ulmerin: »Irgendeinen Makel haben die Kerle doch alle. Bei manchen merkt man es jedoch erst, wenn es schon zu spät ist und sie dir kaltlächelnd in den Arsch treten, nachdem sie dir das Herz gebrochen haben.«

»Und wie war das mit dem Vater von Irene?«, wollte die Hurenkönigin wissen und blickte die Freundin forschend an. »Hat er dir etwa auch das Herz gebrochen?«

Alma verzog hämisch die Mundwinkel. »Dass ich nicht lache! Der war für mich nichts anderes als ein Deckhengst, genau wie damals bei den Amazonen. Ich wollte unbedingt ein Kind bekommen – eine Tochter.«

Ursel runzelte die Stirn. »Eine Tochter? Aber wie konntest du dir da so sicher sein? Ich meine, es hätte ja auch ein Junge werden können …«

Alma schüttelte energisch den Kopf. »In unserer Familie nicht. Wir gebären seit Generationen nur Mädchen«, bemerkte sie stolz und musterte Ursel eindringlich.

Als die Rathausuhr unvermittelt die Mitternacht anschlug, waren beide Frauen erstaunt darüber, dass es schon so spät war. Sie löschten die Lichter und drehten sich zum Schlafen um.

Ursel war jedoch viel zu aufgewühlt, um einschlafen zu können. Immer wieder musste sie an den Streit mit Bernhard denken, und auch das Gespräch mit Alma ging ihr nicht aus dem Sinn. Unruhig wälzte sie sich im Bett hin und her. Am liebsten wäre sie aufgestanden, hätte sich angezogen und wäre zu Bernhard geeilt. Doch die Fronten zwischen ihnen waren derzeit so sehr verhärtet, er würde sie bestimmt nicht mit offenen Armen empfangen.

»Du kannst nicht schlafen, gell?«, vernahm sie plötzlich Almas Stimme, der ihre Unruhe nicht entgangen war.

»Ja, mir geht einfach noch zu viel durch den Kopf«, erwiderte die Hurenkönigin.

Alma sagte gähnend: »Dagegen weiß ich ein gutes Mittel!«

»Ich auch«, gab Ursel grimmig zurück. »Aber davon lass ich lieber die Finger.«

»Ach, du meinst Theriak? Nein, damit solltest du wirklich nicht wieder anfangen. Ich habe eher an einen harmlosen Schlummertrunk gedacht«, erwiderte Alma. »Ein schöner heißer Würzwein mit Honig und Muskatblüte wird dir bestimmt die nötige Bettschwere bescheren.«

»Eine gute Idee«, stimmte ihr die Hurenkönigin zu.

Sie schwang die Beine aus dem Bett, zündete die Kerzen an, legte sich das Wolltuch um die Schultern und ging hinunter in die Küche, um den Würzwein zu bereiten.

Wenig später stellte Ursel einen Krug und zwei Becher auf dem Nachttisch ab und kroch fröstelnd wieder unter die Daunendecke. Seite an Seite lagen die beiden Frauen da und tranken in kleinen Schlucken das wohltuende Getränk. Ursel spürte, wie sich die Spannung in ihr langsam zu lösen begann, und fühlte eine angenehme Müdigkeit in sich aufsteigen. Sie gähnte herzhaft, kuschelte sich an Alma und sank in einen tiefen Schlaf.

3

Sonntag, 25. März 1512

Bernhard stand am Fenster und blickte nachdenklich in den bleigrauen Himmel, aus dem bauschige Schneeflocken rieselten. Das gestrige Zerwürfnis mit der Geliebten hing ihm noch nach und verdüsterte seine Stimmung. Im Stillen hatte er gehofft, Ursel würde vorbeikommen, um sich mit ihm auszusöhnen. Doch nun war es schon Nachmittag, und sie hatte sich nicht blicken lassen. Ursprünglich wollte er heute mit ihr eine Schlittenfahrt in den Sachsenhäuser Forst unternehmen, doch daraus wurde wohl nichts. Oder vielleicht doch?

Er überlegte noch eine Weile und rang sich schließlich zu dem Entschluss durch, Ursel im Frauenhaus aufzusuchen. Der Ingrimm, den er gestern noch gegen die Geliebte verspürt hatte, war inzwischen längst der Sehnsucht gewichen, Ursel wieder nahe zu sein.

Angesichts dieser Aussicht begann sich sein Trübsinn zu verflüchtigen. So legte er seine pelzgefütterte Schaube um und ging mit energischen Schritten zum Pferdestall. Er würde Ursel mit der Schlittenfahrt überraschen!

Als Bernhard wenig später an die Tür des Frauenhauses klopfte, das an diesem wie an jedem Sonntag geschlossen hatte, öffnete ihm anstelle der Hurenkönigin die alte Irmelin die Tür.

»Die Meistersen ist noch oben«, erklärte sie mit mürrischem Gesicht. »Wir haben schon bald die dritte Nachmittagsstunde, und sie liegt noch im Bett. Ist noch keine Abrechnung gemacht und nix, wo doch nachher der Henker kommt, um die wöchentlichen Abgaben abzuholen. Der wird ganz schön sauer sein. Aber ich kann ja nichts dafür, ich bin ja nur die Stellvertreterin«, grummelte Irmelin verdrossen.

Bernhard schwante nichts Gutes. »Um diese Zeit schläft sie noch? Da kann doch was nicht stimmen«, erwiderte er besorgt. »Ich werde gleich mal nach ihr schauen«, sagte er mit belegter Stimme und eilte die Treppe hinauf.

Als er vor Ursels Zimmer stand, war seine Anspannung so stark, dass er am liebsten die Tür aufgerissen hätte und hineingestürmt wäre. Doch seine gute Erziehung ließ ihn innehalten und anklopfen.

»Ja?«, vernahm er die kehlige Stimme der Hurenkönigin. Sie klang so sonderbar benommen ... So hört sie sich an, wenn sie Theriak genommen hat, dachte Bernhard alarmiert und stürzte ins Zimmer.

Die Vorhänge waren noch zugezogen, und ein säuerlicher Weingeruch hing in dem stickigen Raum. Im Halbdunkel gewahrte Bernhard das zerwühlte Bett, in dem sich Ursel und Alma rekelten. Alma hatte zärtlich den Arm um Ursel gebreitet. Die liegen ja da wie ein Liebespaar, dachte Bernhard verstört.

Nun konnte er nicht mehr an sich halten. »Was hat denn dieses Weibsbild in unserem Bett zu suchen?«, platzte es aus ihm heraus. Wutentbrannt trat er ans Bett und riss die Decke herunter. »Raus mit dir! Du hast hier nichts verloren!«

Ursel sprang wütend auf, entriss Bernhard die Daunendecke und breitete sie wieder über sich und die Freundin. »Alma bleibt hier!«, zischte sie zornig. »Das ist mein Bett, und ich entscheide immer noch selber, wer darin liegt. Außerdem bin ich dir keine Rechenschaft schuldig!«

Bernhard fühlte, wie ihm der Schmerz die Kehle zuschnürte. Die eindeutige Pose, in der er die beiden vorgefunden hatte, und die unverhohlene Feindseligkeit, mit der ihm Ursel begegnete, trafen den Gelehrten bis ins Mark. Er war kreidebleich geworden und zitterte am ganzen Körper. »Du schuldest mir gar nichts mehr!«, stieß er keuchend hervor. »Nicht das Geringste!«

Auf unsicheren Beinen verließ er das Zimmer, in dem er mit Ursel einst so viele glückliche Stunden erlebt hatte.

Bernhard taumelte die Galerie entlang. Es war, als hätte ihm jemand den Boden unter den Füßen weggerissen. Ihm war so elend zumute, dass er sich am Geländer abstützen musste. Das Herz schlug ihm bis zum Hals, und seine Atemzüge gingen stoßweise.

»Braucht Ihr Hilfe? Geht es Euch nicht gut?«, erklang unversehens eine Stimme hinter ihm. Bernhard fuhr zusammen und wandte sich um. Vor ihm stand Irene, die ihn besorgt musterte. Im ersten Moment war Bernhard versucht, der Tochter seiner Widersacherin eine kühle Abfuhr zu erteilen. Doch als er in ihre kristallklaren Augen blickte, in denen sich echtes Mitgefühl spiegelte, besann er sich. »Mir ist es schon besser gegangen …«, stieß er mühsam hervor.

Die junge Ulmerin schob behutsam ihren Arm unter den seinen und forderte ihn auf: »Kommt erst mal mit und setzt Euch ein wenig hin.«

Fügsam ließ sich der Gelehrte von der jungen Hure in ihr Zimmer führen, wo er entkräftet auf einen Stuhl sank. Irene reichte ihm einen Becher Wasser und sagte dann: »Ich hole Euch rasch einen Schluck Branntwein, den braucht Ihr jetzt!« Sie eilte aus dem Zimmer.

Bernhard stierte noch immer wie benommen vor sich hin, als Irene mit einem Becher Branntwein zurückkehrte. »Trinkt nur, das wird Euch guttun«, sagte sie und setzte sich auf den Bettrand.

Schweigend und in kleinen Schlucken trank Bernhard, und eine wohltuende Wärme verbreitete sich in seiner Magengrube. Langsam kehrten seine Lebensgeister zurück. »Ich danke Euch, es ist sehr freundlich, dass Ihr Euch um mich kümmert«, murmelte er und sah Irene dankbar an.

Die junge Hübscherin wiegelte ab. »Das ist doch selbstverständlich.«

Wie einfühlsam sie ist!, dachte der Gelehrte, die meisten anderen hätten mich schon längst mit lästigen Fragen gelöchert, sie hingegen lässt mich erst einmal zur Ruhe kommen. Wie gut das tut!

Bernhards Atemzüge entspannten sich, und er ließ seine Blicke durch den Raum schweifen, den er noch als das Zimmer von Ursels bester Freundin Ingrid kannte. In der linken Fensterecke stand ein Tisch, auf dem sich Bücherstapel türmten.

»Ihr lest Bücher?«, fragte er erstaunt.

»Für mein Leben gerne«, entgegnete die junge Frau

lächelnd. »Ich gebe den Großteil meines Verdienstes für Bücher aus. Diese hier habe ich bei einem Händler in der Buchgasse erworben. Dort gibt es eine Auswahl, die wirklich exzellent ist«, schwärmte die junge Ulmerin. »Seit langem reise ich gerne zur Frankfurter Buchmesse, weil es da die interessantesten Neuerscheinungen gibt. Ein gutes Buch zu lesen ist für mich ein Hochgenuss.«

Der Gelehrte, der ihr fasziniert zugehört hatte, erwiderte prompt: »Da haben wir etwas gemeinsam. Auch ich bin ein leidenschaftlicher Bücherfreund.«

»Ich weiß«, entgegnete Irene. »Und Ihr versteht Euch auch trefflich aufs Schreiben. Ich habe schon einige Abhandlungen von Euch gelesen. Es ist mir eine große Ehre, einen so berühmten Gelehrten wie Euch kennenzulernen, Herr Doktor von Wanebach.« Aus Irenes Augen sprach unverhohlene Bewunderung.

Für Bernhards desolate Gemütsverfassung war das Kompliment der reinste Seelenbalsam, und er konnte trotz seiner Niedergeschlagenheit nicht umhin, geschmeichelt zu lächeln.

Irene war plötzlich aufgestanden und an den Büchertisch getreten. »Da fällt mir ein: Euer neuestes Werk über die Seele bei Aristoteles muss auch in dem Stapel sein. Wärt Ihr vielleicht so freundlich, mir eine Widmung hineinzuschreiben?« Gleich darauf kehrte sie mit dem Buch in den Händen zurück, schlug es ehrfürchtig auf und überreichte es dem Gelehrten. Nachdem sie Bernhard noch Tinte und Feder bereitgestellt hatte, legte er das aufgeschlagene Buch auf seine Knie, überlegte einen Augenblick und schrieb mit schwungvollen Buchstaben auf das Deckblatt: »Für Irene Deckinger, die Schönheit und Geist in sich vereint – Bernhard von Wanebach.« Er blies auf die noch feuchte Tinte und reichte Irene das Buch, die sogar einen Knicks andeutete, als sie sich bei dem Gelehrten bedankte.

»Ihr wisst gar nicht, wie gut mir unsere Begegnung tut«, sagte Bernhard bewegt.

»Das ergeht mir ebenso«, entgegnete die Hübscherin und schlug züchtig die Augen nieder. Einmal mehr war Bernhard beeindruckt von ihrer außerordentlichen Schönheit. »Sollten wir darauf nicht mal anstoßen?«, fragte er spontan, und lächelnd hielt ihm Irene ihren Becher hin.

Ihm kam eine kühne Idee. »Ich weiß nicht, ob ich Euch das vorschlagen darf, denn ich bin heute gewiss nicht in bester Stimmung. Aber mir steht der Sinn nach frischer Luft, und unten steht mein Pferdeschlitten. Darf ich Euch vielleicht zu einem kleinen Ausflug in den Sachsenhäuser Forst einladen? Dort gibt es auch eine nette, kleine Gastwirtschaft, wo wir einkehren könnten …«

Bernhard blickte Irene fragend an. »Das klingt verlockend«, stimmte sie nach einiger Überlegung zu. Sie nahm ihren pelzgefütterten Kapuzenumhang vom Kleiderhaken, den ihr der Gelehrte galant über die Schultern legte, ergriff den dargebotenen Arm und verließ gemeinsam mit Bernhard das Zimmer.

✻

Nachdem Bernhard überstürzt das Zimmer verlassen hatte, richtete sich Ursel verstört im Bett auf. Sie war noch ganz benommen. Alles war so schnell gegangen, und sie hatte Bernhard noch niemals so wütend erlebt. Seine

Worte und der Ton, in dem er sie ausgestoßen hatte, lasteten schwer auf ihr. Aber sie hatte zugleich das deutliche Gefühl, dass auch sie zu weit gegangen war.

Alma legte tröstend den Arm um sie. »Lass ihn ziehen«, flüsterte sie ihr zu. »Die wahre Liebe gibt es sowieso nur unter Frauen …«

Brüsk entzog sich die Hurenkönigin der Umarmung. »Das mag ja sein«, erwiderte sie missmutig. »Aber dennoch ist meine wahre Liebe gerade durch diese Tür verschwunden. Und ich wäre eine Närrin, wenn ich ihn einfach so gehen ließe.«

Schnell stand sie aus dem Bett auf. Obgleich sie heftiger Schwindel überkam und ihr schwarz vor Augen wurde – die Nachwirkung des schweren süßen Würzweins, den sie in der Nacht reichlich genossen hatte –, streifte sich Ursel mit bebenden Händen ihr Gewand über und stakste zur Tür.

Alma hatte sich im Bett aufgerichtet und versuchte, die Freundin von ihrem Vorhaben abzubringen. »Ursel, bleib hier!«, befahl sie herrisch. »Eine stolze Frau wie du läuft einem Kerl nicht hinterher!«

Die Hurenkönigin drehte sich jählings zu Alma um, ihre schwarzen Augen sprühten Funken. »Sag du mir nicht, was ich zu tun und zu lassen habe. Das entscheide ich immer noch selbst!«

»Dann renn halt in dein Unglück, du Törin!«, schrie Alma ihr nach, als die Tür schon ins Schloss fiel.

Als Ursel in den Schankraum stürzte und sich hektisch nach Bernhard umblickte, gewahrte sie zu ihrer Enttäuschung nur die alte Irmelin und eine Handvoll Huren, die sie betreten ansahen.

»Der Bernhard ist gerade rausgegangen«, murmelte Irmelin zerknirscht.

Ursel eilte zur Tür und wollte sie gerade aufreißen, da rief Irmelin ihr zu: »Das würde ich an Eurer Stelle nicht machen, Meistersen!«

Etwas im Tonfall ihrer Stellvertreterin ließ Ursel innehalten. Sie musterte sie erstaunt. »Warum denn nicht?«

Irmelin stieß vernehmlich die Luft aus und deutete zum Fenster. »Darum«, sagte sie mit düsterer Miene.

Die Hurenkönigin spähte hinaus. Sie sah Bernhard, der gerade Irene in den Schlitten half. Dann ließ er sich an ihrer Seite nieder, ergriff die Zügel und trieb die Pferde an. Das Gefährt setzte sich in Bewegung und fuhr davon.

Ursel war wie vom Donner gerührt. Sie barg ihr Gesicht in den Händen und brach in haltloses Schluchzen aus.

Irmelin ging auf die Hurenkönigin zu und legte ihr den Arm um die Schultern.

»So ein treuloser Kerl!«, stammelte Ursel.

Am Boden zerstört kehrte Ursel in ihr Zimmer zurück. Sie wollte sich vor der Welt verkriechen – und am liebsten hätte sie ein ordentliches Quantum Theriak zu sich genommen, um den nagenden Schmerz über Bernhards Treulosigkeit zu betäuben.

Ohne ein Wort kam sie ins Bett gekrochen. Sie drehte Alma den Rücken zu, zog sich die Decke über den Kopf und ließ ihren Tränen freien Lauf. Alma ließ sie zunächst gewähren. Erst als Ursels Schluchzen langsam abebbte, richtete sie das Wort an die Freundin: »Ich habe dich doch gewarnt. Es lohnt sich nicht, den Kerlen hinterherzulaufen.« Begütigend tätschelte sie Ursel den Rücken.

Ursel fuhr auf und zischte wütend: »Lass mich bloß in Ruhe mit deiner Besserwisserei! Deine Tochter ist gerade dabei, mir den Mann auszuspannen – und ich hätte nicht übel Lust, euch beide vor die Tür zu setzen!«

Alma musterte sie betroffen und erkundigte sich, was vorgefallen war. Nachdem Ursel ihr in drastischen Worten den Sachverhalt geschildert hatte, verzichtete sie auf jegliche Häme und erklärte beschämt: »Das tut mir sehr leid. Ich werde Irene deshalb zur Rede stellen.«

»Das werde ich auch tun!«, schnaubte Ursel erzürnt. »Und jetzt tu mir bitte den Gefallen und lass mich alleine.«

Alma war den Tränen nahe. »Ursel, ich möchte nicht, dass du unglücklich bist! Es tut mir so leid, was passiert ist«, stieß sie hervor und ergriff Ursels Hand.

Die Aufrichtigkeit, mit der sie das sagte, berührte die Hurenkönigin. »Du kannst ja nichts dafür«, murmelte sie unwirsch. »Zum Fremdgehen gehören immer noch zwei …«

Alma hauchte der Hurenkönigin einen Kuss auf die Stirn, stieg aus dem Bett und kleidete sich an. Ursel beobachtete sie und musste sich widerwillig eingestehen, dass sie es im Grunde genommen bedauerte, wenn Alma ging.

»Kann ich noch etwas für dich tun? Brauchst du irgendwas?«, fragte Alma.

»Einen Eimer Theriak!«, raunzte Ursel, die unversehens ihren Humor wiedergefunden hatte, mit schiefem Grinsen. Die Freundin blickte sie sprachlos an.

»Oder meinethalben einen Krug Wein – und zwei Becher«, stieß sie hervor. »Und bring auch etwas von dem Sonntagskuchen mit. Ich habe nämlich Hunger.«

Nachdem Alma mit dem Weinkrug und dem Kuchen zurückgekehrt war, reichte sie der Hurenkönigin, die im Bett düster vor sich hin brütete, ein Stück von dem Gugelhupf und einen Becher Wein. Dann ging sie zu der Holztruhe am Fenster, aus der sie unter ihren Habseligkeiten ein dickes, in Leder gebundenes Buch hervorholte. Damit ließ sie sich an Ursels Seite nieder und erklärte, während sie mit zärtlicher Geste über den speckigen und abgegriffenen Einband strich: »Das ist das ›Buch der Schatten‹, in welchem die Mysterien der Großen Mutter aufgezeichnet wurden. Ich vermag nicht zu sagen, von wem es verfasst wurde oder aus welcher Zeit es stammt. Es ist jedoch schon sehr, sehr alt, denn es befindet sich seit Jahrhunderten im Besitz unserer Familie. Seit jeher wird es von der Mutter an die Tochter weitergegeben. Auch ich werde es dereinst Irene überlassen. Meine Mutter sagte mir, dass der Inhalt des Buches ursprünglich, als die Menschen noch nicht über die Schrift verfügten, mündlich weitererzählt wurde. Wenn du gestattest, möchte ich dir ein wenig daraus vorlesen.« Alma blickte die Hurenkönigin fragend an.

Ursel zuckte mit den Schultern. »Von mir aus«, grummelte sie mürrisch. »Vielleicht bringt es mich ja auf andere Gedanken.«

»Ganz sicher«, stimmte ihr Alma zu. »Es wird dir sehr guttun.«

Alma fing mit ihrer dunklen, wohltönenden Stimme an, aus dem Buch vorzulesen. Schon nach der ersten Seite lauschte ihr die Hurenkönigin gebannt.

Erst als es bereits anfing zu dämmern, unterbrach Alma ihre Lektüre und stand auf, um die Kerzen anzuzünden.

Ursel war in die wundersamen Geschichten über die

Göttin der Liebe so versunken gewesen, dass sie gar nicht gemerkt hatte, wie die Zeit verging. »Bitte lies weiter!«, bat sie mit der Ungeduld eines Kindes, und als Alma wieder Platz nahm und die Seiten aufschlug, um weiterzulesen, seufzte die Hurenkönigin wohlig. »Ich könnte dir stundenlang zuhören«, flüsterte sie.

Irgendwann fielen Ursel die Augen zu, und sie sank in bleiernen Schlaf. Sie träumte von der Göttin der Liebe, die aussah wie die berühmte Allegorie der Frau Venus, die als Holzschnitt über Bernhards Schreibpult hing. Genauso wie auf dem Bildnis hielt Frau Venus das Narrenseil der Liebe, an dem sie zwei Narren, einen Mönch, einen Kuckuck, einen Esel und einen Affen vor sich hertrieb, fest in den Händen. Mit Entsetzen gewahrte Ursel, dass auch sie selbst am Liebesseil hing. An der Seite der Göttin war plötzlich eine schemenhafte Gestalt zu erkennen. Es war der Tod, der sie mit gebleckten Zähnen angrinste.

Frau Venus lächelte und sprach: »An meinem Seil ich scheuche / Viel Narren, Affen, Esel, Gäuche / Die ich verführ, betrüg und täusche!«

Ursel blickte sie bestürzt an und erkannte mit Schrecken, dass die Göttin der Liebe die Züge von Irene hatte.

4

Montag, 26. März 1512

Im Frauenhaus am Dempelbrunnen begann der Tag ungewöhnlich früh. Um die siebte Stunde kroch Ursel verschlafen aus dem Bett, weckte die Jennischen Marie, die rote Mäu und Irene und stapfte mit schweren Schritten die Treppe hinunter. In der Schankstube waren die Hausmägde schon dabei, gründlich den Boden zu wienern, es roch nach Kernseife und Honigwachs. Ursel ging in die Küche, wo sie sich an den bullernden Ofen setzte, auf dem die Köchin gerade in einem großen Topf das Badewasser erhitzte, und trank eine heiße Milch mit Honig. Gleich darauf gesellte sich der Frauenhausknecht zu ihr, der ebenfalls noch müde aussah.

»Morgen, Meistersen«, grüßte er die Hurenkönigin mit belegter Stimme und ließ sich neben ihr auf einem Schemel nieder.

»Morgen, Franz«, erwiderte Ursel und lächelte den Hausknecht wohlwollend an. »Auch schon so früh auf?«

»Ich muss doch. Gleich kommen die Weinhändler und die anderen Lieferanten, um die Sachen für das Festmahl zu bringen«, sagte er mürrisch.

Die Köchin reichte ihm einen Becher Milch. »Mit dem

Essen hab ich ja heute nicht viel Arbeit«, bemerkte sie. »Alles wird schon fix und fertig von der Metzgerinnung angeliefert – Schinken, Würste, Hirschragout, gebratener Schwan und Fasan –, Herz, was begehrst du noch! Und dann noch Kuchen, Torten, Mandelpudding, kandierte Früchte, die von den Zuckerbäckern und Konditoren gebracht werden. Für die feinen Herren scheint es ja keine Fastenzeit zu geben!«

»Für die gilt manches nicht, was für andere gilt«, erwiderte die Hurenkönigin mit trockenem Auflachen. »Aber wir wollen auch nicht zu ungnädig sein, denn immerhin hat der Kaiser ja die Fastenvorschriften während der Frühjahrsmesse gelockert. Und da kann man doch ruhig mal in 'ne Wurst beißen, nicht wahr?« Sie wandte sich an den Frauenhausknecht: »Franz, du hängst nachher einen Zettel an die Haustür, dass das Frauenhaus heute geschlossen hat, und sorgst dafür, dass die Tür heute zubleibt, damit uns keiner hereinplatzt. Denn ihr wisst ja: Wenn sich Standespersonen im Frauenhaus aufhalten, müssen die kleinen Gautzer draußen bleiben. So sind nun mal die Vorschriften.«

»Oha, das wird Zoff geben«, mokierte sich Franz. »Die Kerle stehen doch regelrecht Schlange bei der jungen Ulmerin, weil sie alle bei ihr ran wollen. Die ist aber auch niedlich!« Der Hausknecht leckte sich lasziv die Lippen. »Könnte man fast selber schwach werden bei der ...«

»Lass die Finger von den Mädchen, Franz!«, ermahnte ihn die Hurenkönigin streng. »Denk an deinen Bruder. Wenn er es nicht so toll getrieben hätte, wär er heute noch bei uns!« Sie seufzte beim Gedanken an den früheren Hausknecht Josef Ott, den Bruder von Franz, der sich mit Syphilis infiziert hatte und deswegen das Frauenhaus verlassen musste. Nun arbeitete er als Holzknecht im Sachsenhäuser Forst. Er hatte ihr damals, als sie wegen der Aufklärung der Hurenmorde in großer Gefahr schwebte, das Leben gerettet, und sie war ihm immer noch freundschaftlich verbunden.

»Guten Morgen«, tönte es plötzlich von der Tür her, und Irene trat in die Küche.

»Wenn man vom Teufel spricht ...«, entfuhr es Franz, und er errötete wie ein Chorknabe, als ihn Irene daraufhin anfunkelte.

Ursel betrachtete die junge Ulmerin. Selbst in dem langen weißen Flanellnachthemd sah sie verführerisch aus, und die ungebändigte wilde Haarpracht ließ sie noch eine Spur verruchter erscheinen. Ihre seidigen Wangen glänzten rosig, und obgleich sie noch ungeschminkt war, war sie von fast überirdischer Schönheit.

Schön wie die Göttin der Liebe, dachte die Hurenkönigin grimmig und warf einen Blick auf Irenes kokett geschürzte Rosenlippen. Und das weiß sie auch genau!

Barsch erklärte sie: »Irene, ich muss mit dir reden« und bedeutete der jungen Hübscherin, ihr auf den Flur zu folgen.

Sobald sie sich im Halbdunkel Auge in Auge gegenüberstanden, legte die Hurenkönigin los. »Hast du nicht schon genug Kerle im Bett, dass du jetzt auch noch meinen umgarnen musst?«, fauchte sie.

Irene war ganz blass geworden. »Ich habe ihn nicht umgarnt!«

»Ach was! Ich habe doch Augen im Kopf, oder für wie blöd hältst du mich?«

Irene stieß mit bebender Stimme hervor: »Er war am Boden zerstört, als er aus Eurem Zimmer kam, und da habe ich mich ein wenig um ihn gekümmert.«

»Das habe ich gesehen«, schnaubte die Hurenkönigin höhnisch.

»Es war nicht so, wie Ihr denkt! Lasst mich Euch doch bitte erklären ...«, sagte Irene eindringlich.

Doch Ursel unterbrach sie wütend: »Deine Erklärungen kannst du dir sonst wo hinstecken! Dafür habe ich jetzt keine Zeit. Ich kann dir nur dringend raten: Lass in Zukunft die Finger von ihm!« Mit hocherhobenem Haupt rauschte sie davon.

Ursel und die drei Hübscherinnen hatten gute anderthalb Stunden gebraucht, um sich gebührend herzurichten. Sie warfen gerade letzte Blicke in den Spiegel, als das Anschlagen des Türklopfers sie aufschrecken ließ.

»Das wird der Bürgermeister sein! Auf geht's, Mädels, und gebt acht, dass ihr nicht über eure Schleppen stolpert«, sagte die Zimmerin und eilte gemessenen Schrittes zur Eingangstür, gefolgt von den Huren.

Bürgermeister Reichmann und die Ratsherren Fichard, Fürstenberger, Neuhof, Uffsteiner, Holzhausen, Stalburg und Glauburg hatten sich für das Ereignis aufs feinste ausstaffiert, um dem hochgeschätzten Besucher die Ehre zu erweisen. Prunkvoll gekleidet und mit der schweren goldenen Amtskette über der Brust repräsentierte der Bürgermeister Reichtum und Macht der Stadt Frankfurt und verströmte, ebenso wie seine Begleiter, ein ausgeprägtes Standesbewusstsein. Doch ihre Amtsroben und Talare verblassten vor den prächtigen Gewändern der Huren, die heute aussahen wie Adelsdamen. Beim Anblick der Hurenkönigin und ihrer Gefolgschaft neigten die hohen Herren unwillkürlich die Häupter und ergingen sich in Komplimenten.

»Ihr … Ihr seht einfach hinreißend aus, liebe Zimmerin!«, erklärte der Bürgermeister und geleitete Ursel und die drei Hübscherinnen zu den acht bereitstehenden, mit Schafsfellen ausgepolsterten Schlittenfuhrwerken. In der Nacht hatte es geschneit, und der Schnee lag knöchelhoch in den Gassen.

Während er und die anderen Senatoren den Hübscherinnen galant beim Einsteigen halfen, wandte sich Reichmann an die Gildemeisterin: »Vergesst bitte nicht, unseren Gast bei der Begrüßung mit dem richtigen Titel anzureden. Der Kaiser hat Jakob Fugger nämlich letztes Jahr in den Adelsstand erhoben, und er ist jetzt ›Freiherr von Fugger‹. Und erklärt das auch unbedingt den Hübscherinnen.«

Ursel nickte und grummelte: »Soll mir recht sein. Ich kenn ihn nur unter dem Beinamen ›der Reiche‹.«

Der Bürgermeister bestieg seinen Pferdeschlitten und gemahnte zur Eile: »Es muss gleich zur zehnten Stunde schlagen, und wir wollen dem Freiherrn ja ein Stück entgegenkommen.« Im Gefolge von sechs geharnischten Stangenknechten setzte sich der Tross in Bewegung.

In der Alten Mainzer Gasse wimmelte es vor Messebesuchern. Als sie die Schlittenkolonne erblickten, bildeten sie ein Spalier und betrachteten staunend die Insassen, vor allem die vornehm gekleideten Damen. Nicht wenige der Passanten verneigten sich, weil sie glaubten, Fürstinnen vor sich zu sehen.

Jakob Fugger lächelte geziert, als die Hurenkönigin, gefolgt von den drei Hübscherinnen, vor ihn trat und ihn im Namen der Stadt Frankfurt huldvoll willkommen hieß.

Der stattliche Mann in der nerzverbrämten Schaube, einen Biberhut auf den kurzgeschnittenen Haaren, stieg vom Pferd und küsste der Gildemeisterin die Hand. »Es freut mich, Euch wiederzusehen. Ich erinnere mich noch gut an unser letztes Stelldichein!« Er streifte Ursel mit einem lüsternen Blick.

»Das muss gut zwanzig Jahre her sein«, erwiderte die Hurenkönigin mit charmantem Lächeln und geleitete den Freiherrn zu den Honoratioren, die ein Stück weiter vor den Pferdeschlitten Aufstellung genommen hatten.

»Da liegt Ihr richtig«, entgegnete Fugger leutselig. »Es war vor genau dreiundzwanzig Jahren, anno 1489. Ihr habt mir damals Glück gebracht, denn in jenen Tagen begegnete ich zum ersten Mal Kaiser Maximilian auf der Frankfurter Messe.«

»Das freut mich zu hören.« Die Hurenkönigin lächelte geschmeichelt, und der Bankier musterte sie mit unverhohlenem Wohlgefallen. »Ihr seid immer noch eine sehr schöne Frau. Ich glaube, wir sollten unsere Liaison unbedingt auffrischen …«

Ursel erwiderte freundlich: »Wir werden sehen.« Insgeheim stieß sie allerdings einen Fluch aus. Der Freiherr wird grantig werden, wenn er merkt, dass ich nicht mehr zu haben bin, dachte sie. Aber sei's drum! Auch wenn der Kaiser persönlich kommt, mich kriegt keiner mehr rum!

Obwohl Ursel ihr Gewerbe schon vor vierzehn Jahren aufgegeben hatte und nur noch als Frauenhauswirtin tätig war, erlebte sie immer wieder, dass Männer sie unbedingt haben wollten. Auch wenn sie sich stets bemühte, den Galanen keine allzu schroffe Abfuhr zu erteilen, ging ihr doch die Hartnäckigkeit, mit der manche Freier um sie warben, erheblich auf die Nerven.

Inzwischen waren sie vor dem Bürgermeister und den Senatoren angelangt. Immer mehr Schaulustige scharten sich um die Gruppe, so dass es für die anderen Reisenden und die Pferdefuhrwerke auf der verschneiten Mainzer Chaussee kaum noch ein Durchkommen gab.

Reichmann und die Ratsherren verbeugten sich ehrerbietig vor dem hohen Gast. »Herzlich willkommen auf der Frankfurter Fasten- und Frühjahrsmesse, verehrter Herr Freiherr«, grüßte ihn der Bürgermeister salbungsvoll. »Es ist uns eine große Ehre, Eure Durchlaucht in unserer freien Reichsstadt begrüßen zu dürfen.«

»Ich komme gerne nach Frankfurt. Und ich sehe schon, die Stadt am Main hat wie immer viel zu bieten.« Der Bankier aus Augsburg warf schmunzelnd einen Blick auf die Hübscherinnen.

»Wir freuen uns, Eurer Durchlaucht später bei den freien Töchtern unserer Stadt einen kleinen Willkommenstrunk anbieten zu dürfen«, entgegnete Reichmann katzbuckelnd. »Ich hoffe, Ihr hattet eine angenehme Reise?«

»Danke der Nachfrage. Ich habe die Nacht auf Burg Königstein zugebracht, wo Graf Eberhard so freundlich war, mir Gastfreundschaft zu gewähren. Und von Königstein nach Frankfurt ist es ja nur noch ein Katzensprung.«

Der Bürgermeister wies auf einen der Pferdeschlitten. »Wenn Ihr bitte Platz nehmen möchtet, Exzellenz«, bat er im Tonfall eines Domestiken. Ehe er sich an der Seite des Ehrengastes auf den Schafsfellen niederließ, murmelte er anbiedernd: »Ich bin so frei – wenn es gestattet ist?«

»Aber nur, wenn sich die Hurenkönigin an meine andere Seite setzt«, sagte Fugger lachend und warf Ursel einen anzüglichen Blick zu.

Die Zimmerin, die keine Lust hatte, sich neben den Bankier auf die schmale Sitzfläche zu zwängen und womöglich noch mit ihm auf Tuchfühlung gehen zu müssen, verzog unwillig das Gesicht. Mit Blick auf den kunstvollen Faltenwurf ihrer scharlachroten Atlasrobe erklärte sie: »Das wird mir zu eng, Herr Freiherr, dann verdrücke ich mir nur mein Kleid!«

Sie ignorierte das empörte Schnauben des Bürgermeisters, hob graziös den Saum ihres Gewandes und ließ sich mit gelassener Miene auf dem gegenüberliegenden Sitzplatz nieder.

Als sie sich dem Mainzer Tor näherten, fasste sich die Hurenkönigin ein Herz und erklärte dem Bankier unumwunden: »Herr Freiherr, es tut mir leid, aber Ihr werdet Euch wohl oder übel mit einer anderen vergnügen müssen. Als Hure stehe ich nicht mehr zur Verfügung. Schon seit vierzehn Jahren bin ich nur noch Frauenhauswirtin.«

Fugger verzog enttäuscht die Mundwinkel. »Das ist aber schade!«, rief er aus. »Vielleicht könnt Ihr ja bei mir eine Ausnahme machen?«

»Das wird sich doch bestimmt einrichten lassen!«, entgegnete der Bürgermeister anstelle der Hurenkönigin und bedachte die Zimmerin mit einem tadelnden Blick.

Doch Ursel schüttelte den Kopf und sagte entschieden: »Nein, das wird nicht möglich sein.« Als sie Fuggers beleidigte Miene gewahrte, bemerkte sie besänftigend: »Ihr solltet deswegen aber nicht böse sein, lieber Freiherr. Im Gegenteil, Ihr werdet das Vergnügen haben, Euch stattdessen mit sehr viel jüngeren und hübscheren Damen zu vergnügen.«

Gleich nachdem sich die Standespersonen in der Schankstube des Frauenhauses an der festlich gedeckten Tafel niedergelassen hatten, gab die Hurenkönigin Irene den Wink, sich neben den Ehrengast zu setzen – denn in der Tischordnung war vorgesehen, dass jedem der Herren eine Hübscherin beigeordnet wurde. Ehe sie selbst auf dem Stuhl zwischen dem Bankier und dem Bürgermeister an der Stirnseite des Tisches Platz nahm, machte sie Fugger mit seiner neuen Tischnachbarin bekannt: »Darf ich vorstellen, Eure Durchlaucht: die Hübscherin Irene aus Ulm. Ich dachte, es wäre Euch vielleicht angenehm, eine Landsmännin an Eurer Seite zu wissen.«

Irene schenkte dem Bankier ein liebreizendes Lächeln und gurrte: »Sehr erfreut, Eure Durchlaucht!«

Fugger verschlang die junge Ulmerin förmlich mit Blicken. »Ganz meinerseits, mein schönes Kind«, erwiderte er.

Während des opulenten Festmahls, bei dem auch der Wein in Strömen floss, hatte Jakob Fugger nur noch Augen für Irene. Es dauerte nicht lange, da saß die Ulmerin schon auf seinem Schoß und betörte ihn derart, dass er es vorzog, sich mit ihr zurückzuziehen.

Die Hurenkönigin, die ihnen lächelnd hinterherblickte, wandte sich an den Bürgermeister.

»Seht Ihr, Herr Bürgermeister, wie schnell er sich getröstet hat«, sagte sie triumphierend.

»Zum Glück«, entgegnete Reichmann erleichtert. »Es hätte aber auch anders kommen können, und dann hättet Ihr mit Eurer Sturheit unseren hohen Gast verärgert.«

Als der Freiherr nach einer guten Stunde Arm in Arm mit Irene in die Schankstube zurückkehrte, war er in bester Stimmung – was den Frankfurter Senatoren sehr gelegen kam. Bald fanden die Herren Großkaufleute und Juristen reichlich Gelegenheit, bei gutem Trunke, Musik und Gesang mit Jakob Fugger über Geschäftliches zu sprechen. Der gewiefte Bankier stellte den nicht minder gerissenen Frankfurter Senatoren in Aussicht, sie könnten Gewürze, Luxuswaren, Perlen und Edelsteine aus Indien zu günstigen Konditionen über seine Faktorei in Lissabon beziehen. Nachdem man auf den erfolgreichen Geschäftsabschluss gebührend angestoßen hatte, ergingen sich die Herren im Glücksspiel.

Fugger wich all die Stunden nicht mehr von Irenes Seite und turtelte mit ihr wie ein verliebter Täuberich. Das erregte den Unmut einiger Ratsherren, die auf die schöne Ulmerin gleichermaßen ein Auge geworfen hatten. Und so kam es zu vorgerückter Stunde – die Herren waren schon allesamt betrunken und in entsprechend aufgekratzter Stimmung – deswegen zu einem unerfreulichen Tumult.

Den ganzen Abend hatte der Patrizier Claus Uffsteiner, ein kahlköpfiger Mann mit groben Gesichtszügen, Irene begehrliche Blicke zugeworfen. Immer wieder murrte er verhalten darüber, dass der hohe Gast aus Augsburg sie derart in Beschlag nahm. Als Fugger beim Würfelspiel gerade einen guten Lauf hatte und Irene an die Festtagstafel trat, um vom Dessert zu kosten, trat Uffsteiner schwankend hinter sie, schlang ungelenk seinen Arm um ihre

Taille, zog sie zu sich heran und raunte ihr mit schwerer Zunge zu, dass er sie liebend gerne vernaschen würde.

Irene versuchte zunächst, ihn mit weiblicher Diplomatie auf Distanz zu halten, was ihr jedoch bei dem ebenso betrunkenen wie lüsternen Patrizier nicht gelang. Schließlich erklärte sie ihm mit gutartigem Spott: »Dein Mütchen wirst du wohl woanders kühlen müssen, mein Alter. Ich kann mich doch nicht zerreißen wegen euch Kerlen.«

»Das brauchst du auch gar nicht, mein Täubchen. Nehm mich mit auf deine Stube, dann fress ich dich mit Haut und Haaren«, säuselte er, während er sie begierig in den Nacken biss.

Irene entzog sich ihm erneut und schlug nun derbere Töne an. »Such dir eine andere, du geiler Bock!«, fauchte sie gereizt.

Nun richtete sich die Aufmerksamkeit aller Anwesenden auf die beiden.

Jakob Fugger stieß einen schwäbischen Fluch aus und wollte der Bedrängten schon zu Hilfe eilen, doch der Bürgermeister legte ihm beschwichtigend die Hand auf die Schulter. »Bitte echauffiert Euch nicht, Eure Durchlaucht, das werden wir schon klären!« Er erhob sich vom Stuhl und ging leicht schwankend auf Uffsteiner zu.

»Mäßige dich, Claus!«, zischte er seinem alten Freund und Senatskollegen zu. »Such dir gefälligst ein anderes Mauseloch, wo du ihn reinstecken kannst. Das hier gehört dem Augsburger, und den wollen wir uns doch nicht vergrätzen, oder? Denk doch an unser Handelsabkommen!«

Doch die beschwörenden Worte des Bürgermeisters konnten den Betrunkenen nicht beschwichtigen. Im Gegenteil, er blinzelte Irene aus geröteten Augen an und grölte großspurig: »Ich glaube nicht, dass er's dir besser besorgen kann als ich!« Dann wankte er auf die Ulmerin zu, fasste ihr plump in den Schritt und raunzte: »Hab dich bloß nicht so, du Hure! Oder meinst du vielleicht, du bist was Besseres, nur weil du für diesen Geldsack die Beine breitmachst?«

Irene holte aus und verpasste dem Grobian eine schallende Ohrfeige.

»Du miese Fotze!«, brüllte der Senator wütend und schlug zurück.

Die Hurenkönigin und Alma, die sich an einen ruhigen Tisch in der Ecke des Schankraums zurückgezogen hatten, sprangen sofort auf und eilten zu den Streitenden.

Mit zornrotem Gesicht trat Alma vor den Senator und spie ihn an. »Wenn du es noch einmal wagst, meine Tochter anzufassen, du Drecksack, dann schneid ich dir die Eier ab!«, schrie sie mit sich überschlagender Stimme.

Die Hurenkönigin kannte den bulligen Mann gut, denn er war wegen seiner groben Art unter den Huren des Frauenhauses wenig beliebt. Nun baute sie sich wie eine Rachegöttin vor ihm auf und herrschte ihn an: »Raus mit dir, du Rüpel, und lass dich hier bloß nicht mehr blicken!«

Der Bürgermeister stand fassungslos daneben, ihm fehlten vor Schreck die Worte. Da kam auch schon der muskulöse Franz Ott herbeigeeilt und nahm den Störenfried ohne viel Federlesen in den Schwitzkasten.

»Lass mich los, du Halbaffe!«, brüllte Uffsteiner völlig außer sich. »Ich gehe freiwillig. Bei diesen blöden Fotzen hier krieg ich sowieso keinen mehr hoch!«

Unversehens war Jakob Fugger an die Gruppe herangetreten. »Werft den Kerl raus, sonst tue ich es!«, sagte er in schneidendem Tonfall zu dem Frauenhausknecht. Dann ging er zu Irene, legte ritterlich den Arm um sie und ließ sie wissen, wie sehr er den Vorfall bedauere.

Endlich fand auch der Bürgermeister seine Sprache wieder. »Eminenz!«, stöhnte er verzweifelt und händeringend. »Bitte verzeiht dieses hässliche Vorkommnis! Ich bin mir sicher, Senatskollege Uffsteiner wird sich gleich morgen, wenn er wieder bei Sinnen ist, bei Euch entschuldigen …«

Mit herrischer Geste schnitt Fugger ihm das Wort ab. »Darauf kann ich gerne verzichten«, erwiderte er mit eisiger Verachtung. »Im Übrigen möchte ich den Herren mitteilen, dass sie sämtliche meiner Geschäftszusagen, den Fernhandel aus Indien betreffend, für null und nichtig ansehen können.« Er maß den Bürgermeister, der kreidebleich geworden war, mit einem kalten Blick. »Mit solchen Lumpenhunden machen ehrbare christliche Kaufleute keine Geschäfte.«

Der Bürgermeister überschlug sich beinahe in Entschuldigungen und Beschwichtigungen, doch alle seine Bitten prallten an dem Augsburger ab wie an einem Eisenharnisch. Fugger bot Irene formvollendet seinen Arm und sagte mit ausgesuchter Höflichkeit: »Darf ich die Jungfer bitten, mich zu meiner Fürstensuite im Trierischen Hofe zu begleiten? Das hier ist kein Ort für eine Dame.«

Irene zögerte kurz, dann legte sie ihre zierliche Hand, die in einem purpurfarbenen Seidenhandschuh steckte, der betörenden Amberduft verströmte, graziös auf den dargebotenen Arm und ging grußlos mit ihm hinaus.

Reichmann trat an den Spieltisch und kippte mit bebenden Händen einen Becher Branntwein hinunter.

Unter den Herren der Tischgesellschaft herrschte Grabesstimmung. Einige Ratsherren stießen wüste Flüche gegen Uffsteiner aus, der mit hängenden Schultern und Schafsgesicht an der Tür stand.

»Du Unglücksrabe, wie konntest du dich nur so danebenbenehmen!«, schimpfte Bürgermeister Reichmann voller Zorn. »Morgen, wenn du deinen Rausch ausgeschlafen hast, gehst du zu Fugger und entschuldigst dich bei ihm in aller Form, hast du verstanden? Und gnade dir Gott, dass er die Entschuldigung annimmt und sich wieder einkriegt, sonst … sonst …« Dem Würdenträger fehlten erneut die Worte. Er schien kurz vor dem Zusammenbruch zu stehen.

»Sonst sind wir ruiniert!«, vollendete sein engster Freund und Vertrauter Johann Fichard den Satz und warf Uffsteiner einen vernichtenden Blick zu.

»Wenn sich der Fugger tatsächlich aus dem Geschäft zurückzieht, mach ich dich kalt!«, platzte es aus dem Patrizier Anton Neuhof heraus, und er schlug so heftig mit der Faust auf die Tischplatte, dass die Spielwürfel auf den Boden kullerten.

»Ach, leckt mich doch alle«, stieß Uffsteiner zwischen den Zähnen hervor und torkelte auf den Flur hinaus.

»Lass dich von einem Pferdeschlitten heimbringen, Claus«, rief der Bürgermeister hinter ihm her und goss sich erneut den Becher voll. »Seine Alte wird heut Nacht bestimmt nichts zu lachen haben«, raunte er Fichard zu.

Der studierte Jurist runzelte die Stirn und erwiderte abgeklärt: »Und wenn schon. Die kennt es ja nicht anders. Aber das ist schließlich nicht unser Problem. Lass uns lieber überlegen, wie wir den Augsburger wieder umstimmen können. Wenn der stur bleibt, sehen wir nämlich alle ganz schön alt aus.«

»Das brauchst du mir nicht zu sagen«, maulte Reichmann mit schwerer Zunge und machte sich, ebenso wie die anderen Honoratioren, mit finsterer Miene auf den Heimweg.

Der Frauenhausknecht schloss hinter ihnen die Tür ab, und die Huren, angetrunken und müde nach dem langen Arbeitstag, zogen sich auf ihre Zimmer zurück.

»Was für ein Tag«, seufzte Ursel Zimmer erschöpft. Sie löschte die Lichter in der Schankstube und ging gemeinsam mit Alma die Treppe hinauf. Vor ihrer Zimmertür hielt sie inne, um Alma gute Nacht zu wünschen, denn nach dem anstrengenden Tag stand ihr nicht mehr der Sinn nach Gesellschaft. Gerade wollte sie das Alma mitteilen, als diese ihr zuvorkam. »Du möchtest sicher alleine schlafen. Wir brauchen alle unsere Ruhe nach diesem anstrengenden Tag«, erklärte sie verständnisvoll.

Ursel nickte, und die beiden Frauen umarmten sich. »Ach, eines wollte ich dir noch sagen«, sagte Alma mit eigentümlichem Lächeln.

»Was denn?« Die Hurenkönigin blickte die Freundin erstaunt an.

»Du siehst phantastisch aus in deiner Festtagsrobe. Ich glaube, du bist überhaupt die schönste und anziehendste Frau, die ich jemals gesehen habe«, erklärte sie mit kehliger Stimme und streifte Ursel mit einem Blick, aus dem reines Begehren sprach.

So hat mich noch keine Frau angesehen, ging es der Hurenkönigin durch den Sinn, und sie spürte mit einem gewissen Unbehagen, dass sie dieser Blick seltsam erregte.

Alma schien ihre Gefühle zu erraten. Kurzerhand zog sie Ursel an sich und küsste sie so leidenschaftlich, dass der Hurenkönigin Hören und Sehen verging.

Ursel dachte an Bernhard. Sei's drum, sagte sie sich. Was du kannst, kann ich auch!

»Komm mit«, raunte sie Alma zu und zog sie mit sich in ihr Zimmer.

✱

Trotz des feinen Nieselregens hatte Claus Uffsteiner darauf verzichtet, sich von einem der Pferdeschlitten nach Hause bringen zu lassen. Er ging das kurze Stück zur Neuen Kräme lieber zu Fuß. Die frische Luft und die Bewegung trugen dazu bei, dass sein Kopf klarer wurde, und je mehr er über alles nachdachte, desto bekümmerter wurde er ob des Schadens, den er angerichtet hatte. Als gewiefter Geschäftsmann, der er zweifellos war, musste er sich eingestehen, dass er nicht nur seinen Senatskollegen, sondern auch sich selbst ein ganz schönes Ei gelegt hatte. Wie hatte er den schwerreichen Bankier aus Augsburg nur derart verärgern können! Was biste für ein Simpel, schimpfte er vor sich hin, als ihm siedend heiß bewusst wurde, was für einen finanziellen Verlust ihm sein Ausrutscher bescheren würde. Er dachte an die Ermahnungen des Bürgermeisters – selbstverständlich würde er sich morgen bei dem Augsburger in aller Form für seine Flegelei entschuldigen! Er würde, wenn's sein musste, diesem Sauschwaben sogar in den Arsch kriechen, dann würde der sich schon wieder einkriegen. Ein gutes Geschäft durfte man sich doch nicht so einfach durch die Lappen gehen lassen!

Allerdings konnte sich der Fugger so etwas eher leisten als die Frankfurter Senatoren, fuhr es Uffsteiner durch den Kopf, und mit einem Mal war er sich gar nicht mehr so sicher, ob er mit seiner Entschuldigung tatsächlich bis morgen warten sollte. Mit Sicherheit würde er besser schlafen, wenn sich alles wieder eingerenkt hatte, und so entschied sich der korpulente Ratsherr, diesen wichtigen Schritt nicht zu vertagen. Er bog kurzerhand in die Münzgasse ein, um Fugger im Trierischen Hof einen Besuch abzustatten.

Der Hausdiener des Fürstenhofs rümpfte zwar ein wenig die Nase, als ihm Uffsteiners Alkoholfahne entgegenschlug, doch die Amtskette und der herrische Tonfall des Ratsherren überzeugten ihn schließlich davon, dass es besser war, einem so hohen Herrn nicht die Tür zu weisen. So führte er den späten Besucher zu Fuggers Gemächern im Fürstenflügel des weitläufigen Anwesens.

Nach mehrfachem höflichem Anklopfen öffnete der vornehme Gast schließlich die Tür. Er trug schon seinen Schlafrock und blinzelte den Dienstmann ungehalten an.

»Ich bitte untertänig, die späte Störung zu entschuldigen, Eure Durchlaucht«, näselte der livrierte Diener devot. »Aber Ihr habt Besuch – ein Herr Senator Uffsteiner wünscht Euch zu sprechen.« Er wies auf die gedrungene Gestalt, die im Halbdunkel des Flurs neben ihm stand, und zog sich katzbuckelnd zurück.

Uffsteiner räusperte sich verlegen und ging einen Schritt auf sein Gegenüber zu, ehe er sich tief verbeugte und hervorpresste: »Bitte vielmals um Entschuldigung, Herr Freiherr, dass ich Euch geweckt habe!« Er ergriff

Fuggers Hand und stammelte: »Ich möchte Euch in aller Form um Verzeihung bitten für mein schlechtes Benehmen von vorhin … und ich bitte Euch sehr, mir nicht länger gram zu sein …«

Unwirsch schüttelte Fugger Uffsteiners Hand ab und entgegnete eisig: »Die Entschuldigung gebührt nicht mir, sondern der Dame!«

»Äh … was denn für einer Dame?«, murmelte der Ratsherr begriffsstutzig und erkannte viel zu spät, dass er schon wieder einen Fauxpas begangen hatte. Denn erst jetzt bemerkte er im Hintergrund die junge Hübscherin, die ihn hasserfüllt anfunkelte. Im nächsten Moment schlug ihm Fugger krachend die Tür vor der Nase zu, und Uffsteiner stand da wie ein begossener Pudel.

»Dann eben nicht!«, raunzte er erbost und stampfte mit dem Fuß auf den Boden, ehe er sich schließlich davonmachte.

Wenig später stapfte der Ratsherr durch knöchelhohen Schneematsch, der ihm nicht nur das Leder seiner feinen Kuhmaulschuhe ruinierte, sondern auch klatschnasse Füße bescherte. Er hätte vor Zorn die Wände hochgehen können. So ein eingebildeter Lackel, was glaubt der denn, wer er ist, fluchte er vor sich hin und bereute es zutiefst, dass er vor dem reichen Augsburger so zu Kreuze gekrochen war. Als er in die Limpurgergasse bog, beschloss er voller Ingrimm, zu Hause noch einen ordentlichen Schoppen zu sich zu nehmen. Da vernahm er plötzlich Schritte hinter sich und drehte sich erstaunt um.

»Du?«, konnte er gerade noch von sich geben, da bohrte sich schon die Dolchspitze in seine Brust, und der stechende Schmerz nahm ihm den Atem. Langsam sank er zu Boden, und in seinen Augen spiegelte sich neben namenlosem Entsetzen auch eine große Fassungslosigkeit.

*

Ursel wusste nicht so recht, wie ihr geschah. Noch nie zuvor hatte sie sich mit einer Frau eingelassen. Natürlich war ihr nicht unbekannt, dass Frauen einander lieben und begehren konnten – suchten doch zuweilen auch Frauen, wenn auch tief verschleiert, das Frauenhaus auf, um bei einer Hübscherin ihre Lust zu stillen. Doch ihr selber waren derartige Gefühle fremd. Bislang zumindest.

Alma küsste und streichelte sie am ganzen Körper, und Ursel ergab sich ihrer atemberaubenden Zärtlichkeit, die gepaart war mit der ungezähmten Wildheit einer Löwin. Mit Alma erlebte sie eine ungeahnte tiefe Lust, die sie derart erschütterte, dass sie weinen musste.

Überglücklich drückte Alma sie an ihr Herz und hauchte atemlos: »Ich liebe dich!«

Doch als Antwort murmelte Ursel nur: »Es war unglaublich schön mit dir …« Zu Liebesschwüren war sie nicht in der Lage.

Alma lächelte versonnen. »Das war ein Geschenk der Großen Mutter. Ich glaube, jetzt ist es an der Zeit, dass ich dich in die Geheimnisse der Venusschwestern einführe«, erklärte sie.

»Hast du das nicht gerade getan?«, erwiderte die Hurenkönigin mit laszivem Augenaufschlag.

Alma lachte auf und gab Ursel einen Kuss. »Schon«, sagte sie verschmitzt. »Aber das war gewissermaßen nur das Vorspiel …«

Die Hurenkönigin seufzte auf. »Wenn das nur das Vorspiel war, dann möchte ich wissen, wie der Hauptakt aussieht.«

»Es wird dir gefallen«, raunte Alma ihr zu. Sie schloss die Augen und konzentrierte sich eine Weile, ehe sie über der Hurenkönigin die Segensworte der Großen Göttin sprach: »Ich bin die Liebe im Herzen eines jeden Menschen, und ich schenke das Wissen des ewigen Geistes. Jenseits des Todes gebe ich Frieden und Freiheit und vereine euch wieder mit denen, die vor euch gegangen sind. Denn seht, ich bin die Mutter aller Dinge, und meine Liebe ergießt sich über die Erde. Ich bin bei euch gewesen von Anbeginn, und ich bin es, zu der ihr am Ende eurer Wünsche gelangt.«

Ursel war bewegt. »So etwas Schönes habe ich noch nie gehört«, murmelte sie. »An die Göttin der Liebe zu glauben, muss wunderbar sein.«

Alma lächelte. »Die Venusschwestern *glauben* nicht an die Göttin. Sie verbinden sich mit ihr – durch die Sterne, den Mond, die Erde und das Meer, durch die Bäume, die Pflanzen und die Tiere, durch die Menschen und durch uns selbst. Sie ist in uns allen. Sie ist überall.«

Über Ursels Gesicht glitt ebenfalls ein Lächeln. »Ich spüre sie«, flüsterte sie und presste sich die Hand aufs Herz. »Tief in mir drinnen.«

»Das ist das große Mysterium der Göttin.« Almas Stimme bebte. »Wenn ihr mich nicht in euch selber findet, werdet ihr mich nirgends finden – so lauten ihre Worte.« Sie zog Ursel an sich. »Mir wurde die große Ehre zuteil, die Vorsteherin der Venusschwestern zu sein. Unser Orden trifft sich jedes Jahr zur Sommersonnenwende in einem der Göttin geheiligten Hain nahe der Stadt Ulm, wo über viele Jahrhunderte hinweg die Kriegerinnen der Amazonen regierten. Die Ordensgründung reicht zurück bis in dieses Goldene Zeitalter«, berichtete sie stolz. »Bei unserem nächsten Ordenstreffen würde ich dich den Venusschwestern gerne als neues Ordensmitglied vorstellen. Wir haben Mitglieder aus dem gesamten Abendland, aber nur besonders mutigen und kämpferischen Frauen wird die Mitgliedschaft gewährt. Deshalb war es auch mein Herzenswunsch, dich für unseren Orden zu gewinnen, als ich davon hörte, wie unerschrocken du die Hurenmörder zur Strecke gebracht hast.«

»Es wäre mir eine große Freude und Ehre, dem Orden der Venusschwestern anzugehören«, erklärte die Hurenkönigin gerührt.

»Die Mutter alles Irdischen hat viele Namen«, sagte Alma ernst. »Und ebenso viele Gesichter. Sie ist die nährende Mutter, die alles Leben hervorbringt. Zu allen Zeiten galt ihr fruchtbarer Schoß den Völkern der Erde als heilig. Doch sie ist auch die Königin der Schatten, die über den Tod regiert.« Almas Stimme bebte. »Erst die Kirche hat ihr diese Vielfalt geraubt und aus ihr nichts weiter als eine keusche Jungfrau gemacht. Aber sie ist und bleibt unsere Himmelskönigin.« Alma musterte die Hurenkönigin eindringlich. »Wir verwenden bei unseren Zusammenkünften immer ein bestimmtes Hilfsmittel, um der Großen Mutter nahe zu kommen«, erklärte sie in feierlichem Ton. »Ich denke, das sollten wir jetzt auch tun.« Sie streichelte Ursel über die Wange, schwang die Beine aus dem Bett und ging zur Truhe am Fenster, wo sie ihre Habseligkeiten aufbewahrte.

»Was für ein Hilfsmittel?«, fragte Ursel irritiert.

»Das hier«, erwiderte Alma und zeigte der Hurenkönigin einen Tontiegel.

Als Ursel unwillkürlich zusammenzuckte, sagte sie lächelnd: »Keine Angst, das ist kein Theriak. – Es ist etwas viel, viel Besseres.« Sie nahm den Korkverschluss vom Tiegel. »Riech mal, wie gut es duftet.« Alma hielt der Hurenkönigin den Balsam unter die Nase, die den intensiven Geruch tief einsog.

»Es riecht nach wilden Rosen – aber auch nach Moschus und Muskatblüte«, murmelte die Zimmerin konzentriert. »Und irgendwie auch ein bisschen nach Arznei ...«

»Die Salbe habe ich selber hergestellt«, erklärte ihr Alma, »nach einem alten, gehüteten Rezept der Venuspriesterinnen. Wir verwenden sie nur bei besonderen Anlässen. – Und einen solchen haben wir ja heute.« Almas Stimme war unversehens ganz samtig und schmeichelnd geworden. Ihre Augen glänzten, als sie Ursel betrachtete, und aus ihrem Blick sprach eine solche Wärme und Zuneigung, dass Ursel unwillkürlich eine Gänsehaut bekam. »Du bist einfach wunderbar!«, flüsterte Alma, während sie den Zeigefinger in den Tiegel tauchte und mit unendlich sanften, kreisenden Bewegungen die Stelle unterhalb des linken Brustansatzes bestrich, wo sich Ursels Herz befand. Anschließend tupfte sie sich selber etwas von dem Balsam auf die Pulsadern und schloss Ursel in die Arme.

Die Hurenkönigin roch den Duft ihrer Haut und hatte das Gefühl, immer leichter zu werden. Anders als bei der bleiernen Schwere des Opiumrauschs, die unaufhaltsam nach unten zog, fühlte sie sich wundersam erhoben. Von einem unglaublichen Glücksgefühl durchströmt, ergab sie sich Almas zärtlichen Händen, die ihr die Pforte zum Paradies öffneten – und sie hatte einen wundersamen Traum.

5

Dienstag, 27. März 1512

Der ganze Schnee war über Nacht weggetaut, und in den Gassen der Frankfurter Altstadt versank man bis über die Knöchel im Morast. Überall lag Unrat, der sich während der Messezeiten verstärkt ansammelte.

Als der Gassenkehrer Albrecht Gimpel in den frühen Morgenstunden, lange bevor der Messerummel einsetzte, in der Limpurgergasse den Kehricht zusammenfegte, stieß er plötzlich einen wüsten Fluch aus. Im flackernden Licht seiner Teerfackel gewahrte er eine Horde streunender Hunde, die sich unweit einer Mauernische knurrend um etwas balgten, was wie ein Schweinekadaver aussah.

Haben die verdammten Köter schon wieder eine Sau gerissen, dachte er verärgert und beschloss, noch heute dem Magistrat Meldung zu erstatten, damit der städtische Abdecker den Streunern den Garaus machte.

»Die gehen einem ja noch an die Gurgel, die verdammten Mistviecher«, schimpfte Gimpel wütend und verjagte die räudigen und ausgemergelten Tiere mit der Fackel und mit Fußtritten. Der eine oder andere zog knurrend die Lefzen nach oben, ehe sich die Straßenköter schließlich mit eingezogenen Schwänzen davonmachten.

Der Gassenkehrer war zwar erst Mitte dreißig, aber längst kein junger Mann mehr. Die Gicht, die ihn vor allem in der kalten Jahreszeit plagte und ihm das ewige Bücken zur Qual machte, schwächte ihn sehr. Und so ließ er, als ihm klarwurde, dass es sich bei dem vermeintlichen Aas um einen menschlichen Körper handelte, der blutüberströmt in der Mauernische lag, vor Schreck die Fackel fallen und musste sich keuchend an der Hauswand abstützen, um nicht haltlos in sich zusammenzusacken.

Das Gesicht des Leichnams mit dem Spitzbart am Kinn verriet Albrecht Gimpel, dass es sich um einen männlichen Toten handelte. Die weit aufgerissenen bläulichen Lippen, zwischen denen ein dicker blutiger Knebel steckte, muteten geradezu grotesk an und erinnerten Gimpel an einen gepökelten Schweinekopf, dem man zur Dekoration eine Rübe ins Maul gesteckt hatte.

»Ach Gott, ach Gott!«, ächzte er völlig außer sich und hatte große Mühe, wieder zu Atem zu kommen. »Was haben sie denn mit dem gemacht?«

Verzweifelt hielt er Ausschau nach etwaigen Polizeibütteln, doch die Gasse war menschenleer. Mit einem Mal rebellierte sein Magen, er ging in die Knie und erbrach sich in krampfartigen Schüben neben dem Leichnam, dessen Körper schlimm verstümmelt war. Panik erfasste Gimpel, und er fing an, lautstark um Hilfe zu schreien.

Zu seiner Erleichterung waren plötzlich vom benachbarten Römerberg Schritte zu vernehmen, und gleich darauf bog eine wuchtige Gestalt mit Lanze und Pechfackel um die Ecke, in der der Gassenfeger den Nachtwächter Georg Bäcker erkannte.

»Gott sei Dank«, entfuhr es Gimpel beim Anblick des Mannes. »Komm schnell her, Schorch. Hier licht en Tode!«

Der Nachtwächter, von allen nur »Schorch« genannt, kam auf ihn zugetorkelt. Als er vor ihm stand, konnte der Gassenfeger seinen Branntweinatem riechen und presste hervor, während er auf das Bündel deutete: »Den haben sie übel zugerichtet. – Ich glaub, ich könnt jetzt auch einen Schnaps gebrauchen.«

»Heiliche Maria«, stammelte der Nachtwächter beim Anblick der Leiche und nestelte mit zitternden Händen seine Branntweinflasche aus der Manteltasche. Er nahm einen tiefen Zug und reichte sie an den Gassenkehrer weiter.

»Was hat der denn im Mund?«, murmelte er dann verstört und starrte entsetzt auf das blutige Teil zwischen den Lippen des Toten. »Sieht aus ... wie ... wie bei einer gestopften Gans!« Gleich darauf musste auch er sich übergeben.

Als sich der Nachtwächter wieder gefasst hatte, stieß er hervor: »Was machen wir denn jetzt? Die Polizeiwache im Leinwandhaus öffnet erst bei Tagesanbruch, und die Torwächter kommen auch erst, wenn es hell wird. Zur siebten Stunde singe ich den Tag an. Das ist noch fast eine Stunde hin.«

Anstelle einer Antwort stieß Gimpel nur keuchend den Atem aus. Der Nachtwächter, der merkte, wie schlecht es um seinen Freund bestellt war, reichte ihm erneut die Branntweinflasche. »Komm, trink noch einen, Albrecht, bevor du dem da unten noch Gesellschaft leistest«, raunzte er. Dann besah er sich die Leiche genauer.

»Des is kein Armer – hat 'ne teure Schaube an und einen Biberhut auf dem Dez. Wahrscheinlich war es Raubmord«, brabbelte er vor sich hin.

»Nee, nee, des kann ned sei«, wandte der Gassenkehrer ein, dessen Lebensgeister dank des Branntweins langsam zurückkehrten, und wies auf das blutbesudelte Wams des Toten, über dem eine Goldkette hing. »Das Ding hätte sich doch kein Beutelschneider entgehen lassen.«

»Stimmt!« Der Nachtwächter leuchtete mit der Fackel auf das Schmuckstück, aber im nächsten Moment zuckte er wie vom Blitz getroffen zurück. »Der Frankfurter Adler!«, stieß er hervor. »Das ist eine Amtskette! So was tragen die Ratsherren und die Stadtoberen zu feierlichen Anlässen. – Herr im Himmel, das muss ein Senator sein!« Er wischte sich die Schweißperlen von der Stirn.

»Kennst du den?«, fragte Gimpel mit belegter Stimme.

Georg Bäcker zuckte ratlos mit den Schultern. »Ich weiß nicht so genau. Bei der blutigen Visage kann man das so schlecht erkennen.« Er verzog angewidert die Mundwinkel und betrachtete den Toten nachdenklich.

»Dem sein Schwellkopp kommt mir schon irgendwie bekannt vor«, murmelte er nach einer Weile beunruhigt. »Und der dicke Ranzen … Mensch, Albrecht, das könnt der Uffsteiner sein!«

»Du meinst den Uffsteiner, der seine Alte immer so verdrischt?«, fragte der Gassenkehrer sensationsgierig.

Der Nachtwächter nickte und fügte mit grimmiger Miene hinzu: »Ich kenn den doch. Hab schon öfter nachts die Stangenknechte rufen müssen, weil er daheim so 'ne schreckliche Jacht gemacht hat.«

»Na, das ist ja ein Ding!« Der Gassenfeger wurde ganz

aufgeregt. »Soll ich rüber in die Neue Kräme laufen und dem seinen Leuten Bescheid sagen?«

»Das wirst du schön bleibenlassen! Wir warten jetzt, bis die Büttel da sind, und dann sollen die das machen«, beschied der Nachtwächter seinen Kumpan barsch und nahm noch einen Schluck aus der Pulle.

*

Als sich Bürgermeister Reichmann am Dienstagmorgen um die achte Stunde durch das dichte Messetreiben auf dem Römerberg zum Rathaus kämpfte, hätte er am liebsten gleich wieder kehrtgemacht. Er sehnte sich nach seinem behaglichen Alkoven zu Hause, wo er sich von der Hausfrau kalte Wickel und eine heiße Brühe bereiten lassen konnte. Nach dem gestrigen Gelage, das ein so unerfreuliches Ende gefunden hatte, plagten ihn ein bohrender Kopfschmerz und ein rebellierender Magen.

Doch kaum hatte er die Steintreppe zum Rathaus erreicht, da eilte ihm schon der livrierte Rathausdiener, der ihm sonst immer dienstbeflissen den Portalflügel aufhielt, aufgeregt entgegen. Atemlos suchte er nach Worten, bis er endlich hervorstieß: »Herr Bürgermeister, es gibt schlechte Nachrichten! Der Herr Senator Uffsteiner ist heute Morgen tot aufgefunden worden. Ihr sollt bitte sofort zu Doktor Schütz und Untersuchungsrichter Fauerbach in die Leichenhalle auf dem Peterskirchhof kommen.«

»Das kann doch nicht wahr sein!«, murmelte Reichmann bestürzt und wurde unversehens kreidebleich.

Der Dienstmann hakte ihn fürsorglich unter und brachte ihn in die Halle, wo er ihn zu einem Stuhl führte.

»Setzt Euch erst mal hin – ich bringe Euch einen Schluck Wasser«, sagte er.

Damit wollte er davoneilen, als der Bürgermeister in herrischem Ton »Halt!« rief. »Bring Er mir … etwas Stärkeres. Dann hol Er sofort die anwesenden Ratsherren herbei, die sollen mich begleiten.«

Der Amtsdiener schüttelte betreten den Kopf. »Von den Herren ist noch keiner erschienen, Ihr seid der Erste. Und der Herr Neuhof hat sich entschuldigen lassen. Er muss seiner Frau Schwester in dieser schweren Stunde beistehen.«

Reichmann nickte. »Das versteht sich von selbst«, erklärte er mit brüchiger Stimme und rang nach Atem. »Hol Er mir einen Schnaps und dann lass Er anspannen. Ich fahre zuerst in die Neue Kräme, um Frau Uffsteiner zu kondolieren, und danach zum Friedhof. Und sorg Er dafür, dass die Senatoren nachkommen, und zwar umgehend!«, fügte er missmutig hinzu. »Klingel Er sie notfalls aus den Betten.«

✵

In eine dicke Wolldecke gehüllt, saß die zierliche Genoveva Uffsteiner auf einem Lehnstuhl am Kamin. Neben ihr auf einem Beistelltisch stand ein Fläschchen Theriak, das ihr Doktor Armbrüster zur Beruhigung verordnet hatte. Gemeinsam mit ihrem Bruder Anton Neuhof kümmerte sich der Hausarzt um die Bedauernswerte, die die Hiobsbotschaft vom Tode ihres Gatten noch immer nicht fassen konnte.

Genovevas fragiler Körper zitterte wie Espenlaub,

und das verhärmte kleine Gesicht war tränenüberströmt. »Nein, nein, das kann nicht sein!«, stammelte sie ein ums andere Mal in tiefster Verzweiflung und raufte sich das dünne mausgraue Haar.

Auf der anderen Kaminseite saß mit versteinerter Miene ihre Tochter Gertrud. Anders als die Mutter blickte sie nur mit starren, tränenlosen Augen ins Leere, während sich auf ihren herben Gesichtszügen keinerlei Gemütsregung zeigte.

Der Bürgermeister, der gerade den Raum betreten hatte, hüstelte höflich und sah erstaunt zu Mutter und Tochter, die kaum gegensätzlicher hätten sein können. Genoveva war klein und zerbrechlich, Gertrud kam nach Größe und Grobschlächtigkeit eindeutig nach ihrem Vater. Was sicherlich einer der Gründe war, dass sie mit fünfundzwanzig Jahren noch immer keinen Mann hatte, ging es Reichmann bei ihrem Anblick durch den Sinn. Er räusperte sich erneut, nahm eine angemessene Haltung an und trat auf die Trauernden zu, um zuerst Frau Uffsteiner, anschließend ihrer Tochter und zum Schluss Anton Neuhof mit Leichenbittermiene zu kondolieren.

»Ich kann es einfach nicht glauben«, wimmerte die Witwe mit tränenerstickter Stimme und blickte Reichmann aus großen, rotgeweinten Augen fassungslos an.

»Meine Ärmste«, sagte der Bürgermeister salbungsvoll und schniefte vernehmlich. »Wir alle können es nicht fassen … ein Pfundskerl wie der Claus … Es ist mir unbegreiflich!« Er wandte sich an Anton Neuhof, den Schwager des Verstorbenen, und erkundigte sich mit gesenkter Stimme: »Ist er es wirklich? Ich meine, es könnte ja auch ein Irrtum gewesen sein …«

Neuhof schüttelte nachdrücklich den Kopf. »Ausgeschlossen«, murmelte er. »Ich habe ihn selber gesehen, vor etwa einer Stunde, als die Polizeibüttel mich rausgeklingelt haben. Es war Claus, daran besteht nicht der geringste Zweifel.«

Reichmann schwieg betreten, während Frau Uffsteiner ihr Gesicht in den Händen barg und in lautes Wehklagen ausbrach.

Über Gertruds erstarrte Züge lief ein Beben. »Er ist tot, Mutter. Finde dich damit ab«, erklärte sie mit einer kalten, metallischen Stimme, die nichts Tröstliches an sich hatte.

Der Arzt träufelte der Witwe noch etwas Theriak in den Trinkbecher und reichte ihn ihr. »Trinkt nur, meine Liebe, das wird Euch guttun!«

Gehorsam schluckte Genoveva die dargereichte Medizin hinunter und blickte sich eine Spur gefasster in der weitläufigen Wohnstube um. »Wo ist denn der Hund?«, fragte sie mit schwacher Stimme.

»Die Asta habe ich in die Küche gebracht, damit sie ihr Fressen kriegt«, erklärte die Tochter. »Soll ich sie holen?« Ohne die Antwort ihrer Mutter abzuwarten, stand Gertrud auf und eilte aus dem Zimmer. Wenig später kehrte sie mit einer grauen Windspielhündin zurück, die von der Trauer ihrer Herrin wenig beeindruckt schien. Im Gegenteil: Das filigrane Tier sprang freudig an Frau Uffsteiner hoch und stupste sie so ausgelassen mit der Schnauze an, dass Genoveva bei aller Niedergeschlagenheit unwillkürlich lächeln musste. Während sie dem Tier liebevoll über den Kopf streichelte, murmelte sie wie zu sich selbst: »Ist gut, mein Mädchen, ist doch alles gut …« In ihrem Tonfall schwang fast so etwas wie Erleichterung mit.

Den Bürgermeister befremdeten die beiläufig dahingesagten Worte der Witwe, obwohl ihm hinlänglich bekannt war, welch schwere Bürde die aus begütertem Hause stammende Genoveva all die Jahre an der Seite ihres gewalttätigen Gatten getragen hatte. Schnell verabschiedete er sich mit dem Hinweis, der Untersuchungsrichter erwarte ihn.

Anton Neuhof schloss sich dem Bürgermeister an. Sobald nur noch der Arzt und die beiden Frauen in der Wohnstube waren, trat Gertrud zu ihrer Mutter und legte ihr fürsorglich den Arm um die Schultern.

»Komm, Mutsch, leg dich doch auf den Diwan, da hast du es bequemer«, schlug sie vor.

»Das ist eine ausgezeichnete Idee«, stimmte ihr Doktor Armbrüster zu und führte die Geschwächte mit Unterstützung von Gertrud zur Liege.

Als Gertrud ihrer Mutter die Kissen aufgeschüttelt und die Decke über sie ausgebreitet hatte, sagte sie spontan: »Hol dir doch Asta unter die Decke, die wird dich wärmen!«

Genoveva schüttelte verschämt den Kopf und erwiderte leise: »Das geht doch nicht, dann ist doch alles voller Hundehaare!«

»Na und!«, entgegnete Gertrud prompt. »Wen soll denn das noch scheren?«

Frau Uffsteiner zögerte kurz, dann rief sie die Windspielhündin zu sich, die sich mit wohligem Schnauben an sie kuschelte. Ihre Herrin gähnte und schloss die Augen. Bevor sie sich der Müdigkeit hingab, die das Opiat in ihr verbreitete, murmelte sie mit schwerer Zunge: »Und leg ruhig noch etwas Holz nach, Gertrud, damit wir es schön warm haben.«

Gertrud tat wie ihr geheißen und ging anschließend in die Küche, wo die junge Dienstmagd und die Köchin weinend am Tisch saßen.

»Du kannst gleich auf dein Zimmer gehen und deine Sachen packen, Traudel!«, wandte sie sich in scharfem Ton an die Magd, die entsetzt zu ihr aufsah. »Jetzt, wo Vater tot ist, wirst du hier nicht mehr gebraucht.« Ohne auf das Lamentieren der Magd einzugehen, machte Gertrud auf dem Absatz kehrt und verließ den Raum.

✻

Die Mienen des Untersuchungsrichters und des Arztes waren mehr als ernst, als sie Bürgermeister Reichmann und Senator Neuhof in der Leichenhalle des städtischen Friedhofs begrüßten. Es stand auch eine Spur von Entsetzen in ihren Gesichtern.

»Wir sind mit der Leichenschau gerade fertig geworden«, begann der Stadtphysikus Doktor Schütz, auf dessen faltiger Stirn feine Schweißperlen glitzerten. »Wenn die Herren es wünschen, kann ich Euch anhand des Leichnams eine kurze Zusammenfassung des Tathergangs geben.«

Mit fragendem Blick wies er auf eine Bahre an der Wand. Unter einem weißen Laken zeichnete sich ein menschlicher Körper ab.

Reichmann überlief ein kalter Schauder, was nicht allein an der kühlen Temperatur im Bahrhaus lag, und gepresst murmelte er: »Äh, das wird nicht nötig sein. Ihr könnt uns auch so einen Rapport geben.«

Doktor Schütz nickte verständig. »Es ist auch fürwahr kein schöner Anblick«, sagte er, »der Torso weist sowohl am Rücken als auch im Brust- und Bauchbereich insgesamt dreiundzwanzig Messerstiche auf, die dem Opfer, wie anhand der starken Blutspuren im Wundbereich erkennbar ist, eindeutig nicht post mortem zugefügt wurden.«

Die Gesichter von Reichmann und Neuhof waren bei den Ausführungen des Arztes aschfahl geworden.

»Geht es?«, fragte Doktor Schütz besorgt und rückte den Herren zwei Stühle hin. »Vielleicht solltet Ihr Euch besser setzen«, empfahl er und musterte die beiden betreten, »das Schlimmste kommt nämlich noch.« Dann holte er tief Luft, bevor er mit tonloser Stimme erläuterte: »Dem Opfer wurden mit einem glatten Schnitt die Genitalien abgetrennt – und das vermutlich ebenfalls bei lebendigem Leibe ...«

»Großer Gott«, stammelte Reichmann bestürzt. »Das ist ja bestialisch!«

»In der Tat!«, meldete sich nun auch der junge Untersuchungsrichter Martin Fauerbach mit düsterem Blick zu Wort. Er biss sich auf die Unterlippe, ehe er zögernd ergänzte: »Und damit nicht genug, der Mörder hat dem Toten auch noch Hoden und Penis in den Mund gestopft.«

»Das ist doch abartig!«, schrie der Schwager des Ermordeten und schüttelte fassungslos den Kopf. »Wer tut denn so etwas?«

Fauerbach räusperte sich und erwiderte mit belegter Stimme: »Eine solch grausame Tat muss das Werk eines Wahnsinnigen sein.« Unterhalb seines eleganten Samtbaretts rann ihm in Strömen der Schweiß über die Schläfen, und er wischte sich mit einem weißen Tuch die Stirn ab.

In der von hellem Fackelschein erleuchteten Leichenhalle herrschte für geraume Zeit bleiernes Schweigen.

»Oder *einer* Wahnsinnigen«, durchbrach Anton Neuhof mit einem Mal die Stille und warf den anderen Herren einen unheilvollen Blick zu. Alle drei sahen ihn entgeistert an, seine ungeheuerliche Äußerung machte sie zunächst sprachlos.

»Du meinst, das war vielleicht eine Frau?«, entfuhr es dem Bürgermeister schließlich, und er presste bestürzt eine Hand auf die Brust.

Neuhof nickte und verzog abschätzig die Mundwinkel. »Kannst du dich nicht mehr daran erinnern, was diese Hübscherin letzte Nacht im Frauenhaus zu dem armen Claus gesagt hat?«

Den Bürgermeister durchfuhr es siedend heiß. »Sie will ihm die Eier abschneiden, hat sie gesagt …« Reichmann schlug erschrocken die Hände zusammen.

Untersuchungsrichter Fauerbach, der noch nicht lange im Amt war und, im Gegensatz zu seinem Vorgänger Melchior Lederer, als äußerst ehrgeizig und gewissenhaft galt, baute sich gewichtig vor den Honoratioren auf. »Das will ich jetzt aber genauer wissen!«, forderte er in amtlichem Tonfall.

✵

Die Hurenkönigin erwachte kurz nach der neunten Morgenstunde mit heftigen Kopfschmerzen. Sie fühlte sich fast so sehr gerädert, als hätte sie Theriak genommen. Noch völlig benommen versuchte sie sich zu erinnern, was in der vergangenen Nacht genau passiert war, aber es fiel ihr schwer, zwischen Traum und Wirklichkeit, Trugbild und Wahrheit zu unterscheiden. Im Grunde genommen kam ihr alles vor wie ein einziger Rausch – auch das lustvolle Erlebnis mit Alma. Bruchstückhaft fiel ihr wieder ein, dass es ihr im Drogenrausch so vorgekommen war, als hätte sie einem Treffen der Venusschwestern beigewohnt. Die Vision der Schattengestalt, die ihr plötzlich in den Sinn kam, erfüllte sie mit blanker Furcht, und das Herz klopfte ihr bis zum Hals.

Ursels Blick fiel auf Alma, die an ihrer Seite lag und ihr den Rücken zukehrte. Sie schien noch tief und fest zu schlafen. Unwillkürlich rückte die Hurenkönigin von ihr ab und bedauerte es in diesem Moment, dass sie sich auf ein Abenteuer mit ihr eingelassen hatte. Bohrende Schuldgefühle stiegen in ihr auf. Alma schien sie aufrichtig zu lieben, doch Ursel musste sich eingestehen, dass sie, obgleich sie von Alma fasziniert war, diese Gefühle nicht teilte. Ihre Liebe galt Bernhard. Aber der hatte sie schmählich mit der jungen Ulmerin betrogen, nachdem er ihr den Laufpass gegeben hatte. Bei dem Gedanken daran durchfuhr Ursel ein bohrender Schmerz. Nicht zuletzt deswegen, um sich an ihm zu rächen, hatte sie sich auf die Liebesnacht mit Alma eingelassen.

Mit einem Mal kam sie sich entsetzlich schäbig vor. Der Kummer wegen Bernhard raubte ihr fast den Verstand. Was ist nur aus uns geworden?, fragte sie sich bitter, und je länger sie über alles nachgrübelte, desto dicker wurde der Kloß in ihrem Hals. Sie fühlte eine so brennende Sehnsucht nach dem Geliebten, dass ihr unversehens die Tränen kamen.

Gestern hatte sie sich von den Gedanken an ihn ablenken können, doch nun brach der aufgestaute Schmerz über sie herein und schnürte ihr die Kehle zu. Ihr Mund war wie ausgetrocknet.

Ursel beschloss aufzustehen, um sich in der Küche einen Krug Wasser zu holen. Auf leisen Sohlen, um Alma nicht zu wecken, schlich sie zum Kleiderhaken, schlüpfte hastig in ihr gelbes Hurengewand und drückte vorsichtig die Klinke.

Als sie mit bloßen Füßen über den Flur tappte, wurde es ihr kurz schwarz vor Augen, das Blut pochte ihr in den Schläfen. Zum Glück schienen die Huren nach dem langen, anstrengenden Tag alle noch zu schlafen.

Auf der Treppe kam ihr jedoch Irene entgegen, die es ziemlich eilig zu haben schien. Sie warf der Hurenkönigin ein knappes »Guten Morgen!« zu und wollte an der Gildemeisterin vorbeihuschen.

»Morgen«, knurrte Ursel übellaunig, aber da fiel ihr Blick auf Irenes rotes Samtgewand, das fleckig und zerknittert aussah, und sie blieb stehen. »Wie siehst du denn aus?«, raunzte sie und musterte Irene vorwurfsvoll.

Die junge Hübscherin zog unwillig die feingeschwungenen Brauen nach oben und seufzte. »Es ist halt gestern hoch hergegangen. Jetzt brauche ich erst mal ein Bad«, erklärte sie und steuerte auf ihr Zimmer zu.

Just in dem Moment, als die Hurenkönigin in der Schankstube angekommen war, wurde von außen heftig gegen die Eingangstür geschlagen. »Auch das noch!«, fluchte sie verärgert und erkundigte sich in gereiztem Tonfall, wer draußen sei.

»Bürgermeister Reichmann. Macht sofort die Tür auf!«, erklang die Stimme des Bürgermeisters unheilvoll.

Die Hurenkönigin überkam eine düstere Vorahnung, und mit zittrigen Fingern sperrte sie das Schloss auf.

In Begleitung von Untersuchungsrichter Fauerbach und zwei Stangenknechten betrat Bürgermeister Reichmann das Frauenhaus. Ursel musterte die Herren erstaunt und entnahm ihren finsteren Mienen, dass etwas Schlimmes passiert sein musste.

Reichmann kam auch gleich zur Sache: »Heute Morgen wurde die verstümmelte Leiche unseres Senatskollegen Claus Uffsteiner aufgefunden.«

Die Zimmerin stand da wie vom Donner gerührt. »Das ist ja furchtbar!«, sagte sie entsetzt.

Der kalte Befehlston des Untersuchungsrichters riss sie aus ihrer Erstarrung. »Lasst uns nach drinnen gehen und ruft mir sofort die Huren herbei!«, polterte er.

»Wieso denn das?« Die Gildemeisterin blickte die Herren fragend an.

»Das werdet Ihr gleich noch genauer erfahren«, beschied sie der Bürgermeister barsch. »Und ich muss Euch mit allem Nachdruck darum ersuchen, dem Untersuchungsrichter in dieser Angelegenheit Eure volle Unterstützung zukommen zu lassen.«

Angespannt geleitete Ursel die Männer in den noch leeren Gastraum und beauftragte den Frauenhausknecht, umgehend die Hübscherinnen zu holen.

Es dauerte eine Weile, bis die verschlafenen Frauen nach und nach im Aufenthaltsraum eintrafen. Eisig schweigend warteten der Bürgermeister und der Untersuchungsrichter, bis sich alle am großen Tisch niedergelassen hatten.

»Sind jetzt alle da? Damit wir endlich anfangen können«, fragte der Bürgermeister die Gildemeisterin gereizt.

Ursels Blick wanderte über die Frauen, die sich mit müden, ungeschminkten Gesichtern, nachlässig gekleidet oder noch im Nachtgewand, an der Tafel versammelt hatten. »Dreißig«, murmelte sie. Dann wandte sie sich an den Bürgermeister und sagte laut und vernehmlich: »Wir sind vollzählig!«

Reichmann räusperte sich und fing mit bebender Stimme an zu sprechen. »Heute Morgen wurde die Leiche unseres geschätzten Senatskollegen Claus Uffsteiner in einer Hausnische in der Limpurgergasse gefunden.« Er warf den Hübscherinnen einen vernichtenden Blick zu, ehe er in schneidendem Tonfall fortfuhr: »Der Körper des Bedauernswerten wies dreiundzwanzig Messerstiche auf. Und damit nicht genug, wurden ihm auch noch die Genitalien abgetrennt und in den Rachen gestopft!«

Die Huren gaben entsetzte Aufschreie von sich. Rufe wie »Das ist ja schrecklich!« oder »Wer kann das nur getan haben?« erklangen, doch der Untersuchungsrichter brachte sie mit herrischer Geste zum Verstummen.

»Wer kann das getan haben? Genau das fragen wir uns auch.« Er sah die Frauen in der Runde durchdringend an und knarzte: »Und deswegen sind wir jetzt hier!«

Ursel fiel aus allen Wolken. Wollte der Untersuchungsrichter vielleicht behaupten, eine der Ihren hätte das getan? »Was soll das denn heißen?«, rief sie empört und schlug mit der flachen Hand auf den Tisch.

»Das soll heißen, dass Ihr uns jetzt Rede und Antwort zu stehen habt«, erwiderte der Untersuchungsrichter mit eisiger Ruhe. Als die Zimmerin daraufhin erneut protestieren wollte, maßregelte sie Fauerbach scharf: »Ruhe! – Die Fragen stelle ich!«

Die allgemeine Fassungslosigkeit auskostend, fuhr er fort: »Wo ist das Frauenzimmer, das dem Ermordeten letzte Nacht noch gedroht hat, es werde ihm ›die Eier abschneiden‹?« Der starre Blick seiner kalten Fischaugen durchbohrte die Hurenkönigin förmlich. Doch die Zimmerin ließ sich von dem jungen Richter nicht ins Bockshorn jagen. Sie kannte ihn als ehrgeizigen Sprössling einer begüterten Frankfurter Patrizierfamilie, dem aufgrund seiner glänzenden Noten eine große Karriere prophezeit wurde. Bisher hatte er aber noch nicht bewiesen, dass er auch menschlich und gerecht war. Daher bemerkte sie nur spöttisch: »Ach, daher weht der Wind« und quittierte seine Frage mit provokantem Schweigen.

Doch während die anderen Huren betreten die Blicke senkten und gleichfalls schwiegen, erhob sich Alma von ihrem Stuhl und äußerte mit fester Stimme: »Ich war das, es ist mir einfach so rausgerutscht. Was jedoch keineswegs bedeutet, dass ich so was auch tun würde. Ich war lediglich wütend auf den Herrn, weil er so grob zu meiner Tochter war. Da habe ich ihm halt etwas an den Kopf geworfen. Aber ich möchte noch einmal mit allem Nachdruck betonen, dass ich außerstande wäre, eine so grausame Tat zu begehen. Mit dem Mord habe ich nicht das Geringste zu tun.«

Der Untersuchungsrichter betrachtete sie skeptisch und knurrte: »Ihr könnt mir viel erzählen. Wie lautet Euer Name, Hübscherin?«

Alma runzelte die Stirn. »Alma Deckinger, gebürtig aus Ulm.«

»Gut, Alma Deckinger aus Ulm«, entgegnete Fauerbach mit herablassendem Lächeln. »Ihr kommt jetzt mit auf die Polizeiwache – und da könnt Ihr mir noch mehr erzählen. Von mir aus auch die ganze Nacht. Ich nehme mir viel Zeit für Euch und höre Euch genau zu. Und ich kann Euch auch gern ein bisschen auf die Sprünge helfen, wenn Euch nichts mehr einfällt. Dann werden wir ja sehen, ob Ihr wirklich so ein Unschuldslamm seid, wie Ihr uns glauben machen wollt.«

Bei seinen Worten war Alma schreckensbleich geworden. Sie wollte etwas erwidern, doch der Untersuchungsrichter herrschte sie an: »Wenn Sie jetzt auch noch renitent wird, lasse ich Sie von den Stangenknechten abführen!«

»Also, mit Verlaub, Herr Bürgermeister, so geht das nicht!« Ursel war aufgesprungen, nun stemmte sie empört die Arme in die Hüften und funkelte den Schultheiß zornig an. »So einen Unfug, wie ihn dieser Grünschnabel hier treibt, könnt Ihr doch nicht zulassen! Oder muss ich Euch erst daran erinnern, dass ich letztes Jahr wegen der Versäumnisse seines Vorgängers Kopf und Kragen riskiert habe?«

Reichmann hüstelte betreten. »Eure Verdienste in allen Ehren, Zimmerin, die will ich auch gar nicht in Abrede stellen. Wenn es um Eure Huren geht, seid Ihr die reinste Löwenmutter. Aber dieses Mal ist der Fall anders gelagert. Wir haben ein männliches Mordopfer. Und ich habe letzte Nacht mit eigenen Ohren gehört, was dieses Weibsstück unserem bedauernswerten Senatskollegen angedroht hat.« Er musterte die Hurenkönigin eindringlich und fügte mit ernster Miene hinzu: »Sie hat ihre Drohung mit so einem Hass von sich gegeben, dass ich dieser Furie eine solche Tat auch voll und ganz zutraue.

Und damit, liebe Zimmerin, stehe ich nicht alleine. Auch die anderen Ratsherren haben das so empfunden.« Reichmanns Gesicht hatte sich gerötet, die Adern an den Schläfen traten deutlich hervor. Er sah die Gildemeisterin und die Huren ungnädig an. »Ich kann es nicht dulden, dass einem Besucher des Frauenhauses etwas so Schreckliches widerfährt! Nur weil er ein bisschen über die Stränge schlägt, wird er auf brutalste Weise ermordet! Das kann doch nicht angehen. In so ein Hurenhaus traut sich doch kein Mannsbild mehr … Wenn sich das herumspricht, könnt ihr hier dichtmachen!«

Dann ergänzte er mit erhobener Stimme: »Solange noch Messe ist, geht der Betrieb weiter wie bisher. In der Karwoche habt ihr ja sowieso geschlossen. Aber ich ziehe ernsthaft in Erwägung, das auch fürderhin so zu belassen!«

Von allen Seiten waren empörte Ausrufe zu vernehmen. Ursel war aschfahl geworden, sie bebte vor Zorn. »Ihr tut ja gerade so, als wäre Uffsteiner im Frauenhaus ermordet worden. Was mitnichten der Fall war!«, platzte es aus ihr heraus. »Es ist aberwitzig, ohne handfesten Beweis eine unserer Hübscherinnen des Mordes zu bezichtigen! So etwas lassen wir uns nicht gefallen!« Die Hurenkönigin trat auf den Bürgermeister zu und baute sich vor ihm auf. »Ich werde keine Minute ruhen, Euch vom Gegenteil zu überzeugen!«, zischte sie. »Und ich werde herausfinden, wer Uffsteiner tatsächlich auf dem Gewissen hat – da werden Euch noch die Augen übergehen!«

Reichmann war unwillkürlich zurückgewichen. »Was wollt Ihr damit sagen?«, fragte er unbehaglich.

»Das werdet Ihr dann schon sehen!«, entgegnete die Hurenkönigin finster. »Nach allem, was ich heute Nacht so gehört habe, könnte es auch durchaus einer aus Euren eigenen Reihen gewesen sein, der die Tat begangen hat!«

»Was untersteht Ihr Euch!«, entfuhr es Reichmann, der jetzt entrüstet aufsprang. »Auf, gehen wir!«, wandte er sich an Fauerbach.

Dieser ging auf Alma zu und packte sie grob am Arm. »Komm Sie mit!«, befahl er schroff.

»Einen Moment!«, war plötzlich die rauchige Stimme von Irene zu vernehmen. Aller Augen, insbesondere die der Herren, richteten sich auf die junge Hübscherin, die nun ebenfalls aufgestanden war und langsam auf ihre Mutter und die Männer zuging. »Wenn Ihr meine Mutter mitnehmt, müsst Ihr auch mich mitnehmen«, erklärte sie entschieden. »Denn immerhin war ich es, wegen der der Streit überhaupt entbrannt ist – und ich habe Uffsteiner sogar eine runtergehauen.«

Fauerbach streifte Irene mit irritiertem Blick und murmelte unwirsch: »Meinethalben, dann kommt halt mit, wenn Ihr unbedingt wollt …« Er sah aus, als hätte ihm noch etwas auf der Zunge gelegen, doch die anmutige Hübscherin hatte ihm wohl den Wind aus den Segeln genommen. »Auf geht's«, sagte er nur und fasste auch Irene am Arm. Dann strebte er mit den beiden Ulmerinnen, gefolgt vom Bürgermeister und den Stangenknechten, dem Ausgang zu.

Unversehens vertrat ihm die Hurenkönigin den Weg. »Alma kann die Tat gar nicht begangen haben«, erklärte sie mit zitternder Stimme, »aus dem einfachen Grund, weil sie die Nacht mit mir verbracht hat.«

Im Schankraum herrschte betretenes Schweigen, aller Augen waren auf die Gildemeisterin gerichtet. Ursel spürte, wie sie rot wurde. Obgleich ihr die Situation peinlich war, holte sie tief Luft und erwiderte trotzig: »Ja, so war es, und dafür verbürge ich mich auch!« Sie musterte den Richter streng, ehe sie fortfuhr: »Außerdem hätte doch die Deckingerin das Frauenhaus in der Nacht gar nicht mehr verlassen können, weil der Hausknecht wie jeden Abend abgeschlossen hatte. Und das gilt im Übrigen auch für die anderen Hübscherinnen.«

Den Untersuchungsrichter schien ihr Einwand wenig zu beeindrucken. »Und wenn schon«, brummelte er stirnrunzelnd und wies auf die Fenster des Schankraums. »Es dürfte für sie ein Leichtes gewesen sein, aus einem dieser Fenster zu klettern. Die liegen ja alle im Erdgeschoss.«

Ursel geriet immer mehr in Rage. »Junger Mann, Ihr seid drauf und dran, den gleichen Fehler zu begehen wie Euer Vorgänger«, fuhr sie ihn an. »Der hat sich damals bei den Hurenmorden auch auf die Falschen eingeschossen und war nicht mehr davon abzubringen!«

Der Untersuchungsrichter schnaubte wütend: »Eine Hure braucht mir nicht zu erklären, wie ich meine Arbeit zu machen habe! Ich werde natürlich alle Spuren genauestens überprüfen, auch wenn sie noch so abwegig erscheinen. Aber diese hier«, er wies auf Alma, »ist nun mal die Erste.«

*

Bernhard von Wanebach runzelte die Stirn, als sein Diener um die Mittagsstunde Ursel in die Wohnstube führte. »Was verschafft mir die Ehre?«, fragte er distanziert und bot ihr erst nach kurzem Zögern einen Stuhl an.

»Ich … ich möchte mit dir reden«, erwiderte die Hurenkönigin mit brüchiger Stimme. Ihre Stimmung war nach Almas Verhaftung mehr als gedämpft, doch sie vermied es, dem Geliebten gleich davon zu berichten. Zunächst mussten andere Dinge zur Sprache kommen.

Ursel ließ sich auf den Stuhl sinken und sah Bernhard an. Voller Zuneigung musterte sie sein feingeschnittenes Gesicht und die hohe Denkerstirn. Am liebsten wäre sie ihm um den Hals gefallen – so wie früher, wenn es zwischen ihnen kleine Unstimmigkeiten gegeben hatte – und hätte sich unter Küssen mit ihm versöhnt. Doch er wich ihrem Blick aus und hielt die Augen stattdessen mit unbeteiligter Miene auf die Seiten des Buches gerichtet, das aufgeschlagen vor ihm auf dem Tisch lag.

Verletzt senkte Ursel den Kopf. Die Kluft zwischen ihnen war einfach zu groß.

»Es hat mir sehr weh getan, als ich dich mit Irene habe wegfahren sehen«, stieß sie hervor und fühlte, wie ihr die Tränen kamen.

Bernhard schwieg und blickte noch immer nicht auf. Er strahlte eine Kälte aus, wie sie das bisher noch nie bei ihm wahrgenommen hatte.

»Den Stein hast du ins Rollen gebracht, meine Liebe«, erwiderte er dann mit zuckenden Mundwinkeln. Dann brach es aus ihm heraus: »Du hast für diese Frau unsere Liebe verraten!« Seine Züge bebten, und die grauen Augen funkelten zornig.

»Aber ich habe mich doch nicht in sie verliebt!«, erwiderte Ursel zerknirscht. »Es ist eine Seelenverwandtschaft, was Alma und mich verbindet …«

Bernhard lachte höhnisch. »Seelenverwandtschaft –

dass ich nicht lache! Du warst mit ihr im Bett! Und erzähl mir jetzt bloß nicht, dass ihr da die ganze Nacht nur Frauengespräche geführt habt.«

Die Hurenkönigin schüttelte den Kopf und murmelte bedrückt: »Du tust mir unrecht! Es ist nichts zwischen uns gewesen. Alma hat mir vom Orden der Venusschwestern erzählt, dessen Vorsteherin sie ist, und ich war einfach nur fasziniert von ihren Geschichten. Mehr war da nicht …« Sie vermied es geflissentlich, ihm die Ereignisse der vergangenen Nacht zu beichten.

»Lass es gut sein!«, schnitt ihr Bernhard brüsk das Wort ab. »Wie du es am Sonntagnachmittag so treffend formuliert hast: Du bist mir keine Rechenschaft schuldig!«, zischte er.

Die Hurenkönigin weinte nun wirklich. »Liebst du mich denn gar nicht mehr?«, stammelte sie und schaute Bernhard aus tränenverschleierten Augen an.

Bernhard strich ihr begütigend übers Haar. »Natürlich liebe ich dich noch«, flüsterte er mit bebender Stimme. Dann barg er sein Gesicht in den Händen und begann haltlos zu schluchzen.

»Ich muss dir etwas sagen«, stieß er plötzlich hervor.

Ursel erstarrte. »Was denn?«, fragte sie verstört.

Bernhard brachte die Worte kaum über die Lippen. »Ich … ich glaube, ich habe mich verliebt«, brach es schließlich aus ihm heraus. »In … in …«

»In Irene«, vervollständigte Ursel mit tonloser Stimme. Sie saß da wie eine Salzsäule.

Bernhard nickte nur stumm und schlug erneut die Hände vors Gesicht.

Ursel stieß hervor: »Hast du mit ihr geschlafen?«

»Nein«, erwiderte Bernhard und sah die Hurenkönigin verlegen an. »Es ist nicht so, dass ich sie nicht begehrt hätte. Welcher Mann würde das nicht tun?« Er seufzte und strich sich die Haare aus der Stirn. »Nein, ich habe es nicht getan, weil ich das merkwürdige Gefühl hatte, es wäre für sie eine ... eine Zumutung gewesen, wenn ich ihr solcherart Avancen gemacht hätte«, gestand er. »Ich weiß, es klingt absurd, so etwas über eine Hure zu sagen, die überdies so verführerisch ist wie Irene, aber mir war, als würde ich bei ihr mit meiner Lüsternheit nur alles kaputtmachen.«

»Und jetzt hast du bei mir alles kaputtgemacht!«, schrie Ursel außer sich vor Schmerz. Sie sprang auf und hastete aus der Stube.

Bernhard eilte ihr nach und versuchte, sie zurückzuhalten. »Ursel, bitte geh nicht!«, beschwor er sie eindringlich. »Ich ... ich liebe dich doch trotzdem noch ...«

»Schweig still!«, schrie die Hurenkönigin und stürmte Hals über Kopf hinaus.

Ursel war so verzweifelt, dass sie ihre Tränen auch im dichten Messegetümmel nicht zurückhalten konnte. Doch die geschäftigen Menschen in der Neuen Kräme und auf dem Römerberg würdigten die Unglückliche kaum eines Blickes, ihre Aufmerksamkeit wurde von den Verkaufstischen mit ihrem mannigfaltigen Warenangebot in Anspruch genommen.

Erst bei den Huren des Frauenhauses erfuhr Ursel Anteilnahme und Trost. Von allen Seiten wurde sie bestürmt, was ihr denn widerfahren sei und ob man ihr helfen könne.

»Das ist lieb gemeint, Mädels, aber ich kann momentan nicht darüber sprechen«, stammelte Ursel und ging mühsamen Schrittes zur Treppe. »Seid mir nicht böse, aber ich muss jetzt alleine sein.«

Die Huren nickten verständnisvoll und zogen sich in den Gastraum zurück, in dem sich schon die ersten Freier tummelten. Lediglich die alte Irmelin ließ sich nicht abwimmeln und eilte der Freundin nach. Kurzerhand schloss sie die Weinende in die Arme und raunte ihr zu: »Komm, Meistersen, sag mir doch, was los ist.«

Bei Ursel brachen nun alle Dämme. »Ich bin so unglücklich!«, schluchzte sie und ließ sich von Irmelin in ihr Zimmer führen. Dort schüttete sie der lebenserfahrenen Frau ihr Herz aus und erzählte, was sich zwischen ihr und Bernhard zugetragen hatte.

Während Irmelin zuhörte, wurde sie immer nachdenklicher. »Er liebt dich noch, da bin ich mir sicher«, sagte sie leise. »Da ist noch nichts verloren. Du wirst allerdings um ihn kämpfen müssen ...«

Ursel fuhr auf, und ihre Augen blitzten zornig. »Den Teufel werde ich tun!«, stieß sie hervor. »Der kann mir gestohlen bleiben, der treulose Kerl. Er ist auch nicht besser als all die anderen Mannsbilder, die sich von jedem schönen Lärvchen gleich betören lassen«, schimpfte sie erbittert.

»Ich kann deinen Zorn gut verstehen«, sagte Irmelin stirnrunzelnd. »Aber der Ärger wird sich mit der Zeit legen, und dann bleibt nur noch der Schmerz – und die Angst, Bernhard endgültig zu verlieren.«

»Ich hab ihn doch schon verloren«, sagte Ursel unglücklich.

»Hast du nicht, du dummes Ding! Der leidet doch genauso wie du.«

»Und schmachtet einer anderen hinterher!«, schnappte die Hurenkönigin. »Ich könnte sie in der Luft zerreißen, dieses verdammte Weibsstück!«

Mit ihrem wütenden Schimpfen rannte sie bei Irmelin offene Türen ein.

»Setz das Miststück doch einfach vor die Tür!«, ereiferte sich die alte Hübscherin. »Und ihre Mutter gleich dazu. Seit die beiden im Haus sind, geht hier alles drunter und drüber. Die haben hier nur böses Blut reingebracht, diese verfluchten Ulmerinnen. Die Alte hat dir den Kopf verdreht und die Junge dem Bernhard. Man könnte grad meinen, das ist ein abgekartetes Spiel …«

Die Hurenkönigin sah Irmelin verwundert an. »Wie meinst du das?«, fragte sie beklommen.

»Na, es kommt mir ganz so vor, als würden sich die beiden alle Mühe geben, euch zwei auseinanderzubringen.«

Ursel brütete vor sich hin. »Aber ich glaube nicht, dass Alma mir etwas Böses will«, erklärte sie schließlich.

»Du bist viel zu gutmütig, Meistersen. Schmeiß sie raus, das ist das Beste. Denk dabei auch an Bernhard – du weißt doch: aus dem Auge, aus dem Sinn!«

Skeptisch schüttelte die Hurenkönigin den Kopf. »Ganz so einfach ist das nicht. Aus dem Auge bedeutet ja noch lange nicht aus dem Herzen.«

»Wie auch immer, Meistersen, vielleicht sind wir die zwei ja ohnehin schon bald los. Jetzt, wo der Fauerbach die am Wickel hat …«, sagte Irmelin mit hämischem Grinsen. Sie tätschelte Ursel aufmunternd die Schulter und fügte gehässig hinzu: »Und das geschieht ihnen ganz recht!«

»Irmelin!«, tadelte sie Ursel. »Was sagst du denn da? Ich habe eher den Eindruck, die hohen Herren wollen Alma unbedingt den Mord anhängen. Und das werde ich nicht zulassen!«

Irmelin zog die Brauen in die Höhe und knurrte verdrossen: »Wenn du derzeit keine anderen Sorgen hast …«

»Schon«, erwiderte Ursel. »Aber trotzdem werde ich nicht tatenlos zusehen, wie Alma zu Unrecht verdächtigt wird.«

Irmelin schüttelte entgeistert den Kopf. »Du bist doch nicht mehr zu retten«, schnaubte sie. Doch ehe sie das Zimmer verließ, umarmte sie die Hurenkönigin und versicherte ihr, sie könne immer auf sie zählen.

»Danke, altes Mädchen«, erwiderte Ursel gerührt.

Nachdem Irmelin gegangen war, starrte die Hurenkönigin eine ganze Zeitlang einfach nur vor sich hin und hing ihren trüben Gedanken nach. Der Drang, in die Apotheke zu gehen und sich eine Flasche Theriak zu kaufen, wurde immer stärker. Mit mühsamen Bewegungen goss sie etwas Wasser in die Waschschüssel und wusch sich das verweinte Gesicht. Dann streifte sie den grauen Kapuzenumhang über, zog sich die Kapuze ins Gesicht und verließ ihr Zimmer.

Missmutig bahnte sie sich den Weg durch das dichte Menschengetümmel am Römerberg. Leider gab es keine Möglichkeit, das Messetreiben zu umgehen, denn das Apothekerviertel um die Braubachgasse lag direkt hinter dem Rathausplatz. Das Gedränge und die vielen Menschen, die sich allerorts um die Verkaufsbuden drängten, ließen die Hurenkönigin immer gereizter werden.

Ich schlage drei Kreuze, wenn ich endlich wieder daheim bin und mir die Decke über den Kopf ziehen kann, dachte Ursel ein ums andere Mal und setzte immer wieder die Ellenbogen ein, um besser voranzukommen. Mit gesenktem Kopf schob sie sich durch die Menschenmassen, da stieß sie unversehens mit einer Passantin zusammen.

Ursel warf der Frau einen ärgerlichen Blick zu, dann erkannte sie, dass es Irene war.

»Was machst du denn hier?«, fragte sie erstaunt. »Ich dachte, du wärst auf der Polizeiwache.«

»Da war ich auch bis gerade eben«, erwiderte Irene und schaute sich suchend um. »Wollen wir nicht an einen ruhigeren Ort gehen? Dann kann ich Euch ausführlich berichten, was sich dort zugetragen hat.«

Das Blut der Hurenkönigin geriet beim Anblick der jungen Ulmerin zunehmend in Wallung, doch sie bezwang sich, so gut es ging. »Wir könnten runter an den Main gehen«, schlug sie mit leicht bebender Stimme vor und wandte sich in Richtung Flussufer.

Am Mainkai war tatsächlich weniger Betrieb, lediglich an den für die Messebesucher aufgestellten hölzernen Abortbuden herrschte reges Kommen und Gehen. Um die wenigen Fischer, die am Flussufer damit beschäftigt waren, Fische auszunehmen, zu salzen und in Holzfässer zu schichten, tummelte sich eine große Schar Möwen, die sich mit lautem Geschrei um die Abfälle balgten. Neben den Männern brannte ein kleines Lagerfeuer, über dem sie einige Fische rösteten.

Ursel grüßte die Fischer mit den wettergerbten Gesichtern mit einem Winken.

»Wollt Ihr ein Stück Bratfisch, Hübscherin?«, fragte einer der Fischer.

Die Hurenkönigin verspürte zwar keinen Hunger – Bernhards Geständnis lag ihr noch zu schwer im Magen –, doch sie wollte die freundlichen Leute nicht brüskieren.

Der Fischer schnitt von einem Kanten Brot, der neben einem Bierkrug auf einem Fassdeckel lag, eine dicke Scheibe ab, legte einen Bratfisch darauf und reichte das der Hurenkönigin mit den Worten: »Lasst es Euch schmecken! Ein kühles Bier könnt Ihr auch noch kriegen, wenn Ihr wollt.«

»Danke, warum nicht«, erwiderte Ursel. Sie nestelte aus ihrem Brustbeutel ein paar Münzen hervor, die sie dem Mann zusteckte, wohl wissend, dass der Fischer das Geld sicher gut gebrauchen konnte.

»Gott vergelt's«, sagte er und füllte zwei Becher für Ursel und Irene. »Ihr könnt es Euch dahinten auf dem Boot bequem machen, da kriegt Ihr auch noch was vom Feuer ab«, schlug er vor und wies auf ein umgedrehtes Holzboot, das hinter der Feuerstelle lag.

Als sich Ursel und Irene darauf niedergelassen hatten, fragte die Hurenkönigin in schroffem Tonfall: »Und wieso haben sie dich gehen lassen? Deine Mutter ist doch noch auf der Wache, oder?«

Die junge Ulmerin nickte. »Ja, Mutter wird noch verhört. Dieser Fauerbach hat sich regelrecht an ihr festgebissen. Mich hat er nur weggeschickt, weil der Fugger dem Bürgermeister versichert hat, dass ich die ganze Nacht bei ihm im Trierischen Hof war«, erklärte sie und blickte die

Zimmerin offen an. »Aber wirklich froh bin ich darüber auch nicht, dazu mache ich mir viel zu schlimme Sorgen um Mutter. Ich habe mit Engelszungen versucht, den Untersuchungsrichter von seinem falschen Verdacht abzubringen, aber der Kerl ist ja derart vernagelt!« Sie zuckte ratlos mit den Schultern. »Ich weiß nicht so recht, wie ich ihr momentan helfen soll. Darum wollte ich noch mal in Ruhe mit Euch darüber sprechen, denn Ihr kennt Euch in Frankfurt aus und seid eine einflussreiche Person. Vielleicht fällt Euch ja etwas ein.« Sie lächelte die Hurenkönigin entwaffnend an.

Dass die junge Hübscherin so tat, als wäre zwischen ihnen gar nichts gewesen, ließ Ursels Zorn noch weiter aufflammen. »Darüber werde ich mir zu gegebener Zeit Gedanken machen«, erklärte sie barsch, trank von ihrem Bier und hielt Irene das Fischbrot hin. »Da, iss du es! Mir ist der Appetit vergangen.«

Irene musterte sie beklommen. »Ich frage mich schon die ganze Zeit, wer Uffsteiner so etwas Bestialisches angetan hat. – Mutter war es jedenfalls nicht! Sie könnte keiner Fliege was zuleide tun.«

Als die Hurenkönigin darauf nichts entgegnete und sie nur mit angespannter Miene betrachtete, kräuselte Irene die Stirn. »Seid Ihr denn immer noch böse auf mich wegen … der Ausflugsfahrt?«, fragte sie betreten.

»Wenn die Messe vorbei ist, bist du draußen!«, stieß Ursel in feindseligem Ton hervor.

»Aber es war nicht so, wie Ihr denkt!«, rief Irene bestürzt. »Herr von Wanebach war so niedergeschlagen, als er aus Eurem Zimmer kam. Er sah aus, als würde er jeden Moment zusammenbrechen. Und da habe ich ihm angeboten, sich bei mir ein wenig hinzusetzen, und habe ihm einen Schoppen Branntwein gebracht. Dann hat er mich zu einer Schlittenpartie eingeladen. Aber wir haben uns nur angeregt unterhalten, sind in einem Wirtshaus eingekehrt und dann wieder zurückgefahren. Er hat mich nicht ein einziges Mal angerührt. Herr von Wanebach ist ein Ehrenmann, wie es nur wenige gibt.« Irene blickte die Zimmerin eindringlich an. »Bitte glaubt mir, mehr ist wirklich nicht passiert«, erklärte sie mit ernster Miene.

»Nein, mehr ist nicht passiert. Er hat sich nur in dich verliebt!«, platzte es aus Ursel heraus, und Tränen traten ihr in die Augen.

Irene fehlten zunächst die Worte, fassungslos schüttelte sie den Kopf. »Das kann doch nicht sein!«, murmelte sie verstört. »Von einem so gelehrten und vergeistigten Herrn wie ihm hätte ich das niemals erwartet …«

»Das solltest du bei deinem Gewerbe aber besser wissen«, entgegnete Ursel bitter. »Wenn sie der Hafer sticht, sind doch alle Männer gleich. Egal, ob sie eine Mönchkutte tragen oder einen Gelehrtentalar.«

»Das ist wohl wahr«, stimmte Irene zu. »Ich möchte Euch jedoch versichern, dass ich bei Herrn von Wanebach derartige Gefühle weder teile noch wissentlich bei ihm hervorgerufen habe. Die Gespräche mit ihm drehten sich vor allem um geistige Belange. Ich muss zugeben, dass ich die Konversation mit ihm sehr genossen habe, da es meine Leidenschaft ist, gelehrte Bücher zu lesen. Aber wie auch immer, Ihr könnt Euch jedenfalls darauf verlassen, dass sich so etwas nicht mehr wiederholen wird.«

Aus Irenes Augen sprach eine solche Aufrichtigkeit, dass die Hurenkönigin ihren Beteuerungen Glauben schenkte. Dennoch konnte sie die Nähe der betörend schönen Ulmerin nicht länger ertragen – auch wenn sie sich eingestehen musste, dass man Irene ihre Schönheit nicht zum Vorwurf machen konnte. Hastig trank sie ihr Bier aus, erhob sich und erklärte abweisend: »Ich mache noch einen Spaziergang. Wegen deiner Mutter unterhalten wir uns später.«

Wie eine Traumwandlerin lief die Hurenkönigin an der Uferböschung entlang, durchquerte nach geraumer Zeit die Mainzer Pforte und eilte aus der Stadt hinaus aufs freie Feld. Sie hielt sich dicht am Fluss, bis sie schließlich an die hohen Mauern des Gutleuthofs gelangte. Dort ließ sie sich auf einem Baumstumpf nieder und blickte unbeweglich auf die trüben Fluten des Mains. Hinter den hohen Steinmauern des städtischen Leprösenhospitals war es still, und weit und breit war kein Mensch zu sehen. In dieser Einsamkeit fühlte sich Ursel plötzlich erleichtert, dass sie das Apothekenviertel umgangen hatte. Sie schwor sich, nicht wieder in alte Gewohnheiten zu verfallen und sich bis zur Besinnungslosigkeit mit Theriak zu betäuben. Selbst wenn der Schmerz um Bernhard sie fast um den Verstand brachte, sie würde sich dem Leben stellen und einen Ausweg finden.

Ich werde um dich kämpfen!, gelobte die Hurenkönigin inbrünstig und machte sich schließlich, um einiges gefasster, auf den Heimweg.

6

Mittwoch, 28. März 1512

Nach zehn Jahren Studium der Jurisprudenz an der renommierten Ruprecht-Karls-Universität zu Heidelberg, welches er nicht nur mit dem Doktorhut, sondern auch mit dem Prädikat »summa cum laude« abgeschlossen hatte, war der junge Martin Fauerbach im vergangenen Jahr direkt vom Hörsaal in den Gerichtssaal der Stadt Frankfurt gewechselt. Bisher hatte er lediglich bei eher kleineren Straftaten den Vorsitz geführt. Das Tötungsdelikt an dem Senatsmitglied Claus Uffsteiner war sein erster Mordfall, und er wollte sich keinesfalls nachsagen lassen, dass es ihm an der nötigen Sorgfalt mangele. Die Vorwürfe der Gildemeisterin, er sei ganz wie der unrühmlich entlassene Melchior Lederer drauf und dran, sich auf einen falschen Verdacht zu versteifen, hatten ihn in seinem Juristenstolz verletzt. Einen Grünschnabel hatte sie ihn genannt! Natürlich waren dem jungen Juristen Ursel Zimmers Verdienste bei der Aufklärung der Hurenmorde, die seinen Vorgänger das Amt gekostet hatten, sehr wohl zu Ohren gekommen, aber trotzdem war sie doch nicht mehr als eine dahergelaufene Frauenhauswirtin!

Daher packte der Untersuchungsrichter, nachdem er sich das gestrige Verhörprotokoll noch einmal gründlich durchgelesen hatte, kurz entschlossen seine Schreibutensilien in die lederne Aktenmappe, die ihm sein Vater eigens zum Dienstantritt hatte anfertigen lassen. Er stand auf, legte die schwarze Schaube um und verließ kurz nach der neunten Vormittagsstunde sein Amtszimmer im Leinwandhaus, um das Frauenhaus aufzusuchen.

Er hätte natürlich auch den Amtsweg beschreiten und sich vom Scharfrichter oder einem Amtsboten offiziell ankündigen lassen können, doch in dieser Angelegenheit zog er das Überraschungsmoment vor.

Obgleich Doktor Fauerbach mit seinen gerade einmal fünfundzwanzig Jahren noch recht jung war, verströmte er in seinem Amtstalar doch eine solche Autorität, dass die Messebesucher auf dem Römerberg ehrfürchtig zur Seite wichen, um ihn passieren zu lassen.

Mit herablassenden Blicken streifte er die Händler und Kaufleute aus aller Herren Länder, die in seinen Augen nichts als oberflächliche Krämerseelen waren. Obgleich er selbst einer alten Kaufmannsfamilie angehörte, von deren Reichtum er nicht schlecht profitierte, war ihm doch das Schachern und Verhandeln zutiefst zuwider. Er hatte früh beschlossen, etwas Anständiges zu lernen, und sich für die Rechtslehre entschieden. Bald wurde sie ihm zu einer Passion, an die kaum etwas anderes heranreichte, auch die wohlfeilen Frauen nicht, die den jungen, ernsten Studenten im Universitätsviertel immer umgarnten – und erst recht nicht die überspannten Patriziertöchter seiner Heimatstadt, von denen viele ein Auge auf ihn geworfen hatten.

Außer einer Männerfreundschaft zu einem ehemaligen Kommilitonen, die er insgeheim noch pflegte, lebte Martin ohne jegliche Bindung – seine Mutter ausgenommen, die er, im Gegensatz zum gestrengen Vater, aufrichtig liebte und verehrte.

Als Martin Fauerbach am Frauenhaus energisch die Türklinke drückte, musste er jedoch feststellen, dass die Tür verschlossen war. Unwirsch betätigte er mehrfach den Türklopfer und wartete voller Ungeduld, dass man ihm Einlass gewährte. Doch es dauerte eine geraume Weile, bis Schritte zu hören waren, und er genierte sich allmählich vor den Passanten, die ihn anzüglich angrinsten und freche Kommentare von sich gaben.

Martin schnaubte und starrte mit fast flehender Miene auf das Portal. Endlich öffnete sich die Tür, aber zu seiner Verblüffung stand ihm anstelle einer gelbgewandeten Hübscherin ein baumlanger Bursche gegenüber, der ihn aus verschlafenen Augen anblinzelte und grummelte: »Die Meistersen kommt gleich runter.« Der Mann trat ein Stück zur Seite und ließ ihn ein.

Während sein Blick auf der muskulösen Männerbrust des Hünen lag, die das nachlässig zugeknöpfte Wams nur notdürftig bedeckte, fragte der Untersuchungsrichter in amtlichem Ton: »Und wer seid Ihr?«

»Franz Ott – ich bin hier der Hausknecht«, erwiderte der Mann und führte den Besucher in den Schankraum, wo es nach schalem Bier und abgestandenem Wein roch.

»Das stinkt ja hier zum Gotterbarmen«, murrte der Untersuchungsrichter angewidert und fächelte sich Luft zu. »Kann Er nicht mal ein Fenster öffnen?«

Franz tat wie ihm geheißen. »Sonst noch was?«

Der Jurist, der sich von der Impertinenz des Hausknechts und von seiner ungeschlachten Männlichkeit gleichermaßen provoziert fühlte, erwiderte prompt: »Durchaus!« Triumphierend sah er den verdatterten Mann an und fragte: »Wer arbeitet denn sonst noch hier?«

Franz zuckte die Achseln und entgegnete mürrisch: »Na, die Hübscherinnen halt. Aber das wisst Ihr doch selbst …«

»Ich meine nicht die Huren, Bursche«, fuhr ihn der Untersuchungsrichter an. »Dass wir in einem Frauenhaus sind, braucht Er mir nicht zu sagen. Ich spreche vom Hauspersonal. Also, wer gehört außer Ihm noch dazu?«

»Die Köchin und zwei Hausmägde«, entgegnete Franz in schnippischem Tonfall und warf dem Schnösel im schwarzen Amtstalar, der kaum älter war als er selbst, einen abschätzigen Blick zu.

»Sag Er ihnen, dass sie umgehend zu erscheinen haben. Ich habe nämlich ein Verhör durchzuführen«, näselte der Untersuchungsrichter gewichtig, ließ sich an der Stirnseite des großen Tisches nieder und breitete seine Schreibutensilien vor sich aus.

Wenig später betrat die Hurenkönigin den Aufenthaltsraum. Sie hatte Fauerbach schon vom Fenster aus gesehen, ihn ein wenig warten lassen und dann Franz angewiesen, ihm die Tür zu öffnen.

Nach einem knappen Gruß erkundigte sie sich kühl: »Was gibt's?«

Der Untersuchungsrichter erwiderte mit einiger Arroganz: »Ich möchte alle Hübscherinnen und das gesamte Hauspersonal zu der Mordnacht befragen – und zwar einzeln. Sorgt also dafür, dass alle Huren der Reihe nach zu mir kommen, und wenn ich damit fertig bin, steht Ihr mir zur Verfügung. Ist das klar?«

Da Ursel keine Lust auf einen nervenaufreibenden Disput hatte, runzelte sie nur die Stirn, murmelte: »Von mir aus« und verließ den Raum, um den Hübscherinnen Bescheid zu geben.

Die Huren scharten sich um ihre Gildemeisterin, die mit der alten Irmelin und der Köchin am Küchentisch saß, und debattierten aufgeregt. Das Verhör dauerte nun schon über zwei Stunden, in einer halben Stunde sollte das Haus öffnen, und dieser Korinthenkacker war noch immer nicht fertig.

»Mach das nur, Meistersen!«, ereiferte sich Irmelin. »Bevor er dir so wie uns Löcher in den Bauch fragt, sagst du dem das, und dann wollen wir doch mal sehen, wie der glotzt!«

Just in diesem Moment kam Franz in die Küche und sagte zur Frauenhauswirtin: »Er ist durch, ich war der Letzte. Ihr sollt jetzt reinkommen, Meistersen.«

Als sich Ursel erhoben hatte, wollten ihr die Huren schon folgen, doch die Hurenkönigin erklärte ihnen, es sei besser, wenn sie zunächst allein mit dem Untersuchungsrichter spreche. Sie werde sie dann rufen.

Zu Ursels Erstaunen war Fauerbach nicht alleine im Aufenthaltsraum. Am Ende des langen Tisches saß die Jennischen Marie und warf ihr einen betretenen Blick zu.

»Setzt Euch, Gildemeisterin«, befahl der Untersuchungsrichter in triumphierendem Ton. »Das Verhör hat sich gelohnt«, erklärte er selbstzufrieden und wies auf die Jennischen Marie. »Es hat sich glücklicherweise eine

Zeugin gefunden. Auf, auf, wiederholt noch einmal, was Ihr mir vorhin gesagt habt.«

Marie schüttelte unwirsch den Kopf und murmelte: »Das ging alles so schnell. Ich habe sie ja nur kurz gesehen …«

»Was ist denn los, Kind?«, entfuhr es der Hurenkönigin bange. »Lass dich bloß nicht zu etwas hinreißen!«

Der Untersuchungsrichter unterbrach sie mit herrischer Geste und wandte sich erneut an die junge Hure mit den fremdländischen Gesichtszügen. »Sagt es jetzt gefälligst und sprecht in ganzen Sätzen!«

Marie seufzte vernehmlich. »Ich … ich war in der Nacht noch unten in der Küche, weil ich mir Wasser holen wollte. Ich … ich hatte doch so einen Durst nach der ganzen Sauferei«, erläuterte sie stockend und vermied es, die Zimmerin anzuschauen. »Und wie ich mit der Kerze in der Hand wieder die Treppe hochkam, habe ich sie oben im Flur stehen sehen, die Ulmerin, die wo jetzt im Kittchen sitzt, da bin ich mir ganz sicher. Als sie gemerkt hat, dass ich sie gesehen hab, ist sie schnell in ihr Zimmer rein, so als hätte ich sie bei irgendwas ertappt …«

»Na und? Was ist denn daran so schlimm?«, sagte die Hurenkönigin und musterte den Untersuchungsrichter spöttisch. »Vielleicht musste sie ja mal aufs stille Örtchen oder so. Und daraus wollt Ihr der Armen jetzt einen Strick drehen? Das kann doch nicht Euer Ernst sein!«, rief sie aus und schüttelte entgeistert den Kopf.

»Die Verdächtige Alma Deckinger gebärdet sich ausgesprochen verstockt und will einfach nicht mit der Wahrheit rausrücken«, erwiderte Fauerbach schneidend. »Daher sind wir darauf angewiesen, jedem Hinweis nachzugehen – und sei er noch so vage. Ich frage Euch jetzt das Gleiche wie alle anderen auch: Ist Euch in der Mordnacht irgendetwas Verdächtiges aufgefallen?« Der junge Mann mit den asketischen Gesichtszügen blickte die Gildemeisterin eindringlich an. Zu seinem Erstaunen nickte die Zimmerin nachdrücklich und erklärte mit fester Stimme: »Allerdings! Ich möchte etwas zu Protokoll geben.«

Eifrig griff Fauerbach nach seiner Schreibfeder, tauchte sie ins Tintenfass, beschriftete mit kratzendem Geräusch einen Papierbogen und forderte die Hurenkönigin auf, ihre Aussage zu machen.

»Nach dem Eklat in der Mordnacht – über den Ihr ja hoffentlich im Bilde seid?« Die Zimmerin sah den Untersuchungsrichter fragend an. Nachdem Fauerbach das bestätigt hatte, fuhr sie fort: »Also, als Fugger den Herren gegenüber bekundet hatte, dass er sich aus dem Geschäft zurückziehen werde, und sich in Begleitung der Hübscherin Irene verärgert in seine Fürstenherberge begab, waren die Senatoren und der Bürgermeister vollkommen außer sich. Die Abfuhr des Augsburgers hatte sie ins Mark getroffen. Sie überhäuften Uffsteiner, der ja alles verursacht hatte, mit den bittersten Vorwürfen. Selbst Bürgermeister Reichmann hatte völlig die Fassung verloren. Ich habe deutlich gehört, wie er zu seinem Freund Johann Fichard sagte: ›Wenn der Fugger wirklich das Geschäft platzen lässt, sind wir alle ruiniert.‹« Ursel machte eine kurze Pause. »Ich bin bereit, das zu beeiden – und das gilt auch für mehrere der Huren, die das ebenfalls gehört haben.«

»Ich nehme das ins Protokoll auf und werde gegebenenfalls darauf zurückkommen«, sagte Fauerbach scheinbar gelassen, aber sein Gesicht hatte sich vor Eifer gerötet. Er sah von seinem Blatt auf. »Ich bitte Euch, diese Angaben durch Eure Unterschrift zu beglaubigen …«

»Das kann ich anschließend gerne tun«, erwiderte Ursel sachlich. »Doch ich bin noch nicht fertig.«

Fauerbach hüstelte. »Nur zu«, forderte er die Hurenkönigin auf, tauchte den Federkiel in die Tinte und blickte sie abwartend an.

»Senator Anton Neuhof, der Schwager des Ermordeten, war von allen der Zornigste. Er war derart in Rage, dass nicht mehr viel gefehlt hat, und er wäre gegen seinen Schwager handgreiflich geworden. Diesen Eindruck hatten übrigens auch andere von uns. Er hat Uffsteiner sogar damit gedroht, ihn zu ermorden. ›Wenn das Geschäft mit dem Fugger platzt, mach ich dich kalt‹, hat Neuhof seinem Schwager entgegengebrüllt – und am nächsten Morgen war er tot. So, das war's, mehr habe ich nicht zu sagen«, erklärte die Zimmerin und verschränkte resolut die Arme vor der Brust.

»Und sonst ist Euch nichts aufgefallen?«, fragte sie der Untersuchungsrichter mit finsterer Miene.

»Nein!«, erwiderte Ursel nachdrücklich. »Aber ich denke, das ist ja auch genug.«

»In der Tat«, konstatierte Fauerbach und zog nachdenklich die Stirn in Falten. Dann bat er die Hurenkönigin, ihre Unterschrift zu leisten.

Nachdem Ursel mit ungelenker Schrift ihren Namenszug unter das Schriftstück gesetzt hatte, sah sie den jungen Richter forschend an und bemerkte: »Erstaunlich. Ich meine, erstaunlich, dass Ihr das alles aufgenommen und mich nicht gleich abgeschmettert habt. Euer Vorgänger hätte das mit Sicherheit getan – mit den Standespersonen wollte er es sich nicht verderben. Er hat immer brav den Kopf in den Sand gesteckt, wenn es darum ging, in den vornehmen Kreisen Staub aufzuwirbeln …«, sagte Ursel abfällig.

In Martin Fauerbachs Augen war ein zorniges Glitzern getreten. »An meiner Fakultät hat man mich gelehrt, das Recht ohne Ansehen der Person nach sorgfältiger Abwägung der Sachlage mit der notwendigen Härte durchzusetzen. Nichts anderes ist mein Bestreben«, erklärte er barsch und packte seine Unterlagen in die Aktenmappe.

»Alle Achtung«, bemerkte die Hurenkönigin sarkastisch. »Das ist ja mal was ganz Neues. Bisher hatte ich eher den Eindruck, dass nur diejenigen recht bekommen, die sich das auch leisten können.« Sie bewegte Daumen und Zeigefinger, als würde sie Geld zählen.

»Davon will ich nichts wissen!«, schnaubte der Jurist aufgebracht.

Ursel musste unversehens grinsen. »Wisst Ihr was?«, stieß sie hervor. »Das glaube ich Euch sogar!«

Fauerbach war gerade dabei, seinen Mantel anzulegen, als ihn die Hurenkönigin mit angespannter Miene fragte: »Und was wird jetzt mit Alma? Wie lange wollt Ihr sie noch gefangen halten?«

»So lange, bis ich von ihrer Unschuld überzeugt bin«, knarzte Fauerbach unmutig.

»Aha«, erwiderte Ursel spitz. »Ihr geht also immer noch davon aus, dass sie es war.«

»Sie ist jedenfalls hochgradig verdächtig. Ob sie tatsächlich schuldig ist, muss sich erst erweisen. Ich werde sie morgen einem peinlichen Verhör unterziehen lassen, dann werden wir ja weitersehen.«

Ursel starrte ihn entsetzt an. »Was ein auf diese Weise herausgepresstes Geständnis wert ist, sollte Euch als Juristen doch hinlänglich bekannt sein«, rief sie empört. »Unter der Folter gesteht doch jeder, egal ob er schuldig oder unschuldig ist.«

»Was versteht denn eine Hure schon vom Strafrecht!«, blaffte der Richter hochnäsig.

Die Hurenkönigin richtete sich auf und funkelte den Juristen wütend an. »Immerhin so viel, dass die Justiz blind ist, wenn es um die Belange von Huren geht«, zischte sie höhnisch. »Trägt sie nicht auch eine Augenbinde, Eure feine Justitia?«

Der junge Doktor zuckte zusammen, als hätte ihn ein Peitschenhieb getroffen. »So etwas muss ich mir von Euch nicht sagen lassen!«, fuhr er sie an.

»Dann beweist mir das Gegenteil!«, entgegnete Ursel.

»Ich muss Euch nichts beweisen«, erwiderte Fauerbach eisig. »Ich werde allen Spuren sorgfältig nachgehen, wie es meine Aufgabe ist.« Grußlos eilte er davon.

✷

Es war für die Polizeibüttel gar nicht leicht gewesen, die beiden städtischen Fuhrleute ausfindig zu machen, welche die Ratsherren und den Bürgermeister in der Mordnacht vom Frauenhaus abgeholt und nach Hause gefahren hatten.

Den jungen Karl Scherzberg hatte einer der Stangenknechte im Sachsenhäuser Forst angetroffen, wo er gerade dabei war, gefällte Baumstämme mit einem vierspännigen Ochsengespann zum städtischen Rahmhof zu transportieren. Als der Stangenknecht dem verdutzten Manne befahl, er solle alles stehen und liegen lassen und ihm umgehend zur Polizeiwache folgen, weil ihn der Untersuchungsrichter einer Befragung unterziehen wolle, erkundigte sich Scherzberg erschrocken, was er denn verbrochen habe. Nur widerwillig schloss er sich dem Schergen an.

Eberhard Dinges, der gerade mit einem Planwagen voller Heringsfässer aus Norddeutschland die Friedbergerstraße herunterfuhr und sich nach der langen, beschwerlichen Fahrt schon auf seinen heimischen Strohsack freute, erging es ähnlich. Während er mit seinem Wagen den berittenen Bütteln hinterherfuhr, fragte er sich bange, ob man ihm etwa dahintergekommen war, dass er sich von den Transportgütern zuweilen ein Mitbringsel für Frau und Kinder abzweigte.

Der Untersuchungsrichter, der in seiner Amtsstube hinter dem Schreibtisch thronte, rümpfte die Nase, als ihm der Schweißgeruch der beiden Fuhrknechte in die Nase stieg. Ohne den Männern einen Stuhl anzubieten, kam er gleich zur Sache: »Meine Untergebenen haben in meinem Auftrag herausgefunden, dass ihr zwei in der Nacht des 26. März, in welcher der Senator Claus Uffsteiner ermordet wurde, den Fahrdienst für die Herren des Rates versehen habt.« Fauerbach warf den Männern einen strengen Blick zu und fuhr fort: »Ich erwarte dazu einen ausführlichen Rapport!«

»Wie denn, vom ganzen Tag?«, murmelte Karl Scherzberg unsicher. »Wir haben die Herren ja schon gegen neun Uhr morgens mit den Pferdeschlitten abgeholt und …«

Der Untersuchungsrichter winkte ungeduldig ab. »Geb Er mir meinethalben eine Zusammenfassung über die Tagesereignisse und dann konzentriere Er sich auf das, was in der Mordnacht geschehen ist. Ich will genau wissen, ob Ihm etwas aufgefallen ist, und vor allem, wen von den Ratsherren Er wohin gefahren hat. Ist das klar?«

Der junge Fuhrknecht nickte betreten und räusperte sich.

»Also los, wir haben nicht den ganzen Tag Zeit«, befahl Fauerbach und verdrehte die Augen. »Nenn Er seinen Namen und fang Er an.«

»Karl Scherzberg«, erwiderte der Mann befangen und versuchte sich zu sammeln. »Also, am Morgen sind wir mit den Pferdeschlitten losgefahren, da lag noch Schnee, und es hat weitergeschneit. Dann haben wir die Hübscherinnen abgeholt und sind rausgefahren auf die Mainzer Straße, wo sie dann den Fugger in Empfang genommen haben …«

»Genug«, unterbrach ihn Fauerbach gereizt. »Komme Er endlich zur Sache. Was war am Abend?«

»Gegen Abend haben wir die Schlitten in die Stallungen am Rathaus zurückgebracht, weil es ja geregnet hat und der ganze Schnee weggeschmolzen ist. Der Oberfuhrknecht hat uns befohlen, zwei von den großen, überdachten Kutschen anzuspannen und dass der Dinges und ich den Nachtdienst übernehmen sollen. Das haben wir dann auch gemacht und sind zurückgefahren zum Frauenhaus.« Der junge Mann mit den groben Gesichtszügen warf seinem älteren Kollegen einen unsicheren Blick zu, der daraufhin tief durchatmete und an seiner Stelle fortfuhr: »Wir waren vom langen Warten ja total durchnässt und durchgefroren. Darum haben wir dem Frauenhausknecht Bescheid gegeben, dass wir rüber in die Galgenschenke gehen, um uns ein bisschen aufzuwärmen. Der sollte uns holen, wenn was ist«, erklärte der Mann mit dem verwitterten Gesicht kleinlaut und fuhr, nachdem der Untersuchungsrichter nichts entgegnete, fort: »Um die elfte Stunde sind wir dann wieder zu den Kutschen zurück, die Wirtschaft hat ja da auch zugemacht. Wir haben dem Hausknecht Bescheid gesagt, dass wir wieder da sind, der hat uns in der Küche dann noch eine heiße Suppe angeboten, und danach sind wir raus auf den Kutschbock und haben gewartet. Und dann ging's auf einmal los da drin. Einen ganz schönen Krach haben die da veranstaltet, lautes Gekreische und so. Es war klar, dass es Zoff gibt. Gleich darauf ist dann der Herr von Fugger mit so einer Hübscherin rausgekommen und hat mir gesagt, ich soll ihn zum Trierischen Hof fahren. Sie sind eingestiegen, und ich bin losgefahren. Bis zur Münzgasse ist es ja nur ein Katzensprung. Da habe ich die rausgelassen und bin wieder zurück. Ich war noch nicht lange dagestanden, da kam schon der Herr Uffsteiner aus dem Hurenhaus. Der muss einen mordsmäßigen Brass gehabt haben, weil wie ich ihn gefragt habe, ob er einsteigen will, hat er mich nur angeschnauzt, ich soll die Klappe halten. Und da hab ich auch kein Widerwort gegeben und ihn allein losziehen lassen. Der hat ganz schön hohen Seegang gehabt«, bemerkte Dinges spöttisch. Doch sofort wurde er wieder ernst: »Ich meine, er war wohl nicht mehr ganz nüchtern und ist ziemlich getorkelt.«

Der Untersuchungsrichter, der die ganze Zeit eifrig mitgeschrieben hatte, sah die beiden Fuhrknechte an. »Von jetzt an ist jede Einzelheit wichtig«, erklärte er. »Also, was genau ist dann passiert?«

»Nach einer halben Stunde ungefähr sind auch der Bürgermeister und die anderen Ratsherren rausgekommen und in unsere Kutschen gestiegen …«

»Langsam, langsam«, fuhr der Untersuchungsrichter angespannt dazwischen. »Schön der Reihe nach. Wer ist bei wem mitgefahren, und wohin gingen die einzelnen Fahrten?«

»Wir haben uns aufgeteilt, dass einer in die Neustadt und einer in die Altstadt fährt«, meldete sich nun Scherzberg wieder zu Wort. »Ich habe den Bürgermeister und Senator Fichard zum Rossmarkt gefahren, die wohnen ja ziemlich dicht beieinander, und anschließend habe ich Senator Glauburg in die Bockenheimer Gasse gebracht, das liegt alles in der Neustadt.«

Die ganze Zeit über war das kratzende Geräusch der Schreibfeder zu vernehmen.

»Ist Ihm unterwegs irgendetwas aufgefallen? Leute, die noch unterwegs waren, der Ermordete vielleicht, oder sonst etwas, das für uns von Belang sein könnte?«, erkundigte sich der Richter.

Der junge Mann schüttelte den Kopf. »Ich habe niemanden gesehen, es war ja auch stockdunkel und hat geregnet. Wer geht denn da noch aus dem Haus? Ich war allerdings schon ziemlich müde nach dem langen Tag und hab nicht mehr so auf alles geachtet. Aber den Uffsteiner hab ich nicht mehr gesehen, der wäre mir aufgefallen.«

»Hat Er die Herren alle zu Hause abgesetzt? Ist Er sich da wenigstens sicher?«, fragte Fauerbach missmutig.

»Ja, die sind alle ausgestiegen und in ihre Häuser gegangen. Und ich hab mich dann auf dem schnellsten Weg zum Rathaus gemacht. Dort habe ich die Kutsche abgestellt, die Pferde abgeschirrt und in die Stallungen gebracht, und bin dann runter zum Fischerfeld gelaufen, wo ich wohne.«

Der Untersuchungsrichter machte sich erneut Notizen und wandte sich nun Eberhard Dinges zu. »Was hat Er mir zu berichten?«

»Ich habe zuerst Herrn Senator Holzhausen zu seinem Stadtpalais in die Braubachgasse gefahren, dann habe ich den Herrn von Stalburg heimgebracht, der wohnt in der Fahrgasse, und anschließend habe ich den Herrn Neuhof vor seinem Haus in der Friedbergergasse abgesetzt.« Er stockte plötzlich und gab ein nervöses Hüsteln von sich, ehe er weitersprach: »Ich sage das jetzt nicht gerne, denn wenn wir die hohen Herren durch die Gegend kutschieren, wird Verschwiegenheit groß geschrieben – es versteht sich ja von selbst, dass die nicht wollen, dass man alles ausplaudert …« Dinges errötete und grinste verlegen, was den Untersuchungsrichter, der ohnehin schon die Ohren gespitzt hatte, noch hellhöriger machte. Er fuhr den Fuhrknecht ungnädig an: »Was soll Er nicht ausplaudern?«

Dinges, der die unbehagliche Ahnung bekam, sich gerade um Kopf und Kragen zu reden, kicherte nervös. »Na ja, ich meine ja nur, wenn sich die Herren während einer Amtsfahrt mal kurz zum Frauenhaus fahren lassen oder so was …«

»Und was hat das jetzt mit Senator Neuhof zu tun? Hat der sich etwa auch noch mal zum Frauenhaus fahren lassen?«, setzte Fauerbach nach.

Dinges erwiderte mit brüchiger Stimme: »Nein, das

nicht. Es war anders – und ich weiß auch gar nicht, ob das überhaupt so wichtig ist …«

»Ob etwas wichtig ist, entscheide immer noch ich«, polterte der Untersuchungsrichter. »Rede Er jetzt endlich! Ich will alles wissen, und zwar haargenau!«

Dinges seufzte resigniert. »Als wir vor seinem Haus angekommen waren – er war ja der letzte Fahrgast –, ist er ausgestiegen und zu mir an den Kutschbock gekommen. Er hat gesagt, ich soll ihn doch noch in die Neue Kräme fahren. Da habe ich mich ziemlich geärgert, weil er das nicht schon früher gesagt hat, denn das lag ja auf dem Weg, und jetzt sollte ich alles noch mal zurückfahren. Aber ich habe es mir verkniffen, etwas zu sagen, denn das haben die hohen Herren nicht gerne, wenn man Widerworte gibt. Und dann habe ich ihn halt da hingefahren, zum Haus von Senator Uffsteiner, der ja sein Schwager ist, und ich weiß ja, wo der Uffsteiner wohnt, weil ich den auch schon oft genug gefahren habe …« Dinges wischte sich mit fahriger Hand die Schweißperlen von der Stirn.

Auch das hagere Gesicht des Richters schimmerte feucht, er hatte unversehens aufgehört zu schreiben und starrte den Fuhrknecht an, als wäre der Mann gerade vom Himmel gefallen. »Weiter!«, befahl er heiser.

»Mehr war da nicht«, entgegnete Dinges unsicher. »Ich hab ihn hingebracht, und dann ist er ausgestiegen, hat mir, knickrig wie er ist, ein knappes Trinkgeld zugesteckt und ist zur Haustür gegangen. Ich hab ihn noch gefragt, ob ich auf ihn warten soll, und da hat er kurz überlegt und gesagt, das wäre nicht nötig. Daraufhin bin ich losgefahren, und mehr kann ich nicht sagen. Ich … ich …«

Der Untersuchungsrichter platzte förmlich vor Ungeduld. »Jetzt rede Er schon!«, herrschte er Dinges an.

»Ich möchte Euch nur herzlich bitten, Herr Richter, dem Rat nichts davon zu sagen, sonst verlier ich noch meine Arbeit, und das wär ganz schlimm, wo ich doch daheim acht hungrige Mäuler zu stopfen hab«, stieß Dinges hervor. Er war den Tränen nahe.

Fauerbach musterte ihn mitleidlos. »Den Gefallen kann ich Ihm leider nicht tun, die Wahrheit muss ans Licht«, erklärte er kalt. »Aber natürlich werde ich keinesfalls dulden, dass jemand für seine Ehrlichkeit bestraft wird. Darauf kann Er sich verlassen«, fügte er entschlossen hinzu, ließ die Fuhrknechte ihre Kreuze unter das Protokoll setzen und entließ sie mit einem spröden Lächeln.

✱

Am Mittwochnachmittag hielt es die Hurenkönigin nicht mehr länger aus. Sie streifte ihren Umhang über und verließ energischen Schrittes das Frauenhaus.

Während sie die Alte Mainzer Gasse entlangging, den Römerberg überquerte und in die Neue Kräme einbog, wurde ihr Schritt indessen immer verhaltener, was nicht allein am Messegetümmel lag. Was ihren Elan dämpfte, war vor allem die Angst vor der eigenen Courage. Sie hatte Bernhards Wohnbezirk aufgesucht in der Hoffnung, ihm dort vielleicht zu begegnen. Je näher sie seiner Behausung kam, desto aufgeregter wurde sie. Obgleich sie noch ein ganzes Stück vom Hause des Geliebten entfernt war, klopfte ihr das Herz bis zum Halse. Ich glaube, ich falle in Ohnmacht, wenn er mir wirklich über den

Weg läuft, dachte sie bange und schalt sich selbst einen Hasenfuß. Mit angehaltenem Atem betrachtete sie die vorübereilenden Passanten, ob Bernhard vielleicht unter ihnen war, als sie im Erdgeschossfenster eines schmucken Fachwerkhauses das Gesicht einer alten Frau gewahrte, die gelassen auf das Menschentreiben blickte. Als sich ihre Blicke kreuzten, lächelte ihr die Alte freundlich zu und öffnete das Fenster.

Ursel hob grüßend die Hand und ging hinüber. »Gott zum Gruße!«, rief sie der Frau zu und raffte unwillkürlich ihren Umhang zusammen, um ihr gelbes Hurengewand zu verbergen.

Doch das erwies sich als überflüssig. »Ihr seid doch die Hurenkönigin Ursel Zimmer, die so tapfer gegen das teuflische Adelspaar aus Sachsenhausen gekämpft hat?«, fragte die grauhaarige Dame sie mit verblüffender Offenheit, während ihre Augen vor Vergnügen aufblitzten.

Ursel lächelte geschmeichelt und erstaunt. »Woher kennt Ihr mich?« Sie konnte sich nicht erinnern, der Dame schon jemals begegnet zu sein.

»Mein Name ist Else Schütz, ich bin die Mutter von Doktor Schütz, dem Stadtphysikus. Den kennt Ihr doch gewiss?«

Ursel nickte. »Aber natürlich!«, erklärte sie lachend. »Doktor Schütz ist doch seit vielen Jahren unser Hausarzt. Ich schätze ihn sehr.«

»Das freut mich zu hören. Er schätzt Euch übrigens auch. Und als der Bürgermeister Euch und den anderen Hübscherinnen im Januar das Bürgerrecht verliehen hat, durfte ich meinen Sohn und seine Gattin zu dem feierlichen Anlass ins Römerrathaus begleiten. Es war ein ganz besonderer Tag für mich, unsereiner kommt ja nicht mehr so oft unter die Leute. Ich habe die Feier sehr genossen und muss zugeben, dass mir bei Eurer Rede sogar die Tränen gekommen sind, so ergreifend habt Ihr gesprochen. Das will was heißen, denn als Arztgattin hat man ja schon manches erlebt und ist nicht so leicht aus der Fassung zu bringen«, plauderte die alte Frau redselig. Plötzlich hielt sie inne. »Wie unhöflich von mir!«, rief sie. »Ich schwadroniere drauflos, und Ihr steht immer noch draußen auf der Gasse herum. Wollt Ihr nicht zu mir hereinkommen, mein Kind, und ein Kräuterschnäpschen mit mir trinken?«

Ursel war von der Warmherzigkeit der alten Dame derart beeindruckt, dass ihr zunächst die Worte fehlten.

»Gerne«, sagte sie schließlich und strebte der Tür zu. Gleich darauf öffnete ihr Frau Schütz und ließ sie eintreten.

Ursel war tief bewegt. Sie hätte die alte Frau umarmen können, so freute sie sich über die unerwartete Freundlichkeit. »Ich bin schon fünfundfünfzig Jahre alt und erlebe es gerade zum ersten Mal, dass eine Dame von Stand so zuvorkommend zu mir ist – wo ich doch einem verpönten Gewerbe angehöre«, erklärte sie und drückte Frau Schütz dankbar die Hand. »Ich meine, wenn das jemand aus Eurer Nachbarschaft gesehen hat, dass Ihr eine Frauenhauswirtin ins Haus lasst, werden sie sich bestimmt die Mäuler zerreißen …«

»Sollen sie doch!«, erwiderte Frau Schütz trotzig. »Die haben doch alle selber genug Dreck am Stecken, die feinen Herrschaften. Außerdem, mein Kind, bin ich in einem Alter, in dem man sich nichts mehr vorschreiben lässt«, erklärte sie mit spitzbübischem Lächeln und führte Ursel in die behaglich eingerichtete Wohnstube, wo sie ihr einen Platz anbot.

Frau Schütz verschwand in der Küche und kehrte mit Gebäck und einer Glaskaraffe zurück, die sie auf den Tisch stellte. Während sie die grünliche Flüssigkeit in zwei kleine Becher füllte, sagte sie: »Das ist Kräutergeist, den ich selber herstelle. Er hilft gegen jedes Zipperlein, hat mein verstorbener Mann immer gesagt und ihn mitunter auch den Kranken verabreicht. Ihr müsst wissen, dass ich meinen Mann bei seiner Arbeit immer unterstützt habe. Ich bin ausgebildete Hebamme, und im Laufe der Jahre ist aus mir auch ein halber Arzt geworden. Schon immer habe ich mich für die Heilkunst interessiert, und mein Gatte hat oft meinen Rat eingeholt, wenn er nicht mehr weiterwusste. Zu unseren Patienten zählten auch die städtischen Hübscherinnen. Früher hat es ja in Frankfurt sogar zwei Frauenhäuser gegeben.«

»Ich weiß«, erwiderte Ursel. »Und heute gibt es nur noch eines – und auch das wird sich nicht mehr lange halten können.«

»Ihr meint, wegen der Lustseuche?«

Ursel nickte bekümmert. »Die verdammte Geschlechterpest – das ist der Untergang unseres Gewerbes.«

»Das glaube ich zwar nicht, denn das älteste Gewerbe der Welt ist doch nicht so schnell kleinzukriegen, das wird sich auch trotz der Krankheit noch halten können. Aber die Seuche stellt schon eine schlimme Einschränkung für das Liebesleben der Menschen dar.« Die alte Dame seufzte besorgt. »Als mein verstorbener Mann von den ersten Krankheitsfällen hörte, hat er gesagt, die Lustseuche sei schlimmer als die Pest, sie treffe den Menschen an der Wurzel seines Daseins. Kurze Zeit später ist er dann gestorben. Das war vor zwei Jahren, und ich vermisse ihn noch immer. Wir waren über fünfzig Jahre verheiratet und sehr glücklich miteinander.« Ein Schatten der Trauer huschte über das faltige Gesicht.

Ursel sah sie mitfühlend an. Sie war bestimmt einmal eine sehr schöne Frau, dachte sie bei sich, als Frau Schütz ihren Becher hob, um mit ihr anzustoßen. Die Schärfe des Weinbrands und das würzige Kräuteraroma breiteten sich angenehm in Ursels Kehle aus.

Frau Schütz lächelte die Hurenkönigin verschwörerisch an. »Ihr seid doch bestimmt schon wieder am Ermitteln?«, erkundigte sie sich augenzwinkernd. »Oder wollt Ihr mir etwa weismachen, dass Ihr rein zufällig in der Gegend seid?«

Ursel sah sie begriffsstutzig an, und die alte Dame versuchte ihr ein wenig auf die Sprünge zu helfen: »Na ja, wo doch die Uffsteiners direkt gegenüber wohnen!«

»Ach so? Das wusste ich gar nicht«, gestand Ursel überrascht. Sie überlegte einen Moment, aber nachdem sie sich in der Gesellschaft der Arztwitwe so wohl fühlte, beschloss sie spontan, Frau Schütz reinen Wein einzuschenken. »Mein Gefährte Bernhard von Wanebach wohnt ebenfalls in der Neuen Kräme, und ich hatte gehofft, ihm vielleicht zu begegnen. Wir … wir haben uns nämlich überworfen.«

Die alte Frau, die sah, wie aufgewühlt Ursel war, legte ihr tröstend die Hand auf den Arm. »Das renkt sich bestimmt wieder ein, mein Kind, da bin ich mir ganz sicher. Ihr zwei seid doch wie füreinander geschaffen! Der

Blick, mit dem er Euch damals angesehen hat, der Herr von Wanebach, als Ihr im Rathaussaal die Rede gehalten habt – das war die reine Liebe. Ich habe schon immer große Hochachtung vor ihm gehabt, weil er allen Anfeindungen zum Trotz so unerschütterlich zu Euch steht.«

Ursel fühlte, wie ihr der Schmerz die Kehle zuschnürte, doch sie mochte nicht vor der alten Frau in Tränen ausbrechen. Daher ergriff sie ihren Becher, lächelte Frau Schütz tapfer an und murmelte mit belegter Stimme: »Auf Euer Wohl! Ich bin froh, dass ich Euch begegnet bin.«

»Ganz meinerseits«, erwiderte Else Schütz erfreut und beschloss, das Thema zu wechseln. »Ich habe gehört, dass man eine Eurer Hübscherinnen verhaftet hat. Sie steht angeblich im Verdacht, den grausamen Mord an Uffsteiner begangen zu haben. – Was haltet Ihr davon?«

»Absoluter Unfug!«, erwiderte Ursel entrüstet. »Nur weil sie vorher im Streit zu Uffsteiner gesagt hat, einer wie er gehöre kastriert, wollen ihr die hohen Herren jetzt die Tat anhängen. Ich habe ihm auch so manches an den Kopf geworfen in dieser Nacht, so grob, wie er sich aufgeführt hat.«

Frau Schütz, die der Hurenkönigin aufmerksam zuhörte, nickte verständig. »Der Mann war auch ein Schurke«, schnaubte sie. »Ihr glaubt ja gar nicht, wie oft wir die Stangenknechte gerufen haben, mein Mann und ich, wenn der Kerl wieder einmal seinen Rappel gekriegt und seine Frau misshandelt hat. Mehrfach haben wir sie sogar verarztet, die Arme. Sie konnte einem von Herzen leidtun. Alle, die es gut mit ihr meinten, vor allem ihre Tochter Gertrud, haben ihr immer wieder ans Herz gelegt, sich doch von diesem Schuft zu trennen. Doch das hat sie nie getan.« Die alte Frau schüttelte den Kopf. »Ich muss zugeben – und da stehe ich gewiss nicht alleine da –, dass ich über Uffsteiners Tod nicht sonderlich traurig bin. Natürlich hätte ich ihm ein so schlimmes Ende nicht gewünscht, so etwas wünscht man ja niemandem. Aber den hat doch keiner leiden können, die Leute aus der Nachbarschaft nicht, seine Geschäftskollegen nicht, die Herren vom Rat nicht, sein Schwager nicht und seine Tochter schon gar nicht. Die Gertrud war überhaupt die Einzige, vor der dieser ungehobelte Grobian einen gewissen Respekt hatte. Nur die arme Genoveva konnte ihm nichts entgegensetzen. Mich erinnerte sie immer an ein verängstigtes Mäuschen. Man soll ja über einen Toten nichts Schlechtes sagen, aber für die arme Frau ist es doch der reinste Glücksfall, dass er nicht mehr da ist.«

Ursel war während ihrer Ausführungen immer nachdenklicher geworden. »Empfindet sie das denn ebenso?«, fragte sie ernst.

»Das kann man so nicht sagen«, erwiderte Frau Schütz ausweichend. »Sie scheint über den Verlust ihres Gatten untröstlich zu sein. Ich war ja gestern bei ihr, um zu kondolieren. Aber es hat mich gleichzeitig doch ein wenig befremdet, dass sie dann heute Morgen spazieren gegangen ist. Sie hatte den Hund dabei und ist Richtung Main abgebogen ...«

Ursel runzelte irritiert die Stirn. »Sie wollte vielleicht einfach an die frische Luft?«

»Genau das ist es ja, was ich so sonderbar finde«, erwiderte die alte Dame. »Sie ist viele Jahre lang überhaupt nicht mehr vor die Tür gegangen. Hat sich daheim in ihrem Mauseloch verkrochen, die arme Genoveva. Und ausgerechnet jetzt, wo ihr Mann ermordet wurde, geht sie wieder aus. Das ist doch seltsam …«

»Allerdings«, stimmte ihr die Zimmerin zu. »Vielleicht ist sie ja doch erleichtert, dass ihr Peiniger tot ist. Verdenken könnte man es ihr jedenfalls nicht.«

»Weiß Gott nicht«, bekräftigte Frau Schütz erbittert.

»Dann hätte sie wohl gute Gründe gehabt, ihrem Mann nach dem Leben zu trachten«, murmelte Ursel gedankenversunken.

Frau Schütz schüttelte heftig den Kopf. »Dieses arme Mäuschen soll ihn so bestialisch abgeschlachtet haben? Nie und nimmer. Sie hatte doch viel zu viel Angst vor ihm. Nein, nein, da kommen ganz andere Leute in Betracht. Der hatte doch Feinde wie Sand am Meer, der Herr Senator Uffsteiner.«

»Das ist ja interessant«, sagte die Hurenkönigin interessiert. »Fällt Euch da jemand Bestimmtes ein?« Sie blickte die alte Dame eindringlich an.

Diese entgegnete unbehaglich: »Ich möchte ja keine falschen Verdächtigungen äußern, aber …« Frau Schütz, die offensichtlich fürchtete, Gerüchte zu verbreiten, verstummte. Doch nun war der kriminalistische Instinkt der Hurenkönigin geweckt. »Bitte sagt es mir!«, bat sie inständig. »Es könnte wichtig sein und dazu beitragen, den Mordfall aufzuklären.«

Die Arztgattin holte tief Luft und erklärte: »Na gut, wenn es der Wahrheitsfindung dient. – In der Nacht, in der Uffsteiner ermordet wurde, habe ich draußen auf der Straße ein dumpfes Poltern gehört. Auf meine alten Tage schlafe ich ja nicht mehr so fest. Ich bin also aufgestanden und ans Fenster gelaufen, um nachzuschauen, was los ist.

Da stand eine Kutsche vor dem Haus der Uffsteiners, die ist dann aber gleich weggefahren. An der Tür konnte ich einen Mann ausmachen, der den Türklopfer betätigte und mit gedämpfter Stimme Einlass begehrte. Es dauerte eine ganze Weile, bis im Haus die Lichter angegangen sind, und dann hat jemand mit der Laterne in der Hand die Tür geöffnet und den Besucher eingelassen.« Die alte Dame schwieg einen Moment und musterte die Hurenkönigin beklommen. »Im Licht der Laterne war das Profil des Mannes zu sehen, und ich bin mir ziemlich sicher, dass es der Herr Neuhof war, der Bruder von Frau Uffsteiner. – Ich habe dann noch eine Weile aus dem Fenster geschaut, denn ich hatte schon befürchtet, dass bei Uffsteiners wieder was im Busch ist. Der Herr Neuhof ist ja schon öfters seiner Schwester zu Hilfe geeilt, doch es war nichts mehr zu hören. Gerade wollte ich wieder ins Bett gehen, da ist die Haustür aufgegangen und Neuhof kam wieder heraus. Er trug eine Fackel in der Hand und hastete ziemlich hektisch die Neue Kräme entlang zum Römerberg – so als würde er jemanden suchen. Was daraus geworden ist, weiß ich nicht. Ich bin dann schlafen gegangen und habe nichts mehr mitgekriegt.«

Die Hurenkönigin hatte Frau Schütz gebannt zugehört. »Würdet Ihr Eure Beobachtungen gegebenenfalls auch vor dem Untersuchungsrichter wiederholen?«, fragte sie die Arztgattin mit ernster Miene.

Frau Schütz überlegte kurz und stimmte schließlich zu. »Da wird mich mein Sohn ganz schön schelten, dass ich meinen Mund wieder mal nicht halten konnte«, seufzte sie resigniert. »Aber sei's drum. Er weiß ja zur Genüge, dass ich schon immer ein loses Mundwerk hatte – und das wird auch mit den Jahren nicht besser.« Die alte Dame lächelte listig und zwinkerte Ursel verschwörerisch zu. »Und wenn ich unserer berühmten Frankfurter Hurenkönigin dabei behilflich sein kann, einen Mordfall aufzuklären, soll mir das eine Ehre sein.« Vergnügt tätschelte sie Ursel die Schulter und sagte: »Komm, Kindchen, wir trinken noch einen.«

Nachdenklich stieß die Hurenkönigin mit ihrer Gastgeberin an. »Was ist Senator Neuhof eigentlich für ein Mensch?«, fragte sie plötzlich.

Frau Schütz zuckte mit den Achseln. »Ich kenne ihn nicht weiter«, erwiderte sie, aber als sie das enttäuschte Gesicht der Zimmerin gewahrte, fügte sie mit abschätziger Geste hinzu: »Ich weiß nur, was in der Nachbarschaft so über ihn gemunkelt wird – und das ist sicherlich mit Vorsicht zu genießen, denn dem Klatsch der Leute sollte man nicht allzu viel Bedeutung beimessen.«

»Wohl wahr«, stimmte Ursel ihr zu. »Aber liegt darin nicht auch häufig ein Körnchen Wahrheit? Also rückt schon raus damit – ich weiß doch sehr wohl, dass Ihr keine Klatschbase seid.« Sie lächelte die alte Dame entwaffnend an, die auch sogleich schwach wurde.

»Man sagt halt, dass ihn der Spielteufel reitet und er deswegen hohe Schulden hat. – Vor allem bei seinem Schwager, und das muss für Neuhof besonders schlimm sein. Es ist nämlich ein offenes Geheimnis, dass die beiden häufig Streit hatten, weil Uffsteiner Genoveva so schlecht behandelt hat.«

»Neuhof scheint ja sehr an seiner Schwester zu hängen«, warf Ursel ein.

»Ja, und er hat Uffsteiner sogar schon einmal wegen

seiner Misshandlungen angezeigt. Da haben ihn die Stangenknechte abgeholt und für ein paar Tage ins Brückenloch gesteckt. Aber gebessert hat er sich trotzdem nicht.« Die alte Dame verzog abschätzig die Mundwinkel.

Für geraume Zeit herrschte Schweigen, beide Frauen hingen ihren Gedanken nach.

»Wenn der Fugger das Geschäft platzen lässt, mache ich dich kalt«, murmelte die Hurenkönigin geistesabwesend vor sich hin. Als sie die erstaunte Miene von Frau Schütz bemerkte, erläuterte sie: »Das genau waren Neuhofs Worte, nachdem Fugger den Senatoren erklärt hatte, er werde wegen Uffsteiners Impertinenz keine Geschäfte mit ihnen machen.«

»Das ist ja ein starkes Stück«, erwiderte die alte Dame entrüstet. »Andererseits, was sagt man nicht alles, wenn man auf jemanden wütend ist? Nur, weil Neuhof so etwas geäußert hat, heißt das ja noch lange nicht, dass er es auch getan hat. – Ich meine, einen Menschen so zuzurichten, das macht man nicht, weil man zornig ist auf ihn. Nein, eine solche Tat begeht nur, wer ganz krank ist vor Hass. Die Kastration ist außerdem ein überdeutlicher Hinweis auf … auf – wie soll ich das sagen?« Frau Schütz starrte angespannt ins Leere. »Auf das Geschlechtliche«, murmelte sie. »Der überbordende Hass des Täters hat sich eindeutig auf Uffsteiners Männlichkeit konzentriert. Von daher liegt die Vermutung nahe, dass der Mörder – oder die Mörderin – unter Uffsteiners Geschlechtstrieb erheblich zu leiden hatte.«

»Und schon wären wir wieder beim Thema ›Männerhass‹«, bemerkte die Hurenkönigin mit hochgezogenen Brauen. »Das ist doch genau die Kerbe, in die der Untersuchungsrichter und die Stadtoberen schlagen, indem sie Alma der Tat verdächtigen. Nein, ich glaube, anders wird ein Schuh draus: Der Mörder hat gehört, wie Alma Uffsteiner mit der Kastration gedroht hat, und nutzt die günstige Gelegenheit, ihr den Mord in die Schuhe zu schieben. Deswegen trennt er Uffsteiner, nachdem er zuvor wie ein Berserker auf ihn eingestochen hat, zum Schluss noch die Genitalien ab und stopft sie ihm in den Mund.«

»So könnte es gewesen sein …«, bestätigte Frau Schütz mit nachdenklicher Miene.

»Haben die Uffsteiners nur die eine Tochter, oder gibt es noch mehr Kinder?«, fragte die Zimmerin.

Else Schütz schüttelte den Kopf. »Gertrud ist das einzige Kind. Ich habe damals bei ihrer Geburt geholfen, das muss jetzt gut fünfundzwanzig Jahre her sein. Ein Wunder, dass Genoveva die Geburt überhaupt überlebt hat. Sie war damals gerade erst siebzehn Jahre alt und ausgesprochen zart und fragil – auch im Becken, das alles andere als gebärfreudig war. So schmalhüftig wie ein Knabe – aber das ist sie ja auch heute noch. Jedenfalls war es eine sehr schwere Geburt, und Genoveva wäre fast verblutet. Gertrud war ein sehr kräftiges Baby, und der Mutter hat es regelrecht die Gebärmutter zerrissen. Seither ist sie unfruchtbar, die Arme. Das hat ihr Uffsteiner wohl auch immer aufs Brot geschmiert. Er war damals sehr erbost darüber, dass sie ihm keinen Sohn mehr schenken konnte. Ich erinnere mich noch gut daran, denn das hat ihn weitaus mehr beschäftigt als der gesundheitliche Zustand seiner Frau, der ja mehr als kritisch war. Als mein Mann und ich ihm sagten, dass Genoveva ihm ein gesundes Mädchen zur Welt gebracht hat, hat er geflucht wie ein Bierkutscher.«

»Was für ein Drecksack!«, entfuhr es der Hurenkönigin zornig. »Wie hat es die Frau nur all die Jahre mit so einem Grobian ausgehalten?«

»Das habe ich mich auch immer gefragt. Aber die Antwort darauf kennt nur Genoveva selbst.« Die alte Frau musterte Ursel betroffen.

»Ich möchte die Familie gerne einmal kennenlernen, Genoveva Uffsteiner und auch ihre Tochter Gertrud«, erklärte Ursel nachdrücklich.

»Das wird sich gewiss arrangieren lassen«, erwiderte Frau Schütz.

Es war schon dunkel geworden, als Ursel sich von der alten Dame verabschiedete. Die beiden Frauen umarmten sich herzlich, und die Arztwitwe versprach, im Umfeld des Ermordeten Augen und Ohren offenzuhalten.

»Kommt mich recht bald wieder besuchen«, bat sie und raunte Ursel zu: »Und viel Glück mit Eurem Liebsten! Ihr geht doch jetzt bestimmt zu ihm, oder täusche ich mich da?«

»Nein, nein.« Ursel schüttelte den Kopf. »Ich glaube, es ist besser, wenn er selbst kommt.« Damit wandte sie sich um machte sich schnurstracks auf den Weg zum Leinwandhaus.

»Gott sei Dank, dass Ihr noch da seid«, seufzte die Hurenkönigin, als sie wenig später das Amtskontor von Untersuchungsrichter Fauerbach betrat. Er saß über Akten gebeugt am Schreibtisch und blickte erstaunt zu ihr auf. »Euer Vorgänger hat immer pünktlich zur Dämmerung die Schreibfeder fallen lassen und ist nach Hause gegangen«, bemerkte sie despektierlich und ließ sich, ohne dass der Richter ihr einen Platz angeboten hätte, mit großer Selbstverständlichkeit auf dem Stuhl vor Fauerbachs Schreibpult nieder.

»Dafür gibt es ja Kerzen«, knurrte der Jurist und fragte die Hurenkönigin nach ihrem Begehr.

Die Gildemeisterin erklärte: »Ich habe wichtige Dinge herausgefunden, über die ich Euch gerne in Kenntnis setzen möchte.«

»Ach, was kann das denn schon Wichtiges sein?«, höhnte der junge Mann.

»Ich habe in Erfahrung gebracht, dass Senator Neuhof in der Mordnacht zum Haus seines Schwagers gefahren ist«, erklärte die Zimmerin und bemerkte mit Genugtuung, dass sich auf Fauerbachs blasiertem Gelehrtengesicht eine gewisse Verblüffung zeigte.

»Woher wisst Ihr das?«, fragte er.

»Von der alten Frau Doktor Schütz«, entgegnete Ursel triumphierend. »Sie ist die Mutter vom Stadtphysikus Schütz und wohnt gegenüber vom Hause der Uffsteiners. In besagter Nacht hat Frau Schütz von ihrem Fenster aus beobachtet, wie eine Kutsche vor dem Haus vorfuhr. Herr Neuhof ist ausgestiegen und hat an die Haustür geklopft. – Frau Doktor Schütz ist übrigens auch gerne bereit, ihre Aussage zu Protokoll zu geben.«

Martin Fauerbach schluckte, ehe er mit amtlicher Strenge hervorstieß: »Darauf muss ich auch bestehen!« Er streifte die Hurenkönigin mit einem herablassenden Blick. »Auch wenn ihre Beobachtungen längst nichts Neues mehr sind. Dass Herr Neuhof in der Mordnacht zum Hause seines Schwagers gefahren ist, weiß ich schon seit heute Mittag, als ich die städtischen Fuhrknechte zu den Ereignissen befragt habe. Einer von ihnen hat genau das zu Protokoll gegeben.«

Nun war es an der Zimmerin, zu staunen. »Ihr habt diesbezüglich Erkundigungen eingezogen?«, fragte sie und musterte den Untersuchungsrichter ungläubig.

»Wie es meine Amtspflicht ist«, schnarrte dieser. »Oder glaubt Ihr etwa, ich sitze den ganzen Tag auf der Ofenbank und drehe Däumchen?«

»Keineswegs«, beeilte sich Ursel zu versichern. »Ich bin nur einen solchen Eifer nicht unbedingt gewöhnt … bei einem städtischen Beamten.«

Fauerbach funkelte die Hurenkönigin verärgert an. »Wenn Sie frech werden will, lass ich Sie hinauswerfen«, schnaubte er.

»Nein, nein«, wiegelte Ursel ab. »Im Gegenteil, ich wollte Euch eigentlich ein Kompliment aussprechen für Eure Tüchtigkeit …«

»Wir nehmen das zur Kenntnis«, erwiderte Fauerbach und verzog die schmalen Lippen zu einem spöttischen Grinsen. »Wenn das alles ist, kann Sie wieder gehen …«

»Ich verbitte mir einen solchen Tonfall!«, brauste Ursel unversehens auf. »Ich bin nicht Eure Gesindemagd, sondern eine Bürgerin der Stadt Frankfurt. Und als eine solche möchte ich auch behandelt werden, und wenn ich zehnmal die Frauenhauswirtin bin«, schimpfte sie erbost. Dabei funkelte sie den Richter aus schwarzen Augen so stolz an, dass dieser beschämt den Blick senkte.

»Danke für Euren Hinweis«, rang er sich schließlich ab, »aber ich habe noch zu arbeiten.«

»Das meine ich aber auch!«, knurrte die Hurenkönigin. »Dann spitzt jetzt mal Eure Ohren und hört mir gut zu – ich bin nämlich noch nicht fertig.«

Fauerbach verdrehte genervt die Augen. »Was gibt es denn noch?«

»Frau Doktor Schütz hat außerdem noch beobachtet, wie Senator Neuhof kurze Zeit später mit einer Fackel in der Hand aus dem Haus gestürzt und die Neue Kräme hinunter zum Römerberg gelaufen ist. Laut ihrer Aussage sah es eindeutig so aus, als würde Neuhof jemanden suchen. Wer dieser ›jemand‹ gewesen sein könnte, muss ich ja wohl nicht erläutern.« Die Zimmerin hatte den Richter nicht aus den Augen gelassen. Als dieser unmerklich zusammenzuckte und reflexartig nach der Feder griff, spiegelte sich auf ihrem markanten Gesicht eine stille Genugtuung.

»Das ist ja interessant«, murmelte er, während er sich eifrig Notizen machte. Dann zog er die Stirn in Falten und erklärte zerstreut: »Ich werde der Sache nachgehen. Danke für Eure Bemühungen.«

Ursel räusperte sich und fragte mit belegter Stimme: »Und was geschieht jetzt mit der Hübscherin? Habt Ihr immer noch vor, sie einem peinlichen Verhör zu unterziehen? Ich meine, es gibt ja nun auch andere … Verdachtsmomente …«

»Das Verhör ist für morgen Vormittag angesetzt, und dabei bleibt es auch«, erklärte Fauerbach schroff. In amtlichem Tonfall fügte er, als er Ursels empörte Miene gewahrte, hinzu: »Ich sehe keinen Grund, es ausfallen zu lassen, und auch der Rat legt größten Wert darauf, dass es stattfindet.«

»Na dann gut Nacht«, raunzte die Gildemeisterin sarkastisch, erhob sich von ihrem Stuhl und verließ mit einem finsteren Blick auf den Untersuchungsrichter die Amtsstube.

7

Donnerstag, 29. März 1512

»Aus Ulm kommen sie, diese Venusschwestern?«, fragte der alte Mönch und musterte Bernhard von Wanebach aufmerksam.

Dieser nickte bestätigend. Pater Rufus, im Dominikanerkloster seit mehr als fünfzig Jahren Experte für ketzerische Schriften und häretische Sekten, erhob sich ächzend hinter seinem mit schweren Folianten beladenen Schreibtisch und humpelte zu einem der Bücherregale, welche die kleine Klosterzelle bis zum letzten Winkel ausfüllten.

Der gelehrte Geistliche war nicht nur Bernhards Lieblingsoheim, sondern auch sein Mentor, mit dem ihn eine tiefe Seelenverwandtschaft verband, waren sie doch beide die schwarzen Schafe der Familie. Während Bernhard durch seine eigenwillige Lebensführung und die Liaison mit der Hurenkönigin die Gemüter der Adelsfamilie erregte, so kreidete man Rufus, über den gemunkelt wurde, ihm sei im Laufe seiner Studien die nötige Distanz zum Ketzerwesen abhandengekommen, seinen mangelnden Ehrgeiz an. Er zeigte keinerlei Interesse daran, in der Hierarchie der Kirche aufzusteigen. Immer schon ein wenig ungelenk und menschenscheu, bot der Ordenseintritt Rufus vor allem die Möglichkeit, sich ungestört seinen Studien zu widmen. Ein hohes geistliches Amt hätte ihn dabei nur beschränkt.

Aus den Büchern und Schriften, die sich auf den Regalbrettern in dichten, scheinbar ungeordneten Zweierreihen stapelten, zog der betagte Mönch mit sicherem Griff eine in Leder gebundene Kladde hervor und kehrte damit zum Schreibpult zurück.

Nachdem er ein wenig darin geblättert hatte, murmelte er zufrieden: »Ulm – da haben wir es doch …« Der alte Mann fuhr mit dem Zeigefinger konzentriert über die Zeilen. »Hartmann Schedel schreibt in seiner berühmten Weltchronik, die Amazonen hätten schon vor der Zeit Abrahams bis in die Regierungszeit Alexanders des Großen die Stadt Ulm regiert. Der Name Ulm geht übrigens auf einen geheiligten Ulmenhain zurück, in dem sie die Göttin Venus verehrten. Früher hießen die Amazonen auch Mondfrauen. Über diese kriegerischen Frauen ist bekannt, dass sie ihrer Göttin grausame Blutopfer darbrachten …« Die Stimme des Paters bebte, als er seinem Neffen erläuterte: »Es handelte sich hierbei um rituelle Kastrationen, die eine Priesterkönigin mit einer goldenen Mondsichel an den männlichen Dienern der Göttin vornahm. Diese waren geschminkt und trugen Frauenkleider. Teilweise kastrierten sich die Männer wohl auch selbst. Bereits seit dem neunten Jahrhundert wurden die sogenannten Mondfrauen oder *Venusschwestern*, wie sie sich später nannten, von der Heiligen Römischen Kurie als Hexen und zauberische Weiber bezeichnet und entsprechend verfolgt.« Der Dominikaner warf Bernhard, der ihm mit düsterer Miene zuhörte, einen besorgten Blick zu. »Junge, was hast du mit derlei Weiberbünden zu schaffen? Warum erkundigst du dich nach ihnen?«, fragte er ihn unumwunden.

Obwohl Bernhard wusste, dass er seinem Oheim vertrauen konnte, bat er ihn dennoch um absolute Verschwiegenheit, ehe er ihm von den beiden Ulmerinnen berichtete. Anfangs waren Bernhards Ausführungen noch verhalten, dann wurden sie lebhafter, und bald redete er sich all seinen Kummer von der Seele.

In den Augen des alten Mannes spiegelte sich Mitgefühl und Sorge. »Sei nur vorsichtig, Bernhard«, mahnte er bekümmert. »Solche Frauen sollte man sich nicht zu Feindinnen machen – und auch nicht zu Geliebten. Auch wenn ich nicht der gleichen Meinung bin wie unsere Inquisition, dass heidnische Weiberbünde allesamt auf den Scheiterhaufen gehören, muss ich dich doch vor diesen Venusschwestern warnen: Sie sind gefährlich.« Der alte Mönch warf Bernhard einen eindringlichen Blick zu.

Dieser nickte beklommen. »Seitdem sie aufgetaucht sind, ist das Unglück über uns gekommen«, murmelte er erbittert.

»Das kann man wohl sagen«, stimmte ihm der Oheim zu. »Erst recht, wenn man an den bestialischen Mord an Uffsteiner denkt. Dem Senator wurden ja auch die Genitalien abgetrennt. Ich denke, es kommt nicht ganz von ungefähr, dass diese Ulmerin verdächtigt wird …«

»Zuzutrauen wäre es ihr«, knurrte Bernhard finster. »Auch wenn die Gildemeisterin da sicher anderer Meinung ist als ich. Das Weibsbild übt keinen guten Einfluss auf sie aus …«

»Immerhin soll die Ulmerin ja heute peinlich befragt werden, und da ist es so gut wie sicher, dass sie ein Geständnis ablegen wird. Dafür wird Meister Jerg schon sorgen«, sagte der Pater mit sarkastischem Unterton und zog die buschigen Brauen in die Höhe. »Von daher wird sich das Problem von selbst lösen. Aber um deine Hurenkönigin wirst du dich schon ein bisschen bemühen müssen, mein Lieber. Und lass bloß die Finger von dieser jungen Circe – oder besser gesagt: Sirene. Die bringt dir nur Unheil, und wenn sie noch so liebreizend und klug ist.«

Bernhard schwieg beklommen. Dann stieß er hervor: »Es ist wie verhext, ich kriege sie nicht mehr aus dem Kopf, dabei war ich nur ein paar Stunden mit ihr zusammen.« Er rieb sich verzweifelt die Schläfen. »Aber ich werde mich in Zukunft von ihr fernhalten, so viel steht fest. Denn mir liegt viel daran, dass ich mit Ursel wieder zusammenkomme. Das darfst du mir wirklich glauben.« Bernhard barg sein Gesicht in den Händen.

Der alte Mönch, der in jungen Jahren selbst die Liebe zu einer Frau erfahren hatte, legte tröstend die Hand auf Bernhards Schulter. »Das wird schon wieder, mein Junge. Wenn die Liebe so tief ist wie bei euch beiden, überdauert sie so etwas.«

»Hoffentlich!«, murmelte Bernhard inständig und drückte dankbar die Hand des alten Mannes.

Der Oheim lächelte aufmunternd und sagte plötzlich: »Da fällt mir ein: In Ulm wohnt ein alter Gelehrtenfreund von mir. Professor Johannes Avenarius. Wir gehören der gleichen Bruderschaft an, die ehrenwerte ›Bruderschaft zur Vorbereitung auf den Tod‹, die 1490 in Ulm gegründet wurde. Wir stehen in regelmäßigem Briefkontakt. Wenn du möchtest, erkundige ich mich bei ihm einmal über die Hübscherinnen aus Ulm. Vielleicht ist ihm ja irgendetwas Bedeutsames zu Ohren gekommen …«

Bernhard überlegte kurz und nahm dann das Angebot seines Oheims an.

Wenig später verabschiedete er sich mit einer herzlichen Umarmung von dem Dominikanermönch. »Danke für alles, Onkel Rufus«, sagte er und machte sich auf den Heimweg.

Nachdem Bernhard gegangen war, zögerte der alte Mönch keine Minute. Er zückte sogleich Feder und Tinte und begann mit zittriger Hand einen Brief zu schreiben.

*

Um die Mittagsstunde hatte es der Henker eilig, aus dem Mainzer Turm hinauszugelangen, und schlug mit fliegenden Schritten den Weg zum nahegelegenen Frauenhaus ein. Nach dem langen, ermüdenden Verhör der Hübscherin, bei dem er die Folter in ihrer ganzen Bandbreite angewendet hatte, von der sogenannten leichten Befragung bis hin zur verschärften Fragestellung, gelüstete es ihn nach einem ordentlichen Quantum Bier, um sich seinen Verdruss von der Seele zu spülen. Außerdem musste er der Zimmerin, die wohl schon ungeduldig seiner harrte, Rapport erstatten.

Die einheimischen und ortsfremden Messebesucher sprangen aufgeregt zur Seite, sobald sie die imposante Gestalt in der Henkerstracht – blutrote Beinlinge und ein flaschengrünes Wams – erblickten, denn mit dem Mann des Todes mochte keiner auf Tuchfühlung gehen.

Zuweilen hat es auch etwas für sich, ein Unberührbarer zu sein, dachte Meister Jerg sarkastisch und beäugte die Angsthasen voller Häme.

Kaum hatte er den Schankraum des Frauenhauses betreten, eilte er zielstrebig zur Theke und bestellte sich beim Frauenhausknecht einen großen Krug Bier. Franz Ott, der sonst so frohgemute Bursche, mit dem Meister Jerg gerne ein Späßchen machte, begegnete ihm heute jedoch ungewohnt wortkarg und übellaunig.

»Welche Laus ist dir denn über die Leber gelaufen?«, fragte ihn der Henker befremdet.

»Das könnte ich Euch auch fragen«, knurrte Franz. »Ihr guckt ja auch nicht gerade fröhlich aus der Wäsche.«

»Das liegt an meinem Geschäft«, erwiderte der Henker. »Wir täten auch lieber Bier zapfen und mit den Weibern schäkern, als den ganzen Tag Leute zu quälen …«

Da vernahm er die Stimme der Hurenkönigin: »Meister Jerg, da seid Ihr ja endlich!«

Er wandte sich zu ihr um. »Bin gleich bei Euch, Zimmerin«, rief er ihr zu. »Hol mir nur noch eine Maß.«

Die Hurenkönigin hatte sich an einen ruhigen Ecktisch zurückgezogen. An ihrer Seite saß eine junge Hübscherin, die der Henker noch nie zuvor im Frauenhaus gesehen hatte. Sie war so attraktiv, dass sie ihm bestimmt längst aufgefallen wäre, denn Meister Jerg hatte einen Blick für schöne Frauen. Das musste die junge Ulmerin sein, der alle Kerle hinterherhechelten!

Tatsächlich stellte ihm die Hurenkönigin die junge Frau als Irene, die Tochter von Alma Deckinger, vor.

»Ist mir ein Vergnügen«, sagte er mit breitem Grinsen, nahm einen tiefen Schluck aus dem Bierkrug und unterdrückte ein Rülpsen, ehe er hervorstieß: »So was habe ich in meiner ganzen Amtszeit noch nicht erlebt!«

»Was denn?«, fragte die Hurenkönigin alarmiert. Sie platzte förmlich vor Ungeduld. »Ist ihr … ist ihr vielleicht etwas zugestoßen?« Angstvoll presste sie die Hand auf den Mund.

»Das darf nicht sein!«, schrie Irene auf. Ihr ebenmäßiges Gesicht war schneeweiß geworden.

Der Henker beeilte sich, die beiden zu beruhigen. »Nein, nein«, erklärte er beschwichtigend. »Ich meine, ich hab noch nie erlebt, dass eine so stur ist. Hat ums Verrecken kein Geständnis abgelegt. Bei der leichten Befragung nicht und bei der verschärften auch nicht. So ein zähes Luder!« Meister Jerg verzog anerkennend die Mundwinkel. »Dieser Stockfisch von Untersuchungsrichter hat sie immer wieder darauf festnageln wollen, wo sie denn gewesen ist. Sie ist ja in der Mordnacht von einer der Huren gesehen worden, wie sie sich auf dem Gang rumgedrückt hat, und da wollte er ihr unterstellen, dass sie draußen war und den Uffsteiner abgemurkst hat. Aber das hat sie mit allem Nachdruck von sich gewiesen, auch dann noch, als sie auf der Streckbank lag. Sie hat gesagt, dass sie deswegen noch auf dem Flur war, weil sie nachsehen wollte, ob ihre Tochter schon wieder da war.« Er sah die Zimmerin an und machte eine kurze Pause, ehe er weitersprach: »Sie hat Stein und Bein geschworen, dass sie dem Uffsteiner kein Haar gekrümmt hat und fertig. Die hätte man aufschlitzen können, und die hätt einem nix anderes erzählt«, tönte der Henker derb und murmelte hastig eine Entschuldigung, als er die erschrockenen Mienen der beiden Frauen bemerkte.

In Irenes Augen glitzerten Tränen, als sie fragte: »Und was geschieht jetzt mit Mutter? Wird man sie wieder freilassen?«

Auf Meister Jergs groben Gesichtszügen zeigte sich ein Anflug von Mitgefühl. »Erst mal nicht, der Reichmann war dagegen«, erklärte er zerknirscht. »Wenn's nach dem Fauerbach gegangen wäre, schon. Ich hab gehört, wie er nach der Befragung zum Bürgermeister gesagt hat, dass das Gesetz das so vorschreibt. Wenn einer nicht gesteht und man ihm nichts Gegenteiliges beweisen kann, gilt er als unschuldig. Aber ich muss zugeben, ich hab noch nie erlebt, dass einer bei der Folter nicht anfängt zu quatschen. Jedenfalls hat der Reichmann bestimmt, dass die Ulmerin noch in Gewahrsam bleiben soll, solange ihre Unschuld nicht restlos bewiesen ist. Außerdem hat er wohl Schiss, dass sie abhaut.« Der Henker senkte betreten den Blick. »Ich … ich soll Euch etwas von Eurer Mutter ausrichten«, sagte er, an Irene gewandt. Als diese ihn aufgeregt anblickte, tat er sich offenkundig schwer, die Nachricht über die Lippen zu bringen. »Ich soll Euch sagen, dass sie Euch liebt«, murmelte er schließlich. »Und Euch auch.« Dabei sah er Ursel an, die unversehens Wehmut überkam.

»Armes Ding«, flüsterte sie betroffen, als Irene in haltloses Schluchzen ausbrach.

»Ich … liebe sie … auch«, stammelte die schöne junge Frau mit tränenerstickter Stimme. Sie weinte so herzzerreißend, dass Ursel trotz ihrer Ressentiments gegen die junge Ulmerin nicht umhinkonnte, tröstend den Arm um sie zu legen.

✻

Genoveva Uffsteiner stand am Fenster und blickte hinaus auf das bunte Treiben in der Neuen Kräme. Es war herrliches Wetter, und die Menschen auf der Gasse wirkten fröhlich und unbeschwert. Ein richtiger Frühlingstag, der erste in diesem Jahr, dachte Genoveva und beschloss spontan, einen Spaziergang zu machen. Zwar war sie in Trauer, außerdem war für morgen die Beerdigung ihres Mannes angesetzt, aber die frische Luft würde ihr sicher guttun – und dem Hund auch.

Sie rief die Windspielhündin herbei und legte ihr das neue Halsband aus kostspieligem Chagrinleder an, das sie gestern an einem der Messestände bei einem spanischen Händler erworben hatte. Anschließend begutachtete sie sich im Spiegel. Sie tupfte vorsichtig etwas Zinkpaste auf ihr blau verfärbtes Augenlid und die noch immer leicht geschwollene Oberlippe, befand mit kritischem Blick, dass kaum noch etwas zu sehen war, und zog ihren schwarzen Trauermantel mit der weiten Kapuze über. Nachdem sie die Hündin angeleint hatte, verließ sie das Haus und schlenderte an den Verkaufstischen vorbei in Richtung Mainufer.

Der köstliche Duft nach frischen Krapfen stieg ihr in die Nase, und kurz entschlossen erstand sie eine Tüte des noch warmen Backwerks. Sie würde es am Mainufer genüsslich verzehren – und Asta würde auch etwas davon abbekommen. Die zierliche Frau sog die milde Frühlingsluft tief ein und beschleunigte ihre Schritte. Wie lange mochte es her sein, dass sie sich zuletzt über solche kleinen Dinge freuen konnte, überlegte sie und kannte die Antwort bereits: eine Ewigkeit!

Am Mainufer bog sie nach rechts ab, weil es dort ruhiger war als im Bereich der Mainbrücke, über die unentwegt die Menschenmassen strömten. Sie spähte über die Uferböschung hinab. Außer ein paar Fischern und einer Gruppe Kinder, die in einiger Entfernung spielten, war niemand zu sehen. Sie ließ Asta von der Leine, die übermütig den Möwen hinterherjagte, und suchte nach einem Platz, wo sie sich hinsetzen konnte. Einfach nur in der Sonne sitzen, Krapfen essen und dem Hund zuschauen – war das herrlich!

Sie fand ein umgedrehtes Boot und ließ sich darauf nieder. Die Sonne brannte auf ihr Gesicht, und Genoveva schloss genießerisch die Augen.

Am Sonntag würde sie mit Gertrud auf ihren Landsitz am Hattsteinweiher fahren, um dort die Karwoche und die Osterfeiertage zu verbringen. Nur die Köchin würde mitkommen und natürlich Asta. Das reinste Weiberregiment, hatte Gertrud gescherzt.

»Das haben wir doch jetzt schon«, hatte sie selbst erwidert, und beim Gedanken daran musste Genoveva unwillkürlich grinsen.

»Darf ich mich ein wenig zu Euch setzen?«, riss sie plötzlich eine Frauenstimme aus ihren Gedanken. Erschrocken blickte sie auf. Vor ihr stand eine stattliche Frau in einem hellgrauen Umhang und lächelte sie freundlich an. Ihr hoch aufgetürmtes Haar funkelte feuerrot im Sonnenlicht. Das markante, dezent geschminkte Gesicht kam Genoveva irgendwie bekannt vor.

»Setzt Euch nur …«, murmelte sie verschüchtert und rückte ein Stück zur Seite. Unversehens kam Asta herbeigeeilt und bellte die Fremde aufgeregt an.

»Braver Hund«, sagte die Frau mit einer angenehm

dunklen Stimme und streichelte dem Hund begütigend übers Fell. »Er will Euch beschützen.«

»Ja, sie ist meine Beste«, erklärte Genoveva lächelnd und gab dem Hund ein Stück Krapfen.

»Schön hier«, seufzte die Rothaarige. »Jetzt kommt endlich der Frühling.«

Genoveva musterte sie verstohlen. *Die will doch etwas von mir!*, dachte sie. Da fiel ihr Blick auf eine gelbe Gewandfalte, die aus dem Umhang hervorlugte. *Eine Hübscherin!*

»Ihr … Ihr seid?«, murmelte sie fragend.

Die Fremde schien ihre Gedanken erraten zu haben. »Ich bin die Hurenkönigin – Ursel Zimmer mein Name«, stellte sie sich vor und sah die Frau im Trauermantel offen an. Genoveva konnte den Blick kaum ertragen, doch sie vermochte es auch nicht, sich abzuwenden – von diesen schwarzen Samtaugen, die wohl schon alles im Leben gesehen hatten.

»Genoveva Uffsteiner«, erwiderte sie gepresst und ließ vor lauter Befangenheit die Tüte mit den Krapfen fallen. Die Frau an ihrer Seite bückte sich, hob sie auf und reichte sie ihr.

»Danke! Ich … ich habe schon viel von Euch gehört«, stotterte Genoveva und spürte, dass sie unversehens anfing zu zittern.

Die Hurenkönigin berührte sachte ihre Hand. Genoveva fühlte die Wärme, die von ihr ausging, und hatte das bestürzende Gefühl, jeden Moment weinen zu müssen.

»Mein Beileid, Frau Uffsteiner«, erklärte die Zimmerin schlicht.

»Ich danke Euch«, murmelte Genoveva mit brüchiger Stimme und schluckte tapfer ihre Tränen herunter.

»Was … was wollt Ihr von mir?«, erkundigte sie sich angespannt.

»Ich würde gerne mit Euch reden, wenn Ihr nichts dagegen habt.« Die Hurenkönigin lächelte die Patrizierin entwaffnend an.

Die alte Angst, etwas Falsches zu tun, ergriff übermächtig von Genoveva Besitz, und das Zittern wurde stärker.

»Ich … ich weiß nicht, ob mir das … gestattet ist«, stieß sie hervor und kraulte nervös das Fell des Hundes, der sich zu ihren Füßen niedergelassen hatte.

»Wer sollte es Euch verbieten?«, fragte die Hurenkönigin.

Da war er wieder, dieser durchdringende Blick, der Genoveva das beklemmende Gefühl vermittelte, diese Frau könnte bis auf den Grund ihrer Seele spähen, wo die blanke Furcht regierte. Sie war wie gelähmt. »Ich … ich weiß nicht«, stieß sie hervor. Trotz der warmen Frühlingssonne fröstelte sie.

»Es tut mir sehr leid, was Eurem Gatten widerfahren ist, und ich hoffe inständig, dass der grausame Mensch, der ihm das angetan hat, bald gefasst wird«, erklärte die Gildemeisterin mitfühlend. »Er war ja, bevor man ihn ermordet hat, noch bei uns im Frauenhaus, daher fühle ich mich gewissermaßen mitverantwortlich, den Mörder dingfest zu machen. Zumal man eine unserer Hübscherinnen verdächtigt, die Tat begangen zu haben.«

Genoveva nickte. »Das ist mir zu Ohren gekommen«, bemerkte sie zurückhaltend.

Mit ernster Miene erklärte die Hurenkönigin: »Ich bin jedoch der Ansicht, dass die Frau unschuldig ist und man ihr die Tat nur anhängen will.« Sie hielt kurz inne. Als von Frau Uffsteiner, die ihr schweigend zuhörte, kein Einwand kam, fuhr sie fort: »Darum möchte ich Euch jetzt fragen, ob Euch in der Nacht, in der Euer Mann ermordet wurde, irgendetwas Verdächtiges aufgefallen ist?«

»Nein«, erwiderte Genoveva prompt. »Es war ein Abend wie jeder andere. Ich habe mit meiner Tochter am Kamin gesessen. Sie hat gelesen, und ich war mit meiner Stickerei beschäftigt. Und dann sind wir um die neunte Stunde zu Bett gegangen.« Sie hüstelte nervös, und es kam ihr für einen flüchtigen Moment so vor, als habe die Frauenhauswirtin skeptisch die Stirn gerunzelt.

»Und sonst war nichts?«, setzte die Hurenkönigin auch gleich nach. »Ich meine, irgendwelche außergewöhnlichen Vorkommnisse oder unerwartete Besuche?«

Genovevas kleine Hände krallten sich fahrig in den Stoff ihres Trauermantels. *Er hat es immer so gehasst, wenn ich feuchte Hände hatte …*

»Nein«, erwiderte sie gehetzt. Am liebsten wäre sie aufgestanden und davongelaufen, aber das Flüchten hatte sie längst verlernt. *Wer nach dem ersten Schlag nicht wegläuft, der schafft es nimmermehr*, das war die bittere Lektion aus dem Leben mit ihrem Ehemann.

Wie ein Peitschenhieb traf sie die nächste Frage der Hurenkönigin: »Gibt es irgendjemanden, dem Ihr diese schreckliche Tat zutrauen würdet? Ich meine, hatte Euer Mann Feinde?«

»Nicht dass ich wüsste«, antwortete Genoveva schnell. »Mein Mann wurde von allen sehr geschätzt, wegen seiner … direkten Art und seiner Geradlinigkeit. Mitunter konnte er auch ein wenig aufbrausend sein, aber das hat ihm niemand übelgenommen …«

Die Zimmerin seufzte vernehmlich, und aus ihren Augen sprach Anteilnahme. Mit gesenkter Stimme fragte sie weiter: »Und Ihr? Habt Ihr ihm das auch nicht übelgenommen?« Sie wies auf die Blessuren in Genovevas Gesicht.

Wie vom Blitz getroffen, sprang die Witwe auf und schrie mit einer Heftigkeit, über die sie selbst erschrak: »Ich habe meinen Mann geliebt!«

Die Fremde erhob sich, fasste Genovevas Hand und streichelte ihr sanft über den Handrücken. Dann empfahl sie sich mit den Worten: »Ich wünsche Euch alles Gute! Und verzeiht mir bitte, wenn ich Euch mit meinen Fragen belästigt haben sollte.«

Genoveva blickte der Frau im grauen Mantel so lange hinterher, bis sie hinter der Leonhardspforte verschwand. Was für eine merkwürdige Frau, dachte sie beunruhigt, der ist nichts Menschliches fremd.

✻

Ursel empfand eine tiefe Traurigkeit, als sie durch die Leonhardspforte ging und in die Alte Mainzer Gasse einbog. Die Begegnung mit Genoveva Uffsteiner war ihr sehr nahegegangen. Was für ein armes Geschöpf, dachte sie mitfühlend.

Kaum hatte sie den vollen Schankraum des Frauenhauses betreten, kam Irene, die mit einem Freier am Tisch gesessen hatte, auf sie zugeeilt und fragte aufgeregt: »Was habt Ihr denn beim Bürgermeister erreicht?«

Ursel winkte ab und murmelte verdrossen: »Nichts. Er war nicht da. Es hieß, er wäre mit Geschäftsfreunden unterwegs. Und den Untersuchungsrichter habe ich auch nicht angetroffen. Die Schergen sagten, er würde Ermittlungen durchführen.« Die Hurenkönigin verdrehte spöttisch die Augen und trat an die Theke, um sich bei Franz einen Becher Wein zu holen.

»Aber ich habe jemand anderen getroffen«, raunte sie Irene zu, die ihr zum Tresen gefolgt war. »Als ich durch die Neue Kräme kam, hat mir Frau Schütz, eine Nachbarin von Uffsteiners, den Tipp gegeben, dass Frau Uffsteiner gerade mit dem Hund zum Main gegangen sei. Da bin ich gleich hinterher und habe sie dort auch gefunden.« Ursel unterbrach ihre Ausführungen und bat Franz, der trübsinnig zu ihnen herüberblickte, um einen Becher Burgunderwein. Als er ihr wortlos den Wein hinstellte, musterte ihn die Zimmerin irritiert. »Was hast du denn, Franz? Du wirkst so bedrückt?«, fragte sie.

»Nichts«, grummelte der Frauenhausknecht einsilbig und verzog sich zum anderen Ende des Tresens, wo er mit mürrischem Gesicht Bier zapfte.

Ursel sah ihm nachdenklich hinterher, dann wandte sie sich wieder Irene zu, die sie erwartungsvoll ansah.

»Ein total verängstigtes Frauchen«, erzählte Ursel mitleidig. »Die Spuren der Misshandlung hat man ihr noch deutlich angesehen. Ich habe ihr Fragen zu der Mordnacht gestellt und ob ihr Gatte Feinde hatte, doch sie war verschlossen wie eine Auster. Hat nachdrücklich bekundet, wie beliebt ihr Mann überall gewesen sei, und als ich sie auf ihre Blessuren angesprochen habe, ist sie förmlich aus der Haut gefahren und hat beteuert, wie sehr sie ihren Ehemann geliebt habe.«

Irene runzelte die Stirn. »So ist das bei manchen

Frauen«, bemerkte sie erbittert. »Sie kriegen von ihren Männern Dresche, und wenn du ihnen helfen willst, treten sie dir noch in den Hintern. Das gilt auch für Huren, die ihrem lieben Mann die Treue halten, selbst wenn er sie mit Füßen tritt. Ich denke mir immer, die wollen es nicht anders. Denn auch zum Quälen gehören immer zwei …«

»Da magst du recht haben«, erwiderte die Hurenkönigin und trank von ihrem Wein. »Aber das Gespräch mit Frau Uffsteiner war trotzdem sehr aufschlussreich. Sie hat nämlich verschwiegen, dass ihr Bruder, der Senator Neuhof, sie in der Mordnacht noch aufgesucht hat – und das gibt mir doch sehr zu denken.«

Irene nickte gedankenvoll. »Vielleicht kann uns das ja weiterhelfen«, murmelte sie. Im nächsten Moment fuhr sie herum, weil sie eine Hand auf der Schulter spürte.

»Wo bleibst du denn, mein Täubchen?«, fragte ihr Freier ungeduldig und zog sie ungestüm zu sich heran. »Wir wollten doch auf dein Zimmer gehen …«

Irene stieß den Mann wütend von sich. »Lass mich bloß in Ruhe!«, fauchte sie aufgebracht. »Wann ich mit jemandem aufs Zimmer gehe, bestimme ich immer noch selber! Hol dir doch eine andere, wenn du's so eilig hast.«

Ihre hellen Augen funkelten derart zornig, dass der Zimmerin der Atem stockte. Auch der Freier, allem Anschein nach ein wohlhabender Kaufmann, war erschrocken zurückgewichen. Fassungslos starrte er die Hübscherin an, und ihm schienen die Worte zu fehlen. Fast tat er der Hurenkönigin ein wenig leid.

Die junge Ulmerin hatte wohl erkannt, dass sie zu weit gegangen war, denn sie hakte ihn unter und schnaubte resigniert: »Gut, dann gehen wir halt. Zimmerin, wir unterhalten uns ein andermal weiter.« Mit dem Galan im Schlepptau verließ sie den Aufenthaltsraum.

Die Zimmerin blieb an der Theke stehen und hing ihren Gedanken nach. Mit einem Mal gewahrte sie aus den Augenwinkeln, dass Franz verstohlen einen Becher Branntwein kippte – die offene Schnapsflasche stand noch daneben. Ursel hatte so etwas bei ihm noch nie beobachtet, schon gar nicht am späten Nachmittag, wenn sein Dienst noch lange nicht zu Ende war. Als seine Vorgesetzte konnte sie nicht umhin, ihn deshalb zurechtzuweisen, auch wenn ihr das unangenehm war. »Findest du es nicht ein bisschen früh, jetzt schon Schnaps zu trinken?«, sagte sie ungehalten.

Der muskulöse Frauenhausknecht zuckte leicht zusammen, wandte sich zu ihr um und sagte betreten: »Ich habe Bauchweh, und da dachte ich, da kann ein Schnaps nicht schaden …«

Obgleich er verlegen den Blick senkte, hatte Ursel bemerkt, wie glasig und gerötet seine Augen waren. Sein sonst so frisches Lausbubengesicht wirkte teigig und aufgedunsen. Dem geht es nicht gut, wurde es der Hurenkönigin bewusst.

»Komm doch mal her«, sagte sie begütigend.

Unwillig trat der baumlange Bursche auf sie zu und stützte sich mit beiden Armen am Tresen ab.

»Was ist denn?«, fragte er unbehaglich.

Ursel bemerkte, dass sein Atem nach Branntwein roch. Er war eindeutig betrunken, auch wenn er es zu verbergen suchte.

»Du gehst jetzt sofort hoch auf dein Zimmer und legst dich ins Bett«, zischte sie. »Schlaf deinen Rausch aus, und morgen, wenn du wieder nüchtern bist, will ich genau wissen, was mit dir los ist. Hast du mich verstanden? Und solange übernehme ich den Ausschank.«

»Meistersen, es tut mir leid«, murmelte Franz mit schwerer Zunge. »Aber es zerreißt mich fast vor Schmerz!« Der starke Mann schien den Tränen nahe.

»Was hast du denn, mein Junge?«, fragte Ursel bekümmert. »Komm, sag es mir, mit mir kannst du doch reden.« Sie tätschelte ihm ermunternd die Pranke.

»Ich weiß, Meistersen, Ihr seid eine ehrliche Haut und meint es gut mit mir. Auch der Josef hält große Stücke auf Euch. Aber ich erzähl es Euch lieber ein andermal, wenn ich wieder nüchtern bin«, erwiderte er mit belegter Stimme. Er kippte noch rasch einen letzten Schnaps, kam leicht torkelnd hinter der Theke hervor und überließ der Frauenhauswirtin das Feld.

Obwohl es schon länger her war, dass Ursel zuletzt den Ausschank betrieben hatte, fand sie sich doch schnell hinterm Tresen zurecht, und alles ging ihr flott von der Hand. Im Schankraum herrschte, wie an allen Tagen der Frühjahrsmesse, reger Betrieb, und sie war unentwegt damit beschäftigt, Becher und Krüge mit Wein zu füllen, Bier zu zapfen und sich nebenbei mit der Kundschaft zu unterhalten.

Daher hatte sie Bernhards Eintreten gar nicht bemerkt, erst als er vor ihr stand und mit belegter Stimme ein Bier bestellte, fuhr sie erschrocken zusammen. Sie war wie vom Donner gerührt. Auch Bernhard schienen die Worte zu fehlen, sie blickten einander nur schweigend an.

Obwohl ihr das Herz bis zum Hals schlug, besann sich

Ursel wieder auf ihre Arbeit und nahm weiterhin die Bestellungen der Männer entgegen, die sich an der Theke drängten. Während sie mit bebenden Händen Becher füllte und Münzen zählte, wandte sie sich Bernhard zu und fragte unfreundlich: »Suchst du Irene? Die ist gerade mit einem Freier aufs Zimmer gegangen.«

Bernhard schüttelte nachdrücklich den Kopf. »Ich bin wegen dir gekommen«, stieß er hervor.

Als Ursel ihm sein Bier hinstellte, beugte er sich vor und flüsterte ihr zu: »Ich muss unbedingt mit dir reden.«

Als sein Atem ihren Hals streifte, bekam die Hurenkönigin unversehens eine Gänsehaut.

»Ich … ich kann hier nicht weg«, murmelte sie unwillig und atmete tief den vertrauten Geruch seiner Haut ein. Wie sehr hatte sie Bernhard vermisst! Ihr Herz schlug Purzelbäume, seit er vor ihr stand. Obwohl so vieles zwischen ihnen lag, wäre sie ihm gern noch sehr viel näher gekommen.

»Ich werde die alte Irmelin fragen, ob sie mich ablösen kann«, erklärte Ursel schließlich und blickte sich im Getümmel der Gaststube suchend nach ihrer Stellvertreterin um.

»Dahinten sitzt sie«, sagte sie zu Bernhard und wies auf einen der Spieltische, an dem Irmelin saß und mit einem Besucher Trictrac spielte.

»Ich sage ihr Bescheid«, bot Bernhard an und entfernte sich. Wenig später kehrte er mit Irmelin zurück, die auch gleich hinter den Tresen schlüpfte.

»Du hättest schon erst noch die Partie zu Ende spielen können«, bemerkte Ursel zerknirscht.

»Ich war doch sowieso am Verlieren«, entgegnete die

Dienstälteste grinsend und raunte Ursel zu: »Macht euch ab! Und vertragt euch wieder …«

»Wenn das so einfach wäre!«, seufzte Ursel. Sie bedankte sich bei Irmelin, verließ den Thekenbereich und trat zu Bernhard.

»Ich glaube, wir gehen am besten auf mein Zimmer. Dort sind wir ungestört«, schlug sie vor. Mit einem Mal hatten sie es beide eilig, das lärmende Getümmel des Gastraums hinter sich zu lassen.

Während Ursel neben Bernhard die Treppe hinaufstieg, fühlte sie sich an der Seite des Mannes, der mehr als ein Jahrzehnt ihr engster Vertrauter war, seltsam fremd und befangen. Schweigend durchquerten sie den Flur. Aus den Zimmern drangen die üblichen Beischlafgeräusche, die Ursel als Frauenhauswirtin und glücklich liebende Frau noch nie gestört hatten. Nun aber waren sie ihr fast peinlich, das laute Gestöhne ging ihr geradezu auf die Nerven.

»Was für ein Krach das ist!«, schimpfte sie gereizt und schloss mit fahrigen Händen die Zimmertür auf. Ihr Mund war knochentrocken, und sie bedauerte es, dass sie nichts zu trinken mitgenommen hatte.

»Setz dich schon mal«, sagte sie zu Bernhard. »Ich gehe noch mal runter und hole uns etwas Wein.«

Bernhard überlegte einen Moment. »Lass nur, du hast heute schon genug gearbeitet. Ich kann das übernehmen«, schlug er vor und wandte sich zum Gehen.

»Und bring bitte auch etwas zu essen mit, ich hab nämlich großen Hunger!«, rief ihm Ursel nach. »In der Küche gibt's noch kalten Braten.«

Gerade als Bernhard auf den Flur trat, ging die benachbarte Tür auf, und Irene kam mit einem Freier aus dem Zimmer.

Obgleich er höflich grüßte, wandte sie brüsk den Kopf zur Seite und ging mit hastigen Schritten auf die Treppe zu, ohne seinen Gruß zu erwidern.

Auf Bernhard hatte der Affront die Wirkung einer Ohrfeige.

Was ist denn nur über sie gekommen?, fragte er sich gekränkt und verlangsamte unwillkürlich seinen Schritt, um den Abstand zu vergrößern. Als er das Erdgeschoss erreicht hatte und den Weg zur Küche einschlug, vernahm er von dort die Stimme von Irene, die in der offenen Küchentür stand und den Mägden den Auftrag erteilte, heißes Wasser zu bereiten.

Bernhard blieb stehen und wollte schon umkehren, doch es schien bereits zu spät zu sein.

»So viel Freier, wie ich habe, brauche ich halt mehr Waschwasser als die anderen«, schimpfte Irene ärgerlich und machte auf dem Absatz kehrt.

Bernhard senkte beklommen den Blick, als sie ihm entgegenkam. Er war noch unschlüssig, ob er sie gar nicht beachten oder doch ansprechen sollte, aber als sie ihn beim Vorbeigehen voller Feindseligkeit anstieß, brach es unwillkürlich aus ihm heraus: »Was ist denn mit Euch, Irene?«

»Lasst mich gefälligst in Ruhe!«, zischte sie verächtlich. »Ich will nichts mehr mit Euch zu tun haben.« Damit rauschte sie davon.

Bernhard war stehen geblieben und sah ihr fassungslos nach. Die unerfreuliche Begegnung setzte ihm mehr zu, als ihm lieb war. Er konnte es sich überhaupt nicht erklären, was die junge Frau plötzlich gegen ihn hatte. Zwar hatte er sich fest vorgenommen, zu der schönen Ulmerin auf Abstand zu gehen und sich mit Ursel wieder auszusöhnen, doch an der Tiefe seiner Verletzung erkannte er, wie viel ihm Irene noch bedeutete.

Mit schweren Schritten ging er in die Küche und trug der Köchin geistesabwesend sein Anliegen vor. Als er anschließend mit dem beladenen Tablett den Schankraum betrat und sich den Weg zum Tresen bahnte, hatte er alle Mühe, es nicht fallen zu lassen.

Er bestellte bei Irmelin einen Krug Wein, und die alte Hübscherin musterte ihn besorgt. Dann tätschelte sie ihm aufmunternd die Wange.

»Das wird schon wieder, mein Junge«, sagte sie gutmütig und stellte ihm einen Schoppen Branntwein hin, den er in einem Zug leerte.

»So schlimm?«, murmelte die Dienstälteste betroffen.

Bernhard grummelte nur »Geht schon« und ging mit bekümmerter Miene zur Treppe.

Ursel hatte im ganzen Zimmer Kerzen angezündet und blickte ihm freudig entgegen, als Bernhard das Zimmer betrat. »Schön, dass du wieder da bist«, sagte sie, und ihre dunklen Augen glänzten vor Zuneigung – was Bernhards Herz nur noch schwerer machte. Er musste heftig schlucken.

Dennoch bemühte er sich, ein freundliches Gesicht aufzusetzen und sich seine Niedergeschlagenheit nicht anmerken zu lassen. Er konnte sich doch nicht bei Ursel ausheulen, wegen Irene! Daher verschwieg er ihr auch das unerfreuliche Erlebnis und konzentrierte sich auf den eigentlichen Grund seines Besuches.

»Ich war heute Morgen bei Pater Rufus im Dominikanerkloster«, begann er ernst. »Du hast mir doch erzählt, dass Alma und Irene dem Orden der Venusschwestern angehören. Das ging mir nicht aus dem Kopf, und so habe ich mich schließlich an meinen Oheim gewandt, der auf häretische Geheimbünde spezialisiert ist.«

»Was du nicht sagst!«, entfuhr es der Hurenkönigin, die Bernhard mit großen Augen lauschte.

»Nun, wie ich es erwartet hatte, konnte mir Rufus auch weiterhelfen«, erzählte der Gelehrte langsam und trank einen Schluck Wein, ehe er mit finsterer Miene fortfuhr: »Die Auskunft war vernichtend.« Dann erläuterte er Ursel die Hintergründe der Venusschwestern, die ihm der alte Dominikaner aufgedeckt hatte.

Ursel hörte ihm mit wachsender Anspannung zu. »Das mit der Kastration wusste ich schon«, erwiderte sie nachdenklich. »Alma hat mir davon erzählt, dass die männlichen Diener der Venus allesamt Eunuchen waren. Sie selbst … sie trägt ein Kettchen mit einer goldenen Mondsichel um den Hals«, sagte sie mit brüchiger Stimme. Als sie daraufhin Bernhards entsetzten Gesichtsausdruck gewahrte, beeilte sie sich hinzuzufügen: »Natürlich nur als Miniatur!« Dann bemerkte sie sachlich: »Aber das bedeutet ja noch lange nicht, dass sie deswegen auch Uffsteiner kastriert hat.«

»Das behaupte ich ja auch gar nicht«, erwiderte Bernhard erregt. »Ich will dich nur vor diesen Venusschwestern warnen. Rufus hat gesagt, sie sind gefährlich. Von der Inquisition werden sie als Hexen betrachtet und auch als solche verfolgt …«

»Wen die alles als Hexen einstufen!«, schnaubte Ursel

aufgebracht. »Diese Bluthunde bezichtigen doch alle möglichen Leute der Hexerei, selbst die harmlosesten Zeitgenossen. Ich erinnere mich an den armen Totengräber Heinrich Sahl, den Vater der früheren Totenmagd Katharina Hillgärtner. Den haben sie doch auch bestialisch gefoltert und aufs Rad geflochten, obwohl er unschuldig war!«

»Du weißt genau, dass ich der Kirche kritisch gegenüberstehe und längst nicht alles gutheiße, was im Namen der Römischen Kurie so alles verbrochen wird«, verteidigte sich Bernhard ungehalten. »Und ich bin bestimmt der Letzte, der eine Frau als Hexe denunzieren will. Aber diese Alma hat keinen guten Einfluss auf dich! Das musst du doch selber erkennen, wenn du siehst, wie weit es mit uns gekommen ist.« Erbittert sah Bernhard die Hurenkönigin an. Ihm waren Tränen in die Augen getreten.

Ursel drückte ihn an sich und erklärte bewegt: »Bernhard, ich erhoffe mir nichts sehnlicher, als dass du wieder zu mir zurückkehrst.«

»Wie war es eigentlich für dich, Lust mit einer Frau zu erfahren?«, stieß er plötzlich hervor.

Ursel war wie vom Donner gerührt. Obgleich sie Bernhard noch nichts von der verhängnisvollen Nacht mit Alma erzählt hatte, fühlte sie sich doch eigentümlich ertappt. »Ich … ich kann mich nicht mehr so genau daran erinnern«, murmelte sie betreten. »Ich war nicht mehr ganz bei Sinnen.«

»Das entschuldigt natürlich alles«, bemerkte Bernhard sarkastisch und entzog sich ihr abrupt.

»Das sollte keine Entschuldigung sein!«, entrüstete sich die Hurenkönigin. »Ich wollte damit nur sagen, dass ich es nicht mehr so genau weiß.« Unversehens packte sie Bernhard an den Schultern, näherte ihr Gesicht dem seinen und sagte voller Inbrunst: »Ich weiß nur eines: dass ich dich noch immer liebe und ohne dich nicht sein kann!«

Die Leidenschaft, die aus ihren Worten sprach, berührte Bernhard. »Ich liebe dich doch auch«, entgegnete er und schloss Ursel in die Arme.

Die Hurenkönigin küsste ihn zärtlich und flüsterte: »Willst du nicht heute Nacht bei mir bleiben?«

Bernhard zögerte und erwiderte verzagt: »Glaub mir, Ursel, nichts wäre mir lieber, als dass es zwischen uns wieder so wird wie früher. – Aber ich glaube, ich bin noch nicht so weit.«

Der Schmerz schnürte Ursel förmlich die Kehle zu. »Ist es ... ist es wegen Irene?«, fragte sie mühsam.

»Ich weiß nicht«, erwiderte Bernhard beklommen. »Ich bin mir ja noch nicht einmal sicher, was ich für sie empfinde. Zuweilen denke ich, ich sehe in ihr die Tochter, die ich mir früher so sehr gewünscht habe.«

Der Hurenkönigin entrang sich ein gequältes Stöhnen. Das erinnerte sie an ein dunkles Kapitel in ihrem Leben. Vor langer Zeit hatte sie ein Freier geschwängert, und in ihrer Verzweiflung hatte sie die Dienste einer zwielichtigen Hebamme in Anspruch genommen, die ihr einen Kräutertrunk verabreichte. Unter schweren Krämpfen und heftigen Blutungen verlor sie die Leibesfrucht, doch seitdem war Ursel unfruchtbar. In ihrem Gewerbe nicht unbedingt ein Nachteil, denn dadurch war sie sicher, nicht erneut schwanger zu werden. Doch als sie Jahre später Bernhard kennenlernte, bedauerte sie es zutiefst, dass sie mit dem Mann, den sie über alles liebte, keine Kinder haben konnte. Wie sehr hatte sie sich damals ein Kind von ihm gewünscht – und obgleich er nur selten darüber gesprochen hatte, ahnte sie doch, dass es ihm ähnlich erging. Das war der einzige Wermutstropfen, der ihr Glück getrübt hatte. Dennoch waren beide viele Jahre lang der Überzeugung gewesen, ihre überbordende Liebe könnte alles wettmachen.

Was mitnichten der Fall war, wie Ursel in diesem Moment schmerzhaft erkennen musste. Verletzt schwieg sie und hing ihren schwermütigen Gedanken nach.

Bernhard, der ebenfalls trübsinniger Stimmung war, streichelte Ursels Wange und verabschiedete sich.

»Ich denke, es ist wichtig, dass wir weiterhin zusammenhalten und uns nicht aus den Augen verlieren«, sagte er und umarmte Ursel noch einmal.

»Das sollten wir«, erwiderte die Hurenkönigin mit brüchiger Stimme und geleitete ihn zur Tür.

Kaum, dass er gegangen war, brach ihr ganzer Kummer aus ihr heraus. Sie warf sich aufs Bett, vergrub ihr Gesicht in den Kissen und weinte hemmungslos.

Nachdem ihre Tränen endlich versiegt waren und eine dumpfe Niedergeschlagenheit zurückgelassen hatten, erhob sich Ursel. Sie trat an den Tisch und schenkte sich Wein in den Becher, den sie in großen Zügen leerte. Gut, dass es nur Wein ist, dachte sie grimmig, denn der Himmelsarznei, das wusste sie genau, hätte sie derzeit nicht widerstehen können. Sie füllte sich noch einmal nach, trank aus und ging zu Bett, wo sie nach langem Grübeln schließlich einschlief.

Teil 2 –
Die Königin der Schatten

»Die Liebe ist Wahnwitz,
indem der Geist durchs Leere schweift und
die kurzen Freuden des Lebens mit
zahllosen Schmerzen mischt.«

Bernhard von Gordon,
»Lilium medicinae«, Neapel 1480

8

Freitag, 30. März 1512

Ein lautes Poltern riss Ursel aus dem Schlaf. Benommen richtete sie sich im Bett auf und schleppte sich zum Fenster. Unten vor der Haustür stand der Henker und betätigte den Türklopfer. Sie öffnete einen Fensterflügel und rief ihm zu: »Ich komme gleich runter!«

Müde blinzelte sie in den wolkenverhangenen Himmel. Es musste noch früher Morgen sein.

Während sie sich ihr wollenes Schultertuch umlegte, den Schlüsselbund vom Haken nahm und aus der Tür trat, dachte sie unmutig, dass es eigentlich Aufgabe des Frauenhausknechts war, den Besucher einzulassen. Aber Franz lag wahrscheinlich noch im Bett und schlief seinen Rausch aus.

Im Flur und im Treppenhaus war kein Laut zu vernehmen. Die liegen alle noch in den Federn, vermutete die Hurenkönigin grimmig, und ich darf den Laufburschen spielen. Sie schloss die Tür auf und ließ den Henker eintreten.

»Morgen, Meister Jerg. Was gibt es denn schon so früh?«, fragte sie missgelaunt.

Der Henker musterte sie mit düsterer Miene. »Ich habe schlechte Nachrichten«, erklärte er.

»Was ist denn passiert?«, fragte die Hurenkönigin. Unversehens musste sie daran denken, wie ihr der Henker im vergangenen Sommer die Hiobsbotschaft überbracht hatte, dass die Leiche von Rosi gefunden worden war. Einen Moment lang wurde ihr schwarz vor Augen.

Meister Jerg, der bemerkte, dass die Gildemeisterin zu schwanken begann, hakte sie fürsorglich unter. »Ich glaube, es ist besser, wenn Ihr Euch hinsetzt, Zimmerin«, sagte er mit einem leichten Zittern in der Stimme und führte Ursel in den Schankraum.

»Ist es denn so arg?«, fragte Ursel heiser und ließ sich auf einen Stuhl sinken.

Nachdem auch der Henker Platz genommen hatte, atmete er noch einmal tief durch. Dann fasste er sich endlich ein Herz und sagte: »Ein Gerber hat vorhin den Frauenhausknecht im Main gefunden. Er trieb mit dem Gesicht nach unten im Morast der Uferböschung und ist wohl ertrunken.«

Die Hurenkönigin schrie laut auf und schlug die Hände vors Gesicht. »Ach Gott, wie schrecklich!«, stammelte sie. Ihr Antlitz war kreideblich geworden.

»Ihr trinkt jetzt am besten gleich mal einen Schnaps«, bemerkte der Henker besorgt, erhob sich und eilte zum Tresen.

Die Zimmerin war heillos in Tränen aufgelöst, als er mit dem Branntweinkrug und zwei Bechern an den Tisch zurückkehrte.

»Ich kann jetzt auch einen gebrauchen«, erklärte er mit belegter Stimme, füllte die Becher und stürzte den seinen in einem Zug hinunter. »Das ist mir nämlich auch nicht einerlei, das mit dem Franz … Wo er doch so ein feiner Kerl war!« Der Henker schüttelte den Kopf. »Da fragt man sich schon, warum er so was gemacht hat? Ein so junger, frohgemuter Bursche …«

Die Zimmerin blickte ihn bestürzt an. »Ihr meint, er ist ins Wasser gegangen?«

»Möglich …«, grummelte Meister Jerg. »Oder er ist besoffen in den Fluss gefallen. Hat ja auch gestunken wie ein ganzes Branntweinfass. Ich hab mir den nämlich angucken müssen, als mich die Büttel geholt haben.« Dann erklärte er: »Spuren von Gewalt waren allerdings keine an ihm zu sehen. Deswegen glaub ich auch nicht, dass er bei 'ner Prügelei ins Wasser gefallen ist oder dass ihn jemand in den Main gestoßen hat. Franz war doch ein wehrhafter Bursche, der lässt sich nicht einfach so über die Böschung schubsen, da hätte er sich schon ordentlich gewehrt.« Er sah die Hurenkönigin fragend an. »Habt Ihr vielleicht mitgekriegt, dass er in der Nacht noch weggegangen ist?«

»Das nicht«, presste die Hurenkönigin hervor. »Aber mir ist aufgefallen, dass er in letzter Zeit immer so niedergeschlagen war.« Ursel wischte sich die Tränen aus den Augenwinkeln. »Der arme Kerl. Ihn muss irgendetwas bedrückt haben …«, sagte sie mit rauer Stimme, »und zwar sehr. Gestern Abend war es besonders schlimm. Da hab ich ihn dabei ertappt, wie er sich schon nachmittags um fünf reichlich Schnaps hinter die Binde gekippt hat. Ich habe ihn gefragt, was mit ihm los ist, und da hat er nur gesagt, dass er Kummer hat. Er wollte aber nicht darüber sprechen. Ich habe ihn dann ins Bett geschickt, dass er seinen Rausch ausschläft. Bevor er gegangen ist, hat er gemeint, er würde es mir lieber ein anderes Mal erzählen, wenn er wieder nüchtern wäre …« Ursel raufte sich unversehens die Haare. »Und nun mache ich mir die schlimmsten Vorwürfe, dass ich es dabei hab bewenden lassen«, sagte sie verzweifelt. »Vielleicht würde er ja noch leben, wenn ich mich mehr um ihn gekümmert hätte.« Ursel versagte die Stimme, und sie begann zu schluchzen.

Meister Jerg, der Ursel sehr zugetan war, legte ihr tröstend den Arm um die Schultern. »Ihr müsst doch kein schlechtes Gewissen haben, Zimmerin. Ihr habt ihn gefragt, und wenn er nicht darüber reden wollte, ist es seine Sache.« Er hielt kurz inne, während sich eine tiefe Trauer über seine groben Gesichtszüge breitete. »Manche packen es halt nicht, mit anderen über ihre Sorgen zu sprechen. Die verkriechen sich lieber in sich selbst … und dann kommen sie aus ihrem Loch nicht mehr heraus. Da gibt es Leute, die lassen sich gar nichts anmerken. Die schaffen es sogar noch, ein fröhliches Gesicht aufzusetzen, obwohl es ihnen ganz dreckig geht. Und wenn die dann eines Tages Hand an sich legen, können es alle nicht fassen«, sagte er leise.

Die Hurenkönigin, die ahnte, dass Meister Jerg genau wusste, wovon er sprach, legte ihm mitfühlend die Hand auf den Arm. »So weit darf es niemals kommen!«, raunte sie beschwörend. »Das Leben ist grausam – aber zuweilen auch sehr schön …«

»Davon habe ich noch nichts gemerkt«, knurrte der Henker bitter. In diesem Augenblick hätte er nicht übel Lust gehabt, einfach in Ursels Arme zu sinken und den Kopf an ihren Busen zu betten – doch er unterließ es geflissentlich, weil ihm bewusst war, dass ihr Herz einem anderen gehörte. »Zerbrecht Euch nicht den Kopf, Zimmerin. Wir werden es wohl nie erfahren, was den Jungen so umgehauen hat. Und auch nicht, ob er einfach nur im Suff ins Wasser gefallen ist, oder ob er sich ersäuft hat.«

»Wo ist er jetzt?«, fragte die Hurenkönigin.

»Die Büttel haben ihn vorhin ins Leichenhaus auf dem Peterskirchhof gebracht. Der Doktor und der Untersuchungsrichter müssen ihn sich noch anschauen«, erwiderte Meister Jerg und musterte die Hurenkönigin besorgt, denn er hatte ihre Gedanken erraten. »Da braucht Ihr aber nicht auch noch hinzurennen. Das geht alles seinen üblichen Gang.« Er stockte kurz und fügte dann in ernstem Tonfall hinzu: »Ihr könntet aber mal nachschauen, ob er vielleicht so etwas wie einen Abschiedsbrief hinterlassen hat.«

»Davon ist nicht auszugehen«, meinte Ursel zögernd. »Er konnte doch weder lesen noch schreiben.« Sie erhob sich mühsam aus ihrem Stuhl. »Ich muss es den Huren sagen«, erklärte sie niedergeschlagen und ging in den Flur, um die Hausglocke zu läuten.

»Ist der Josef schon benachrichtigt worden?«, erkundigte sie sich bei Meister Jerg, als sie wieder in die Stube zurückkam.

Der Henker zuckte die Achseln. »Soviel ich weiß, noch nicht«, sagte er unwirsch. »Aber das werden die Stangenknechte wohl noch machen. Der Josef ist ja schließlich sein Bruder.«

»Dann werde ich ihnen zuvorkommen«, erklärte die Hurenkönigin entschlossen. »Es ist besser, wenn ihm das behutsam beigebracht wird. Es wird Josef ohnehin das Herz brechen.« Sie musste unversehens wieder weinen und ließ sich gramvoll auf den Stuhl sinken.

Nach der Beerdigung des Senatsangehörigen Claus Uffsteiner, bei welcher der gesamte Frankfurter Geldadel zugegen war, hatte Untersuchungsrichter Fauerbach darauf verzichtet, den Angehörigen und der Trauergesellschaft zum Hause Limpurg zu folgen, in dessen altehrwürdiger Trinkstube ein feierlicher Leichenschmaus vorgesehen war.

Beim Verlassen des Peterskirchhofs ließ er die Witwe beiläufig wissen, er wünsche sie sowie ihre Tochter und ihren Herrn Bruder später noch zu sprechen – wenn sie nach der Feierlichkeit wieder zu Hause seien. Er selbst begebe sich schon einmal dorthin, um vorab die Dienstboten zu befragen.

Die verhärmte Frau blickte ihn mit verweinten Augen an und nickte nur.

»Warum denn das?«, fragte die Tochter entrüstet und runzelte ungehalten die dichten schwarzen Augenbrauen.

Fauerbach, dem die junge Frau mit den herben Gesichtszügen und der grobschlächtigen Statur ohnehin wenig sympathisch war, ignorierte ihre Frage und eilte geschäftig davon.

Die Köchin und der Hausknecht saßen gerade am Küchentisch beim Mittagessen, als die Türglocke schellte.

»Wer kann denn das nur sein? Die sind doch alle bei

der Beerdigung!«, fragte die Köchin erstaunt und eilte zur Tür.

Als sie gleich darauf den Untersuchungsrichter in die Küche führte und dem Hausknecht erklärte, er sei gekommen, um sie zur Ermordung ihres Dienstherrn zu befragen, hörte der grauhaarige Mann vor Schreck auf zu kauen. Er hatte Mühe, den letzten Bissen hinunterzuwürgen.

»Was haben denn wir damit zu tun?«, entfuhr es ihm, während er den jungen Mann im schwarzen Amtstalar argwöhnisch beäugte.

Der Untersuchungsrichter ließ sich auf dem freien Platz an der Stirnseite des Tisches nieder, legte sich seine Schreibsachen zurecht und lächelte blasiert. »Meine Frau Mutter pflegte immer zu sagen: ›In Häusern mit Dienstboten haben die Wände Ohren‹«, erklärte er. »Domestiken machen ihren Herrschaften die Betten, waschen ihre Wäsche, säubern die Nachttöpfe, helfen ihnen im Bad und beim Ankleiden, machen ihren Dreck weg und erledigen für sie alle möglichen Dinge. Wer also sollte die Geheimnisse der Hausherren besser kennen als ihre Dienerschaft?« Er fixierte die beiden mit stechendem Blick.

»Na, ihr lasst es euch ja gutgehen!«, bemerkte er dann spöttisch und deutete auf den Weinkrug, der auf dem Tisch stand.

»Den hat uns die junge Herrin spendiert«, sagte die Köchin kleinlaut. »Wo doch heut der gnädige Herr beerdigt wird.«

»Ist das etwa ein Grund zum Feiern?«, fragte Fauerbach konsterniert und runzelte die Stirn.

»Nein, natürlich nicht! Aber das ist doch so Brauch, wo wir doch nicht am Leichenschmaus teilnehmen«, entgegnete an ihrer Stelle der Hausknecht, dem sogleich die Röte ins Gesicht stieg.

»Dann fangen wir doch mal bei Ihm an«, entschied Fauerbach launig. »Wie war er denn so als Dienstherr, der Herr Senator Uffsteiner?«

Der Knecht zuckte mit den Schultern. »Wie alle anderen auch«, murmelte er ausweichend. »Ist gern auf die Jagd gegangen und war ein guter Schütze – ich habe ihm immer die Armbrust gespannt.«

»Wie mir zu Ohren gekommen ist, konnte der Ermordete – Gott hab ihn selig – zuweilen auch recht aufbrausend sein.« Fauerbach ließ den eingeschüchterten Mann nicht aus den Augen.

Der Dienstmann wand sich vor Unbehagen. »Streit kann es ja immer mal geben …«

»Ich bin sehr wohl im Bilde, dass der Verstorbene wegen arger Misshandlung seiner Ehefrau schon mehrfach im Kerker saß!«, fuhr ihn Fauerbach an. »Er braucht also nichts zu beschönigen – und Sie auch nicht.« Er musterte die beiden Domestiken wie unartige Kinder.

»Wenn Ihr alles schon wisst, was sollen wir Euch dann noch sagen?«, brach es aus der Köchin heraus.

Nun platzte Fauerbach der Kragen. »Wenn Sie mir jetzt noch patzig wird, lass ich Sie von den Stangenknechten vorladen!«, herrschte er sie an.

Die rundliche Frau fuhr zusammen und erbleichte. »So war das doch gar nicht gemeint«, murmelte sie bange und schüttelte den Kopf.

»Wie ich inzwischen weiß, ist Herr Neuhof in der Mordnacht noch hier gewesen. Ich will jetzt genau wissen, was sich in besagter Nacht alles zugetragen hat, kapiert?«, erklärte der Richter barsch.

»Na, es gab halt Tumult«, sagte die Köchin unwillig. »Das laute Poltern an der Tür hat das ganze Haus aufgeweckt, und der Hund hat auch noch gebellt. Wir lagen ja alle schon in unseren Betten. Ich hab dann nur gehört, wie die Traudel aufgestanden und runtergegangen ist. Die hat ja gleich die Kammer neben mir …«

»Wer ist bitte ›die Traudel‹?«, unterbrach sie Fauerbach gereizt.

Die Köchin wechselte mit dem Hausknecht einen angespannten Blick und erläuterte stockend: »Die Traudel, das war unsere Dienstmagd, aber sie ist … na ja, seit Dienstag ist sie nicht mehr hier.«

»Warum denn das?«, fragte der Untersuchungsrichter verwundert.

Der Hausknecht räusperte sich und antwortete anstelle der Köchin: »Die junge Herrin hat sie vor die Tür gesetzt.«

»Und wieso? Auf, rede Er schon! – Oder muss ich Ihm alles aus der Nase ziehen?« Langsam verlor Fauerbach die Geduld.

Der betagte Knecht schluckte und presste hervor: »Na, ihr hat es halt nicht gepasst, dass ihr Vater … was mit der Traudel hatte. Und als sie die Nachricht bekommen haben, dass der Herr tot ist, hat die junge Herrin die Traudel auch gleich rausgeworfen. Die waren sich sowieso nicht ganz grün, die beiden. Na, das kann man ja auch verstehen. Es war doch eine rechte Zumutung für die gnädige Frau, das all die Jahre mit ansehen zu müssen.

Der gnädige Herr war in dieser Hinsicht nicht besonders rücksichtsvoll, wenn Ihr versteht, was ich meine ... Auch wenn sie sich nie darüber beklagt hat, die Herrin. Aber das hat sie ja sowieso nie gemacht.«

»Obwohl sie gute Gründe dafür gehabt hätte ...«, ergänzte der Untersuchungsrichter den Satz und musterte die Bediensteten nachdenklich. »Eine Frau, die von ihrem Ehemann so schlecht behandelt wird, die muss ihn doch gehasst haben.«

»Davon hat man nie was gemerkt«, antwortete die Köchin entschieden. »In den mehr als fünfundzwanzig Jahren nicht, die ich schon im Hause bin. Sie war immer still und duldsam und hat sich in ihr Schicksal gefügt – die arme Frau«, fügte sie leise hinzu.

Der Untersuchungsrichter, der angefangen hatte, sich Notizen zu machen, hob kurz den Kopf und runzelte konzentriert die Stirn. »Und wie hat die Tochter darauf reagiert, dass ihr Vater die Mutter misshandelt hat?«

Die beiden ergrauten Dienstboten schwiegen beklommen. Es war offensichtlich, dass sie sich mit etwaigen Äußerungen nicht aufs Glatteis begeben wollten – zumal die Fragen des Richters immer brenzliger wurden.

Als Fauerbach nachdrücklich schnaubte und aus seinem Unmut keinen Hehl machte, erklärte der Hausknecht vorsichtig: »Die junge Herrin ist halt ganz anders als ihre Mutter. Sie hat sich von ihrem Vater nie etwas gefallen lassen, und ich hab es nicht einmal erlebt, dass unser Herr die Hand gegen sie erhoben hätte.« Er lachte kurz auf. »Obwohl sie es das eine oder andere Mal durchaus verdient hätte!« Ihm wurde bewusst, dass er eigentlich schon zu viel gesagt hatte, und er schwieg betreten. Doch

Fauerbach, der längst hellhörig geworden war, nagelte ihn fest. »Wie darf ich das verstehen?«, fragte er mit erhobener Stimme.

»Es gab halt öfter mal Streit zwischen den beiden«, sprang nun die Köchin in die Bresche. »Aber wo gibt's das denn nicht?«, fügte sie gleich darauf seufzend hinzu.

Obwohl Fauerbach rasch klargeworden war, dass die beiden Alten nie etwas Nachteiliges über ihre Herrschaften sagen würden, machte er sich unbeirrt Notizen. Ein Vollblutjurist musste nicht nur eine geschärfte Zunge haben, um auch noch den Verstocktesten das Wort im Munde zu verdrehen, er sollte auch, wenn es die Situation erforderte, in der Lage sein, zwischen den Zeilen zu lesen – denn zuweilen steckte gerade in dem, was nicht gesagt wurde, die ganze Wahrheit.

Lauernd fragte er: »Und der Herr Neuhof – wie war sein Verhältnis zu Herrn Uffsteiner?« Um den alten Leuten ein wenig auf die Sprünge zu helfen, fügte er bedächtig hinzu: »Wie mir bekannt ist, hat Herr Neuhof seinen Schwager ja schon zwei Mal wegen Misshandlung seiner Ehefrau bei der Polizeibehörde angezeigt. Was er jedoch jedes Mal wieder rückgängig gemacht hat – im Gegensatz zu Gertrud Uffsteiner, die bei ihren Anzeigen blieb. Deswegen musste der Herr Senator ja auch schon mehrfach einsitzen …« Er lächelte spöttisch und klatschte in die Hände. »Also, ich höre!«, forderte er ungeduldig.

»Der Herr Neuhof ist seiner Schwester sehr zugetan, und dem gnädigen Herrn war er es eigentlich auch«, erwiderte die Köchin ausweichend. Ihr rundes Gesicht war rot und glänzte.

Fauerbach löste seinen Blick nicht von ihr. »Was heißt

›eigentlich‹? Eigentlich war er es, und eigentlich auch wieder nicht?«, mokierte er sich.

»Es hat auch mal Unstimmigkeiten zwischen den beiden gegeben, aber im Nachhinein hat sich Herr Neuhof bei dem gnädigen Herrn immer entschuldigt, wenn er sich mal im Ton vergriffen hat«, erklärte die Köchin und warf einen verdrießlichen Blick auf ihren Teller mit den inzwischen erkalteten Speisen.

»Da blieb ihm wohl auch nichts anderes übrig, bei den vielen Schulden, die er bei seinem Schwager hatte«, bemerkte Fauerbach mit schiefem Lächeln. »Gut«, seufzte er schließlich. »Kommen wir doch wieder zur Mordnacht … Was also ist den *Herrschaften* in dieser Nacht aufgefallen?«

»Ich hab tief und fest geschlafen und nichts gehört und gesehen«, erklärte der Hausknecht verdrießlich. »Ich schlaf ja hinten im Hof bei den Stallungen. Da kriegt man ja nicht viel mit, was sich vorne im Haus so tut. Außerdem hab ich einen festen Schlaf und hör auf meine alten Tage nicht mehr so gut.«

Der Untersuchungsrichter verzog abschätzig die Mundwinkel. »Alles andere hätte mich auch gewundert«, knurrte er und wandte sich an die Köchin.

»Bei mir war es genauso«, erklärte die alte Frau betreten. »Ich bin liegen geblieben, als es unten an der Tür geklopft hat. Es ist ja auch nicht meine Aufgabe, aufzumachen, wenn wer kommt. Das ist Sache der Dienstmagd«, setzte sie hinzu und schob trotzig die Unterlippe vor.

»Ich danke für das aufschlussreiche Gespräch«, verabschiedete sich Fauerbach in spöttischem Ton und packte sorgfältig seine Schreibutensilien in die Aktenmappe.

Obgleich sich die Domestiken Mühe gaben, nicht

allzu vernehmlich aufzuatmen, war ihnen doch die Erleichterung deutlich anzumerken. Daher traf es sie wie ein Schlag, als sich der Richter beim Verlassen der Küche nach Traudels Verbleib erkundigte.

»Die ist wieder zu ihren Leuten in die Schnurgasse«, sagte die Köchin etwas atemlos. »Wo soll sie denn sonst auch hin?«

»Und wo ist das genau?«, wollte der hagere Mann im schwarzen Amtstalar wissen.

Die Alte überlegte kurz. »Na, direkt neben der Sattlerei Stickel. Der Name ihrer Familie ist Reubold.«

»Ich komme nachher noch mal wieder«, sagte Fauerbach, und seine Ankündigung klang wie eine Drohung. Die Köchin und der Hausknecht starrten ihn erschrocken an. »Später, wenn die Herrschaften wieder zurück sind«, erklärte er knapp und stürmte davon.

✱

Die junge, sommersprossige Traudel Reubold war gerade in der Waschküche und half ihrer Mutter beim Schrubben der Bettwäsche, welche die Frauen für die Herbergen und Gastwirtschaften der Nachbarschaft erledigten, als ihr jüngster Bruder Bertram herunterkam und mit banger Miene verkündete, ein Richter wünsche sie zu sprechen.

Traudel strich sich mit fahriger Geste die blonden Haarsträhnen aus dem verschwitzten Gesicht, glättete die mit Wasserflecken bedeckte Schürze und folgte Bertram beklommen die Kellertreppe hinauf.

Der hochgewachsene Mann im Amtstalar, der kaum älter sein mochte als Traudel selbst, stand in der Küche, die der achtköpfigen Familie zugleich als Wohnstube diente, und blickte ihr ungeduldig entgegen.

Nachdem er sich vorgestellt und den Jungen hinausgeschickt hatte, begann er ohne Umschweife, Traudel vom Grund seines Besuches zu berichten und sie über die Mordnacht zu befragen.

Die hübsche junge Frau traute sich anfangs kaum, den hageren Amtmann anzuschauen. Stockend erzählte sie vom Lärm an der Haustür, der sie zu vorgerückter Stunde aus dem Schlaf gerissen hatte.

»Ich habe zuerst gedacht, es wäre der gnädige Herr und er hätte mal wieder den Schlüssel verlegt«, erläuterte sie befangen. »Und dann bin ich auch gleich aus dem Bett gesprungen, um zur Tür zu gehen. Die gnädige Frau und Jungfer Gertrud waren auch schon wach und sind mir im Treppenhaus begegnet. Es wäre ihr Bruder, der Herr Neuhof, hat mir die Herrin gesagt, und ich soll ihn hereinlassen. Das hab ich auch gemacht und dann in der Stube die Lichter angezündet. Der Herr Neuhof war ganz aufgeregt und hat gefragt, ob der gnädige Herr schon daheim wär. Da hat die gnädige Frau nur den Kopf geschüttelt und gesagt, er wär noch nicht hier. Dann hat der Herr Neuhof …« Sie hielt kurz inne und streifte den Richter mit ängstlichem Blick.

»Sie ist nach dem Gesetz dazu verpflichtet, mir alles zu sagen, was sich in besagter Nacht im Hause Uffsteiner zugetragen hat«, ermahnte sie Fauerbach im amtlichen Tonfall. »Und zwar ohne dabei auf irgendjemanden Rücksicht zu nehmen. Die Wahrheit hat immer Vorrang.«

Traudels hübsches Gesicht wurde immer angespannter. »Na, er hat halt schlimme Sachen über den gnädigen

Herrn gesagt«, stieß sie hervor. »So genau weiß ich es nicht mehr, nur, dass der gnädige Herr sich im Frauenhaus so danebenbenommen hätte und dass er, der Herr Neuhof, jetzt wegen ihm ruiniert wäre. Ich habe ihm dann einen Schnaps gebracht, und die Jungfer Gertrud hat auch einen getrunken. Dann hat sich der Herr Neuhof ein bisschen beruhigt, und die junge Herrin wollte wissen, was genau passiert ist. Da hat er gesagt, dass der Herr versucht hätte, dem Ehrengast aus Augsburg die Hübscherin auszuspannen, und es deswegen zum Eklat gekommen ist. Dann wäre der Herr Uffsteiner auch noch grob geworden gegen die Hure, und sie habe ihm eine geklebt. Da hat sich die Jungfer Gertrud fast kaputtgelacht und gemeint, dass es ihm ganz recht geschehen ist, dem … dem alten Sack, hat sie gesagt …« Traudel senkte verlegen den Blick. »Und als der Herr Neuhof gesagt hat, es käme ja noch besser, denn eine der Huren hätte sogar damit gedroht, ihm die Eier abzuschneiden, hat sich die junge Herrin kaum noch halten können, so musste sie lachen. Und da hat sogar der Herr Neuhof lachen müssen, obwohl er vorher noch so böse war. Nur die gnädige Frau hat das nicht lustig gefunden, sie hat sich so darüber aufgeregt, dass ich ihr den Theriak bringen musste. ›Ich muss es dann nur wieder ausbaden‹, hat sie gesagt und angefangen zu heulen. Da sind der Herr Neuhof und die Jungfer Gertrud mit einem Mal wieder ernst geworden. Der Herr Neuhof hat sich von mir eine Fackel bringen lassen und ist weggegangen, um den gnädigen Herrn unterwegs abzufangen, wie er gesagt hat. Und es hat auch nicht lange gedauert, da hat sich die junge Herrin ihren Mantel umgelegt und ist ihm hinterher.« Die junge Frau sah den Untersuchungsrichter, der ihr aufmerksam zugehört hatte, mit großen Augen an. »Das war alles«, erklärte sie mit dünner Stimme.

Fauerbach verzog skeptisch die Mundwinkel und knurrte: »Und das soll ich Ihr glauben? Auf, Mädchen, das war doch noch nicht das Ende vom Lied, oder?«

»Viel mehr war nicht mehr«, murmelte Traudel unsicher. »Ich bin ja dann wieder nach oben gegangen, weil … weil die Herrin mir das befohlen hat.« Sie schwieg beklommen.

»Sie hat doch noch was auf dem Herzen, das merke ich doch«, ermunterte Fauerbach sie und bemühte sich um einen besänftigenden Tonfall, was seine Wirkung nicht verfehlte. Die junge Frau seufzte vernehmlich, gab sich einen Ruck und erklärte schließlich: »Die gnädige Frau war plötzlich so aufgebracht und hat mich angeherrscht, ich soll mich sofort auf mein Zimmer machen – was eigentlich gar nicht ihre Art war, denn sie war sonst eher gutmütig. Und dann bin ich halt hochgegangen und …« Sie zögerte kurz und blinzelte den gestrengen jungen Mann verstohlen an, ehe sie mit bebender Stimme fortfuhr: »Und wie ich schon oben im Treppenhaus war, habe ich gehört, wie die Haustür zugeklappt ist. Ich habe noch gedacht, na, das ging ja schnell, weil ich geglaubt habe, die Jungfer Gertrud und der Herr Neuhof wären schon wieder zurück, und bin in mein Zimmer gegangen. Aber ehe ich mich hingelegt habe, habe ich noch mal aus dem Fenster geguckt – mein Zimmer hat … äh, hatte ja ein kleines Mansardenfenster, das zur Straße rausging –, und da habe ich sie dann gesehen, die gnädige Frau, wie sie mit einer Laterne in der Hand über die Gasse gehuscht ist.«

Der Untersuchungsrichter sog vernehmlich den Atem ein und machte sich eifrig Notizen.

»Das hat sie gut gemacht, die Reuboldin«, lobte er, nachdem er fertig war, und zog nachdenklich die Stirn in Falten. »Was kann Sie mir denn sonst noch sagen, über Ihre ehemaligen Herrschaften?«, fragte er anschließend und taxierte Traudel, die unsicher mit den Schultern zuckte. »Wie ich inzwischen weiß, hat Sie mit Ihrem verstorbenen Dienstherren ein Verhältnis gehabt. Sie braucht also nicht so zu tun, als könnte Sie kein Wässerchen trüben!«

Traudel errötete tief. Vor Scham und Demütigung stiegen ihr die Tränen in die Augen. »Meint Ihr vielleicht, es hat mir Spaß gemacht, dass der gnädige Herr mich immerzu angefasst hat!«, brach es aus Ihr heraus. »Aber wie sollte ich mich denn entziehen, wo ich doch bei ihm in Stellung war und meinen Lohn so bitter nötig hatte.« Sie schluchzte verzweifelt auf. »Ich habe es halt über mich ergehen lassen, auch wegen meiner Familie, die war ja auf das Geld angewiesen. Und deshalb ist man jetzt in aller Augen der letzte Dreck. Die anderen Dienstboten verachten mich, die junge Herrin hat mich behandelt wie eine Aussätzige, und sogar meine eigenen Leute schämen sich für mich, auch wenn sie es sich nicht anmerken lassen.« Sie schaute den Mann mit den asketischen Gesichtszügen aus verweinten Augen an. »Und Ihr wollt jetzt auch noch den Stab über mich brechen«, murmelte sie verzagt.

Der Richter empfand unversehens Mitleid mit der jungen Frau, was ihn jedoch sogleich mit Unwillen erfüllte, denn sein Amt verbot ihm jegliche Gefühlsanwandlungen. »Was redet Sie da für einen Unfug!«, schnaubte er ungehalten. »Ich bin nicht hier, um über Sie zu richten, sondern um Sie zu verhören. Und Sie hat mir ja auch schon viel Aufschlussreiches berichtet.« Seine grauen Augen blitzten listig, als er Traudel mit gesenkter Stimme zuraunte: »Sie braucht doch kein Blatt vor den Mund zu nehmen, Sie ist doch diesen Leuten, die Sie so schmählich vor die Tür gesetzt haben, nichts mehr schuldig!«

Traudels Tränen versiegten augenblicklich. »Da habt Ihr recht«, sagte sie trotzig.

Der Untersuchungsrichter sah augenblicklich seine Chance. »Sage Sie mir doch jetzt unumwunden, ob Herr Neuhof, Jungfer Gertrud oder auch Ihre ehemalige Herrin etwaige Gründe gehabt haben könnten, den Herrn Senator Uffsteiner zu ermorden – denn dass sie alle in der Mordnacht noch aus dem Haus gegangen sind, erscheint mir doch sehr sonderbar, um nicht zu sagen verdächtig«, knarzte er.

Traudel nickte angespannt. »Darüber habe ich mir auch schon meine Gedanken gemacht«, entgegnete sie mit brüchiger Stimme. »Aber der gnädigen Frau und dem Herrn Neuhof traue ich eine so schreckliche Tat einfach nicht zu, aber …« Sie hielt kurz inne und platzte dann heraus: »Der jungen Herrin sehr wohl!«

Fauerbach stand der Schweiß auf der Stirn, er hing förmlich an Traudels Lippen. »Weiter!«, forderte er sie mit einer herrischen Handbewegung auf.

Auf Traudels Gesicht war ein leichter Triumph getreten. »Ich kann gar nicht sagen, wie oft sie ihrem Vater im Streit den Teufel an den Hals gewünscht hat. Aufs übelste beschimpft haben sich die beiden in ihrem Zorn, vielleicht, weil sie sich so ähnlich waren. Die Jungfer hat sich von ihrem Vater nichts gefallen lassen – und ihre

Mutter hat dann immer alles abgekriegt. Die arme Frau, die konnte einem von Herzen leidtun. Gertrud wollte sie vor dem Grobian beschützen, doch das ist ihr leider nicht immer gelungen. Oft war es schon zu spät, dann lag die Mutter oft schon am Boden, wenn sie aus ihrem Zimmer herunterkam. Das konnte die Jungfer schier wahnsinnig machen. Sie hat dann ihren Vater angeschrien, dass die Wände bebten. Nicht selten hat sie gedroht, ihm etwas anzutun, und manchmal ist sie sogar tätlich gegen ihn geworden. Einmal hat sie ihm einen vollen Zinnbecher an den Kopf geworfen und geschrien, dass sie einen wie ihn am liebsten vergiften würde. Dann hat er ihr wiederum vorgeworfen, dass sie keinen Mann abkriegt, weil sie so ein Schandmaul hat und hässlich ist, und daraufhin hat sie gesagt, dass sie lieber ihr Leben lang eine alte Jungfer bleibt, als an so einen Drecksack wie ihn zu geraten. Na, so ging das immer hin und her mit den beiden. Ich hätte nie gedacht, dass sich feine Herrschaften so unflätig beschimpfen können, doch jetzt bin ich schlauer. Und die Frau Uffsteiner hat meistens geheult und versucht, die beiden Streithähne zu beschwichtigen – und manches Mal ist sie Gertrud sogar in den Rücken gefallen und hat den Alten in Schutz genommen, auch wenn er sie zuvor noch grün und blau geschlagen hatte.« Die junge Frau schüttelte verständnislos den Kopf. »Das hat Gertrud am allermeisten erbittert, was man ja auch verstehen kann. Zuweilen hat sie damit gedroht, dass sie sich auf und davon machen will, und dann hätte ihre Mutter überhaupt niemanden mehr, der zu ihr hält. Was sie natürlich nie gemacht hat, denn Gertrud liebt ihre Mutter genauso, wie sie den Alten abgrundtief gehasst hat …«

Traudel stockte und schien nachzudenken. Dann erklärte sie ernst: »Letzte Woche hat sie ihren Vater beim Abendessen sogar mit dem Messer bedroht.« Sie senkte betreten den Blick.

Fauerbach war außer sich. »Das ist ja ein starkes Stück!«, rief er erregt. Er war unversehens vom Tisch aufgesprungen. »Ist Sie denn bereit, das vor Gericht auch zu beeiden?«, erkundigte er sich bei Traudel, als aus dem Hof plötzlich Schritte zu vernehmen waren. Gleich darauf klopfte es energisch an der Tür.

Der Richter verzog ärgerlich das Gesicht, weil Traudel ihm die Antwort schuldig blieb und stattdessen hinauseilte. Er hörte, wie sein Name genannt wurde, und wenig später kehrte die junge Frau mit zwei Stangenknechten zurück.

Nachdem die Schergen vor ihrem Vorgesetzten Haltung eingenommen hatten, verkündete einer von ihnen: »Melde gehorsam, Herr Richter: Ein ertrunkener Mann ist heute Morgen im Main gefunden worden. Der Henker hat ihn als den Frauenhausknecht Franz Ott identifiziert. Der Tote liegt jetzt im Leichenhaus auf dem Peterskirchhof, der Stadtphysikus hat ihn vorhin visitiert. Er erwartet den Herrn Richter dort, um Euch Rapport zu erstatten.«

»Verdammt!«, fluchte Fauerbach gereizt und packte unwillig seine Sachen zusammen.

*

Nachdem Josef Ott beim Anblick seines toten Bruders in haltloses Schluchzen ausgebrochen war, zog Doktor Schütz rasch wieder das Laken über den aufgebahrten

Leichnam und überließ den ehemaligen Frauenhausknecht der Hurenkönigin und ihrer Stellvertreterin, die ihn stützten.

»Warum hat er das nur getan?«, stammelte der Hüne mit tränenerstickter Stimme. »Er war doch noch so fröhlich und guter Dinge, als wir uns vor zwei Wochen gesehen haben. Und jetzt ist er tot! Es wäre mir lieber, ich würde da liegen.« Ihm versagte die Stimme, und er sank der Hurenkönigin in die Arme, die ihm tröstend über den stoppeligen Schädel strich. Obgleich sie selbst todunglücklich war, sagte sie besänftigend zu ihm: »Sag doch so was nicht, Josef. Wir sind doch alle froh, dass wir dich haben …«

»Um mich wär's doch nicht schad, mit dieser verfluchten Krankheit, die ich mir eingefangen hab«, murmelte der an Syphilis erkrankte Mann erbittert, löste sich brüsk aus der Umarmung und trat wütend gegen die Wand. »Was muss der blöde Hund denn so was machen, so jung und kerngesund, wie der war! Da hätt unsereiner doch viel mehr Gründe gehabt, ins Wasser zu springen!«

»Wir wissen es ja noch nicht einmal sicher, ob er es wirklich getan hat«, richtete der Arzt behutsam das Wort an ihn. »Er war wohl so sehr betrunken, dass er auch in den Fluss gestürzt sein könnte.«

»Er war aber doch so niedergeschlagen an diesem Abend!«, gab die Hurenkönigin zu bedenken und hielt sich bestürzt die Hand vor den Mund, um die Traurigkeit, die aus ihr herauszubrechen drohte, im Zaum zu halten.

Die Miene von Doktor Schütz verdüsterte sich. Mit gesenkter Stimme riet er: »Das mit dem Freitod würde ich übrigens nicht so laut sagen, sonst wird der arme Junge noch auf dem Schindanger begraben, wie das bei Selbstmördern üblich ist. Nur wenn der Selbstmord nicht eindeutig erwiesen ist, hat der Verstorbene das Recht auf ein kirchliches Begräbnis.«

Da wurde die Tür aufgerissen, und der Untersuchungsrichter stürmte herein. Nach einem knappen Gruß in die Runde trat er gemeinsam mit Doktor Schütz an die Bahre und ließ sich vom Arzt anhand der Leiche eine kurze Erläuterung geben.

»Es deutet nichts auf einen gewaltsamen Tod hin«, erklärte der Stadtphysikus mit Blick auf den Leichnam. »Weder am Kopf noch am Körper sind irgendwelche Wundmale oder Blessuren zu entdecken. – Soll ich ihn umdrehen?«, fragte er den Richter.

»Nicht nötig«, brummte dieser missmutig und rümpfte angewidert die Nase. »Das riecht man doch zehn Schritte gegen den Wind, dass das eine Schnapsleiche ist. Wie ich hörte, wurde er heute Morgen im Main gefunden. Todesursache ist wohl Ertrinken?« Er musterte den Arzt zerstreut.

»Davon ist auszugehen«, erwiderte Doktor Schütz.

»Wenn ein Verbrechen auszuschließen ist und es nur ein Unfall war, kann er meinethalben morgen beigesetzt werden«, bemerkte Fauerbach mit einem Seitenblick auf Josef und seine Begleiterinnen, die sich an die Stirnseite der Leichenhalle zurückgezogen hatten. Dort stellten sie auf einem kleinen Holzpodest, über dem ein schlichtes Holzkreuz angebracht war, mitgebrachte Kerzen auf.

»Wenn sonst nichts mehr ansteht, kann ich ja wieder gehen?«, fragte Fauerbach den Arzt und trat ungeduldig von einem Fuß auf den anderen. »Ich habe nämlich noch Ermittlungen durchzuführen.«

»Nein, das war's schon«, sagte der Doktor, dem die kalte Gleichgültigkeit des ehrgeizigen jungen Juristen wenig sympathisch war. Mit reservierter Miene deckte er den Leichnam des Frauenhausknechts wieder zu.

Fauerbach schüttelte dem Medicus hastig die Hand und wollte schon davoneilen, als er sich plötzlich doch noch auf seine Manieren besann und zögernd auf die kleine Gruppe der Trauernden zuging.

Die Hurenkönigin ignorierte seine Kondolenzwünsche und die dargebotene Hand und wies mit knapper Geste auf Josef.

»Das ist Josef Ott – der Bruder des Toten«, stellte sie ihn vor.

Erst nachdem der Richter dem ehemaligen Frauenhausknecht kondoliert hatte, nahm sie seine Beileidsbekundung entgegen.

Fauerbach konnte sich nicht zurückhalten. »Wie konnte so etwas passieren, Zimmerin?«, fragte er vorwurfsvoll. »Hat er denn immer so viel getrunken?«

»Mitnichten«, entgegnete Ursel eisig. »Franz Ott hat seine Aufgaben immer vortrefflich erledigt. Ich kann beileibe nichts Nachteiliges über ihn sagen.«

»Dann ist es doch umso erstaunlicher, dass er volltrunken in den Main gefallen ist«, wand Fauerbach ein und zog argwöhnisch die Brauen hoch. »Hätte er nicht in der Nacht den Ausschank betreiben und das Frauenhaus bewachen müssen?«

»Ich hatte ihm freigegeben«, erwiderte Ursel forsch.

»Und das mitten in der Frühjahrsmesse, wo in allen

Schenken Hochbetrieb ist«, mokierte sich der Richter. »Bei Euch herrschen ja seltsame Gepflogenheiten ...«

»Das braucht nicht Eure Sorge zu sein«, entgegnete Ursel mit wachsender Erbitterung. »Kümmert Euch lieber darum, den Mord an Uffsteiner aufzuklären. Damit habt Ihr doch wahrlich schon genug zu tun ...«

»So ist es!«, schnappte Fauerbach verärgert und eilte grußlos davon.

»Was für ein bornierter Lackaffe!«, schimpfte die Zimmerin kopfschüttelnd.

»In der Tat«, sagte der Doktor, der zu ihnen getreten war, um sich zu verabschieden.

»Alles Gute«, sagte er zu Josef. »Und wenn Ihr irgendetwas braucht, könnt Ihr mich jederzeit rausläuten. Das gilt auch für die Damen.« Er nickte Ursel und ihrer Stellvertreterin zu und empfahl sich.

Nachdem der Arzt gegangen war, seufzte Ursel vernehmlich auf. Dann entnahm sie ihrem Felleisen ein frischgestärktes weißes Nachtgewand, das Franz gehört hatte und ihm nun als Totenhemd dienen sollte, und sagte zu Irmelin: »Dann werden wir den Jungen mal herrichten. Gewaschen ist er ja schon.«

Die dienstälteste Hure wischte sich die Tränen von den faltigen Wangen und trat mit Ursel an die Bahre.

»Josef, du kannst ja vielleicht mal die Kerzen anzünden. Vor dem Bahrhaus steht eine Totenleuchte, die brennt Tag und Nacht«, wies Ursel den Trauernden an in der Hoffnung, ihn dadurch ein wenig abzulenken.

Nachdem Josef hinausgegangen war, entfernten die beiden Frauen das Laken von dem Verstorbenen, zogen ihm das Nachthemd über Kopf und Arme und hatten große Mühe, den schweren, muskulösen Körper anzuheben, um das Hemd nach unten zu ziehen. Als sie endlich fertig waren, keuchten sie vor Anstrengung.

Unterdessen hatte Josef die Kerzen angezündet, die einen angenehmen Geruch nach Bienenwachs verströmten. Er zog einen Rosenkranz aus Holzperlen aus der Hosentasche, beugte sich über seinen toten Bruder, faltete ihm die Hände über der Brust und legte den Rosenkranz darüber.

»Der hat unserer Mutter gehört«, murmelte er ergriffen und wischte sich über die Augenwinkel.

Irmelin hatte eine Pomeranze mitgebracht, die sie dem Toten unters Kinn klemmte, um so den Unterkiefer zu fixieren. Anschließend rückte sie Franz behutsam den Kopf zurecht, damit das Gesicht zum Himmel gerichtet war, und nahm vor dem aufgebahrten Leichnam Gebetshaltung ein. Ursel und Franz taten es ihr gleich.

»Lasst uns für ihn beten«, sagte die Hurenkönigin mit brüchiger Stimme und stimmte das Vaterunser an.

Nachdem sie noch das Ave-Maria gebetet hatten, rückten sich die Trauernden Holzhocker an die Bahre und hielten Totenwache.

Für lange Zeit herrschte eine bedrückende Stille in der weiß gekalkten Totenkapelle, die nur durch das gelegentliche Seufzen und Aufschluchzen der Trauernden unterbrochen wurde, die sich ganz und gar dem Gedenken an den Verstorbenen hingaben.

Hinter den bleiverglasten Fensterscheiben der kleinen Kapelle dämmerte es bereits, als sich Josef plötzlich räusperte. »Seit wann war Franz eigentlich so bedrückt?«, fragte er leise.

Die Hurenkönigin und ihre Stellvertreterin waren unwillkürlich zusammengezuckt.

»Seit ein paar Tagen vielleicht«, erwiderte Ursel nachdenklich. »So genau kann ich es nicht sagen.«

»Ich schon!«, platzte es aus Irmelin heraus.

Josef und die Hurenkönigin blickten sie erstaunt an.

»Seit diese verdammten Ulmerinnen zu uns gekommen sind, war der Bub doch wie umgewandelt!«, schnaubte die alte Hure ärgerlich.

Ursel antwortete entrüstet: »Aber du kannst doch jetzt nicht alles auf Alma und Irene schieben!«

»Der Franz war doch ganz verliebt in die junge Ulmerin, das hat doch jeder Blinde gesehen!«, wetterte Irmelin und warf der Gildemeisterin einen erbosten Blick zu. »Nur du nicht, weil du nur noch Augen für ihre Mutter hattest.«

»So was muss ich mir von dir nicht sagen lassen!«, entgegnete Ursel wütend.

»Es stimmt aber!«, trumpfte Irmelin auf. »Wahrscheinlich hat ihm dieses gemeine kleine Biest eine solche Abfuhr erteilt, dass er seines Lebens nicht mehr froh geworden ist …«

»Und darum ist er in den Main gesprungen?«, fiel ihr die Hurenkönigin ins Wort und schüttelte entrüstet den Kopf. »Das kann doch nicht dein Ernst sein!«

»Ich kann mir beim besten Willen nicht vorstellen, dass sich Franz aus Liebeskummer umgebracht hat«, mischte sich plötzlich Josef ein, und trotz seiner Trauer musste er unwillkürlich grinsen. »Ausgerechnet der Franz! Der hat doch nie was anbrennen lassen und die Weiber flachgelegt, wie es ihm gerade in den Kram passte. Gut, es hat auch mal die eine oder andere gegeben, die ihm was bedeutet hat und der er nachtrauerte, wenn sie ihm den Laufpass gab. Aber es hat nicht lange gedauert, und er hat sich schon wieder mit der Nächsten getröstet.« Feixend fügte er hinzu: »Wir Otts sind halt keine Kostverächter!«

Doch im nächsten Moment überfiel ihn wieder die Schwermut. »Nein, das muss etwas viel, viel Schlimmeres gewesen sein, wenn der so niedergeschlagen war«, bemerkte er trübsinnig. »Und das auch noch tagelang, wie Ihr gesagt habt. Wo der Franz doch von Haus aus ein so sonniges Gemüt hatte. Dass der mal schlechte Laune hatte, kam ganz selten vor. Das muss schon ein schweres Geschoss gewesen sein, was den armen Kerl so umgehauen hat.« Er schluchzte unversehens auf und barg sein Gesicht in den Händen. »Vielleicht war er ja auch todkrank, und wir haben's nicht gewusst ...«, stammelte er.

»Mit einem gebrochenen Herzen ist man auch todkrank«, murmelte die alte Irmelin düster und streichelte dem Toten mitfühlend über die eingesunkene Wange.

*

Es war bereits später Nachmittag, als Untersuchungsrichter Fauerbach in die Neue Kräme einbog, um die Angehörigen von Claus Uffsteiner zu befragen. Von den Messeständen stieg ihm der Geruch von Selchfleisch und Gebratenem in die Nase. Ihm knurrte der Magen, und mit leichtem Unmut dachte er an den opulenten Leichenschmaus in der Trinkstube zum Alten Limpurg, den er sich hatte entgehen lassen. Er bedauerte es fast, dass er ihn seinem Pflichtgefühl geopfert hatte. Kurz zog er in Erwägung, im »Goldenen Schwan« einzukehren, um sich dort mit einer kräftigen Wildterrine zu stärken, doch er widerstand dieser Anwandlung und begnügte sich stattdessen mit einer kargen Laugenbrezel von einem Backwarenstand.

Vor dem Hause Uffsteiner würgte er hastig den letzten Bissen hinunter und verschluckte sich zu allem Übel noch daran. Er musste so heftig husten, dass ihm die Tränen kamen, und es dauerte einige Zeit, bis sich sein Atem wieder beruhigt hatte.

Als sich selbst nach mehrfachem nachdrücklichem Klopfen an der Haustür noch immer nichts regte, rief er aufgebracht und auch ein wenig heiser: »Ist denn hier keiner zu Hause?«

Er trat ein Stück zurück und blickte grimmig auf die schmucke Hausfassade mit der spiegelnden Fensterfront, hinter der weder ein Lichtschein noch eine Gestalt zu sehen war.

Eine Frauenstimme hinter ihm ließ ihn zusammenzucken. »Die sind weggefahren«, sagte sie.

Er drehte sich um und gewahrte im Hause gegenüber eine alte Dame, die sich aus einem der Fenster beugte und ihm ein Zeichen gab.

Hastig ging Fauerbach zu ihr und murmelte dabei fassungslos: »Das kann doch wohl nicht wahr sein!«

»Doch, doch«, beharrte die Nachbarin. »Ich habe es doch mit meinen eigenen Augen gesehen. Zuerst ist die Kutsche vorgefahren, das muss so um die dritte Nachmittagsstunde gewesen sein. Dann haben der Hausknecht und die Köchin das Reisegepäck herbeigetragen und auf dem Kutschendach vertäut. Da dachte ich mir schon, na, die scheinen ja auf große Fahrt zu gehen, so viel Gepäck, wie das war. Und kurze Zeit später sind dann auch die Herrschaften gestiefelt und gespornt aus der Tür gekommen, Frau Uffsteiner mit dem Hund an der Leine, ihre Tochter Gertrud und der Herr Neuhof, und sind in die Kutsche gestiegen. Der Hausknecht und die Köchin haben auf dem Kutschbock Platz genommen, und ab ging's in Richtung Mainzer Gasse. Das muss jetzt gute zwei Stunden her sein.«

Der Richter war derart entgeistert, dass ihm zunächst die Worte fehlten. »Haben sie Euch vielleicht gesagt, wo sie hinfahren?«, brachte er schließlich heraus.

Die alte Dame schüttelte den Kopf. »Wir haben nicht miteinander gesprochen. Das ging ja auch alles sehr schnell. Ein bisschen gewundert hat es mich schon, wo heute Morgen erst die Beerdigung war. Ich war ja dabei und habe anschließend noch an dem Leichenschmaus teilgenommen, den die Familie im Hause Limpurg abgehalten hat. Dort habe ich auch mit den Uffsteiners gesprochen. Was man halt so sagt bei solch einem traurigen Anlass – und da hat Frau Uffsteiner mir gegenüber nur erwähnt, dass sie vorhaben, am Sonntag auf ihren Landsitz im Taunus zu fahren, und wahrscheinlich erst nach Ostern zurückkommen. Aber es war überhaupt nicht die Rede davon, dass sie heute schon aufbrechen. Deswegen kam mir das Ganze auch etwas überstürzt vor …«

»In der Tat«, konstatierte der Untersuchungsrichter finster und warf der Frau im Fenster einen unheilvollen Blick zu. »Wo befindet sich dieser Landsitz?«

»Soweit ich weiß, am Hattsteiner Weiher. Das ist in der Nähe des kleinen Örtchens Usingen«, erwiderte die Nachbarin.

Fauerbach neigte den Kopf vor ihr. »Vielen Dank, meine Dame«, sagte er höflich. »Ihr habt mir sehr geholfen.« Er musterte sie forschend. »Ihr seid nicht zufällig Frau Doktor Schütz, die Mutter unseres Stadtarztes?«

»Die bin ich«, erwiderte die alte Dame munter. »Und Ihr seid doch bestimmt der neue Herr Untersuchungsrichter?«

»Ja, das stimmt. Ich werde Eure Aussagen zu Protokoll nehmen.« Er zögerte kurz und senkte betreten den Blick. »Und auch das, was Ihr … einer gewissen Ursel Zimmer gegenüber habt verlautbaren lassen.«

»Jederzeit, Herr Richter!«, bekräftigte die Arztwitwe eifrig. »Die Zimmerin ist eine ganz vortreffliche Person und blitzgescheit. Ihr solltet Euch ruhig ein wenig von ihr helfen lassen, bei Euren Ermittlungen. Sie hat für so was ein Händchen, glaubt mir das.«

»So weit kommt es noch!«, schnaubte der Richter und wandte sich abrupt zum Gehen.

✵

»… Daher möchte ich Euch, verehrter Herr Bürgermeister, als meinen Vorgesetzten und obersten Schöffen des Frankfurter Strafgerichts nun darüber in Kenntnis setzen, dass noch heute ein Schergentrupp unter meiner Führung in den Taunus aufbrechen wird, um die Flüchtigen zu inhaftieren«, beendete Untersuchungsrichter Fauerbach seine Ausführungen. Gespannt blickte er Bürgermeister Reichmann und seinen Stellvertreter Johann Fichard an.

Die beiden hatten bereits während Fauerbachs ausführlichem Rapport vielsagende Blicke gewechselt, nun signalisierten sie einander noch einmal mit einem kurzen Augenkontakt ihre Einigkeit. Dann warf sich Reichmann in die Brust und erklärte mit empörter Miene: »Nun mal langsam mit den jungen Pferden, mein lieber Fauerbach! Ihr wollt doch wohl nicht nachts durch den dunklen Taunus reiten und Euch den Hals brechen?«

Der junge Richter schob trotzig die Unterlippe vor. »Es gibt doch Fackeln«, erklärte der Patriziersohn aufsässig. Ihm war die Klüngelei des Frankfurter Stadtadels hinlänglich bekannt, und er wusste ganz genau, dass die beiden Honoratioren seine Maßnahme nicht so ohne weiteres billigen würden. »Außerdem ist Gefahr in Verzug!«, betonte er.

Fichard lächelte herablassend. »Ihr hört ja sprichwörtlich die Flöhe husten, mein lieber Richter. Aus einer harmlosen Landpartie, die man der armen leidgeprüften Witwe und ihren Angehörigen weiß Gott nicht missgönnen mag, macht Ihr eine arglistige Flucht und wollt jetzt auch noch zur wilden Verfolgungshatz blasen?« Er schüttelte entrüstet den Kopf. »Mit Verlaub, werter Herr Kollege, aber das halte ich doch für maßlos überzogen!«

»Dem kann ich mich nur anschließen«, bekundete Reichmann mit staubtrockenem Lachen. »Und überhaupt: Wer weiß denn schon, ob diese Magd sich das nicht alles aus den Fingern gesogen hat … Von wegen, die Jungfer Gertrud hätte ihren Vater mit dem Messer bedroht und dergleichen. Das sind doch die reinsten Schauergeschichten! Bestimmt will diese ehemalige Dienstmagd ihrer Herrin eins auswischen, denn immerhin hat die sie ja vor die Tür gesetzt – und das bestimmt nicht ohne Grund«, mokierte sich der Würdenträger und zog andeutungsvoll mit dem Zeigefinger sein unteres Augenlid nach unten. »Nein, nein, Ihr geht jetzt brav nach Hause, mein Guter, und macht Euch einen schönen Feierabend!« Reichmann musterte den jungen Juristen unwillig. Seine Worte klangen eher wie ein Befehl als eine Empfehlung.

»Ich hatte durchaus den Eindruck, dass die junge Magd die Wahrheit sprach, und sie ist auch bereit, ihre Aussagen zu beeiden«, beharrte Fauerbach störrisch.

»Ich verbiete Euch mit allem Nachdruck, in dieser Angelegenheit einen solchen Aufruhr zu veranstalten. Es kommt nicht in Frage, dass Ihr die trauernden Angehörigen zu nachtschlafender Zeit auf ihrem Landsitz behelligt!«, schrie der Bürgermeister und schlug wütend mit der Faust auf die Schreibtischplatte.

Der Untersuchungsrichter war kreidebleich geworden. »Das Recht lässt sich nicht beugen«, murmelte er mit bebender Stimme.

»Das verlangt ja auch keiner von Euch«, bemerkte Johann Fichard ölig. »Schlaft noch mal drüber, und dann stattet Ihr der Familie Uffsteiner meinethalben am Wochenende einen höflichen Besuch ab und lasst Euch von ihnen in Ruhe erzählen, was wirklich vorgefallen ist. Und ich bin mir sicher, dass die Sache dann schon ganz anders aussieht und sich Eure Vorbehalte und Verdächtigungen gegen die guten Leute in Wohlgefallen auflösen werden.«

9

Samstag, 31. März 1512

Um die Mittagsstunde ging plötzlich ein heftiger Hagelschauer auf die kleine Trauergemeinde nieder, die sich am offenen Grab von Franz Ott versammelt hatte. Pfarrer Roddach, der bei der Aussegnung war, wurde das Birett vom Kopf geweht, wild kullerte es über den Gottesacker. Ein Ministrant jagte der Kopfbedeckung eifrig hinterher, fing sie ein und übergab sie Hochwürden, der sich das beschmutzte Käppchen verärgert auf den kahlen Schädel stülpte. Endlich fand die Trauerrede ihre Fortsetzung, auch wenn sie in Anbetracht der Witterungsverhältnisse stark verkürzt wurde.

Die Hurenkönigin und die städtischen Hübscherinnen, deren gelbe Gewänder sich in den Windböen bauschten, warfen hastig die mitgebrachten Zitrusfrüchte ins Grab, murmelten ein rasches Gebet und flüchteten unter das Vordach der Totenkapelle, unter dem auch schon andere Trauergäste Schutz gesucht hatten.

Nur der baumlange Josef war am Grabe seines Bruders zurückgeblieben. Mit gesenktem Kopf und zuckenden Schultern stand er im Unwetter und gab sich seiner Trauer hin.

Schließlich trat die Zimmerin neben ihn, um ihn sanft zum Aufbruch zu gemahnen, doch Josef weinte und schluchzte wie ein kleines Kind. Sie ließ ihn gewähren und verharrte schweigend an seiner Seite, während ihr unablässig der Eisregen ins Gesicht peitschte.

Es dauerte eine ganze Weile, bis Josef sich gefasst hatte, dann strebten sie Seite an Seite der Trauerhalle zu. Die Menschen unter dem Vordach rückten zusammen, um ihnen Platz zu machen.

Ursel reckte den Kopf und hielt Ausschau nach Bernhard, der genau wie der Henker und ein paar Kumpane von Franz dem Verstorbenen die letzte Ehre erwiesen hatten. Sie entdeckte ihn schließlich neben der Totenleuchte und fühlte trotz des nasskalten Wetters ein warmes Gefühl in sich aufsteigen. Die Hurenkönigin räusperte sich und verkündete mit erhobener Stimme: »Zum Gedenken an Franz möchte ich alle noch zu einem kleinen Umtrunk ins Frauenhaus einladen – wir gehen los, sobald sich das Wetter beruhigt hat.«

Als die Hagelkörner allmählich in Regen übergingen, gab Ursel das Zeichen zum Aufbruch. Auf dem Weg zur Friedhofspforte wartete sie, bis Bernhard sie eingeholt hatte. »Danke, dass du gekommen bist«, sagte sie leise und ergriff seine Hand.

»Das ist doch selbstverständlich«, erwiderte Bernhard und musterte sie eindringlich. In seinem Blick lag Mitgefühl, aber auch ein Wohlwollen, das Ursel sehr berührte. Sein Händedruck war fest und warm, und sie empfand in diesem Moment bei aller Trauer auch ein mächtiges Glücksgefühl.

Als sie vor der schmalen Friedhofspforte angekommen

waren, lösten sich ihre Hände wieder voneinander – was die Hurenkönigin tief bedauerte. Am liebsten hätte sie ihn ewig festgehalten.

Während Bernhard und Ursel hinter den anderen Trauergästen durch die Schäfergasse gingen, unterhielten sie sich über Franz und sein unglückseliges Ende, das für beide unfassbar war. Für die Hurenkönigin war es ein großer Trost, Bernhard an ihrer Seite zu wissen. Sie fühlte sich ihm verbunden wie in den besten Zeiten.

Schließlich hatten sie das Frauenhaus erreicht, aber Ursel verspürte mit einem Mal ein nagendes Unbehagen. *Was ist, wenn er Irene sieht?*, dachte sie bekümmert.

Wie die anderen auswärtigen Hübscherinnen hatte es die junge Ulmerin vorgezogen, im Frauenhaus zu bleiben, um den letzten Tag der Frankfurter Frühjahrsmesse noch voll auszunutzen. Die Hurenkönigin folgte den anderen Trauergästen mit beklommener Miene in den Schankraum und ließ ihre Blicke über die Tische schweifen, wo die Huren mit ihren Freiern saßen. Erleichtert stellte sie fest, dass Irene nicht anwesend war. Gemeinsam mit Bernhard und Josef nahm Ursel am großen Tisch neben dem Kachelofen Platz, wo die Huren sonst ihre Mahlzeiten einnahmen und auch Versammlungen abhielten. Die Hurenkönigin hatte ihn eigens für den Leichenschmaus freihalten und eindecken lassen.

Die Köchin kredenzte ihnen Rosinenbrötchen und Kuchen, während die Mägde Krüge mit Wein auf den Tisch stellten. Der bullernde Ofen spendete der durchnässten Trauergesellschaft wohltuende Wärme, und bald entspann sich ein reges Gespräch, das in der Hauptsache um den Verstorbenen kreiste.

Auf der anderen Seite von Josef saß ein stiernackiger Mann von beachtlichem Leibesumfang, den der Holzknecht als Eckart Messer, den Wirt der Leonhardsschenke, vorstellte. Wie die Hurenkönigin erfuhr, war Franz in der Nacht vor seinem Tod noch dort eingekehrt.

»Franz war schon ziemlich abgefüllt, als er kam, und hat sich an einen Tisch im hintersten Winkel verzogen«, berichtete der Wirt. »Ich habe ihm sein Bier gebracht und ihn in Ruhe gelassen. Der Laden war ja voll bis unters Dach, und ich hatte viel zu tun, wie das halt so ist während der Messe. Und der Franz hat so trübsinnig aus der Wäsche geguckt. Später hat sich dann einer unserer Herbergsgäste zu ihm gesetzt und sich mit ihm unterhalten. Offenbar hat er es geschafft, den Franz aus seinem Kummer zu reißen, denn die zwei waren so ins Gespräch vertieft, dass sie jedes Mal zusammengezuckt sind, wenn ich an den Tisch gekommen bin. Ich habe dann die letzte Runde eingeläutet, und Franz hat für den anderen mitbezahlt, dann sind sie sich um den Hals gefallen, und sein Saufkumpan hat dem Franz, als er zur Tür getorkelt ist, noch nachgerufen, er soll die Ohren steifhalten. Dann hat er bei mir an der Theke noch einen Schnaps gezwitschert und ist hoch auf sein Zimmer gegangen.« Der korpulente Wirt hielt inne und seufzte traurig. »Wie hätte ich denn ahnen können, dass ich Franz an diesem Abend zum letzten Mal sehen würde?«

»Wie heißt denn dieser Mann? Wohnt er noch bei Euch?«, fragte die Hurenkönigin aufgeregt.

»Nein, er ist gestern Morgen abgereist«, erwiderte der Gastwirt. »Er heißt Winfried Käther und ist ein fahrender Barbier aus dem Rheinland. Wenn er in Frankfurt ist, steigt er immer bei uns ab. Wir kennen ihn alle als den Rheinländer Winnie, ein fröhlicher, geselliger Bursche. Auf der Messe hat er einen kleinen Stand, wo er den Leuten die Haare schert und Bärte rasiert. Er schröpft auch, schneidet Eiterbeulen auf oder zieht einen faulen Zahn, was ein Barbier halt so macht. Gelegentlich arbeitet er auch schon mal als Leibbarbier an kleineren Fürstenhöfen und Burgen, und deswegen ist er diesmal auch schon einen Tag früher aufgebrochen als sonst. Er wollte zu einem Burgherren in der Wetterau, wo er der Familie für die Feiertage die Haare stutzen sollte. In der Karwoche wollte er aber wieder nach Frankfurt kommen, weil er hier noch ein paar Stammkunden abzufertigen hat.«

Die Hurenkönigin und Josef hatten ihm gespannt zugehört. »Franz war sehr niedergeschlagen in den letzten Tagen vor seinem Tod«, erklärte Ursel dem Wirt. »Ich habe ihn an dem Abend noch gefragt, was ihn so bedrückt, doch er wollte nicht darüber sprechen. Vielleicht hat er ja diesem Barbier sein Herz ausgeschüttet …«

»Warum sollte er sich ausgerechnet einem Mann anvertrauen, den er überhaupt nicht kannte?«, wandte Josef ein und runzelte skeptisch die Stirn.

»Manchmal fällt es einem leichter, sich bei einem Fremden auszusprechen, als einen nahestehenden Menschen zu behelligen«, gab die Hurenkönigin zu bedenken. »Ich möchte unbedingt mit diesem Mann reden«, wandte sich Ursel an den Schankwirt und bat nachdrücklich: »Gebt ihm doch bitte Bescheid, dass er sich bei mir melden soll, sobald er wieder in Frankfurt ist.«

Messer nickte ernst. »Ihr könnt euch darauf verlassen.«

Während des Gesprächs waren immer mehr Besucher in die Schankstube geströmt, und die städtischen Hübscherinnen verließen nach und nach die Trauerrunde, um sich die letzten Ausläufer des Messegeschäfts nicht länger entgehen zu lassen. Auch die anderen Trauergäste verabschiedeten sich.

Ursel begleitete gerade Josef und Bernhard zur Tür, als Irene mit einem Freier die Treppe herunterkam. Mit einem knappen Gruß ging sie an der Hurenkönigin und ihren Begleitern vorbei, ohne Bernhard eines Blickes zu würdigen. Das hatte die Hurenkönigin sehr wohl bemerkt, und ihren Argusaugen war auch Bernhards versteinerter Gesichtsausdruck bei Irenes Anblick nicht verborgen geblieben. Sie musste unwillkürlich schlucken, während sie dem Geliebten die Hand reichte, und sagte ihm mit brüchiger Stimme Lebewohl. Zu ihrer Verblüffung zog Bernhard sie in seine Arme und drückte ihr einen Kuss auf die Wange.

»Darf ich dich morgen besuchen kommen?«, raunte er ihr ins Ohr.

Ursel wurden die Knie weich. »Natürlich«, flüsterte sie kehlig. »Ich freue mich, wenn du kommst!«

Die brennende Sehnsucht nach seiner Nähe verursachte ihr Gänsehaut, und ihr Körper bebte noch immer, als sie sich gleich darauf mit einer Umarmung von Josef verabschiedete und ihn für den Sonntag zum Mittagessen einlud.

✳

Es regnete Bindfäden, als Untersuchungsrichter Fauerbach und der Schergentrupp nach einem beschwerlichen Ritt gegen Nachmittag am Hattsteiner Weiher eintrafen. Schon in Frankfurt hatte es den ganzen Morgen über genieselt, im Taunus war der Regen stärker geworden, und ein eisiger Wind hatte den Männern ins Gesicht geblasen.

Fauerbach war alles andere als ein guter Reiter, und er hatte sich von den Stangenknechten nur höchst ungern überzeugen lassen, dass es in Anbetracht des steilen Anstiegs besser sei, die Pferde zu nehmen, anstatt in der Kutsche zu reisen. Der Missmut über den Ritt stand ihm auf dem gesamten Weg ins Gesicht geschrieben. Je stärker der Regen wurde, desto mehr ächzte und jammerte er, und die hartgesottenen Büttel mokierten sich hinter seinem Rücken über ihn.

Die grüne Oberfläche des kleinen Sees kräuselte sich im Regen, und der schmucke Landsitz am Ufer wirkte wie ausgestorben. Während Fauerbach mit seiner behandschuhten Faust gegen das Portal polterte, schien sich sein ganzer Unmut Bahn zu brechen. Mit Ingrimm dachte er an die höhnische Empfehlung des Bürgermeisters und seines Intimus Fichard, er solle doch den Herrschaften am Wochenende einen höflichen Besuch abstatten, und ließ seine Fingerknöchel so heftig gegen die Tür krachen, dass er vor Schmerz zusammenzuckte.

Denen werde ich es zeigen! Wenn sie denken, sie haben sich mit mir einen weiteren Rechtsverdreher eingekauft, haben sie sich geschnitten!

Als ihnen endlich der grauhaarige Hausknecht öffnete, der beim Anblick des Untersuchungsrichters erschrocken zusammenfuhr, herrschte ihn Fauerbach an, er solle ihn und seine Untergebenen umgehend zu seinen Dienstherren führen.

In der weitläufigen Wohnhalle herrschte eine behagliche Wärme. Die holzgetäfelten Wände waren mit Hirschgeweihen geziert, und in dem aus groben Felssteinen gemauerten Kamin prasselte ein ansehnliches Feuer. Es war nicht zu übersehen, dass es sich die drei Herrschaften, die mit Spielkarten in den Händen an einem runden Holztisch vor Konfektschalen und dampfenden Bechern saßen, gerade so richtig gemütlich gemacht hatten.

Kaum war Fauerbach im Gefolge der Polizeibüttel durch die Tür getreten, verkündete er bereits in herrischem Tonfall, er sei gekommen, um mit ihnen das Verhör durchzuführen, dem sie sich am gestrigen Nachmittag so heimtückisch entzogen hätten.

In den Gesichtern der Mutter und des Onkels stand die Angst, aber Gertrud Uffsteiner sah ihn stirnrunzelnd an und fragte ungehalten: »Wollt Ihr nicht erst einmal Eure nassen Sachen ablegen und Euch am Kamin ein wenig aufwärmen? Ihr seht aus, als ob Ihr das durchaus vertragen könntet.« Dabei warf sie einen spöttischen Blick auf Fauerbachs durchweichten Amtstalar, aus dem unablässig Wasser auf die Holzdielen tropfte.

Nun besann sich auch Genoveva auf ihre Gastgeberpflichten und bot dem Richter und seinen Begleitern Stühle am Kamin und heißen Würzwein an.

Die Büttel nahmen die wärmenden Becher, die ihnen die herbeigeeilte Köchin reichte, dankbar entgegen. Fauerbach jedoch lehnte die dargebotene Stärkung mit der barschen Bemerkung ab, er sei nicht zu seinem Vergnügen hier. Während er die drei Standespersonen am Tisch misstrauisch musterte, kramte er aus seiner klammen Aktentasche das Verhörprotokoll von Traudel Reubold hervor, das er in amtlichem Tonfall zu verlesen begann.

Abschließend bemerkte er mit einem triumphierenden Leuchten in seinen grauen Augen: »Die Reuboldin hat mir gegenüber auch bekundet, dass sie jederzeit bereit sei, ihre Angaben vor Gericht zu beeiden.«

Die Herrschaften sahen einander mit betretenen Mienen an. »Soll sie doch, dieses intrigante Flittchen!«, schnaubte Gertrud, die sich von den dreien als Erste gefasst hatte. »Ich bin nämlich jederzeit bereit, eidesstattlich zu versichern, dass ihre böswilligen Unterstellungen erstunken und erlogen sind. Und dass sie einzig und allein dem Zwecke dienen, sich heimtückisch an denjenigen zu rächen, die es gewagt haben, eine unzuverlässige Dienstmagd vor die Tür zu setzen.« Sie sah ihre Mutter und ihren Onkel eindringlich an. »Das gilt selbstverständlich auch für meine Angehörigen!«, erklärte sie auftrumpfend und bedachte den Richter mit einem Blick, der keinen Zweifel daran ließ, dass sie willens und in der Lage war, ihm die Stirn zu bieten.

Das stachelte Fauerbach jedoch nur noch an. Dich krieg ich schon noch, dachte er erbost und richtete sein Augenmerk jetzt auf Genoveva Uffsteiner, über deren verhärmte Züge ein leichtes Beben lief. Instinktiv spürte er, dass sie das schwächste Glied in der Kette war, und erkannte mit grimmiger Gewissheit, dass er den richtigen Ton traf, als er sie gleich darauf anfuhr: »Hat es die Jungfer also bloß geträumt, als sie von ihrem Dachfenster aus gesehen hat, wie Ihr in der Mordnacht mit einer Laterne in der Hand aus dem Haus gelaufen seid?«

Die zierliche Frau, die in dem bauschigen Trauergewand aus schwarzem Atlas so verloren anmutete wie ein aus dem Nest gefallenes Amselküken, fuhr zusammen, als hätte sie die herrische Stimme ihres Mannes gehört, der sie wegen irgendwelcher Versäumnisse zur Rede stellte.

»Ich … ich habe mir halt Sorgen gemacht …«, murmelte sie verängstigt.

»Und darum seid Ihr den anderen hinterhergeeilt, um nach dem Rechten zu sehen?«, fragte Fauerbach lauernd. Er ließ die Witwe, die daraufhin nur ein stummes Nicken andeutete, nicht aus den Augen.

Gertrud Uffsteiners grobgeschnittenes Gesicht hatte sich vor Aufregung gerötet. Deutlich war ihr anzumerken, wie wütend sie das Eingeständnis der Mutter gemacht hatte. Auch ihr Oheim, Anton Neuhof, stieß geräuschvoll den Atem aus. Im Gegensatz zu seiner Nichte war er jedoch aschfahl geworden.

Nun mischte er sich entrüstet ein: »Mein werter Herr Richter, ich muss mich mit allem Nachdruck dagegen verwehren, dass Ihr meiner armen Schwester derart zusetzt! Habt Ihr denn gar kein Mitgefühl für das Leid anderer Menschen?«

»Ich tue nur meine Pflicht«, erwiderte Fauerbach trocken.

»Das wage ich indessen zu bezweifeln!«, platzte es aus Gertrud heraus. »Es kann doch nicht angehen, dass Ihr die Angehörigen des Mordopfers mit den haltlosen Äußerungen einer dahergelaufenen Gesindemagd belästigt, anstatt Euch endlich darum zu kümmern, dass das gemeine Hurenmensch, das meinen Vater auf dem Gewissen hat, endlich am Galgen baumelt!«

»Die betreffende Person ist nach wie vor in Gewahrsam. Sie wird, das kann ich Euch versichern, ihrer gerechten Strafe nicht entgehen – so sie die Tat überhaupt begangen hat.« Fauerbach musterte die Patriziertochter mit unverhohlener Abscheu und fügte schneidend hinzu: »Inzwischen haben sich neue Verdachtsmomente gegen andere Personen ergeben – und deswegen bin ich jetzt auch hier.«

Gertrud Uffsteiner, die ihrem verstorbenen Vater nicht nur äußerlich glich, sondern auch seinen Hang zum Jähzorn geerbt hatte, verlor augenblicklich die Contenance. Gellend schrie sie: »Raus mit dir, du Rechtsverdreher!«, sprang von ihrem Stuhl auf, eilte zur Tür und riss sie weit auf. »Ich werde noch heute dafür Sorge tragen, dass du in Zukunft in den städtischen Schreibstuben die Federn spitzen darfst, du Schnösel!«, setzte sie nach.

Der Richter musste so heftig schlucken, dass sich der gewölbte Adamsapfel an seinem hageren Hals hektisch auf und ab bewegte.

»Das war eine eindeutige Amtsbeleidigung«, stieß er mit belegter Stimme hervor. »Und die steht unter Strafe!« Er wandte sich an die neben ihm sitzenden Schergen. »Ihr werdet das vor Gericht bezeugen!«

Die vierschrötigen Stangenknechte glotzten ihn mit weitaufgerissenen Augen an und nickten dienstbeflissen. Sie waren zwar ihrem gestrengen Vorgesetzten nicht besonders zugetan, aber was sich dieses Frauenzimmer da eben erlaubt hatte, ging wirklich zu weit. Als der Richter ihnen gleich darauf befahl, die Ungebärdige in Ketten zu legen und sie zur Polizeiwache ins Leinwandhaus zu bringen, schritten sie eifrig zur Tat.

Gertrud setzte sich mit Händen und Füßen zur Wehr, und obgleich die Büttel allesamt kräftige Burschen waren, bedurfte es dennoch einiger Mühe, bis sie die ihnen an Größe und Statur ebenbürtige junge Frau überwältigt und in Fesseln gelegt hatten. Genoveva Uffsteiner und Senator Neuhof hingegen leisteten keinerlei Widerstand.

✻

Es hatte gerade zur neunten Stunde geschlagen und war bereits finstere Nacht, als Untersuchungsrichter Fauerbach den Verhörraum der Polizeiwache im Leinwandhaus betrat. Er war kurz zu Hause gewesen, um trockene Sachen anzuziehen und sich nach dem langen, beschwerlichen Ritt durch den Taunus ein wenig zu stärken. Einige Überwindung hatte es ihn schon gekostet, zu solch später Stunde noch einmal aufzubrechen, denn eigentlich war er hundemüde und sehnte sich nach seinem Bett. Doch sein verbissenes Pflichtbewusstsein obsiegte auch dieses Mal. Zweifelsohne war es klüger, die Verhöre fortzusetzen, solange die Nerven der Verdächtigen noch blanklagen. Außerdem hatte er jetzt noch freie Hand und musste sein Vorgehen vor niemandem rechtfertigen – was morgen schon ganz anders sein würde. Ihm war nur allzu bewusst, dass der Bürgermeister und die Herren Senatoren entsetzt sein würden, wenn ruchbar wurde, wie harsch er mit Standespersonen verfahren war. Nur wenn er entsprechende Ergebnisse vorzuweisen hatte, konnte er ihnen den Wind aus den Segeln nehmen. Und eben diese würde er ihnen liefern, und wenn er die ganze Nacht dranhängen musste!

Vorausschauend hatte er dafür gesorgt, dass die Damen Uffsteiner und Senator Neuhof getrennt voneinander untergebracht waren, damit sie sich nicht absprechen konnten. Und über eines war er sich schon jetzt gewiss: Die unverschämte Walküre würde er am längsten schmoren lassen!

Als Erste wollte er sich Genoveva Uffsteiner vorknöpfen, denn die verängstigte kleine Frau kippte ja schon um, wenn man nur die Stimme erhob. Nicht, dass ihm das Spaß bereitet hätte, denn im Grunde genommen tat sie ihm sogar leid, doch der Zweck heiligte die Mittel. Er war sicher, dass er von ihr am meisten erfahren konnte.

Nachdem er auf seinem Schreibtisch alles bereitgelegt und einen der diensthabenden Stangenknechte instruiert hatte, in der stickigen Amtsstube für ausreichend Licht zu sorgen, erteilte er den Befehl, Genoveva aus der Zelle zu holen.

Auf Fauerbachs Anweisung hatten die Wärter darauf verzichtet, die verängstigte Frau in Fesseln zu legen, und als sie flankiert von den Stangenknechten in der Amtsstube erschien, besann sich der Richter auf seine guten Manieren und rückte ihr einen Stuhl zurecht. Genoveva zitterte wie Espenlaub und sah derart mitgenommen aus, dass Fauerbach einem seiner Leute befahl, in einer der benachbarten Schenken eine heiße Brühe für sie zu besorgen.

Er begriff, dass er bei der Befragung behutsam vorgehen und Milde walten lassen musste, sonst würde sie ihm noch zusammenbrechen – und das käme ihm wenig gelegen.

»Gnädige Frau, ich möchte Euch bitten, mir wahrheitsgemäß zu schildern, was sich in der Mordnacht genau zugetragen hat, nachdem Ihr mit der Laterne das Haus verlassen habt«, sagte er mit ernster Miene zu Frau Uffsteiner. »Und bitte lasst dabei nichts aus, denn die Wahrheit kommt sowieso ans Licht.«

Die weitaufgerissenen Augen der Witwe verrieten ihre Bedrängnis. Ihr Atem ging stoßweise, und sie brachte keinen Ton heraus.

»Nur Mut, meine Dame, ich bin doch kein Unmensch«, suchte der Untersuchungsrichter sie zu ermuntern. »Es tut doch zuweilen auch ganz gut, sich gewisse Dinge von der Seele zu reden ...«

Genoveva traten unversehens die Tränen in die Augen. In den Jahren ihrer Ehe mit Claus Uffsteiner war ihr der Glaube abhandengekommen, dass es noch irgendein Mensch gut mit ihr meinen könnte. Daher hatte sie es tunlichst vermieden, andere mit ihrem Kummer zu behelligen – nur bei ihrem Hund hatte sie sich gelegentlich ausgeweint.

Fauerbachs Worte, dass die Wahrheit ohnehin ans Licht käme, hallten in ihr wider, und Sorge um das geliebte Tier erfasste sie. Was würde dann bloß aus Asta werden?

»Wo ist der Hund?«, stieß sie hervor.

Fauerbach musste unwillkürlich grinsen. »Für den ist gesorgt«, erklärte er beschwichtigend. »Er ist zu Hause bei Euren Dienstboten und wartet auf Euch.« Er schwieg einen Moment und musterte sie schlau. »Wenn Ihr Euch nicht so verstockt zeigt und mir sagt, was in der Nacht passiert ist, könnt Ihr ihm schon bald wieder Gesellschaft leisten.«

Genoveva entrang sich ein Seufzer. Gertrud würde ihr die Hölle heißmachen! Sie hatte sich vor lauter Aufregung ohnehin schon verplappert. Wie hätte sie denn auch wissen können, dass die Magd sie gesehen hatte? Nun musste sie wohl oder übel Farbe bekennen. Und dabei durfte sie bloß keinen Fehler machen!

»Ich … ich bin die Neue Kräme herunter bis zum Römerplatz gelaufen«, begann Genoveva vorsichtig. »Aber es war nichts von meinem Mann zu sehen. Auch meine Tochter und meinen Bruder konnte ich nirgendwo entdecken. Dann habe ich überlegt, ob ich in die Braubachgasse oder in die Limpurgergasse einbiegen soll, und plötzlich habe ich Stimmen gehört, aus der Braubachgasse. Dort habe ich den Fackelschein gesehen und festgestellt, dass es Gertrud und Anton waren. Sie hatten mich auch bemerkt und kamen mir entgegen.« Die Frau mit den verhärmten Gesichtszügen und dem angegrauten Haar stockte und strich mit fahriger Geste über die Seide ihres Trauergewands, als wollte sie etwas abwischen.

Du musst jetzt stark sein, allein schon wegen Asta. Denk daran, was Gertrud gesagt hat …

»Meine Tochter und mein Bruder berichteten mir, dass sie meinen Mann nicht gefunden hätten. Sie hatten das ganze Karree nach ihm abgesucht, aber ihn nirgendwo entdecken können. Wir sind dann wieder nach Hause gegangen. Es war ja recht kalt und regnerisch in dieser Nacht, und wir waren froh, wieder ins Warme zu kommen«, schloss die Witwe und wirkte mit einem Mal erstaunlich beherrscht.

Viel zu beherrscht, dachte Fauerbach mit wachsendem Argwohn und beschloss, ein wenig an der Fassade zu rütteln.

»In der benachbarten Limpurgergasse, also ganz in

Eurer Nähe, lag Euer Ehemann in seinem Blute und hat zu diesem Zeitpunkt vielleicht noch gelebt. Wenn Eure Angehörigen so gründlich nach ihm gesucht haben, hätten sie ihn doch finden müssen! Wahrscheinlich hat er sogar noch gewimmert und gestöhnt, wie es Sterbende zu tun pflegen, oder verzweifelt um Hilfe gerufen! Und von alledem wollt Ihr nichts bemerkt haben?«, fragte der Richter misstrauisch.

Genoveva Uffsteiner stöhnte gequält auf und barg ihr Gesicht in den Händen. »Nein, nein«, stammelte sie aufgelöst. »Ich habe nichts gehört und nichts gesehen!«

Ihre Beteuerung klang Fauerbach viel zu beschwörend, um glaubhaft zu sein. Er musste wohl doch härtere Bandagen anlegen, um sie zum Reden zu bringen.

»Eure Dienstboten haben mir gegenüber bekundet, dass es zwischen Eurer Tochter Gertrud und Eurem Gatten häufig Streit gab. Allem Anschein nach muss Gertrud ihren Vater sehr gehasst haben. Sie soll sogar mehrfach gegen ihn tätlich geworden sein«, dröhnte Fauerbachs Stimme durch das Verhörzimmer. »Kann es nicht sein, dass sich ihr Hass in jener Nacht Bahn gebrochen und sie ihren Vater auf bestialische Weise ermordet hat?«

»Nein, so war es bestimmt nicht!«, begehrte Genoveva auf. »So etwas Schreckliches würde Gertrud niemals tun. Sie ist mitunter etwas hitzköpfig und hat ein freches Mundwerk, aber sie hat ein gutes Herz und wäre gar nicht in der Lage, eine so grausame Tat zu begehen. – Das ist doch das Werk einer Furie«, murmelte sie kopfschüttelnd.

»Und wie eine solche hat sie sich heute Nachmittag auch gebärdet, als ich sie zur Rede stellen wollte«, konterte der Richter.

»Es tut mir leid, Herr Untersuchungsrichter, dass meine Tochter Euch solche Sachen an den Kopf geworfen hat, und ich möchte mich dafür in aller Form entschuldigen. Sie schlägt manchmal etwas über die Stränge und ist gewiss nicht besonders zartfühlend. Aber sie hatte auch alles andere als eine schöne Kindheit, und deswegen bitte ich Euch, übt Nachsicht mit ihr.« Frau Uffsteiners gerötete Lider flatterten, und Tränen quollen aus den Augenwinkeln.

Fauerbach kam plötzlich ein Gedanke. »Hat er sie etwa auch misshandelt?«, fragte er.

»Nein, das nicht«, erwiderte Genoveva und senkte den Blick. »Er hat niemals die Hand gegen sie erhoben.«

»Und warum hatte sie dann keine schöne Kindheit?«, bohrte Fauerbach weiter. Er spürte genau, dass da irgendetwas im Argen lag.

Zögernd gab die Witwe zur Antwort: »Es … es hat sie immer sehr belastet, dass mein Mann mich geschlagen hat.« Frau Uffsteiner schwieg einen Moment betreten, dann wischte sie sich die Tränen ab und blickte den Richter mit einem Mal offen an. »Gertrud ist ein gutes Kind, und ich lege meine Hand für sie ins Feuer«, erklärte sie mit einer Bestimmtheit, die Fauerbach der verhuschten Person gar nicht zugetraut hätte.

Die liebt nicht nur ihren Köter, dachte der Jurist. Er musste erkennen, dass ihm allmählich die Felle davonschwammen. Genoveva Uffsteiner würde sich nicht dazu bewegen lassen, ihre Tochter auf irgendeine Weise zu belasten. Nein, er musste anders vorgehen …

»Ist das Euer letztes Wort?«, fragte er die Witwe missmutig.

»Ja«, erwiderte Genoveva. »Ich habe meinen Aussagen nichts mehr hinzuzufügen.«

»Dann wird es wohl noch ein bisschen dauern, bis Ihr Euren Hund wiederseht«, fuhr Fauerbach sie an. »Falls Ihr ihn überhaupt wiederseht …«

Genoveva war alarmiert aufgesprungen. »Wie meint Ihr das?«

Über Fauerbachs asketische Züge glitt ein verschlagenes Lächeln. »Nun, wenn Ihr durch Eure Falschaussagen eine Mörderin deckt, landet Ihr ebenso am Galgen. Mitgegangen, mitgehangen, so heißt es doch im Volksmund. Und Euer Hund, der kommt dann zum Abdecker.«

»Nein, bitte nicht!«, schrie Genoveva auf und rang flehend die Hände.

»Überlegt es Euch noch mal. Ihr habt die ganze Nacht Zeit dafür.« Der Richter schritt zur Tür und rief lauthals über den Flur: »Abführen!«

Genoveva schien schwer mit sich zu ringen. »Ich decke keine Mörderin«, stammelte sie endlich aufgelöst. »Gertrud hat ihren Vater nicht ermordet. Es … es war alles ganz anders!« Im nächsten Moment presste sie sich erschrocken die Hand vor den Mund.

Der Untersuchungsrichter gab den eintretenden Bütteln ein Zeichen, sich wieder zu entfernen, und ließ Frau Uffsteiner nicht aus den Augen.

»Ich höre …«, sagte er mit belegter Stimme.

Frau Uffsteiner fasste sich ans Herz und stieß keuchend hervor: »Mein Mann hat noch gelebt, als wir ihn gefunden haben.«

»Das ist ja ungeheuerlich!«, entfuhr es dem Richter. Als er indessen bemerkte, dass die Atemzüge der Witwe immer hektischer wurden und jegliche Farbe aus ihrem Gesicht gewichen war, sprang er auf und schenkte ihr einen Becher Wasser ein. »Bitte beruhigt Euch doch!«, sagte er und reichte ihn ihr. »Trinkt einen Schluck und atmet tief durch, dann geht es Euch gleich besser.«

Da Genoveva, die kurz vor einem Ohnmachtsanfall stand, außerstande war, den Becher zum Munde zu führen, flößte Fauerbach ihr behutsam das Wasser ein und suchte die Frau zu besänftigen. »Ihr habt die Wahrheit gesagt, und das ist gut so«, betonte er mit leiser Stimme. »Und ich verspreche Euch kraft meines Amtes, dass Euch das nicht zum Nachteil gereichen wird.«

Genovevas Atem beruhigte sich allmählich wieder, sie wirkte sogar ein wenig erleichtert. »Ich bin froh, dass es endlich raus ist«, seufzte sie. Dann berichtete sie dem Untersuchungsrichter, dass sie bereits kurze Zeit, nachdem sie das Haus verlassen hatte, in der benachbarten Limpurgergasse auf ihre Angehörigen gestoßen sei. »Schon von weitem habe ich ihre aufgeregten Stimmen gehört und bin sofort hingelaufen. Ich habe geahnt, dass etwas Schlimmes passiert sein musste. Als meine Tochter und mein Bruder mich gesehen haben, sind sie mir entgegengeeilt und wollten mich daran hindern, weiterzugehen.« Frau Uffsteiner schluchzte. »Es war so ein schrecklicher Anblick!«, gestand sie mit tränenerstickter Stimme. »Wie er da am Boden lag … Er war blutüberströmt und so schrecklich entstellt, mit diesem entsetzlichen … Ding, das ihm aus dem Mund ragte … Ich werde diesen Anblick niemals vergessen!«, wimmerte sie und raufte sich die Haare.

Der Richter, der ihr aufmerksam zugehört hatte, ließ sie

gewähren. Er wusste, dass er Genoveva Uffsteiner keine Fragen mehr stellen musste. Jetzt, nachdem der Knoten geplatzt war, würde sie ihm alles erzählen.

Genoveva fuhr fort: »›Er lebt noch‹, sagte meine Tochter, ›wir müssen sofort Hilfe holen.‹ Mein Bruder wollte schon unseren Hausarzt Doktor Armbrüster rufen, der auf der Zeil wohnt …« Genoveva stöhnte und stieß dann hervor: »Doch ich habe ihn zurückgehalten. Lasst ihn sterben, habe ich zu ihnen gesagt. Er hat uns all die Jahre das Leben zur Hölle gemacht. Es ist gut, wenn wir ihn endlich los sind …« Sie gab ein verzweifeltes Schluchzen von sich. »Und dann haben wir ihn einfach dort liegen lassen und sind wieder nach Hause gegangen. Ich … ich … das werde ich mir nie verzeihen! Er war doch mein Ehemann, und ich habe ihn geliebt, trotz allem …«

Als der Richter den Senator Anton Neuhof mit den Aussagen seiner Schwester konfrontierte, verschlug es dem Patrizier zunächst die Sprache.

Eine ganze Weile lang dachte er angestrengt nach, dann erklärte er schließlich, dass dies nicht der Wahrheit entspreche.

»Meine Nichte Gertrud war es, die gesagt hat, dass wir ihn liegen lassen sollen, nicht meine Schwester«, erklärte er mit bebender Stimme. »Genoveva war überhaupt nicht in der Lage, einen klaren Gedanken zu fassen. Sie war vollkommen außer sich, und wir hatten alle Mühe, dass sie nicht durchdrehte vor Schmerz – zumal auch mir der entsetzliche Anblick meines Schwagers sehr zusetzte. Gertrud war von uns allen am meisten gefasst, und sie war es auch, die die Entscheidung traf, den

Sterbenden sich selbst zu überlassen. Meine Schwester hat aufbegehrt, und auch ich stellte mich entschieden dagegen und wollte Hilfe holen …« Der hagere Mann, dessen teigige Gesichtsfarbe von zahllosen durchzechten Nächten am Spieltisch kündete, hielt inne und wischte sich die Schweißperlen von der Stirn. »Aber mit der ihr eigenen Vehemenz gelang es Gertrud, dass wir uns ihrer Entscheidung beugten – was ich im Nachhinein jedoch bitter bereue.«

»Eure Reue kommt ein wenig spät, mein werter Herr Neuhof«, erwiderte Fauerbach höhnisch. »Und sie vermag mich auch nicht so recht zu überzeugen. Bei den vielen Schulden, die Ihr bei Eurem Schwager hattet, konnte es Euch doch nur recht sein, wenn er das Zeitliche segnete.«

Neuhof zuckte zusammen, als habe ihn der Blitz getroffen. Der Kaufmann war Witwer, er hatte seine Ehefrau vor Jahren durch die Pest verloren, und seine Kinder hatten es vorgezogen, den Kontakt zu ihm abzubrechen.

Er stieß hervor: »Wollt Ihr damit etwa sagen, dass ich …« Entsetzt schüttelte er den Kopf.

»Ich will gar nichts sagen«, polterte der Richter und erkannte mit grimmiger Genugtuung, dass er drauf und dran war, den Mann zu knacken. »Ich möchte, dass *Ihr* es mir sagt!«

Neuhof starrte ihn fassungslos an. »Ich … ich habe meinen Schwager nicht umgebracht!«, krächzte er heiser und geriet nun in Rage. »Es ist überhaupt ein Unding, dass Ihr mich, einen angesehenen Bürger und Senator dieser Stadt, einer solchen Gräueltat bezichtigt!«, schrillte seine Stimme durch die Amtsstube. »Weiß eigentlich der Bürgermeister, was Ihr hier treibt?«

»Noch nicht, ich wollte ihn nicht eigens aufwecken. Aber gleich morgen früh werde ich ihn über alles ins Bild setzen.« Fauerbach grinste. »Er wird gewiss nicht begeistert darüber sein, dass Ihr Euch der unterlassenen Hilfeleistung schuldig gemacht habt. Wenn nicht gar noch weiterer Vergehen …«

»Ich verbitte mir solche Anschuldigungen!«, empörte sich Neuhof.

Der Untersuchungsrichter musterte ihn ungerührt. »Meines Erachtens könnte es durchaus so gewesen sein, dass Ihr Euch die Drohungen der Hure, jemand wie Uffsteiner gehöre kastriert, zunutze gemacht und Eurem Schwager nach dem Gelage im Frauenhaus aufgelauert habt. Dann habt Ihr ihn hinterrücks erstochen, um ihn anschließend in besagter Weise zu verstümmeln, um den Verdacht auf die Hübscherin zu lenken. Dann habt Ihr diesbezügliche Vermutungen noch nach besten Kräften geschürt – oder warum sonst habt Ihr während der Leichenschau brühwarm davon berichtet, dass die Ulmerin entsprechende Drohungen gegen den Ermordeten ausgestoßen habe?«

»Das ist ja ungeheuerlich, was Ihr mir da unterstellt!«, schrie Neuhof aufgebracht. »Da müsste ich ja von Sinnen sein, um so etwas zu tun! Das ist doch die Tat eines Geisteskranken!«

»Oder eines Verzweifelten, dem das Wasser bis zum Halse steht, weil ihn der Spielteufel in den Ruin getrieben hat!«, ergänzte der Richter.

Der Senator war kreidebleich geworden. »Nein, ganz bestimmt nicht«, murmelte er und war den Tränen nah. »Ich habe Schulden, ja, bei meinem Schwager und anderswo und … ich kann auch nicht gut mit Geld umgehen«, gestand er zerknirscht. »Ich weiß, dass ich eine schwere Schuld auf mich geladen habe, als ich meinen Schwager so feige im Stich ließ, aber glaubt mir bitte: Ich habe ihm kein Haar gekrümmt!« Der Senator hob beschwörend die Hände.

»Nun gut, dann sagt mir doch bitte genau, wie alles vonstattenging«, lenkte Fauerbach ein und blickte sein Gegenüber abwartend an. »Wart Ihr es, der den Verletzten zuerst entdeckt hat? Denn schließlich seid Ihr ja auch der Erste gewesen, der ihn suchen gegangen ist.«

»Das schon, aber ich habe ihn nicht zuerst gefunden. Ich bin oberhalb des Römerbergs in die Braubachgasse eingebogen und dann erst in die Limpurgergasse«, erklärte Neuhof beklommen und seufzte vernehmlich. »Gertrud hat ihn als Erste entdeckt. Als ich aus der Braubachgasse kam, sah ich schon den Fackelschein und vernahm so ein seltsames Geräusch, das sich anhörte wie ein … wie ein unterdrücktes Wimmern. Ich bin dann gleich losgerannt und habe gesehen, wie Gertrud am Boden kauerte. Im ersten Moment dachte ich, sie wäre gestürzt und hätte sich weh getan. Doch dann richtete sie sich langsam auf, und ich erkannte zu meinem Entsetzen, dass … dass dort jemand blutüberströmt auf der Erde lag, und dass es Claus war, der das Wimmern von sich gab.« Anton Neuhof barg jäh sein Gesicht in den Händen und fing an zu schluchzen.

»Und die Tochter, wie hat sie sich verhalten?«, erkundigte sich der Richter in schneidendem Tonfall.

Als Neuhof nicht gleich antwortete, fuhr ihn Fauerbach rüde an, er solle gefälligst aufhören zu flennen und die Frage beantworten. »Hat sie vielleicht geschrien oder geweint? Sie muss doch außer sich gewesen sein, denn immerhin war es ihr Vater, der dort in seinem Blute lag.« Er hob die Hand und schlug wütend auf die Tischplatte.

Neuhof schreckte zusammen und murmelte mit tonloser Stimme: »Nein, Gertrud hat nicht geweint. Sie war wie erstarrt. Und als sie da so vor mir stand, mit ihren blutverschmierten Händen und diesem seltsam leeren Blick, wurde mir mit einem Mal ganz bange zumute, weil ich dachte, sie hätte den Verstand verloren. Doch das war nicht so. Im Vergleich zu meiner Schwester und mir war sie der reinste Eisberg, vollkommen beherrscht und ganz ruhig.« Er schwieg einen Moment und massierte sich die Schläfen. »Alles andere wisst Ihr ja schon. Man kann dem Mädel auch keinen Strick daraus drehen, denn wir anderen sind ja genauso schuldig. Wir alle haben es stillschweigend in Kauf genommen, wir haben Claus sterben lassen«, murmelte er schuldbewusst. »Außerdem kann man es dem Kind auch nicht verdenken, dass es so … so kaltblütig war, nach allem, was der Vater ihm angetan hat …«

»Ich denke, er hat sie nicht misshandelt?«, warf der Richter ein.

Anton Neuhof senkte den Blick. »Es gibt Dinge, die sind schlimmer als Misshandlungen …«, presste er hervor.

Gertrud Uffsteiner, die in Fesseln vor dem Richter saß, lachte trocken auf, als er ihr das Vernehmungsprotokoll ihrer Mutter vortrug.

»Die Gute – was hat sie sich denn da wieder einfallen

lassen?« Sie warf Fauerbach einen abschätzigen Blick zu. »Wahrscheinlich habt Ihr die Arme derart unter Druck gesetzt, dass sie nicht mehr ein noch aus wusste und alles sagte, was Ihr ihr in den Mund gelegt habt. Aber so war es mitnichten!«, erklärte sie entschieden.

»Das weiß ich inzwischen auch«, entgegnete Fauerbach kühl. »Euer Oheim hat mich nämlich eines Besseren belehrt.«

Daraufhin konfrontierte der Richter sie mit den Aussagen Anton Neuhofs und sah sie eindringlich an.

Gertrud blieb jedoch gänzlich unbeeindruckt. Sie bemerkte nur lapidar: »Dann hat er Euch aber nicht alles verraten.«

Auf Fauerbachs Nachfrage hin verzog sie den Mund zu einem sarkastischen Lächeln und sagte: »Ich habe noch auf ihn gespuckt, als wir gegangen sind!«

Dem Untersuchungsrichter verschlug es kurzzeitig die Sprache. Auch die beiden Stangenknechte, die Fauerbach mit der Bewachung der widerspenstigen jungen Frau beauftragt hatte, zeigten sich schockiert.

»So etwas Niederträchtiges wie Ihr, das ist mir noch nie untergekommen!«, stieß der Richter hervor und warf die Hände in die Höhe.

»Wie auch?«, konterte Gertrud hämisch. »Wo Ihr doch gerade erst aus dem Hörsaal gekommen seid.«

»Also das geht zu weit!«, schnaubte der Jurist aufgebracht.

Mit herrischer Geste schnitt ihm Gertrud das Wort ab. »Lasst es gut sein«, beschied sie ihn. »Und lasst uns dieses dämliche Verhör verkürzen, indem wir gleich zur Sache kommen. Ich habe meinen Vater nicht umgebracht – auch wenn Ihr mir das gerne anhängen wollt«, erklärte sie, ohne Fauerbach zu Wort kommen zu lassen. »Aber dass wir ihm nicht geholfen haben und ihn einfach so krepieren ließen, nehme ich voll und ganz auf meine Kappe!« Ihre Augen blitzten derart hasserfüllt, dass dem Richter die Luft wegblieb. »Das bereue ich überhaupt nicht, selbst wenn ich dafür in der Hölle schmoren muss! – Das kann auch nicht viel schlimmer sein als das, was uns dieser Drecksack all die Jahre angetan hat.« Sie hob den Kopf, suchte Fauerbachs Blick und erklärte mit einer Tücke, die jedem Inquisitor zur Ehre gereicht hätte: »Und glaubt ja nicht, dass Ihr mich und meine Leute dafür bestrafen könnt! Den Vorsitz in Strafgerichtssachen führt immer noch der Bürgermeister, und die Entscheidung trifft der Rat der Stadt Frankfurt – und die werden mildernde Umstände für uns geltend machen. Darauf könnt Ihr Euch verlassen!«

Das war zu viel für Fauerbachs Juristengemüt. Seine Züge bebten, und Tränen der Wut stiegen ihm in die Augen, als er sich vorbeugte und Gertrud ins Gesicht zischte: »Ihr habt Euren Vater auf dem Gewissen, da bin ich mir sicher! Gleich morgen werde ich Euch auf die Folterbank spannen lassen und das Geständnis aus Euch herauspressen!«

»Dafür wird Euch der Rat nie und nimmer die Erlaubnis erteilen!«, erklärte Gertrud mit gehässigem Grinsen.

»Schafft mir sofort dieses Weib aus den Augen!«, brüllte der Richter den Bütteln zu und musste in diesem Moment schwer an sich halten, gegen die Gefangene nicht tätlich zu werden.

10

Sonntag, 1. April 1512 – Palmsonntag

An diesem frühlingshaften Sonntagmorgen hatte die Hurenkönigin ausgiebig gebadet und sich das Haar mit Henna gefärbt, um die grauen Strähnen zu verdecken.

Obgleich ihr der Tod von Franz noch sehr nachging, kehrte sie doch wundersam gestärkt in ihr Zimmer zurück und öffnete das Fenster, um frische Luft hereinzulassen. Die Freude über ein Wiedersehen mit Bernhard überstrahlte ihre Trauer. Während sie sich sorgfältig das Gesicht schminkte, musste sie ständig an ihn denken. Wie so häufig in letzter Zeit kam ihr die erste Begegnung mit ihm in den Sinn, jener regnerische Novemberabend vor nunmehr vierzehn Jahren, der ihr Leben so grundlegend verändert hatte. Schon immer hatte Ursel eine Vorliebe für gebildete Männer. Obwohl sie selbst weder lesen noch schreiben konnte, hatten stets zahlreiche Gelehrte zu ihren Stammfreiern gehört, mit denen sie oftmals interessante Gespräche geführt hatte.

Als sie damals dem schlanken, gutaussehenden Mann im schwarzen Gelehrtentalar, der mit einer Gruppe von Kollegen ins Frauenhaus gekommen war, im Schankraum gegenüberstand und in seine klugen grauen Augen blickte, war ihr, als wäre ihr ein Blitz in die Magengrube gefahren. Sie fühlte sich derart stark von ihm angezogen, dass sie kein Wort herausbrachte. Sich auf ihre Professionalität besinnend, lächelte sie ihn verführerisch an – ein Lächeln, welches – und das spürte sie mit jeder Faser – alles andere als aufgesetzt war. Sie wollte ihn haben, diesen Mann, koste es, was es wolle!

Bernhard schien es ähnlich zu ergehen, er konnte seinen Blick kaum von ihr wenden. Und so hatten ihre Augen schon längst eine Übereinkunft getroffen, ehe sie einander atemlos zuraunten: »Willst du mit auf mein Zimmer kommen?« – »Es gibt nichts, was ich lieber täte!«

Was dann geschah, war reine Magie. Kaum war die Tür von Ursels Zimmer hinter ihnen ins Schloss gefallen, fielen sie einander in die Arme, und ihre Körper kannten nur noch den einen, glühenden Wunsch: miteinander zu verschmelzen. Nach diesem übersinnlichen Liebeserlebnis waren sie beide so glücklich gewesen, dass sie weinten.

»Ich werde dereinst als glücklicher Mensch sterben«, hatte Ursel zu Bernhard gesagt und inständig gehofft, er möge sie niemals wieder verlassen.

Tatsächlich war ihnen der Zauber in all den Jahren ihrer Liebe erhalten geblieben. Für Ursel glich es immer noch einem Wunder, dass ihr so etwas beschieden war. Bis vor kurzem zumindest, dachte Ursel wehmütig und gelobte sich einmal mehr, dass sie für ihre Liebe kämpfen würde.

Just in diesem Augenblick klopfte es an der Tür, Ursel schreckte zusammen. Ist er das schon?, fragte sie sich und rief mit belegter Stimme: »Herein«, während sie noch hastig versuchte, sich die klammen Haare zu richten.

Als jedoch lediglich Irene in die Stube trat, hätte sie nicht übel Lust gehabt, der jungen Ulmerin ihren ganzen Unmut entgegenzuschleudern.

»Was gibt es denn?«, erkundigte sie sich gereizt.

»Ich wollte mich nur von Euch verabschieden und mich noch einmal für die Gastfreundschaft bedanken, die Ihr Mutter und mir gewährt habt«, sagte Irene höflich und deutete einen Knicks an.

Ursel war perplex. »Möchtest du nicht noch warten, bis wir die Abrechnung gemacht haben? Nach dem Mittagessen setzen wir uns alle zusammen und berechnen euren Lohn. Du hast ja noch deine ganzen Schlafgelder zu kriegen. Und die werden in Anbetracht der vielen Freier, die du hattest, bestimmt nicht niedrig sein …« Irritiert musterte sie Irene, die bereits fertig angekleidet war – wie immer eine Augenweide. »Außerdem – wo willst du denn eigentlich hin? Wo doch das Verfahren gegen deine Mutter noch nicht abgeschlossen ist.«

»Ich habe ja auch nicht vor, Frankfurt zu verlassen«, erwiderte Irene kühl. »Ich werde mir hier in der Stadt eine Unterkunft suchen. Und morgen habe ich vor, den Bürgermeister um eine Besuchserlaubnis für Mutter zu bitten. Während der Messe hatte ich ja keine Zeit dafür. Meine Schlafgelder könnt Ihr für mich verwahren, ich hole sie dann später, wenn ich ein Zimmer gefunden habe, bei Euch ab.«

Die Hurenkönigin überlegte. »Dabei werde ich dich unterstützen«, sagte sie schließlich. »Ich muss sowieso mit dem Bürgermeister reden, und wenn es dir recht ist, würde ich dich gerne ins Gefängnis begleiten.« Sie hielt inne und sah Irene nachdenklich an. Einerseits kam es ihr weiß Gott nicht ungelegen, wenn Irene das Frauenhaus so bald wie möglich verließ, andererseits mochte sie die junge Frau in ihrer schwierigen Situation auch nicht einfach auf die Straße setzen. Sie fand das herzlos gegenüber Alma, der sie sich nach wie vor verbunden fühlte.

»Meinethalben kannst du auch noch ein paar Tage hierbleiben, bis wir wissen, wie es mit deiner Mutter weitergeht. Nachdem ihre Unschuld feststeht, sollte sie endlich wieder auf freien Fuß gesetzt werden. Dafür werde ich mich auch mit allem Nachdruck verwenden«, erklärte Ursel entschieden.

Irene lächelte betreten. »Ich danke Euch für Euer großherziges Angebot, Gildemeisterin – und auch dafür, dass Ihr Euch weiterhin für Mutter einsetzen wollt. Doch ich kann mich des Gefühls nicht erwehren, dass ich hier bei Euch wenig erwünscht bin.« Sie blickte die Zimmerin offen an.

»Da liegst du nicht ganz verkehrt, Mädel«, gestand Ursel unumwunden. »Doch für ein paar Tage werden wir es schon noch miteinander aushalten, meinst du nicht auch?« Sie lächelte entgegenkommend. »Wir haben in der Karwoche sowieso geschlossen, und dein Zimmer wird nicht vermietet.«

Irene gab sich einen Ruck und streckte Ursel versöhnlich die Hand hin. »Vielen Dank, Gildemeisterin«, sagte sie und sah die Hurenkönigin mit offenkundiger Bewunderung an. »Ihr seid eine bemerkenswerte Frau. Ihr glaubt gar nicht, wie sehr ich es bedauere, dass so etwas Unangenehmes zwischen uns getreten ist.«

»Das kriegen wir schon noch in den Griff«, erwiderte Ursel gutmütig und ergriff Irenes dargebotene Hand.

*

Gertrud Uffsteiner sollte recht behalten mit ihrer Vorhersage, der Bürgermeister werde niemals seine Zustimmung zu einem peinlichen Verhör geben.

Reichmann zeigte sich zwar einigermaßen betroffen über die Unterlassungsschuld, welche die Angehörigen von Claus Uffsteiner auf sich geladen hatten, als der Richter jedoch erläuterte, dass er Gertrud zudem noch des Mordes an ihrem Vater verdächtige, und den Bürgermeister um Erlaubnis bat, sie peinlich zu befragen, lehnte er empört ab. Er bedingte sich aus, bei der neuerlichen Befragung Gertruds, die seines Dafürhaltens auch durchaus auf den Montag hätte verlegt werden können, anwesend zu sein.

Obwohl Reichmann und seinen Senatskollegen längst schwante, dass sie sich mit dem übereifrigen jungen Juristen eine Laus in den Pelz gesetzt hatten, mochte der Bürgermeister den Sprössling einer angesehenen Patrizierfamilie nicht ganz vor den Kopf stoßen und gab seinem Drängen auf eilige Ermittlungen nach. Zumal Fauerbachs Vater der gleichen Stubengesellschaft angehörte wie er selbst, und den wollte er sich doch gewogen halten. – Gleichzeitig jedoch fühlte er sich auch der Familie Uffsteiner verpflichtet, und wenngleich Jungfer Gertrud alles andere als eine Zierde ihres Geschlechts war und mit ihrem aufbrausenden Wesen dem verstorbenen Vater in nichts nachstand, so kannte er sie doch schon von klein auf und pflegte einen vertraulichen Umgang mit ihr.

Daher atmete die Delinquentin, als die Schergen sie am nächsten Morgen um die zehnte Vormittagsstunde erneut in das Verhörzimmer führten, beim Anblick des Würdenträgers erleichtert auf.

»Danke, dass du gekommen bist, Onkel Nikolaus!«, sagte sie voller Inbrunst. Tränen traten ihr in die Augen, als sie mit Blick auf ihre Fesseln erklärte, sie sei leider außerstande, ihm die Hand zu reichen.

Sieh einmal an, sie kann auch höflich sein, dachte Fauerbach grimmig. Nur höchst unwillig leistete er dem Ansinnen des Bürgermeisters, man möge die Jungfer von der Fesselung befreien, Folge, indem er den Wärtern in entsprechender Schärfe den Befehl dazu erteilte.

Als Fauerbach gleich darauf das Verhör eröffnete und Gertrud erneut mit dem Verdacht konfrontierte, ihren Vater ermordet zu haben, ignorierte sie ihn geflissentlich. Stattdessen wandte sie sich an den Bürgermeister: »Du darfst nicht zulassen, Onkel Nikolaus, dass man mir so etwas Schreckliches unterstellt! Ich bin doch keine Bestie, dass ich Vater so etwas antun könnte. Du kennst mich doch gut genug, um zu wissen, dass ich dazu überhaupt nicht in der Lage wäre!« Ihr Tonfall wurde immer eindringlicher. Unversehens strömten Tränen über ihre feisten Wangen, die rot waren vor Aufregung. Dann schlug sie verzweifelt die Hände vors Gesicht, und es brach aus ihr heraus: »Ich will offen zu dir sein, Onkel. Mein Vater hat mich während meiner ganzen Kindheit missbraucht. Als Mutter es gemerkt hat, hat sie ihm die schlimmsten Vorwürfe gemacht – und ist von ihm so sehr verprügelt worden, dass sie im Spital gelandet ist.« Sie blickte den Bürgermeister, der, ebenso wie Fauerbach, entsetzt aufgestöhnt hatte, aus tränengeröteten Augen an. »Das ist immer wieder passiert – du weißt ja selbst, dass er wegen der Misshandlungen von Mutter mehrfach im Kerker saß.« Gertrud senkte den Blick. »Es hörte erst auf, als ich größer wurde und ihm gedroht habe, ihn umzubringen, wenn er mich noch einmal anfassen würde.« Ihre Augen blitzten triumphierend, als sie fortfuhr: »Das hat wohl gesessen, denn seither hat er mich in Ruhe gelassen, und irgendwie hatte er sogar Angst vor mir. Das war auch gut so. Nur mit Mutter ist er weiterhin so umgesprungen, wie es ihm gerade gepasst hat, und hat sie wegen jedem Fliegenschiss verdroschen.« Gertrud versagte die Stimme, und sie wischte sich mit dem Ärmel die Tränen ab. »Manchmal denke ich, es ist noch schlimmer geworden, weil ich mich gewehrt habe, doch was hätte ich denn machen sollen?«, seufzte sie unglücklich. »Ich hab ihm ja immer die Pest an den Hals gewünscht und oft genug die Büttel gerufen, wenn er Mutter etwas getan hat, doch das hat ihn leider nicht davon abgehalten, sie bei nächster Gelegenheit wieder zu verprügeln.«

Der Untersuchungsrichter räusperte sich betreten. »Ihr habt fürwahr Schreckliches durchgemacht«, sagte er. »Und es braucht niemanden zu verwundern, dass Ihr Euren Vater aus tiefstem Herzen gehasst habt. Daher werde ich …«, er warf einen Seitenblick auf den Bürgermeister, »… in Eurem Falle vor Gericht auch auf mildernde Umstände plädieren, dass Ihr den Mann, der Euch das angetan hat, im Furor ermordet habt …«

»Ich habe meinen Vater nicht umgebracht!«, schrie

Gertrud mit sich überschlagender Stimme und war erzürnt aufgesprungen. »Es ist zwar kein Tag vergangen, dass ich ihm nicht den Tod gewünscht hätte, und im Geiste, das gebe ich offen zu, habe ich ihn unzählige Male getötet. Aber in Wirklichkeit war ich bedauerlicherweise nicht dazu in der Lage.« Vor Erregung keuchend, ließ sie sich wieder auf den Stuhl sinken. »Und ich bereue es auch keine Minute lang, dass wir ihm nicht geholfen haben. Davon abgesehen wäre er ohnehin nicht mehr zu retten gewesen, so schwer verletzt, wie er war, und bei all dem Blut, das er schon verloren hatte. Er wäre doch sowieso bald gestorben.« Sie suchte wieder den Blick des Bürgermeisters, der tief bekümmert wirkte, und versicherte ihm noch einmal mit aller Eindringlichkeit, sie habe den Mord nicht begangen. Dann schwieg sie einen Moment und erklärte mit zynischem Lächeln: »Das hat jemand anderes für mich erledigt. Wer auch immer die Tat begangen hat, er oder sie hat uns damit einen großen Gefallen erwiesen!«

Sie erhob sich von ihrem Stuhl, streckte dem Untersuchungsrichter die Arme entgegen und knurrte despektierlich: »So, und jetzt könnt Ihr mich wieder in Ketten legen und ins Kittchen stecken lassen. Ich habe alles gesagt, was zu sagen war, und die Entscheidung, was mit mir geschehen soll, überlasse ich dem ehrenwerten Rat der Stadt Frankfurt.«

»Bei der ich allerdings auch noch ein Wörtchen mitzureden habe«, schnaubte Fauerbach erbost.

Nachdem Gertrud von den Wärtern abgeführt worden war, besprachen sich die Herren.

»Und selbst wenn sie den Mord zehnmal begangen hat,

es wird weder eine Mordanklage noch ein entsprechendes Urteil geben. Das, mein lieber Fauerbach, kann ich Euch jetzt schon versichern«, erklärte der Bürgermeister barsch. »Wir werden ihnen allen natürlich einen ordentlichen Strafprozess wegen der unterlassenen Hilfeleistung machen, das schon. Und dann werden wir gemeinsam mit dem Senat ein angemessenes Urteil fällen.« Er warf dem aufgebrachten Fauerbach einen versöhnlichen Blick zu. »Wenn es Euer Gemüt beruhigt, dann sollen die Herrschaften meinethalben auch noch solange in Haft bleiben. Ich werde jedoch alles tun, dass wir die unerfreuliche Geschichte so schnell wie möglich zu den Akten legen können.«

»Ihr wollt den Mord an Eurem Senatskollegen Claus Uffsteiner ungesühnt lassen?«, fragte Fauerbach entrüstet.

Reichmann zuckte ungeduldig die Achseln. »Wir haben weder ein Geständnis noch irgendeinen Beweis ...« Er gab Fauerbach zu verstehen, dass für ihn die Angelegenheit fürs Erste erledigt sei, und erhob sich mit den Worten: »Ich wünsche Euch noch einen schönen Sonntag!«

Der Richter starrte seinen Vorgesetzten fassungslos an. »Das kann doch nicht Euer Ernst sein, Herr Bürgermeister!«, rief er und stellte sich dem Würdenträger in den Weg. »Gertrud Uffsteiner hat Schlimmes durchgemacht, das will ich ja gar nicht in Abrede stellen. Aber dem Recht muss doch Genüge getan werden!«

»Das wird es ja auch, mein Guter, das wird es ja auch«, wiegelte Reichmann ab. »Doch in welcher Weise, darüber müssen wir erst noch im Senat beraten. Ich lasse Euch selbstverständlich Bescheid geben, wenn wir tagen ...«

»Und was geschieht jetzt mit Alma Deckinger? Bei ihr

konnte es Euch ja nicht schnell genug gehen, dass sie peinlich befragt wurde«, entfuhr es Fauerbach vorwurfsvoll. »Obwohl sie selbst bei der verschärften Folter kein Geständnis abgelegt hat, sitzt sie immer noch in Haft.«

Der Bürgermeister verzog unwirsch das Gesicht. »Ach, macht doch mit ihr, was Ihr wollt!«, schnaubte er gereizt und stürmte hinaus.

✵

Ursel und Bernhard saßen auf der Bank im kleinen Rosengärtchen, das sich zwischen Stadtmauer und Frauenhaus befand, und genossen die letzten Sonnenstrahlen des frühlingshaften Tages.

Der Gelehrte blickte die Hurenkönigin versonnen an und fragte: »Was hältst du davon, wenn wir nächste Woche auf den Lohrberg fahren und es uns im Landhäuschen über die Osterfeiertage gemütlich machen?«

Ursel strahlte. Auf Bernhards kleinem Landsitz, der inmitten malerischer Weinberge oberhalb der Ortschaft Bornheim lag, hatten sie häufig die Sommerfrische verbracht und unbeschwerte, glückliche Tage erlebt.

»Was für eine herrliche Idee!«, seufzte Ursel. »Leider muss ich vorher noch ein paar Dinge klären. Was nun nach Ostern mit dem Frauenhaus wird, wann wir einen neuen Frauenhausknecht bekommen und so weiter. Aber sobald ich das erledigt habe, können wir fahren.«

Bernhard küsste zärtlich Ursels Hand. »Ich bin froh, bei dir zu sein.«

»Ich freue mich auch«, entgegnete die Hurenkönigin und schmiegte ihren Kopf an seine Schulter.

Bernhard vergrub das Gesicht in Ursels Haar, das ihr offen über die Schultern fiel, und unversehens sanken sie einander in die Arme. Immer leidenschaftlicher wurden ihre Küsse, und schließlich stieß Bernhard hervor: »Lass uns nach oben gehen!«

Ursel zögerte noch. Sie war sich nicht sicher, ob es so kurz nach der Beerdigung von Franz schon richtig war, sich ungehemmt ihrer Lust zu ergeben. Doch der Wunsch, Bernhard nahe zu sein, war stärker. »Komm!«, flüsterte sie schließlich und zog Bernhard mit sich.

Arm in Arm schlüpften sie durchs Gartentor und überquerten den Platz mit dem Dempelbrunnen, wo sich bei diesem schönen Wetter die Huren tummelten. Beim Anblick des Paares johlten die Frauen.

Ursel musste unwillkürlich grinsen und wollte Bernhard gerade durch die Eingangstür schieben, als aus der Alten Mainzer Gasse laut ihr Name gerufen wurde. Sie wandte sich um und gewahrte voller Erstaunen Alma, die freudig auf sie zugehumpelt kam.

Als Alma ihr dann um den Hals fiel und vor Ergriffenheit weinte, empfand Ursel bei aller Wiedersehensfreude auch Unmut – der sich noch verstärkte, als sie die versteinerte Miene von Bernhard bemerkte. Ausgerechnet jetzt, ging es ihr durch den Sinn, und es bereitete ihr ein gewisses Unbehagen, als die Freundin sie voller Überschwang auf den Mund küsste und hervorstieß: »Du glaubst ja gar nicht, wie glücklich ich bin, wieder bei dir zu sein!«

Bernhard, dem die Enttäuschung ins Gesicht geschrieben stand, schien für Alma gar nicht vorhanden. Ebenso wenig schien sie es in Betracht zu ziehen, dass sie möglicherweise gerade störte. Oder legte sie es gar darauf an?

Mit leichtem Vorwurf in der Stimme erklärte die Hurenkönigin: »Bernhard und ich wollten gerade nach oben gehen …« Doch als sie in Almas verschrammtes Gesicht blickte und die bläulich verfärbten, geschwollenen Daumen sah, empfand sie Mitgefühl.

»Was haben sie nur mit dir gemacht?«, brach es aus ihr heraus.

»Das ist von den Daumenschrauben«, erklärte Alma finster. »Und das Humpeln kommt von den Spanischen Stiefeln, die mir Meister Jerg angelegt hat. Doch das wird schon wieder.«

»Komm, lass uns reingehen und uns hinsetzen«, schlug Ursel vor und warf Bernhard einen zerknirschten Blick zu. »Bitte bleib da«, raunte sie ihm zu.

Die alte Irmelin, die allein am großen Tisch saß und mit einem Kartenlegespiel beschäftigt war, blickte verwundert auf, als sie Alma sah.

»Wo kommst du denn her?«, polterte sie mit offenkundiger Feindseligkeit.

Alma ignorierte sie, ließ sich demonstrativ an einem anderen Tisch nieder und wandte ihr den Rücken zu.

Bernhard, der ihnen gefolgt war, blieb angespannt an der Tür stehen und vermied es geflissentlich, sich zu der Ulmerin zu setzen.

Verstört eilte Ursel, der sehr wohl bewusst war, dass sie Gefahr lief, zwischen die Fronten zu geraten, zunächst an den Tresen. »Ich hole uns was zu trinken«, sagte sie. Als sie dann gleich darauf mit einem Krug und drei Bechern zurückkehrte, die sie vor Alma auf den Tisch stellte, erklärte sie herzlich: »Schön, dass man dich endlich rausgelassen hat!«

Sie hörte, wie Bernhard im Hintergrund grummelte: »Ob das wirklich so schön ist?«

Ursel drehte sich zu ihm um und lächelte ihn entwaffnend an. »Komm, setz dich doch zu uns und lass uns hören, was Alma zu berichten hat«, schlug sie vor. »Das gilt auch für dich!«, appellierte sie an Irmelin, die griesgrämig ihr Spiel fortgesetzt hatte.

»Keine Lust!«, murrte die alte Hübscherin, ohne den Blick von den Karten zu wenden.

»Ich auch nicht!«, erwiderte Bernhard in scharfem Tonfall und trat ungeduldig von einem Fuß auf den anderen.

Ursel, die die ganze Zeit schon fürchtete, dass er gehen würde, trat auf ihn zu und legte ihm den Arm um die Schultern. »Bitte, hab doch ein bisschen Geduld!«, sagte sie mit gesenkter Stimme besänftigend. »Ich kann Alma doch jetzt nicht allein herumsitzen lassen, nach allem, was sie durchgemacht hat. Lass mich mit ihr reden, und dann gehen wir zu dir und machen uns noch einen schönen Abend, ja?«

»Meinetwegen«, brummte der Gelehrte verdrossen. »Ich setz mich solange zu Irmelin.«

»Komm nur her, mein Guter!«, rief diese erfreut und schob die Spielkarten beiseite. »Wenn du willst, können wir auch eine Partie Schach spielen.« Sie hatte mit Bernhard schon so manche Partie gespielt und bat ihn, das Schachbrett hinterm Schanktisch hervorzuholen.

»Mach ich«, erwiderte Bernhard und verschwand hinterm Tresen, froh darüber, sich die Wartezeit mit Schachspielen vertreiben zu können. Vorhin hätte er Alma am liebsten dafür geohrfeigt, dass sie ihn und Ursel durch ihr plötzliches Auftauchen um ihr zärtliches Beisammensein gebracht hatte, aber jetzt verrauchte sein Ärger allmählich, und er begann, sich mit den Gegebenheiten abzufinden.

Von dir lassen wir uns nicht den Abend verderben, dachte er trotzig. Und es kam schon gar nicht in Frage, dass er einfach so die Segel strich und schmollend davonlief. Den Gefallen würde er Alma nicht tun und sich erneut mit Ursel überwerfen, kaum dass sie begonnen hatten, wieder aufeinander zuzugehen.

Als er Irmelin gegenübersaß, deren Atem nach Alkohol roch, und schon seine Figuren aufstellte, vernahm er hinter sich Almas Stimme.

»Wollen wir nicht hoch auf dein Zimmer gehen?«, fragte sie Ursel. »Dort sind wir wenigstens ungestört.«

Bernhard schluckte und hielt die Luft an. *Fehlt nur noch, dass sie ja sagt!*

»Lass uns besser hierbleiben«, antwortete die Hurenkönigin stattdessen und hüstelte betreten. »Ich denke, wir sollten auch Irene Bescheid sagen. Sie freut sich doch auch, dass du wieder da bist.«

»Vor allen Dingen *auch* …«, knurrte die alte Irmelin und rückte einen Bauer ins nächste Feld.

Alma sprang empört vom Stuhl auf. »Genau das ist es, was ich meine!«, rief sie aufgebracht. »Mit dieser Feindseligkeit im Nacken kriege ich keinen Ton heraus …«

»Es hat ja keiner gesagt, dass du herkommen sollst!«, blaffte Irmelin und machte unbeirrt ihren nächsten Zug.

»Also, jetzt reicht es mir aber!«, empörte sich Ursel. »Hör endlich mit deinen Stänkereien auf, Irmelin!«

»Wer stänkert denn hier?«, raunzte Irmelin zurück. »Die stänkert doch schon, seit sie reingekommen ist. ›Lass uns hochgehen, dort sind wir wenigstens ungestört‹«, äffte sie Alma nach und trank ihren Becher aus.

Bernhard nickte, als Irmelin ihn fragte, ob sie ihm einschenken dürfe, und fügte hinzu: »Manche Leute haben eben kein Zartgefühl …«

Mit einem Schlag wurde Alma fuchsteufelswild. »Aber Ihr habt es!«, keifte sie und funkelte Bernhard wütend an. »Da wird man aus dem Kerker entlassen und will in Ruhe mit seiner Freundin reden, und dann hat dieser Kerl noch nicht mal den Anstand, sich zurückzuziehen!«

»Ich soll mich zurückziehen? Das ist ja wohl das Allerletzte!«, rief Bernhard entgeistert. »Es würde Euch nur allzu gelegen kommen, wenn ich das Feld räume, aber den Gefallen werde ich Euch nicht tun!«, erklärte er im Brustton der Überzeugung.

»Recht so!«, bekräftigte die alte Irmelin zornig. »Wenn hier einer das Weite sucht, dann ist die das!«

»Schluss jetzt!«, erklärte die Hurenkönigin entschieden, immer noch bemüht darum, die Wogen zu glätten. »Bernhard ist hier ausdrücklich erwünscht, und ich möchte mit ihm den Abend verbringen«, sagte sie zu Alma. »Das war auch so verabredet.« Sie warf Bernhard und Irmelin einen tadelnden Blick zu und fuhr mit erhobener Stimme fort: »Nichtsdestotrotz möchte ich jetzt endlich von Alma erfahren, was sich zugetragen hat – und dabei nicht ständig von irgendwelchen Zwischenrufen gestört werden, ist das klar?«

Auch wenn alle noch finstere Mienen zeigten, so herrschte doch fürs Erste Ruhe im Aufenthaltsraum.

Als Ursel ins Treppenhaus ging, um Irene zu rufen, stand diese bereits auf der Galerie und hielt ein Buch in der Hand, zwischen dessen Seiten sie den Zeigefinger geschoben hatte. »Mir war so, als hätte ich Mutters Stimme gehört …«, sagte sie erstaunt.

»Das stimmt auch, sie ist vor ein paar Minuten gekommen«, entgegnete die Hurenkönigin. »Ich wollte dir gerade Bescheid sagen.«

Irene legte rasch das Buch vor ihre Zimmertür und stürmte die Treppe herunter. Freudig sanken sich Mutter und Tochter in die Arme. Beide waren überglücklich, einander wiederzusehen.

»Meine Arme, was hat man dir nur angetan?«, fragte Irene beim Anblick von Almas Blessuren und streichelte ihr liebevoll über die Hände.

»Die verschärfte Tortur, mein Kind«, murmelte Alma bitter. »Was diese verdammten Kuttenträger unseren Schwestern schon seit Jahrhunderten zufügen. Ich habe an die Tapfersten von uns gedacht, die sich von den Folterknechten nicht brechen ließen und lieber den Tod in Kauf nahmen, als andere zu verraten oder ein falsches Geständnis abzulegen.« Ihre Stimme zitterte. »Das hat auch mir die Kraft gegeben, trotz der Höllenqualen unbeugsam zu bleiben und weiterhin meine Unschuld zu beteuern …« Sie musste unversehens schluchzen und stieß hervor: »Doch die Göttin hat schützend ihre Hand über mich gebreitet, und so lebe ich noch. Ich bin ihr unendlich dankbar dafür!«

»O ja!«, stammelte Irene ergriffen.

Auch die Hurenkönigin war bewegt. Bernhard und Irmelin schwiegen betreten.

»Wie kommt es, dass der Untersuchungsrichter dich so plötzlich entlassen hat?«, fragte Ursel nachdenklich. »Zu mir hat er nämlich am Freitag noch gesagt, dass du wohl noch eine Weile in Haft bleiben müsstest.«

»Das weiß ich selber nicht so genau«, erwiderte Alma stirnrunzelnd. »Und ich war auch viel zu überrascht, als der Wärter mich vorhin aus dem Kerker geholt und gesagt hat, ich könnte gehen, um genauer nachzufragen. Vielleicht hat Fauerbach ja endlich eingesehen, dass der Verdacht gegen mich haltlos ist.«

Die Hurenkönigin schüttelte den Kopf. »Wenn es nach Fauerbach gegangen wäre, hätte er dich schon nach dem peinlichen Verhör wieder auf freien Fuß gesetzt. So schreibt es das Recht vor, wenn der Beschuldigte unter der Folter nicht geständig wird. Das hat mir auch der Henker gesagt. Man kann diesem Richter ja alles Mögliche vorwerfen, aber nicht, dass er nicht gesetzestreu wäre. Nein, es war der Rat, der darauf bestanden hat, dass du weiterhin in Haft bleibst«, erklärte Ursel. Dann zog sie nachdenklich die Stirn in Falten. »Doch für diesen Sinneswandel muss es in der Tat einen triftigen Grund geben.« Sie schwieg einen Moment. »Aber den werde ich schon in Erfahrung bringen, wenn ich morgen zum Bürgermeister gehe und ihn wegen der Schließung des Frauenhauses zur Rede stelle …« Auf Almas erstaunten Blick hin erläuterte sie, dass der Bürgermeister damit gedroht habe, das Frauenhaus wegen des schrecklichen Vorfalls zu schließen.

»Das müsste ja jetzt vom Tisch sein. Wie schön, dass du wieder da bist!«, sagte Ursel aus vollem Herzen und umarmte Alma herzlich.

»Was habe ich dich vermisst«, erwiderte Alma gerührt. »Doch jetzt wird alles wieder gut …« Sie lächelte die Hurenkönigin an und erklärte: »Ich wollte dich nämlich fragen, ob ich hierbleiben kann … und Irene vielleicht auch? Wo sie euch doch über die Messe so einen Zulauf beschert hat …«

»Nur über meine Leiche!«, erklang sogleich die erboste Stimme der alten Irmelin aus dem Hintergrund. »Wenn dieses Weib bleibt, bin ich weg! Und das gilt auch für ihr scheinheiliges Töchterlein.«

Ursels Stellvertreterin war so erregt vom Stuhl aufgesprungen, dass sie den Weinkrug und die Becher umgerissen hatte, die scheppernd auf den Boden fielen.

Ursel wandte sich alarmiert zu ihr um und suchte sie zu beschwichtigen. »Irmelin, jetzt sei doch bitte nicht so kindisch …«, ermahnte sie die Dienstälteste kopfschüttelnd.

»Das gilt im Übrigen auch für mich«, erklärte Bernhard mit eisiger Miene und warf Alma einen vernichtenden Blick zu.

»Schweigt doch still!«, fuhr ihn daraufhin Irene an, und ihre Augen funkelten vor Zorn. »Ihr habt schon genug Unheil angerichtet mit Euren unsäglichen Gefühlsanwandlungen! Macht Euch keine Sorgen, je eher ich hier weg bin, desto besser. Ich hatte ohnehin vor, das Frauenhaus zu verlassen, allein die Gildemeisterin bat mich zu bleiben, solange Mutter noch in Haft ist. Doch das hat sich ja jetzt erledigt, und ich sehe keinen Grund, noch einen Tag länger hier zu sein!« Sie blickte ihre Mutter eindringlich an. »Lass uns nach oben gehen, unsere Sachen packen und uns für die Nacht eine Unterkunft suchen. Und morgen verlassen wir die Stadt und fangen woanders ein neues Leben an. Wir müssen jetzt nicht mehr länger als Wanderhuren über die Lande ziehen. Ich habe genug Geld verdient, dass wir uns irgendwo niederlassen und ein ehrliches Gewerbe beginnen können«, redete sie auf ihre Mutter ein.

»Eine hervorragende Idee!«, schnauzte Irmelin gehässig. »Wenn's sein muss, trag ich euch auch noch das Gepäck runter …«

Mit versteinerter Miene starrte Alma vor sich auf die Tischplatte, Irmelins Bemerkung schien an ihr abzuprallen. Langsam hob sie den Kopf und blickte zu ihrer Tochter auf, die vor ihr stand und sie abwartend ansah.

In Almas Augen spiegelte sich eine große Seelenpein, als sie hervorstieß: »Aber ich will hier nicht weg! Ich liebe Ursel und kann ohne sie nicht sein …«

Bernhard sog vernehmlich die Luft ein. Seine erstarrten Züge bebten, als er sich vom Tisch erhob und auf Ursel zutrat, die schweigend und mit bestürztem Gesichtsausdruck an Almas Seite saß. Die Offenbarung hatte ihr wohl die Sprache verschlagen. Bernhard trat hinter seine Geliebte und legte die Hände auf ihre Schultern. »Ursel ist meine Gefährtin!«, schrie er Alma ins Gesicht. »Wir lieben uns, und ich lasse nicht zu, dass du alles kaputtmachst! Du hast doch nur Unglück über uns gebracht, du verfluchte Hexe, du!«

»Bernhard!«, flüsterte die Hurenkönigin entsetzt und packte ihn am Handgelenk.

Alma hatte sich erhoben und baute sich drohend vor ihrem Widersacher auf. Ursel, die zwischen den beiden saß, stockte unwillkürlich der Atem, als sie das hasserfüllte Antlitz der Freundin gewahrte.

»Nimm dich vor diesem Schurken in Acht, Ursel!«, zischte Alma der Hurenkönigin zu. »Er tarnt sich als harmloser Gelehrter und ist im Grunde seines Herzens nichts anderes als ein niederträchtiger Demagoge und Hetzprediger! Ich kenne diese Blender! Sie sehen gut aus, gehen einher in Samt und Seide, umschmeicheln und hofieren dich, und eh du dich versiehst, landest du auf dem Scheiterhaufen, und sie lächeln dich noch an, wenn sie das Feuer entzünden …«

Bernhard holte aus und gab Alma eine schallende Ohrfeige. Es ging alles so schnell, dass Ursel es kaum fassen konnte. Sie hörte nur das laute Klatschen und Almas Aufschrei.

Ohne ein weiteres Wort stürzte Bernhard hinaus und schlug krachend die Tür hinter sich zu.

Ursel saß da wie gelähmt. Noch nie hatte sie erlebt, dass ihr sanftmütiger und in sich gekehrter Geliebter gewalttätig wurde, und sie war einfach fassungslos.

»Jetzt siehst du, wie er wirklich ist!«, wetterte Alma völlig außer sich und presste sich die Hand an die schmerzende Wange. »Eben hat er sein wahres Gesicht gezeigt!«

»Du hast ja auch ordentlich Öl ins Feuer gegossen«, platzte es aus der Hurenkönigin heraus. Ihr Gesicht war vor Erbitterung gerötet.

Alma schüttelte entgeistert den Kopf. »Du nimmst ihn auch noch in Schutz?«, rief sie empört.

Nun hielt es die alte Irmelin nicht mehr auf ihrem Platz. Sie kam herbeigeeilt und baute sich wütend vor Alma auf. »Die Meistersen hat vollkommen recht!«, polterte sie angriffslustig. »Bei dir wird doch selbst noch der Friedfertigste zur Furie, du Miststück! Was du dem braven Bernhard alles an den Kopf geworfen hast – kein Wunder, dass ihm die Hand ausgerutscht ist.«

Just in diesem Moment ging die Tür auf, und die Huren strömten herein. Die Dämmerung hatte eingesetzt, und den Frauen war es draußen am Brunnen allmählich zu kühl geworden.

»Was habt Ihr denn mit Eurem Galan angestellt, Meistersen?«, erkundigte sich die Jennischen Marie stirnrunzelnd. »Der ist ja eben hinausgestürmt, als wäre der Leibhaftige hinter ihm her.« Als ihr Blick indessen auf die Ulmerin fiel, rümpfte sie die Nase und schnaubte verächtlich: »Ich verstehe!«

In Almas grünen Augen glitzerten Tränen. »All diese Feindseligkeit hier!«, schrie sie und musterte die Hurenkönigin mit einer Mischung aus Wut und Enttäuschung. »Und du fällst mir auch noch in den Rücken! Was soll ich denn noch hier?«, schluchzte sie und humpelte zur Tür.

»Alma!«, rief Ursel bestürzt und blickte der Entschwindenden nach. Sie war viel zu durcheinander, um irgendetwas zu unternehmen, sie saß da wie vom Donner gerührt.

Irmelin fasste sie beschwichtigend am Arm. »Lass sie doch ziehen, Meistersen«, raunte sie ihr zu. »Reisende soll man nicht aufhalten …«

Als hätte Irene nur auf dieses Stichwort gewartet, hastete sie hinaus und stürmte die Treppe hinauf. Gleich darauf kehrte sie mit einem Felleisen in der Hand zurück und rief atemlos durch die offene Tür des Aufenthaltsraums: »Adieu, Hurenkönigin! Die restlichen Sachen holen wir später ab …«

Die Huren applaudierten hämisch und grölten hinter ihr her.

»Mach dich bloß vom Acker, du Luder!«, knurrte die Jennischen Marie. »Die hat einem doch sowieso nur die ganzen Freier weggeschnappt.«

Irmelin kehrte mit einem vollen Krug Wein vom Tresen zurück und füllte mehrere Becher. Sie reichte einen davon der Hurenkönigin und sagte begütigend: »Trinkt erst mal etwas, Meistersen, und lasst das Ganze ein bisschen sacken. Und später, wenn Ihr Euch wieder eingekriegt habt, geht Ihr zu Eurem Liebsten und macht schön Wetter bei ihm. – Das wird sich schon wieder richten mit euch. Da bin ich mir ganz sicher.«

Ursel nickte und trank von dem Wein. »Was für ein Fiasko …«, murmelte sie betreten. »Dabei hatte ich mich so auf ihn gefreut!«

»Und er sich auch auf Euch. Das hat man ihm vorhin deutlich ansehen können«, kicherte die Jennischen Marie anzüglich. »Nehmt ihn Euch ordentlich zur Brust, und dann wird der schon wieder ganz zahm …«

Die Hübscherinnen lachten zustimmend und prosteten der Hurenkönigin zu.

»Lasst uns darauf trinken, dass wir die Ulmerinnen endlich los sind«, krächzte die alte Irmelin übermütig und legte ihren Arm um Ursel, »und darauf, dass unsere Liebesleute bald wieder zusammenkommen!«

✻

Bernhard von Wanebach hetzte durch die Alte Mainzer Gasse und zitterte noch immer am ganzen Leib. Den wenigen Passanten, die ihm dort begegneten, wich er aus und entbot ihnen weder einen Gruß noch ein höfliches Kopfnicken.

Er war zutiefst erschrocken über sich selbst, weil er die Hand gegen Alma erhoben hatte, und machte sich bittere

Vorwürfe. Noch nie zuvor hatte er eine Frau geschlagen, und er verabscheute es, wenn Männer so etwas taten. Als Mann von Anstand und Bildung hatte er es immer als Selbstverständlichkeit erachtet, dem schönen Geschlecht mit ausgesuchter Höflichkeit zu begegnen. Alles andere war Flegelei!

Wie hatte er sich nur zu so etwas hinreißen lassen können, dachte er niedergeschmettert. Egal, was Alma alles über ihn gesagt hatte, so etwas durfte ihm einfach nicht passieren.

Völlig am Boden zerstört bog er in die finstere Katharinenpforte ein, die so eng war, dass sich die hohen Giebel der Häuser über dem Gässchen fast berührten. Auch bei Tag fiel kaum ein Lichtstrahl herein. Nachdem Bernhard sich vergewissert hatte, dass weit und breit niemand zu sehen war, lehnte er sich erschöpft an eine Häuserwand und schluchzte. Wie sehr hatte er sich danach gesehnt, Ursel nahe zu sein. Ihre leidenschaftlichen Küsse hatten sein Begehren übermächtig werden lassen, und er hatte nur noch den Wunsch gehabt, sich mit der Geliebten zu vereinen.

Und dann war Alma gekommen und hatte alles zunichtegemacht!

In ohnmächtiger Verzweiflung presste er seine Stirn gegen den rauen Mörtelputz und stammelte: »Dass es so enden musste!«

Wie aus dem Nichts traf ihn plötzlich ein heftiger Schlag auf den Rücken, und er spürte einen stechenden Schmerz zwischen den Schulterblättern. Zu Tode erschrocken wandte er sich um und erblickte eine schemenhafte Gestalt, die einen Dolch in der hochgereckten Hand hielt.

Im Dämmerlicht sah sie unheimlich und außerordentlich bedrohlich aus. Er sah das Gesicht mit den zusammengekniffenen Augen, die in der Dunkelheit leuchteten wie Raubtieraugen, und vor Entsetzen stellten sich ihm die Haare auf.

»Nein!«, schrie er außer sich. »Das kannst du doch nicht machen!«

Da stieß sie wieder zu, und Bernhard fühlte einen so unbändigen Schmerz in der Brust, dass er augenblicklich das Bewusstsein verlor und leblos zusammensackte.

11

Montag, 2. April 1512 – Karwoche

Als Gassenmeister Rack um die dritte Morgenstunde den Krankensaal des Hospitals zum Heiligen Geist betrat und sich auf leisen Sohlen dem mit Wandschirmen abgeteilten Krankenlager in der hinteren Zimmerecke näherte, nahm ihn die Hurenkönigin zunächst gar nicht wahr. Sie kauerte neben dem Krankenbett und hatte ihren Kopf an Bernhards Schulter geschmiegt, während ihr Körper von einem heftigen Beben geschüttelt wurde.

Rack räusperte sich betreten und richtete mit gesenkter Stimme das Wort an sie: »Zimmerin, ich wollte Euch nur etwas mitteilen …«

Die Hurenkönigin richtete sich mühsam auf und sah den Vorsteher der Frankfurter Sittenpolizei, den sie schon lange kannte, aus tränenumflorten Augen an. Sie war so sehr in ihren Kummer versunken, dass das, was er gesagt hatte, gar nicht zu ihr durchgedrungen war.

Der Gassenmeister erschrak beim Anblick der Gildemeisterin. Das Leid hatte die blühende Frau im Laufe der Nacht um Jahre altern lassen. Mit ihrem bleichen Gesicht, den dunklen Augenringen und den tiefen Sorgenfalten sah sie aus wie ein Gespenst.

»Wie geht es ihm?«, erkundigte sich Rack mitfühlend und streifte den Bewusstlosen mit besorgtem Blick. Aus Bernhards weit geöffnetem Mund waren rasselnde Atemzüge zu vernehmen.

Ursel ergriff ein Tuch und tupfte ihm behutsam die schweißnasse Stirn ab. »Sein Leben hängt nur noch am seidenen Faden«, murmelte sie, und ein unsagbarer Schmerz trat in ihre Augen. »Doktor Schütz hat gesagt, in seinem Zustand hilft nur noch Hoffen und Beten. Durch den Messerstich am Rücken wurde wahrscheinlich die Lunge verletzt, und der Doktor meinte, es wäre schon das reinste Wunder, wenn er die Nacht noch überlebt …« Der Hurenkönigin entrang sich ein gequältes Wimmern. »Bitte, Herrgott, bitte, lass das nicht geschehen!«, stammelte sie verzweifelt und ließ sich auf den Hocker sinken, der neben dem Bett stand.

»Habt Ihr denn niemanden, der Euch in dieser schweren Stunde beisteht?«, fragte Rack bekümmert.

»Doch, doch«, entgegnete Ursel. »Die alte Irmelin war die ganze Zeit hier. Ich habe sie vorhin nach Hause geschickt, damit sie ein paar Stunden schlafen kann. Doktor Schütz müsste auch gleich wiederkommen. Er hat sich nur kurz hingelegt, nachdem er die halbe Nacht an Bernhards Krankenlager zugebracht hat.«

»Und Ihr, wollt Ihr Euch nicht auch ein bisschen ausruhen? Ich kann gerne solange hierbleiben«, fragte Rack hilfsbereit.

»Ich gehe doch nicht schlafen, wenn mein Mann hier im Sterben liegt!«, fuhr ihn die Hurenkönigin so heftig an, dass Rack unwillkürlich zurückwich. Daraufhin ergriff Ursel seine Hand und sagte entschuldigend: »Verzeiht, das war nicht so gemeint! Schließlich habt Ihr ihm das Leben gerettet, und dafür danke ich Euch aufrichtig, Gassenmeister Rack.«

Der stiernackige Mann senkte verlegen den Blick. »Ich war halt zufällig in der Nähe und habe die Schreie gehört. Und als ich hingerannt bin, habe ich gerade noch gesehen, wie jemand am Ende der Katharinenpforte um die Ecke gehuscht ist. Ich wollte schon hinterherlaufen, doch dann habe ich gesehen, dass dort jemand auf dem Boden liegt. Darum habe ich mich erst um den Verletzten gekümmert und nach meinen Leuten gerufen, damit wir ihn ins Hospital schaffen konnten.« Er machte eine kurze Pause. »Als ich Euch später die traurige Nachricht überbracht habe, sagte ich Euch ja schon, dass es eine Frau war, die ich hab wegrennen sehen. Und dass es mir so vorgekommen ist, als hätte sie ein gelbes Gewand an. Ihr seid ja in Eurem Kummer nicht darauf eingegangen und habt nur noch gewehklagt, aber die Hübscherinnen haben mir von dem Streit zwischen Herrn von Wanebach und der Ulmerin erzählt. Da habe ich eins und eins zusammengezählt, meine Männer zusammengetrommelt und die ganze Stadt nach der Mörderin abgesucht. Und vor einer guten Stunde haben wir sie dann auch endlich gefunden«, raunzte er grimmig. »Lag sturzbesoffen in einer Mauernische an der Galgenpforte und hat ihren Rausch ausgeschlafen. – Wir haben inzwischen in Erfahrung gebracht, dass sie kurz nach dem Anschlag in die Galgenschenke eingekehrt sein muss, wo sie sich so lange hat volllaufen lassen, bis der Wirt sie nach der Sperrstunde vor die Tür gesetzt hat.« Er tätschelte der Hurenkönigin, die ihn alarmiert anstarrte, beschwichtigend die Schulter. »Keine Angst, Zimmerin, die tut keinem mehr was zuleide, das schwör ich Euch!«, knurrte er erbost. »Die sitzt angekettet im Brückenloch, wo eine wie sie auch hingehört. Der Richter hat das sofort veranlasst, als wir ihn rausgeklingelt haben.« Der korpulente Mann musste gegen seinen Willen grinsen. »Der war vielleicht fertig, als wir ihm gesagt haben, wen wir da eingefangen haben! Denn er hat sie ja am Abend noch selber aus dem Kittchen entlassen. Das könnte ihn den Kopf kosten, wenn er Pech hat …« Der Gassenmeister kicherte hämisch, aber er wurde gleich wieder ernst, als er Ursels gequälten Gesichtsausdruck bemerkte.

»Wie konnte sie Bernhard nur so etwas antun?«, murmelte Ursel fassungslos. »Und der grausame Mord an Uffsteiner! Ich habe sie immer für unschuldig gehalten. Wie sehr man sich doch in einem Menschen täuschen kann …«

»Das kann vorkommen, Zimmerin. Da ist doch keiner davor gefeit, dass man auf die Falschen reinfällt«, erklärte Rack treuherzig. »Selbst ihre eigene Tochter hat es nicht fassen können, als wir sie im Schwarzen Stern auf dem Römerberg ausfindig gemacht haben, wo sie für die Nacht ein Zimmer gemietet hat. Hat geheult wie ein Schlosshund, das arme Ding, als ich ihr gesagt habe, was ihre Mutter verbrochen hat. Tat mir fast ein bisschen leid, die Kleine. Scheint ja im Gegensatz zu der Alten ein ganz manierliches Mädel zu sein.«

Als Ursel weinend die Hände vors Gesicht schlug und völlig außer sich hervorstieß, sie verstehe die Welt nicht mehr, hüstelte Rack beklommen und hielt es für angemessen, sich wieder zu entfernen.

Um die fünfte Morgenstunde hatte sich Bernhards Zustand derart verschlechtert, dass Doktor Schütz der Hurenkönigin im ernsten Tonfall mitteilte, sie müsse nun mit dem Schlimmsten rechnen.

Ursel vergrub schluchzend ihr Gesicht in Bernhards Armbeuge. »Bitte verlass mich nicht, mein Liebster!«, flehte sie halb wahnsinnig vor Kummer. »Ich liebe dich doch so sehr!«

Der Arzt musterte sie mitleidig. »Recht so, Zimmerin, zeigt ihm nur Eure Liebe«, murmelte er. »Vielleicht holt ihn das ja wieder ins Leben zurück. Wenn die ärztliche Kunst schon längst versagt hat, kann die Liebe zuweilen noch Wunder bewirken.«

»Er darf nicht sterben!«, stieß die Hurenkönigin hervor und bedeckte die glühende Stirn des Sterbenden mit Küssen, während sie ihm zärtliche Worte ins Ohr raunte.

Doktor Schütz wies eine Siechenmagd an, dem Kranken frische Wadenwickel zu bereiten, um das Fieber zu senken. Dann schob er ihm unter Mithilfe der Hurenkönigin ein weiteres Kissen unter den Rücken, damit er leichter Luft bekam, und sagte zu Ursel: »Sein Atem ist nur noch ein schwaches Röcheln, Zimmerin. Die Agonie hat bereits eingesetzt. So leid es mir tut, Ihr werdet Abschied nehmen müssen …« Als Ursel in tiefer Verzweiflung aufschrie: »Nein, ich lasse ihn nicht gehen!«, hielt der Arzt kurz inne und fügte leise hinzu: »Ich lasse Euch jetzt mit ihm alleine und werde nach einem Priester schicken, der ihm die Letzte Ölung erteilt. Gibt es vielleicht sonst noch jemanden, der benachrichtigt werden sollte? Ich meine, seine Angehörigen oder andere, ihm nahestehende Menschen?«

Es dauerte lange, bis seine Frage zu Ursel durchdrang, die vor Schmerz keinen klaren Gedanken mehr fassen konnte. Schließlich riss sie sich zusammen und richtete sich auf. »Den Kontakt zu seiner Familie hat Bernhard schon lange abgebrochen, weil sie alle gegen unsere Verbindung waren«, erwiderte sie. »Nur sein alter Oheim hat ihm immer die Treue gehalten. Ihm solltet Ihr unbedingt Bescheid geben. Pater Rufus im Dominikanerkloster … Vielleicht kann er ja Bernhard den letzten Segen geben.«

Nachdem Doktor Schütz sich entfernt hatte, schmiegte Ursel ihr Gesicht an Bernhards Hals und flüsterte in beruhigendem Singsang: »Wo immer du auch bist, mein Liebster, ich bin bei dir, und wohin du auch gehst, ich werde dich begleiten …«

In ihrem unsäglichen Leid hatte die Vorstellung, Bernhard in den Tod zu folgen, etwas Tröstliches für Ursel.

Unversehens kamen ihr die Worte der großen Göttin durch den Sinn, die Alma ihr aus dem Buch der Schatten vorgelesen hatte. Die Hurenkönigin kniete sich neben Bernhards Krankenlager, ergriff seine Hand und sprach sie wie ein Gebet: »Ich schenke das Wissen des ewigen Geistes, und jenseits des Todes gebe ich Frieden und Freiheit und vereine euch wieder mit denen, die vor euch gegangen sind …«

Für einen flüchtigen Moment kam es Ursel so vor, als stünde ihre verstorbene Freundin Ingrid neben ihr und streichele ihr sanft übers Haar. »Steh ihm bei, schlaue Grid!«, flüsterte Ursel ergriffen. »Lass ihn nicht über die Schwelle treten!«

»Dann musst du ihn am Leben halten«, vernahm Ursel eine innere Stimme.

Wie eine Traumwandlerin erhob sie sich und legte sich an Bernhards Seite. Liebevoll schmiegte sie sich an seinen vom Fieber geschüttelten Körper und legte behutsam den Arm um ihn.

»Schlaf dich gesund, mein Liebling«, raunte sie ihm zu und küsste zärtlich seine Wange.

Unversehens fühlte Ursel eine bleierne Müdigkeit in sich aufsteigen und schlief ein.

Sie träumte davon, wie sie sich das erste Mal geliebt hatten, spürte Bernhards leidenschaftliche Küsse auf ihrem Körper, sog tief seinen Geruch ein und gab sich ihm mit Leib und Seele hin.

»So süß schmeckt also die Liebe!«, flüsterte sie mit grenzenlosem Staunen.

Pater Rufus musste sich auf den Bettschemel niederlassen, so sehr hatte ihn die Nachricht, dass sein Neffe im Sterben lag, mitgenommen. Als er jedoch Bernhard betrachtete, der in den Armen der schlafenden Hurenkönigin ruhig schlummerte, murmelte er, an den Arzt gewandt, erstaunt: »Er sieht eher aus wie ein Schlafender als ein Sterbender.«

Doktor Schütz, der die entspannten Gesichtszüge seines Patienten ebenfalls bemerkt hatte, runzelte verwundert die Stirn und erwiderte: »Stimmt. Es sieht sogar so aus, als würde er lächeln.« Er beugte sich sachte über den Kranken und lauschte auf die Atemzüge. »Sein Atem ist zwar immer noch sehr flach, aber schon bedeutend ruhiger geworden.« Dann sah er die schlafende Hurenkönigin an, die gleichfalls zu lächeln schien. »Offenbar beruhigt ihn die körperliche Nähe seiner Gefährtin«, bemerkte er versonnen. »Sie tut ihm gut.«

Der alte Dominikaner nickte nachdenklich. »Es widerstrebt mir jedenfalls, die beiden zu stören.« Ein Anflug von Hoffnung zeigte sich in seinen alterstrüben Augen. »Vielleicht wird der Junge ja doch wieder gesund«, bemerkte er mit gesenkter Stimme und bekreuzigte sich. Er faltete die Hände und erklärte schlicht: »Ich werde für ihn beten.«

Doktor Schütz fühlte behutsam Bernhards Puls, und seine Miene wurde sehr ernst. »Das kann er auch gut gebrauchen, denn da ist kaum noch etwas zu ertasten. Sein Herz schafft es nicht mehr. Das hohe Fieber und das viele Blut, das er verloren hat – Ihr solltet mit der Letzten Ölung nicht mehr allzu lange warten, sonst verstirbt er noch, ohne den Segen der Kirche erhalten zu haben …«

Unvermittelt riss Ursel die Augen auf und erklärte im Brustton der Überzeugung: »Bernhard wird nicht sterben!«

Der alte Mönch reichte der Hurenkönigin freundlich die Hand. »Recht so, mein Kind, die Hoffnung stirbt zuletzt«, bekräftigte er.

»Gut, dass Ihr da seid, Pater Rufus, und für Bernhard betet.« Die Hurenkönigin blickte Bernhards Oheim dankbar an.

Rufus wischte sich die Tränen aus den Augenwinkeln. »Ich würde mein Leben geben für den Jungen …«

»Dann lasst uns gemeinsam für ihn beten«, schlug Ursel vor. »Das hilft ihm bestimmt mehr als die Letzte Ölung. Mir kommt dieses Ritual ohnehin so vor, als würde man einem Entschwindenden auch noch die Tür aufstoßen, anstatt ihn zurückzuhalten.«

»Wenn das so einfach wäre«, wand Doktor Schütz mit

skeptischer Miene ein. »Der Tod lässt sich nicht aufhalten.«

»Wer könnte sich schon anmaßen, gegen den Tod zu kämpfen?«, entgegnete Ursel. »Je schwächer der Sterbende, desto mächtiger wird er. Nein, das Lebenslicht muss gestärkt werden. Das ist es, worauf es ankommt. Man darf es nicht ausgehen lassen, muss mit unablässiger Ausdauer in den Zunder blasen. Das Flämmchen muss gehätschelt werden wie ein wertvoller Schatz ...«

Doktor Schütz musterte sie beeindruckt. »Wie weise Ihr seid, Zimmerin«, äußerte er und verabschiedete sich. »Bei Tagesanbruch beginnt mein Dienst. Mir bleiben gerade einmal zwei Stunden, um mich ein wenig auszuruhen.«

»Schlaft wohl, Herr Doktor«, rief ihm die Hurenkönigin nach. »Und vielen Dank, dass Ihr Bernhard so gut versorgt habt.«

Als er weg war, schmiegte sie sich wieder an Bernhard und fing an, ebenso wie der alte Mönch, in stiller Versenkung für seine Genesung zu beten.

Es wurde bereits hell, als Ursel die Augen öffnete. Jegliches Zeitgefühl war ihr abhandengekommen. Ihr Blick fiel sogleich auf Bernhard, der an ihrer Seite tief und fest zu schlafen schien.

»Er schläft ganz ruhig«, vernahm sie die leise Stimme von Pater Rufus, der immer noch auf dem Schemel saß und einen Rosenkranz in den gichtigen Händen hielt.

Gleich darauf wurde der Wandschirm beiseitegeschoben, und der Doktor trat in Begleitung einer Spitalmagd an das Krankenlager. Nach einem prüfenden Blick auf den Patienten sagte er: »Er hat die Nacht überstanden –

was an ein Wunder grenzt. Ich kann nur hoffen, dass sein Zustand sich weiterhin stabilisiert. Die Lage ist indessen nicht mehr aussichtslos …«

»Dem Himmel sei Dank!«, stieß die Hurenkönigin hervor und streichelte liebevoll Bernhards Wange.

»Freut Euch nicht zu früh, Zimmerin«, dämpfte der Arzt ihre Euphorie. »Sein Zustand ist nach wie vor sehr kritisch, und er ist noch lange nicht überm Berg. Aber es besteht Hoffnung. – Und nun muss ich die Herrschaften leider bitten, Euch ein wenig die Beine zu vertreten. Wir müssen nämlich seine Wunden neu versorgen, und ein frisches Laken kann er auch gebrauchen. Lasst Euch von der Küchenmamsell eine heiße Milch geben und geht ein bisschen an die frische Luft, das wird Euch guttun. Eine halbe Stunde werden wir schon brauchen …«

Unwillig erhob sich Ursel von Bernhards Seite, es bereitete ihr großes Unbehagen, ihn alleinzulassen. Als sie mühsam ihre Beine über den Bettrand schwang, merkte sie, wie ihr schwarz vor Augen wurde. Sie atmete tief durch und richtete sich auf.

Während sie dem alten Mann beim Aufstehen behilflich war, sagte sie aufmunternd: »Kommt, Pater Rufus, wir stützen uns gegenseitig, dann wird es schon gehen.«

Obgleich sich der Greis kaum auf den morschen Gliedern halten konnte, lächelte er tapfer und entgegnete: »So machen wir es, mein Kind.«

Sie begaben sich in die Küche und nahmen dankbar den Platz auf der Ofenbank ein und die Becher mit heißer Milch an, die ihnen die Küchenmagd anbot.

»Ich mache mir die schlimmsten Vorwürfe«, sagte der alte Mann zu Ursel, nachdem die Frau den Raum verlassen hatte. Auf ihren erstaunten Blick hin erklärte er ihr, dass ihn gestern Nachmittag ein Schreiben seines Gelehrtenfreundes aus Ulm erreicht habe, den er um Informationen über die Venusschwestern gebeten hatte.

»Die Auskunft war vernichtend«, sagte er kurzatmig. »In dem Brief stand, dass ein junger Mann im vergangenen Jahr an den Folgen einer Kastration gestorben sei, welche die Frauenhauswirtin Alma Deckinger an ihm vollzogen habe. Es geschah während eines heidnischen Rituals in einem Ulmenhain, der in alten Zeiten den Amazonen als Kultstätte diente. Seither sei die Deckinger flüchtig und werde von der Römischen Kurie als Hexe gesucht. Die Inquisition habe sogar ein Kopfgeld auf sie ausgesetzt und betont, dass ihr die Todesstrafe drohe, sobald man ihrer habhaft werde. Als ich diese Nachricht erhalten hatte, bin ich gleich zu Bernhard geeilt, um ihn zu warnen. Eigentlich wäre es sogar meine Pflicht gewesen, der Polizeibehörde Meldung zu erstatten, doch ich wollte zuerst mit Bernhard sprechen und mich mit ihm beraten. Doch als ich zu seinem Haus kam, sagte mir sein Diener, er sei zu Euch gegangen – und da wollte ich nicht stören. Ich wusste ja, wie sehr Bernhard daran gelegen war, sich mit Euch auszusöhnen. Und jetzt denke ich, dass ich einen großen Fehler gemacht habe, dass ich nicht gleich zur Polizeiwache gegangen bin. Dann hätte man das gefährliche Frauenzimmer gar nicht erst aus dem Kerker gelassen, und Bernhard wäre das Unglück erspart geblieben.« Der alte Mönch seufzte verzweifelt auf.

Die Hurenkönigin hatte ihm mit wachsender Bestürzung zugehört. »Die größte Schuld trage ich«, erwiderte sie mit brüchiger Stimme. »Dass ich mich derart von

Alma habe blenden lassen und nicht erkannt habe, was für eine Bestie sie ist … das werde ich mir nie verzeihen.« Ursel schlug die Hände vors Gesicht.

Pater Rufus versuchte Ursel zu trösten: »So, wie Ihr für Bernhard einsteht, hat Euch das der Herrgott schon längst verziehen – und Ihr solltet Euch auch vergeben. Wir sind alle nur schwache Geister und leicht zu täuschen …«

Die Hurenkönigin seufzte vernehmlich und schlug vor, wieder in den Krankensaal zu gehen.

Dort wurden sie bereits von Doktor Schütz erwartet. »Die Stichwunden auf Brust und Rücken haben sich entzündet. Daher auch das hohe Fieber«, erklärte er besorgt. »Ich habe sie mit einer Heilpaste bestrichen und frisch verbunden. Mehr kann ich momentan nicht für ihn tun. Ich habe Herrn von Wanebach eine Opiumtinktur auf die Zunge geträufelt, gegen die Schmerzen.« Er wies auf einen Wasserkrug und ein Stück Leinen auf dem Beistelltisch. »Es wäre gut, wenn Ihr ihm von Zeit zu Zeit die Zunge und die Lippen befeuchten könntet«, wandte er sich an die Zimmerin. »Sein Mund ist ganz trocken.«

Ursel nickte und tauchte sogleich das Tuch in den Wasserkrug. Ihr Blick fiel auf Pater Rufus, dessen Gesicht aschfahl geworden war.

»Ich glaube, es ist besser, wenn Ihr nach Hause geht und Euch hinlegt«, empfahl sie dem bejahrten Geistlichen fürsorglich.

»Aber ich kann doch jetzt nicht gehen, wo es Bernhard so schlecht geht«, protestierte der alte Mann kopfschüttelnd.

»Ich halte schon die Stellung«, erklärte Ursel energisch.

»Sollte sein Zustand schlimmer werden, lasse ich Euch benachrichtigen. Versucht ein paar Stunden zu schlafen und kommt am Nachmittag wieder.«

»Ich muss unbedingt noch auf die Polizeiwache und dem Untersuchungsrichter das Schreiben aus Ulm vorlegen. Das mache ich am besten gleich«, erklärte Pater Rufus.

»Dafür gibt es doch Boten! Schickt jemanden aus dem Kloster zum Leinwandhaus, der dem Richter den Brief aushändigt. Dann habt Ihr Eurer Pflicht Genüge getan.«

Widerstrebend ließ sich der alte Mönch schließlich überzeugen und entfernte sich mit schleppenden Schritten aus dem Krankensaal.

*

Gewandmachermeister Brühl staunte nicht schlecht, als am frühen Vormittag, kaum dass er seine Geschäftsräume mit der angegliederten Nähstube geöffnet hatte, eine junge Hübscherin in den Laden trat und sich in dem bis unter die Decke mit Stoffballen gefüllten Raum suchend umblickte.

Er trat näher und erkundigte sich mit einer gewissen Geringschätzung in der Stimme nach ihrem Begehr, da erkannte er in der auffallend schönen Frau die junge Dirne wieder, die er mit seinen Gehilfen am Samstag vor acht Tagen für einen feierlichen Empfang aufs feinste ausstaffiert hatte. Sogleich wurde sein Tonfall verbindlicher.

»Darf es vielleicht eine pastellgelbe Seide für ein neues Gewand sein?«, fragte er und wies auf einen glänzenden Stoffballen im oberen Wandregal. »Ich habe wunderbaren Atlas aus Venedig hereinbekommen. Er changiert ein wenig ins Cremefarbene und ist daher nicht gar so grell ... Er würde vortrefflich mit dem Kastanienton Eurer Haare korrespondieren.«

Mit einer gebieterischen Geste ihrer zierlichen behandschuhten Hand gebot ihm die Hübscherin sogleich Einhalt. »Ich möchte kein Gelb mehr!«, beschied sie ihn barsch, während ihre Augen über die vielfarbigen Stoffballen streiften.

»Nein?«, entfuhr es Meister Brühl verwundert. »Ich dachte, wo doch für Euer Gewerbe nur diese Farbe in Frage kommt ...«

»Eben darum!«, erwiderte die junge Frau hochmütig. »Ich gedenke, nicht mehr als Hübscherin tätig zu sein, und bevorzuge daher eine gesetztere Farbe.« Zielstrebig ging sie auf einen Ballen mit nachtblauem Seidenbrokat zu und befahl dem ehrwürdigen Gewandmeister wie einem Domestiken: »Hol Er mir den Stoffballen herunter und bring Er mir einen Spiegel. Ich möchte sehen, ob mich die Farbe kleidet.«

Brühl, der in seinem Schneiderhandwerk früh gelernt hatte, dass es besser war, sich dem Willen einer schönen Frau zu fügen, gab sich demütig. »Aber gerne, Gnädigste. Ihr habt fürwahr ein Auge für Pretiosen«, säuselte er und befahl seinen Gesellen, den Stoff aus dem Regal zu holen und der Dame einen Spiegel zu reichen.

Allerdings ließ er es sich nicht nehmen, der kapriziösen Schönheit höchstpersönlich eine Stoffbahn über die Schulter zu legen. Dabei verkündete er ehrfürchtig: »Es ist einer der kostbarsten Stoffe, die ich habe. Er stammt aus dem fernen China und kostet ein kleines Vermögen.«

»Darum braucht Ihr Euch keine Sorgen zu machen«, erklärte die Hübscherin kühl und hielt ihm einen Golddukaten unter die Nase.

Brühl hüstelte verlegen. »Er ist wie für Euch gemacht, meine Dame. Aber Ihr könnt Euch auch gerne noch ein wenig umschauen, wenn Ihr wollt. Wir haben auch noch andere herrliche Stoffe da, in lebhafteren Farben vielleicht, denn Ihr seid ja schließlich keine Klosterfrau. Wenn ich daran denke, wie trefflich Euch der rote Samt gekleidet hat! Ihr seid doch noch jung und könnt so etwas tragen …«, näselte er ölig.

»Lasst es gut sein, ich nehme den Seidenbrokat«, unterbrach ihn die junge Frau ungeduldig. »Ihr könnt ihn mir gleich anpassen lassen. Ich lege größten Wert darauf, dass das Gewand morgen fertig ist.« Sie hielt ihm eine weitere Münze hin. »Dafür zahle ich auch entsprechend.«

Als Meister Brühl wenig später gemeinsam mit einem Gehilfen im Nähzimmer Maß an der Kundin nahm und sich bei ihr mit verschämtem Lächeln erkundigte, ob man auch ein paar Teufelsfenster in Ärmel und Ausschnitt einarbeiten solle, entgegnete die Hübscherin hochfahrend: »Auf derlei Firlefanz können wir verzichten. Das Gewand soll schlicht und vornehm aussehen.«

Nachdem sie sich noch für einen Hennin aus rauchgrauem Samt mit gleichfarbigem Schleier entschieden hatte, verabschiedete sie sich mit der Anweisung, Gewand und Haube in den Gasthof »Zum Schwarzen Stern« auf dem Römerberg zu liefern.

»Sehr gerne, gnädige Frau«, erwiderte Meister Brühl devot. »Ihr werdet darin aussehen wie eine Königin!«

Die junge Frau kicherte, ehe sie durch die Tür schritt,

und murmelte etwas vor sich hin, was der Gewandmacher nicht verstand.

*

Genoveva Uffsteiner war guter Dinge, als sie an jenem sonnigen Montagmorgen an der Seite ihrer Tochter und ihres Bruders den Römerberg in Richtung Neue Kräme überquerte. Die unerwartete Ankündigung des Richters, sie und ihre Angehörigen könnten wieder frei ihrer Wege ziehen, und er bitte für die mannigfaltigen Repressalien vielmals um Entschuldigung, hatte sie überrascht. Nun freute sie sich sehr auf das Wiedersehen mit Asta.

Auch Gertrud war in aufgeräumter Stimmung. Die augenscheinliche Zerknirschung, mit der Fauerbach seine Abbitte ausgestoßen hatte, erfüllte sie auch jetzt noch mit unbändiger Schadenfreude. Übermütig hakte sie sich bei ihrer Mutter unter und sagte: »Das sollten wir feiern, Mutsch! Da wird nicht mehr viel nachkommen, so wie der zurückgerudert hat. Die ganze Sache wird ihn sein Amt kosten, da bin ich mir sicher. Die Hure hat uns Glück gebracht – und das nun schon zum zweiten Mal. Ich möchte unbedingt zu ihrer Hinrichtung gehen …«

»Sei still!«, ermahnte sie die Mutter. »Wir können froh sein, dass wir so glimpflich davongekommen sind. Ich werde noch heute in der Pfarrkirche eine Kerze stiften.«

»Da werde ich dich begleiten, meine Liebe«, erwiderte Anton Neuhof, dem die Erleichterung über die unerwartete Freilassung gleichfalls anzumerken war. Im Stillen hatte er nämlich für sich beschlossen, nicht nur Sankt Bartholomäus, dem Schutzheiligen der Pfarrkirche, sondern auch der Muttergottes und seinem Namenspatron, dem heiligen Antonius, eine Kerze zu spenden. Auf dass er so standhaft gegen das Laster bliebe wie dieser.

In der kurzen, aber deshalb nicht minder schrecklichen Zeit seiner Inhaftierung hatte er dem Schutzpatron geschworen, er werde fortan die Finger vom Glücksspiel lassen, wenn er ihn mit heiler Haut davonkommen ließe. Und mit solchen Schwüren war bekanntlich nicht zu spaßen.

»Geht ihr nur in die Kirche und zündet Kerzen an«, mokierte sich Gertrud. »Ich begebe mich unterdessen ins Kontor und verschaffe mir einen ersten Überblick, denn fortan werde ich die Familiengeschäfte führen.«

»Ach«, seufzte ihr Oheim mit bangem Blick. Gertruds Eröffnung gemahnte ihn daran, wie hoch er bei den Uffsteiners in der Kreide stand.

»Ich erlasse dir deine Schulden, Onkel«, entgegnete Gertrud, die seine Gedanken erraten hatte, mit gönnerhaftem Unterton. »Unter der Bedingung, dass keine neuen mehr hinzukommen. Außerdem wirst du künftig unter meiner Führung für unsere *beiden* Handelshäuser in Prokura tätig sein. Was ich mir allerdings von dir notariell beglaubigen lasse«, eröffnete sie ihm unverblümt.

Anton Neuhof konnte nur noch stumm nicken und musste unwillkürlich schlucken. Ihn beschlich die leise Ahnung, dass ihm unter Gertruds Kuratel womöglich noch ein schärferer Wind entgegenwehen könnte als bei seinem Schwager – Gott hab ihn selig.

✵

Als Else Schütz um die zehnte Vormittagsstunde ihr Felleisen vor Bernhards Krankenlager abstellte und vorsichtig die Trennwand beiseiteschob, war sie fest entschlossen, Hoffnung und Zuversicht zu vermitteln – was ihr jedoch beim Anblick der Hurenkönigin nicht eben leichtfiel. Die stolze, kämpferische Frau war kaum mehr wiederzuerkennen in ihrem Leid.

»Kopf hoch, meine Liebe, er lebt doch noch!«, brach es aus der Arztwitwe heraus, und sie schloss die Zimmerin, die sie aus gramvollen Augen anblickte, fest in die Arme.

»Er … er hat hohes Fieber und phantasiert die ganze Zeit«, murmelte Ursel mit Blick auf Bernhard, der sich auf seinem Lager unruhig hin und her warf und unartikulierte Laute von sich gab.

»Das ist nicht ungewöhnlich«, entgegnete Frau Schütz beschwichtigend. »Doch gegen das Fieber kann man etwas tun. Deswegen bin ich auch gleich hergekommen, nachdem mein Sohn mir vorhin von dem Unglück erzählt hat.«

»Dafür danke ich Euch«, erwiderte Ursel gerührt, die über den Beistand der alten Dame sehr froh war.

»Ich habe ein altes Hausmittel mitgebracht, das eine entzündungshemmende Wirkung hat«, sagte Frau Schütz und wies die Hurenkönigin an, Bernhards Spitalhemd aufzuknöpfen, damit sie die Wunde auf der Brust behandeln könne. »Ich werde ihm einen neuen Wundverband anlegen, und der wird ihn bestimmt wieder gesund machen.« Die Arztwitwe bedachte Ursel mit einem zuversichtlichen Lächeln.

Währenddessen war auch Doktor Schütz an das Krankenlager getreten.

»Ich habe meiner Mutter gestattet, ihre Wundermedizin zur Anwendung zu bringen«, erklärte er Ursel und rümpfte die Nase. »Sie riecht ganz abscheulich! Die meisten meiner Patienten schreien Zeter und Mordio, wenn ich ihnen damit komme, deswegen verwende ich sie auch kaum noch. Doch zuweilen bewirkt die stinkende Masse eine wundersame Heilung, wenn man sie lange genug einwirken lässt, das habe ich selber schon erlebt.«

Frau Schütz entnahm dem Felleisen ihres verstorbenen Mannes einen breiten Tontiegel, den sie auf den Beistelltisch stellte. Als sie den Deckel hob, breitete sich ein penetranter Gestank aus, der Ursel unwillkürlich die Luft anhalten ließ.

Doktor Schütz verzog angewidert das Gesicht und erteilte den Spitalmägden die Anweisung, sofort alle Fenster zu öffnen.

»Was ist das?«, erkundigte sich Ursel bei Frau Schütz und musterte die bräunliche Paste skeptisch.

»Das ist eine Mixtur aus Schafsdung, Käseschimmel und Honig«, erklärte Frau Schütz resolut. »Sie hilft gegen eitrige Wunden und Geschwüre und dämmt den Wundbrand ein. Die Rezeptur stammt aus dem Lorscher Arzneibuch aus dem achten Jahrhundert. Die Klosterfrauen hatten schon zu dieser Zeit ein umfangreiches Heilwissen. Ich habe viel von ihnen gelernt …«

Als die Wunde auf Bernhards Brust freigelegt war, besah Frau Schütz sie sich eingehend. »Das sieht nicht gut aus«, murmelte sie, »die Wundränder sind rot und geschwollen und fangen bereits an zu eitern.« Sie blickte Ursel, die mit gequältem Gesichtsausdruck auf die genähte Stichwunde blickte, offen an. »Euer Bernhard hat Glück im Unglück gehabt, Zimmerin«, konstatierte sie. »Einen Daumenbreit weiter, und der Stich wäre ins Herz gegangen. Dann wäre er nicht mehr zu retten gewesen.«

Mit einem Holzspatel bestrich die ehemalige Hebamme die Wunde behutsam mit der braunen Paste. Als die Masse ausreichend dick aufgetragen war, legte sie einen Verband aus Leinenbandagen an und bat ihren Sohn, den Patienten vorsichtig auf die Seite zu drehen, um auch die Rückenwunde zu versorgen.

Nachdem sie auch damit fertig war und Bernhard wieder zugedeckt auf dem Spitalbett lag, betonte Frau Schütz, wie wichtig es sei, die Wundumschläge täglich zu erneuern. Sie müssten mehrere Tage angewendet werden, um ihre volle Wirkung zu entfalten. Der Doktor versicherte ihr, dass er dafür Sorge tragen werde, und eilte davon, um sich um andere Kranke zu kümmern.

Unvermittelt fasste Frau Schütz Ursels Hand und drückte sie. »Auch wenn es zuweilen schwerfällt, mein Kind, aber Ihr dürft die Hoffnung nicht fahrenlassen. Das ist ganz wichtig – für Euch und für ihn«, erklärte sie eindringlich.

»Das tue ich ja auch nicht«, erwiderte die Hurenkönigin leise. »Mich zermürbt nur die Ohnmacht, dass ich ihn so leiden sehe und ihm nicht helfen kann …«

»Ihr helft ihm doch, Zimmerin. Eure Liebe gibt ihm Kraft und wird ihn wieder gesund machen – sie ist die beste Medizin, die es gibt.«

Etwa eine Stunde blieb die alte Dame an Ursels Seite und spendete ihr, ohne viel Worte zu machen, wohltuenden Beistand.

»Es kann sein, dass sich sein Zustand in nächster Zeit etwas verschlechtert«, erklärte sie Ursel beim Abschied. »Aber das ist lediglich ein Zeichen, dass die Heilpaste zu wirken beginnt. Die Krise wird sich auch bald wieder legen.«

Frau Schütz drückte Ursel an sich und sprach ihr Mut zu. Sie versicherte ihr, dass sie am Abend wiederkommen werde, um nach dem Patienten zu sehen, und dann werde sie auch für sie eine Stärkung mitbringen.

Kurze Zeit, nachdem Frau Schütz gegangen war, wurde Bernhard tatsächlich unruhiger. Sein schweißnasser Körper wurde von heftigen Krämpfen geschüttelt, und sein Kopf glühte. Ursel legte dem Fiebernden ein feuchtes Tuch auf die Stirn, hielt seine Hand und flüsterte beruhigend auf ihn ein. Immer wieder stöhnte er laut auf und schien peinigende Schmerzen zu haben. Ursel ging Bernhards Wehklagen durch Mark und Bein, sie hätte alles darum gegeben, wenn sie sein Leiden hätte lindern können. Ihre Hilflosigkeit trieb sie regelrecht an den Rand des Wahnsinns.

»Wenn ich nur etwas tun könnte!«, flüsterte sie verzweifelt und tauchte mit zitternden Händen das Leinentuch in den Wasserkrug, um Bernhards Mund zu befeuchten. Während sie sich über ihn beugte, schien es ihr mit einem Mal, als versuche Bernhard zu sprechen. Alarmiert blickte Ursel auf seine zuckenden Lippen, die sich vergeblich mühten, Worte hervorzustoßen. Es bestand kein Zweifel, Bernhard wollte ihr etwas mitteilen! Ursel hielt ihr Ohr ganz dicht an seinen Mund und raunte ihm zu: »Sag es nur, mein Liebster, sag es …«

Bernhards Lider flatterten hektisch, während er unverständliche Wortfetzen von sich gab. Ursel vermeinte mit einem Mal, ihren Namen ausmachen zu können.

»Ich bin doch bei dir, mein Herz …«, flüsterte sie bewegt. Plötzlich war ihr, als drücke Bernhard ihre Hand, die seine noch immer umschlossen hielt.

»Ich liebe dich …«, stieß die Hurenkönigin hervor und presste zärtlich seine Hand an ihre Lippen.

Der Kranke gab ein kurzes Aufseufzen von sich, und für einen flüchtigen Moment erhellte der Anflug eines Lächelns sein schmerzverzerrtes Gesicht. Doch schon im nächsten Augenblick ließ eine offenbar plötzlich aufsteigende Panik Bernhards Züge erstarren, und er schien wieder vollends im Fieberwahn zu versinken. Angstvolle Schreie entrangen sich seiner Kehle, und sein Körper bäumte sich unter dem Laken auf, als wollte er sich gegen etwas zur Wehr setzen.

Mit einem Mal vernahm Ursel klar und deutlich, wie er »Irene« murmelte.

Die Hurenkönigin war wie vom Donner gerührt. Ihre Hand krampfte sich unwillkürlich um ihre linke Brust, als hätte ein Dolchstoß sie mitten ins Herz getroffen. Ein gequältes Wimmern entrang sich ihr, und sie hatte das Gefühl, ins Bodenlose zu stürzen.

✵

Das peinliche Verhör von Alma Deckinger, zu dem der Bürgermeister und der gesamte Senat ebenso erschienen waren wie eine Abordnung des Frankfurter Klerus, zog sich ungebührlich in die Länge.

Es hatte bereits zur fünften Nachmittagsstunde geschlagen, doch die Delinquentin erwies sich selbst unter der verschärften Folter, die Meister Jerg auf Anweisung von Untersuchungsrichter Fauerbach zur Anwendung brachte, nach wie vor verstockt.

Mit gespreizten Armen und Beinen war die Hübscherin auf die Streckbank gefesselt; ihre Gelenke knirschten vernehmlich, als der Henker die dicken Eisenschrauben noch ein weiteres Stück anzog.

»Ich habe den Mord an Claus Uffsteiner nicht begangen und den Anschlag auf Bernhard von Wanebach auch nicht!«, stieß sie mit schwacher Stimme aus und wurde ohnmächtig.

»Jetzt haben wir das Malheur!«, fluchte der Henker ärgerlich und warf dem Richter einen vorwurfsvollen Blick zu. »Ich habe Euch doch vorhin schon gesagt, dass sie es nicht mehr lange macht«, schnaubte er erbost. »Ein stures Luder wie die, aus der werdet Ihr kein Geständnis rauspressen können. Die verreckt uns eher bei der Folter, als dass sie Euch sagt, was Ihr hören wollt.«

Das Gesicht des Untersuchungsrichters war schweißüberströmt. Auf Wangen und Stirn zeigten sich hektische rote Flecken, und er blickte derart gemartert, als wäre er gleichfalls der Tortur unterzogen worden. Dem jungen Mann setzte sein berufliches Versagen aufs Äußerste zu. Eine schlimmere Demütigung und Schande, wie sie ihm am Vormittag widerfahren war, als der Bürgermeister ihn vor dem versammelten Magistrat abgekanzelt und ihm mitgeteilt hatte, dass man sich nach der Urteilsvollstreckung von ihm trennen werde, hätte er sich in seinen ärgsten Alpträumen nicht ausmalen können. Er zog es bisweilen gar in Erwägung, aus Scham den Freitod zu wählen. Wenn er jemals wieder aus dieser verfluchten Folterkammer hinausgelangen würde!

»Wir unterbrechen das Verhör und ziehen uns zur Beratung zurück«, riss ihn die Stimme des Bürgermeisters aus den Gedanken. »Sehe Er zu, Angstmann, dass Er sie bis dahin wieder ansprechbar macht.« Mit dieser Anweisung verließ Reichmann im Gefolge des Tribunals den Verhörraum des Brückenturms. Fauerbach schloss sich ihnen als Letzter an.

Nachdem sich die Herren auf den harten Holzbänken im Aufenthaltsraum der Turmwärter niedergelassen hatten, runzelte der Bürgermeister unwillig die Stirn und bemerkte: »Wir müssen uns was einfallen lassen mit der. Es kann doch nicht angehen, dass wir sie nur wegen der Kastrationsgeschichte aus Ulm zu Tode verurteilen können und die anderen Verbrechen ungesühnt bleiben. Es geht dabei immerhin um Verstümmelung und Mord sowie um einen Mordversuch.« Die Ratsherren und die drei Geistlichen nickten und schwiegen betreten. Der Untersuchungsrichter, der sich abseits hielt wie ein geprügelter Hund, verzichtete wohlweislich auf jeglichen Kommentar.

»Mir kommt da ein Gedanke«, durchbrach plötzlich Pfarrer Simon Roddach das angespannte Schweigen. Aufmerksam lauschte das gesamte Straftribunal dem drahtigen kleinen Priester der Sankt Leonhardskirche, zu dessen Sprengel auch das städtische Frauenhaus gehörte. Roddach galt als verknöcherter Moralwächter, er machte keinen Hehl daraus, dass ihm das Sündenbabel am Dempelbrunnen ein Dorn im Auge war und dass er es am liebsten geschlossen sehen würde.

»Ich denke, es ist an der Zeit, unserem Herrgott im Himmel die Rechtsprechung zu überlassen. In diesem verzwickten Fall kann nur noch sein weises Urteil allein den Sieg der Gerechtigkeit garantieren …«, deklamierte er im salbungsvollen Tonfall des Kanzelredners.

»Ihr sprecht von einem Gottesurteil?«, meldete sich der studierte Jurist Johann Fichard zu Wort und musterte den Kleriker erstaunt. »Dieses Verfahren stammt noch aus der Zeit Karls des Großen und wird von der weltlichen Gesetzgebung seit Jahrhunderten nicht mehr angewendet«, bemerkte er mit spöttisch erhobenen Brauen. »Es sei denn, im Rahmen der Ketzerverfolgung. Aber auch das nur in Ausnahmefällen …«

»Und mit einem solchen Fall haben wir es hier zu tun. Was dieser Weiberbund in Ulm getrieben hat, ist schlimmstes Hexenwerk!«, ereiferte sich der Geistliche. »Weswegen es ja auch in der Angelegenheit vonnöten ist, die Geistlichkeit mit einzubeziehen.« Roddach fixierte den Bürgermeister und die Ratsherren mit unbarmherzigem Blick und betonte: »Das Gottesurteil ist oftmals der letzte Ausweg, die Wahrheit zu finden! Welche Möglichkeiten haben wir denn sonst noch?«

»An was für ein Ordal habt Ihr denn gedacht?«, erkundigte sich der Bürgermeister vorsichtig.

»Nun, in der Hexenverfolgung gelangt häufig die Wasserprobe zur Anwendung«, erwiderte der Pfarrer.

»Ihr meint, dass man sie mit gebundenen Armen und Beinen in den Main wirft, und wenn sie oben schwimmt und nicht untergeht, ist sie schuldig?«, fragte Fichard skeptisch.

Die kleinen, tiefliegenden Augen des Geistlichen funkelten tückisch. »Nein, nein«, erklärte er. »Ich habe da eine viel bessere Idee. Die Wasserprobe mit kochendem Wasser scheint mir in unserem Fall besser geeignet.« Als er die begriffsstutzigen Mienen der Stadtoberen bemerkte, fügte der Priester erläuternd hinzu: »Die Angeklagte muss einen Gegenstand – zumeist eine Münze oder einen Ring – aus einem Kessel mit kochendem Wasser holen. Danach werden ihre Brandwunden verbunden. Wenn sie nach zwei oder drei Tagen anfangen zu heilen, gilt die Delinquentin als unschuldig, wenn sie sich entzündet haben und eitern, ist das ein untrügliches Zeichen ihrer Schuld.« Ein listiges Lächeln umspielte den schmallippigen Mund des Geistlichen. »Trägt sie nicht so ein lästerliches Amulett um den Hals, die Hexe aus Ulm? Das hätte man ihr für mein Dafürhalten ohnehin schon längst herunterreißen müssen, dieses Teufelskettchen …«

Sein Fanatismus schien auf die übrigen Herren abzufärben. Von allen Seiten war zustimmendes Gemurmel zu vernehmen, und selbst der Bürgermeister schien überzeugt zu sein.

»Warum nicht!«, sagte er und befahl sogleich einem Gefängnisbüttel, dem Henker auszurichten, er solle kochendes Wasser zubereiten.

✺

Alma erwachte erst aus ihrer Ohnmacht, als Meister Jerg ihr den zweiten Bottich mit kaltem Mainwasser ins Gesicht schüttete. Ihre auf den Rücken gebundenen Arme ließen es nicht zu, dass sie sich das Wasser aus den Augen rieb oder das klatschnasse Haar aus dem Gesicht strich.

Doch sie wäre wohl auch ohne Fesseln nicht dazu in der Lage gewesen, so höllisch schmerzten ihre Glieder und Gelenke, die von der Streckbank allesamt überdehnt und teilweise ausgerenkt waren.

Sie fühlte sich mehr tot als lebendig. Einzig der Wille, vor ihren Feinden nicht zu kapitulieren, hielt sie noch am Leben, das längst nichts anderes mehr war als eine nicht enden wollende Qual.

Große Mutter, steh mir bei, flehte sie im Stillen, als ihr Blick auf den gewölbten Kupferkessel über der Feuerstelle fiel, in dem vernehmlich etwas brodelte. *Was haben sich diese Teufel denn jetzt wieder ersonnen?*

Mit einem festen Griff packte sie der Henker an den zusammengebundenen Handgelenken und schleifte sie in die Gewölbeecke mit der Feuerstelle. Alma entrang sich ein durchdringender Schmerzensschrei – was die dunkelgewandeten Herren hinter dem langgezogenen Tisch, wie sich ihren Mienen unschwer entnehmen ließ, mit Genugtuung erfüllte. Nur der junge Untersuchungsrichter, der neben der Feuerstelle stand und irgendwie verloren wirkte, senkte betreten den Kopf.

Einer der Priester, die Alma in ihrem schwarzen Ornat wie Unglücksraben vorkamen, gestikulierte hektisch und schien sich vor Eifer kaum noch halten zu können. Unvermittelt sprang er auf und eilte auf sie zu. Eh sie sich versah, hatte er ihren Talisman, die goldene Mondsichel, die Alma an einem Goldkettchen um den Hals trug, gepackt, riss ihn mit einem heftigen Ruck herunter und warf ihn in den Wasserkessel. Der Anhänger war das Kostbarste, was Alma besaß. Die Miniaturnachbildung der Amazonenwaffe war viele hundert Jahre alt und wurde in ihrer Familie von der Mutter an die Tochter weitergegeben. Auch sie würde das Amulett dereinst an Irene vererben, die es nach ihrem Tod tragen sollte.

Trotz der quälenden Schmerzen war Alma über den Affront des Geistlichen derart erzürnt, dass sie ihm ins Gesicht spie und ihn anherrschte: »Was unterstehst du dich, elender Pfaffe!«

Worauf der Kleriker Alma an den Haaren packte und ihren Kopf so dicht über den brodelnden Kessel drückte, dass ihr der heiße Wasserdampf das Gesicht verbrühte. Sie stieß einen gellenden Schrei aus.

»Noch einen Muckser, du Erz-Hexe, und ich steck dich kopfüber in den Kessel!«, keifte der Pfarrer und schien entschlossen, seine Drohung sofort in die Tat umzusetzen.

»Es wär zwar nicht schade um sie, aber Euer Gottesurteil könnt Ihr dann vergessen!« Der zynische Einwand des Bürgermeisters rief Roddach zur Räson, und er ließ widerwillig Almas Kopf los.

Die Gesichtshaut der Ulmerin war feuerrot. Ihr Atem ging stoßweise, und sie wimmerte vor Schmerzen.

Roddach, der sich inzwischen wieder im Griff hatte, fand an der Rolle des Inquisitors mehr Gefallen als an der des Peinigers. Er baute sich in seinem ganzen Ornat vor Alma auf, die zusammengekrümmt am Boden kauerte, und richtete das Wort an sie: »Ehe wir an unseren höchsten Richter im Himmel mit der Bitte herantreten, Recht über die Sünderin zu sprechen, wollen wir Ihr noch ein letztes Mal Gelegenheit geben, Ihre Schuld einzugestehen. Daher frage ich Sie nun: Bekennt Sie sich schuldig, einen jungen Mann aus Ulm in einem satanischen Blutritual bestialisch ermordet zu haben?«

»Ich bedauere den Tod unseres jungen Freundes zutiefst – das habe ich Euch ja alles schon gesagt«, stieß Alma keuchend hervor. »Und ich wiederhole es noch einmal: Das Kastrationsritual ist ein heiliger Akt zu Ehren der großen Göttin, dem sich der junge Mann aus freien Stücken unterzogen hat. Wer konnte ahnen, dass er daran verbluten würde, weil sein Blut zu dünn war?«

»Allein schon für diese frevelhafte Tat erwartet Sie das Todesurteil!«, herrschte Roddach sie an. Er bedachte sie mit einem vernichtenden Blick, ehe er fortfuhr: »Dennoch fordere ich Sie hiermit zum letzten Mal auf, auch Ihre anderen Gräueltaten zu gestehen!«

Alma war viel zu entkräftet, um die Stimme zu heben. »Da gibt es nichts zu gestehen, weil ich unschuldig bin. Ich schwöre bei der Großen Mutter, dass ich die Morde nicht begangen habe …«, erklärte sie mühsam.

Die Augen des Priesters funkelten zornig. »Es gibt nur den Vater, den Sohn und den Heiligen Geist und die Jungfrau Maria!«, schrie er erbost. »Dem Götzendienst zu frönen ist schlimmste Todsünde!«

Alma hatte sich mit letzter Kraft erhoben. »*Ihr* betreibt Götzendienst«, zischte sie verächtlich. »Die Große Mutter war von Anbeginn der Zeiten da und wurde schon immer von den Menschen verehrt – bis ihr sie uns geraubt und zur blutarmen Jungfrau stilisiert habt!«

Die Gesichtszüge des Pfarrers bebten vor Zorn. Auch die beiden anderen Geistlichen sowie der Bürgermeister und mehrere Senatoren waren empört von ihren Stühlen aufgesprungen und gaben laute Unmutsäußerungen von sich.

»Dann stelle Sie sich jetzt dem Gottesurteil!«, rief Roddach herrisch und gab dem Henker einen Wink, die Delinquentin an den Kessel zu führen und ihre Handfesseln zu lösen. »Fasse Sie hinein und hole Ihr Teufelsamulett heraus!«, befahl der Priester, der an Almas Seite getreten war, barsch.

Alma blickte auf das brodelnde Wasser des Kessels, auf dessen Grund ihr Talisman lag. Der heiße Wasserdampf benetzte ihre schmerzenden Wangen, und alles in ihr sträubte sich, den Arm in die kochende Flüssigkeit zu tauchen.

»Mach's doch selbst, Pfaffe!«, fuhr sie ihn an und presste trotzig die Arme an den Körper.

Schäumend vor Wut packte Roddach ihre Hand und zog sie über den Kessel. »Du machst jetzt auf der Stelle, was ich dir befohlen habe, du verfluchte Hure!«, schrie er mit sich überschlagender Stimme.

»Nur zusammen mit dir«, flüsterte Alma, fasste blitzschnell seine Hand und tauchte sie mitsamt der ihren in das kochende Wasser.

Der Pfarrer schrie wie am Spieß, befreite sich aus ihrem Griff und veranstaltete vor Schmerz den reinsten Veitstanz. Alles war so schnell gegangen, dass der Henker gar nicht einschreiten konnte. Während der allgemeinen Aufregung, die unter den Herren des Staftribunals herrschte, nahm Meister Jerg die Delinquentin in den Schwitzkasten und tauchte mit routiniertem Griff ihren Arm in den Kessel. Keiner der Anwesenden achtete mehr auf Almas markerschütternde Schmerzensschreie, alle kümmerten sich um den Pfarrer und seine verbrühte Hand und waren bemüht, ihm zu helfen.

Der Bürgermeister ließ umgehend nach einem Arzt

schicken, und während sie auf das Eintreffen des Medicus warteten, schrie der Bürgermeister den Henker an: »Schaff Er mir sofort dieses Weib aus den Augen!«

Der Henker lud sich die völlig entkräftete Frau, die längst nicht mehr fähig war, sich auf den Beinen zu halten, auf die Arme und trug sie am Straftribunal vorbei aus dem Verhörraum. Mit schriller Stimme rief Pfarrer Roddach, der sich einen kühlenden Umschlag auf die verletzte Hand presste, der Halbohnmächtigen nach: »Gehe Sie in sich und bereue Sie ihre Sünden! Und schwöre Sie endlich den falschen Götzen ab!«

»Niemals!«, stieß Alma hervor und fiel schon im nächsten Augenblick in eine erlösende Bewusstlosigkeit.

12

Dienstag, 3. April 1512

Die ganze Nacht über wurde Bernhards ausgezehrter Körper von Fieberkrämpfen und heftigem Schüttelfrost heimgesucht, das Fieber wollte einfach nicht fallen. Erst in den frühen Morgenstunden beruhigte sich der Kranke ein wenig und sank in tiefen Schlaf.

Auch der Hurenkönigin, die Bernhard immer wieder kalte Wickel bereitet und ihm auf Geheiß von Frau Schütz einen fiebersenkenden Sud aus gemahlenen Gurken- und Kürbiskernen eingeflößt hatte, fielen vor Erschöpfung die Augen zu, und sie nickte auf dem Holzschemel ein.

Als Doktor Schütz am Vormittag die Wundverbände erneuerte, stellte er mit Verblüffung fest, dass die Entzündung deutlich zurückgegangen war. Er befühlte die Stirn des Patienten, die merklich kühler geworden war, und lächelte Ursel, die ihn aus müden und verquollenen Augen anblickte, aufmunternd zu.

»Er ist auf dem Wege der Besserung, Zimmerin. Die Paste meiner Mutter scheint zu wirken. Das hohe Fieber hat den Kranken jedoch sehr mitgenommen. Er ist erschöpft und braucht jetzt viel Schlaf. Es kann noch eine Weile dauern, bis er wieder zu sich kommt. Dann wird er großen Durst haben, und wir sollten auch eine kräftigende Brühe für ihn bereithalten.« Er musterte das bleiche, übernächtigte Gesicht der Hurenkönigin besorgt. »Ihr geht jetzt am besten nach Hause und schlaft Euch erst einmal ordentlich aus«, befahl er streng. »Sonst müssen wir Euch auch noch als Patientin aufnehmen.«

Als Ursel protestieren wollte, schnitt ihr der Arzt das Wort ab. »Nichts da! Ihr geht jetzt heim und legt Euch schlafen! Herr von Wanebach ist bei uns in guten Händen. Und wenn Ihr dann ausgeschlafen und auch etwas gegessen habt, könnt Ihr meinethalben wiederkommen …«

Widerwillig fügte sich Ursel der Order des Doktors. Nachdem sie sich liebevoll von Bernhard verabschiedet hatte, strebte sie auf unsicheren Beinen dem Ausgang zu und verlor dabei beinahe das Gleichgewicht.

Der Arzt, dem dies nicht entgangen war, eilte zu ihr und stützte sie. »Geht es, Zimmerin?«, fragte er mit ernster Miene. »Ich glaube, es ist besser, wenn Euch ein Spitalknecht nach Hause begleitet.«

»Nein, nein«, begehrte Ursel auf. »Es ist alles in Ordnung. Ich bin einfach nur müde …«

Doch als sie wenig später die Fahrgasse überquerte und den Weg zum Römerberg einschlug, wurde es der Hurenkönigin schwarz vor Augen, und sie musste sich an eine Hauswand lehnen. Vor Erschöpfung stand ihr der kalte Schweiß auf der Stirn, und sie bereute mit einem Mal, das Anerbieten von Doktor Schütz abgelehnt und auf eine Begleitung verzichtet zu haben. Nachdem sie mehrmals tief durchgeatmet hatte, setzte sie mit zittrigen Knien ihren Weg fort.

Beim Überqueren des weitläufigen Römerplatzes, wo wie immer ein Wochenmarkt stattfand, überlegte sie sogar noch, ein Suppenhuhn zu erstehen, um für Bernhard eine kräftige Hühnerbrühe zu bereiten, doch ihre Schwäche gemahnte sie, davon abzusehen und auf direktem Weg ins Frauenhaus zu gehen.

Bis dorthin musste sich Ursel immer wieder abstützen. Sie schaffte es gerade noch, die Treppenstufen der Eingangstür zu erklimmen, aber als ihr Irmelin entgegenkam und sich mit bekümmertem Gesicht nach Bernhards Gesundheitszustand erkundigte, sank ihr die Hurenkönigin entkräftet in die Arme. »Es geht ihm besser«, flüsterte sie mit brüchiger Stimme. »Ich leg mich jetzt ein bisschen hin. Weck mich bitte in drei Stunden …«

Irmelin bestand darauf, die erschöpfte Ursel unterzuhaken und auf ihr Zimmer zu begleiten. Dort führte sie Ursel zu ihrem Bett, schüttelte fürsorglich die Kissen auf, half ihr beim Auskleiden und streifte ihr das Nachtgewand über.

»Und bei euch ist alles klar?«, fragte die Hurenkönigin und konnte ein Gähnen nicht unterdrücken.

»Alles bestens, macht Euch um uns bloß keine Sorgen«, erwiderte Ursels Stellvertreterin. »Die meisten Mädels sind heim zu ihren Leuten gefahren, um dort die Ostertage zu verbringen. Nur die rote Mäu, die Jennischen Marie und ich sind noch hier und halten die Stellung.«

Als Irmelin die Decke über Ursel breitete, war diese bereits eingeschlafen.

✵

Leise trat die alte Irmelin mit einem dicken Butterbrot und einem Becher Milch in Ursels Zimmer und stellte den Imbiss auf dem Nachttisch ab. Dann weckte sie die schlafende Hurenkönigin behutsam.

Ursel blinzelte sie mit verquollenen Lidern an und fragte: »Wie spät ist es denn?«

Irmelin räusperte sich betreten. »Es hat vorhin zur vierten Stunde geschlagen. Ich wollte halt, dass Ihr Euch mal ordentlich ausschlaft, so erschöpft, wie Ihr wart …«

Die Hurenkönigin richtete sich erschrocken auf und schnaubte verärgert: »Ich hatte doch extra gesagt, dass ich nach drei Stunden geweckt werden will! Jetzt hab ich doppelt so lange geschlafen. Du bist unmöglich, Irmelin …«

»Beruhigt Euch doch, Meistersen«, sagte Irmelin beschwichtigend. »Bernhard ist im Spital gut versorgt. Ihr solltet jetzt auch ein bisschen an Euch selbst denken.« Sie deutete auf das Tablett. »Esst erst mal was, und dann könnt Ihr Euch ja wieder zu ihm auf den Weg machen.«

Ursel nickte widerstrebend, trank von der Milch, biss hastig ins Brot und stieg aus dem Bett, was Irmelin mit unmutigen Blicken verfolgte.

»Erzählt mal, wie geht es Bernhard denn?«, erkundigte sie sich.

Die Augen der Hurenkönigin leuchteten auf, als sie ihrer Stellvertreterin berichtete, dass das Fieber gesunken und Bernhard auf dem Wege der Besserung sei.

»Dem Himmel sei Dank!«, seufzte Irmelin und erzählte, dass sie mit der Jennischen Marie gestern in der Leonhardskirche für Bernhard eine Kerze entzündet hätte.

Ursel fiel ihr um den Hals. »Dank dir, altes Mädchen«, murmelte sie gerührt. »Du siehst, es hat geholfen.«

Während die Hurenkönigin sich ankleidete und sich mit fahrigen Händen die Haare richtete, teilte Irmelin ihr mit, dass am Morgen ein fahrender Barbier nach Ursel gefragt habe.

»Warum hast du mich denn nicht geweckt?«, sagte die Gildemeisterin vorwurfsvoll.

»Weil Ihr Euch gerade erst hingelegt hattet«, erwiderte Irmelin und verdrehte die Augen. »Ich habe es nicht übers Herz gebracht, Euch gleich wieder aus dem Schlaf zu reißen! Er hat gesagt, er sei der Rheinländer Winnie und dass er noch bis Gründonnerstag in Frankfurt ist. Er logiert in der Leonhardschenke. Da ist er aber immer erst gegen Abend. Tagsüber hat er einen Stand auf dem Römerberg, wo er den Leuten die Bärte rasiert und die Haare schneidet.«

»Da gehe ich jetzt gleich mal hin«, erklärte Ursel ungehalten. »Das ist wichtig, denn er war der Letzte, der Franz lebend gesehen hat. Ich wollte sowieso auf den Markt, um ein Huhn zu kaufen, damit ich Bernhard eine Suppe kochen kann.« Damit wandte sie sich eilig zum Gehen.

Nachdem Ursel auf dem Markt sowohl ein Suppenhuhn als auch einen Bund Wurzelgemüse erstanden hatte, ging sie auf einen Stand zu, hinter dem ein großer, schlaksiger Mann gerade dabei war, einem Knaben die Haare zu schneiden. Die Mutter stand daneben und erteilte unentwegt Anweisungen, wie viel er noch abschneiden sollte. Der kleine Junge indessen zog ein Schafsgesicht und schien die Prozedur nicht sonderlich zu genießen.

»Seid Ihr der Rheinländer Winnie?«, fragte Ursel, wobei sie die verächtlichen Blicke der Matrone geflissentlich ignorierte.

Der Barbier, der ihr den Rücken zugewandt hatte, fuhr zusammen und drehte sich zu ihr um.

»Der bin ich«, erklärte er und begann beim Anblick der Hurenkönigin gleich zu schäkern. »Ich bin gleich für Euch da, schöne Frau!«

Ursel nickte und stellte sich abwartend an die Seite.

»Lasst Euch nur Zeit und macht ordentlich Eure Arbeit!«, näselte die Bürgersfrau ärgerlich. »Der Junge soll manierlich aussehen. Dafür bezahle ich ja auch. Der Nacken muss noch ausrasiert werden, da möchte ich kein Härchen mehr sehen.«

»Aber natürlich, Gnädigste«, katzbuckelte der Barbier mit unverhohlenem Spott. »Wenn Ihr wünscht, verpass ich ihm sogar eine Mönchstonsur …«

Die Angesprochene verzog säuerlich den Mund. »Lasst diesen Unfug«, blaffte sie. »Kappenartig habe ich gesagt, so wie es der vornehmen Herrenhaarmode aus Burgund entspricht.« Die Matrone streifte den Friseur mit einem verächtlichen Seitenblick.

Wenige Minuten später war der Haarschnitt fertig. »Bitte schön, die Dame. Wie man es am burgundischen Herrschaftshof zurzeit trägt!«, verkündete der Rheinländer mit verschmitztem Augenzwinkern und fächelte mit einem kleinen Handbesen über den ausrasierten Nacken des Jungen. Dieser war ganz offensichtlich erleichtert, die Sitzung überstanden zu haben.

Seine Mutter hingegen konnte sich zu keinem Lob durchringen und drückte dem Barbier missmutig die verlangten fünf Kupfermünzen in die Hand – ohne auch nur einen einzigen Pfennig Trinkgeld zu geben.

»Gott vergelt's, Gnädigste«, bedankte sich dieser mit einem Anflug von Hohn. »Aufgeblasene Gans …«, murmelte er in seinen Bart, als die Kundschaft sich entfernt hatte, und wandte sich sogleich der Hurenkönigin zu. Nachdem sie sich miteinander bekannt gemacht hatten, lud er Ursel ein, sich auf dem Frisierschemel hinter seinem Stand niederzulassen, und setzte sich neben sie.

Sein Gesicht wurde ernst, als er die Hurenkönigin wissen ließ, wie sehr er den Tod von Franz bedauere.

»Er war so kreuzunglücklich, der Junge – da half auch der ganze Branntwein nicht«, erklärte der Barbier niedergeschlagen. »Wir haben ja gesoffen wie die Löcher an diesem Abend, und ich habe mein Bestes gegeben, den Franz wieder aufzurichten. Doch dem war einfach nicht zu helfen. – Er ist nicht darüber weggekommen, was ihm seine Angebetete alles an den Kopf geworfen hatte.«

Die Hurenkönigin, die förmlich an seinen Lippen hing, erschrak. »Welche Angebetete denn? Ich wusste gar nicht, dass Franz eine Freundin hatte …«

»Hatte er auch nicht. Das war ja sein ganzes Elend. Er hat sich hoffnungslos in diese Schönheit verliebt, und dann hat sie ihm eine Abfuhr erteilt, die sich gewaschen hatte … Dieses gemeine Frauenzimmer!«, schimpfte der Rheinländer Winnie erbost.

»Langsam, langsam«, unterbrach ihn Ursel angespannt. »Um welche Frau handelte es sich überhaupt, und was hat sie ihm Schlimmes gesagt, dass er so am Boden war?«

Der Barbier zuckte ratlos mit den Achseln. »Den Namen des Weibsstücks hat er nicht erwähnt, nur, dass es eine Hübscherin aus Eurem Frauenhaus war. Die muss erst vor kurzem zu Euch gekommen sein, und da hat er sich halt in sie verguckt. Kunststück, bei so viel schönen Weibern, die Franz den ganzen Tag vor Augen hatte. Da kann doch jeder Kerl mal schwach werden …«, sagte der Barbier mit schiefem Grinsen. »Aber so wie der Franz von der geschwärmt hat, muss die schon was ganz Besonderes gewesen sein. Ein wahrer Ausbund an Liebreiz und Grazie, hat er gesagt. Und das hat dieses Aas auch sicher gewusst. Wie das halt so ist mit den schönen Weibern. Die machen sich doch einen Spaß daraus, dich heißzumachen, und wenn du ihnen dann hinterherhechelst, zeigen sie dir die kalte Schulter und rümpfen das Näschen.« Er musterte die Hurenkönigin nachdenklich. »Nichts für ungut«, murmelte er. »Das mag bei Euch vielleicht anders sein, aber die meisten gutaussehenden Weiber sind so. Je schöner sie sind, desto weniger Herzenswärme haben sie. Das habe ich selber schon zur Genüge erlebt …«

Ursel, die unwillkürlich daran denken musste, wie rüde Irene mit einem Freier umgesprungen war, als dieser sie drängte, endlich mit ihm aufs Zimmer zu gehen, hegte längst keinen Zweifel mehr, in wen Franz so unglückselig verliebt gewesen war. Sie erinnerte sich an den überbordenden Hass in Irenes Augen, der sie damals so befremdet hatte.

»Was … was hat sie denn zu Franz gesagt, als er ihr ein Liebesgeständnis gemacht hat?«, fragte die Zimmerin mit belegter Stimme. Sie hatte unversehens das Gefühl, ihr Mund wäre mit Sägespänen gefüllt.

Der Barbier stieß vernehmlich die Luft aus. »Sie muss

sehr, sehr gemein zu ihm gewesen sein, dieses Miststück«, stieß er zwischen den Zähnen hervor. »Der Franz hat geheult wie ein Schlosshund, als er mir davon erzählt hat. Offenbar hat sie mit blankem Hass auf sein Geständnis reagiert, und das hat Franz das Herz gebrochen.« Winnie war unfähig weiterzusprechen, in seinen Augen glitzerten Tränen.

Der Hurenkönigin schnürte es vor Trauer die Kehle zu. Sie hatte versucht, nicht mehr daran zu denken, doch nun dröhnte es in ihrer Erinnerung umso lauter, wie Bernhard im Fieberdelirium Irenes Namen geflüstert hatte. Auch sein Herz hatte sie gebrochen …

»Sie hat ihm gesagt, nur für Geld täte sie sich mit widerlichen Kerlen wie ihm einlassen«, riss die Stimme des Rheinländers sie aus ihren peinigenden Gedanken. »Und er soll sich bloß nicht einbilden, dass sie es bloß so aus Spaß mit ihm machen würde. Sie bekäme ja jetzt schon den Ekel, wenn sie nur ansehen müsste, wie er sie anschmachtet.« Zornig schlug sich Winnie auf die Knie. »So was Gemeines wie die!«, schimpfte er. »Der hat es nicht gereicht, dass sie ihm das Herz zerbohrt. Die musste den Dolch auch noch genüsslich hin und her drehen, dieses Aas. Dabei hätte der Franz alles für sie getan, so sehr hat er sie geliebt!« Dem Barbier liefen die Tränen über die Wangen. »Wenn die gesagt hätte, er soll in den Main springen, dann wär der doch sofort gehüpft …«

»Das hat er ja dann auch getan«, erwiderte die Hurenkönigin mit düsterer Miene.

»Dieses Weibsbild hat ihn jedenfalls auf dem Gewissen!«, stieß der hagere Mann aus. »Und nach meinem Dafürhalten solltet Ihr als Gildemeisterin alles daransetzen, herauszufinden, welche Hure ihm das angetan hat – und sie dann mit einem ordentlichen Arschtritt vor die Tür setzen. Dabei helf ich Euch auch gerne …«

Ursel nickte gedankenversunken. »Ich glaube, ich weiß, um wen es sich handelt«, sagte sie leise. »Nur mit dem Arschtritt wird es nichts werden, sie hat das Frauenhaus nämlich schon verlassen.«

»So eine Scheiße!«, wetterte Winnie. »Dann sagt mir wenigstens, wie sie heißt und wie sie aussieht. Wenn ich sie unterwegs mal treffe, hau ich ihr die Backen voll!«

Die Hurenkönigin musste unwillkürlich grinsen über seine Großspurigkeit. »Sie heißt Irene – doch Euer Eifer wird Euch nicht viel nützen, denn sie ist so schön, dass es Euch den Atem verschlagen wird. Ihre Grazie wird Euch derart blenden, dass Ihr der Holden bestenfalls die Hand küsst«, erklärte sie mit nachsichtigem Spott. Dann bedankte sie sich bei dem verdatterten Mann und verabschiedete sich von ihm mit der Bemerkung, wenn er nach Ostern wieder nach Frankfurt komme, könne er im Frauenhaus ein Bier auf ihre Kosten trinken.

*

Als Ursel über den Marktplatz ging, fiel ihr Blick auf das Gasthaus »Zum Schwarzen Stern«, das sich am Rande des Römerplatzes befand. Obgleich es sie drängte, endlich wieder zu Bernhard zu kommen, entschloss sie sich, zunächst Irene dort einen Besuch abzustatten. Je näher sie der feudalen Fremdenherberge kam, desto stärker wurde ihr Unmut gegen die junge Ulmerin, die Franz so kaltherzig ins Unglück gestürzt hatte. Und auch Bernhard kam nicht von ihr los. Oder warum sonst hatte er im Fieberwahn ihren Namen geflüstert?

Die Hurenkönigin hielt unvermittelt inne. Mit welcher Verzweiflung Bernhard Irenes Namen ausgestoßen hatte! Sein Körper hatte sich unter dem Laken aufgebäumt, als würde er mit einem imaginären Gegner ringen.

Ursel blieb vor Schreck beinahe das Herz stehen, als es ihr wie Schuppen von den Augen fiel: Es war nicht die Verliebtheit, sondern nackte Angst gewesen!

Warum hatte sie das nicht schon längst begriffen? Irene hatte kurz nach ihrer Mutter das Haus verlassen. Die gelbgewandete Hübscherin, die der Gassenmeister hatte wegrennen sehen, als er Bernhard fand, konnte auch sie gewesen sein.

Warum aber hätte sie das tun sollen? Sie hatte doch, im Gegensatz zu Alma, gar keinen Grund dazu, Bernhard so etwas Schreckliches anzutun …

Die Gedanken der Hurenkönigin überschlugen sich, jede neue Mutmaßung widersprach der vorherigen, und sie vermochte zu keiner Entscheidung zu gelangen.

Bleib auf dem Teppich, ermahnte sie sich streng.

Sie würde sich diese kaltherzige Schönheit jetzt einmal vorknöpfen und sie wegen Franz zur Rede stellen. Denn eines stand für Ursel zweifelsfrei fest: Irene hatte mehr Leichen im Keller, als ihre attraktive Fassade es vermuten ließ!

Immer war sie ungeschoren davongekommen. Damals, als der Mord an Uffsteiner passiert war, hatten sich alle gleich auf Alma gestürzt – und dieses Mal war es genauso. Widerwillig musste sich die Hurenkönigin eingestehen, dass sie selbst sich nicht anders verhalten hatte. Ihr Argwohn gegen Irene war bisher vor allem von der Angst gespeist worden, Bernhard an sie zu verlieren.

Hat geheult wie ein Schlosshund, das arme Ding, als ich ihr gesagt habe, was ihre Mutter verbrochen hat. Tat mir fast ein bisschen leid, die Kleine, gingen Ursel plötzlich die Worte des Gassenmeisters durch den Sinn. Grimmig drückte sie die Türklinke der Fremdenherberge »Zum Schwarzen Stern« nach unten.

Hinter dem Empfangstresen des gepflegten Gastraums blinzelte ihr ein kahlköpfiger älterer Mann entgegen und erklärte abweisend: »Wir vermieten nicht an Hübscherinnen!«

»Da habe ich aber was ganz anderes gehört!«, erwiderte die Hurenkönigin prompt und musterte ihn angriffslustig.

Der Hagestolz errötete. »Ach, Ihr meint sicher die Jungfer Deckinger ...«, stotterte er verlegen. »Die ist aber im eigentlichen Sinne ... gar keine Hübscherin ...«

»Wieso denn das?«, fragte Ursel entrüstet. »Soweit mir bekannt ist, ist sie sogar besser im Geschäft als alle anderen. Und ich sollte das schließlich am besten wissen, denn immerhin bin ich die Gildemeisterin der städtischen Hurenzunft.« Sie lächelte spöttisch.

Der Kahlköpfige vermied es, ihr in die Augen zu sehen. »Für eine Hübscherin ist sie viel zu züchtig. Und sie trägt ja inzwischen auch keine Hurentracht mehr«, erklärte er auftrumpfend.

Auf Ursels konsterniertes Stirnrunzeln hin begann er zu schwärmen: »Die Jungfer ist unglaublich gelehrig und belesen. Den ganzen Tag lang hält sie sich im Buchhändlerviertel auf und stöbert in den Büchern. Und meistens kommt sie gegen Abend zurück und ist beladen mit Neuerscheinungen, die sie dann auf ihrem Zimmer studiert. Sie führt eher das Leben eines gelehrten Klosterfräuleins als das einer … einer wohlfeilen Frau, und so benimmt sie sich auch – sehr sittsam und anständig.« Er warf der Hurenkönigin einen tadelnden Blick zu.

Ursel verlor allmählich die Geduld mit dem scheinheiligen Pförtner. »Wie auch immer«, sagte sie nachdrücklich. »Ich wünsche sie zu sprechen. Also sagt mir bitte, wo ihr Zimmer ist.«

»Sie ist nicht im Hause«, erwiderte der Herbergsangestellte barsch. »Wahrscheinlich streift sie wieder durch die Buchgasse. Aber ich kann der Jungfer gerne etwas ausrichten.«

»Lasst stecken«, erwiderte die Zimmerin missmutig und wandte sich zum Gehen.

Draußen vor der Tür überlegte sie kurz, ob sie Irene im Buchhändlerviertel suchen sollte. Doch da sie schon seit über einer Stunde den Korb mit dem Suppenhuhn und dem Wurzelzeug mit sich herumschleppte, schlug sie lieber erst den Weg zum Frauenhaus ein, um der Köchin die Lebensmittel zu übergeben. Und anschließend würde sie sofort zum Spital gehen.

Als sie die Alte Mainzer Gasse durchquerte, hatte sich der Himmel verfinstert, und schon im nächsten Moment blies ihr der Wind eisige Graupelschauer ins Gesicht. April, April, der macht, was er will, ging ihr die alte Bauernregel durch den Sinn, und sie zog sich fröstelnd den Umhang enger um die Schultern. Dennoch begann sie vor Kälte zu zittern.

Das sind die Schwäche und die Müdigkeit, sagte sie sich

und stellte fest, dass sie in den vergangenen Tagen kaum etwas gegessen hatte. Die sechs Stunden Schlaf nach den zwei durchwachten Nächten an Bernhards Krankenlager hatten sie auch nicht ausreichend gestärkt. Egal – wenn er nur wieder gesund wird, dachte sie und strebte mit gesenktem Kopf dem Frauenhaus zu.

Die Hurenkönigin eilte durch den leeren Aufenthaltsraum in die Küche, um Bertha das Huhn zu geben. Als sie die schwerhörige Köchin mit erhobener Stimme bat, daraus eine Hühnerbrühe zu bereiten und sie von einer der Mägde zu Bernhard ins Hospital bringen zu lassen, erfuhr sie, dass die Mägde allesamt nach Hause zu ihren Familien gefahren waren. »Und Irmelin ist vorhin mit der Jennischen Marie und der roten Mäu ins Hospital gegangen, um Herrn von Wanebach zu besuchen. Sie sind wohl davon ausgegangen, Euch dort anzutreffen«, fügte Bertha hinzu. »Sie haben gesagt, dass es ihm schon etwas besser geht. Das freut mich sehr, Meistersen! Ich bringe ihm nachher selbst eine gute Brühe vorbei, das wird ihn stärken.«

Ursel dankte ihr und musste gleich darauf herzhaft gähnen.

»Ihr seht müde aus«, bemerkte die alte Frau mitfühlend. »Geht doch nach oben und legt Euch noch ein bisschen hin.«

Ursel nickte und erwiderte zerstreut: »Das mach ich …« Ihr war nämlich gerade ein Gedanke gekommen. Wie getrieben lief sie aus der Küche und hastete die Treppe hinauf. Dass die Köchin ihr von unten her nachrief: »Schlaft gut, Meistersen!«, hörte sie schon nicht mehr.

Ihr Atem ging stoßweise, als sie vor der Tür des Zimmers stand, das ihre beste Freundin Ingrid jahrzehntelang bewohnt hatte und in dem sich noch die restlichen Habseligkeiten von Alma und Irene befanden.

Mit bebender Hand öffnete Ursel die Tür und trat ein. Als sie sich in dem kleinen Raum umblickte, wurde ihr bewusst, dass sie schon lange nicht mehr allein hier gewesen war – in Ingrids Zimmer, und sie empfand mit einem Mal eine tiefe Wehmut. Sie atmete tief ein. Es roch leicht nach Rosenöl und Amber. Das war nicht der vertraute Geruch von Ingrid, der dem Raum auch nach ihrem Tode noch lange angehaftet hatte und den Ursel so liebte, weil er sie an die Verstorbene erinnerte. Nein, was hier im Zimmer hing, war der unverkennbare Duft von Irene. Sie war die einzige der Huren, die sich solch kostbare Ingredienzen leisten konnte. Ursel ging zum Fenster und riss beide Flügel auf. Der fremde Geruch erschien ihr wie ein Verrat an der Freundin.

Ihr Blick schweifte durch den Raum. Das Bett war gemacht, und auch ansonsten war sorgfältig aufgeräumt worden. Nirgendwo lagen noch Sachen der beiden Ulmerinnen herum.

Ursel trat an Ingrids Schreibtisch, um ihn genauer in Augenschein zu nehmen, doch auch hier lagen nur Ingrids Schreibutensilien und Bücher. Hatte Irene etwa schon alles abgeholt?, fragte sie sich enttäuscht. Aber das hätte ihr Irmelin doch bestimmt gesagt, wenn die junge Ulmerin noch einmal hier gewesen wäre! Voller Anspannung sah sie sich weiter um und gewahrte schließlich den Bücherstapel auf der Kleidertruhe, die unweit des Fensters stand. Er war ihr vorhin gar nicht aufgefallen. Die Bücher und Folianten waren akkurat aufeinandergeschichtet. Die

Hurenkönigin nahm ein Buch vom Stapel und runzelte verdrossen die Stirn. Sie hatte gehofft, aufschlussreichere Dinge zu entdecken! Das mussten Bücher von Irene sein. Warum aber hatte sie sie dorthin gelegt? Wenn sie sich recht erinnerte, lagen sie doch bisher immer auf dem Schreibpult?

Einer plötzlichen Eingebung folgend, ergriff Ursel die Bücher und schichtete sie auf den Dielenboden. Dann öffnete sie hastig den Deckel der Holztruhe. Obenauf lagen säuberlich zusammengefaltet Ingrids Gewänder und ihre weißen gestärkten Unterkleider. Zärtlich strich die Hurenkönigin über ein schwarzes Samtmieder. Ingrid hatte es immer besonders gerne getragen, weil es ihre schmale Taille so vorteilhaft zur Geltung brachte. Im Geiste sah Ursel die Freundin in dem Mieder vor sich und musste unversehens lächeln. Sie hatten einander immer beneidet, Ursel die schlaue Grid um ihren grazilen Körperbau, und Ingrid die Hurenkönigin um ihre üppige Weiblichkeit. Tastend schob Ursel eine Hand zwischen die Kleiderstapel. Doch ihre Fingerspitzen trafen nicht auf das Holz des Truhenbodens. Sie fühlte noch einmal genauer. Was dort unten lag, war weich, es konnte ebenfalls Samt sein. Alarmiert ergriff Ursel den Stoffzipfel und zog ihn so vehement zwischen den anderen Kleidungsstücken hervor, dass einige davon über den Truhenrand purzelten. *Verzeih mir, Ingrid!*

Sie traute ihren Augen kaum, als sie das rote Samtkleid erkannte, Irenes Festtagsrobe, die sie sich für den feierlichen Empfang hatte anfertigen lassen. Ursel zerrte weiter an dem edlen Stoff, das Gewand mit der ellenlangen Schleppe schien kein Ende zu nehmen. Endlich hatte sie es vollständig herausgeholt und konnte es genauer in Augenschein nehmen. Der blutrote Stoff war völlig zerknittert. Warum nur hatte Irene, die doch sonst so offenkundig ordentlich war, das schöne Kleid einfach zusammengeknäuelt auf den Truhenboden gestopft? Mit angehaltenem Atem fiel der Hurenkönigin ein, wie ihr Irene am Morgen nach dem Festgelage auf der Treppe begegnet war. Sie schien es sehr eilig zu haben und war kurz angebunden. Das kostbare Samtgewand war ganz fleckig gewesen, und Ursel hatte deswegen eine anzügliche Bemerkung gemacht, auf die Irene nicht eingegangen war.

Ursel richtete sich auf und trat mit dem Kleid ans geöffnete Fenster, hielt es mit ausgestreckten Armen in das diffuse Tageslicht. Es fing bereits an zu dämmern. An den Ärmeln und auf der ganzen Vorderseite war der Stoff dunkel verfärbt. Lustflecken waren das jedenfalls keine. *Sieht mir eher nach Rotwein aus*, dachte sie. Ursel strich über die verfärbten Stellen, die sich ganz steif anfühlten. Sie hielt die Nase über den verschmutzten Stoff. Es roch seltsam. Irgendwie metallisch. Es roch nach … Eisen. Die Hurenkönigin erstarrte. Nach Blut!

Ursels Knie wurden weich. Das Samtgewand glitt ihr aus den Händen, und sie musste sich am Fensterbrett abstützen. Wie ein Fisch auf dem Trockenen rang sie nach Luft.

Es ist das Blut von Claus Uffsteiner! Aber Jakob Fugger hat doch ausgesagt, dass Irene die ganze Nacht bei ihm war?

Die Hurenkönigin war fassungslos vor Entsetzen. Ihr wurde schwarz vor Augen, und sie war drauf und dran, in einem Schwächeanfall zu Boden zu sinken.

»Muttergottes!«, flüsterte sie keuchend. »Lass mich jetzt bloß nicht schlappmachen.«

Eine heftige Windböe fegte durchs Fenster über ihr schweißnasses Gesicht, und dann sah sie plötzlich unten, auf dem Brunnenplatz, eine dunkelgewandete Frau mit einem hohen, kegelförmigen Hut. Im Laufen hob sie den Kopf, sah Ursel am Fenster stehen und winkte ihr zu. Als die Frau näher kam, stockte der Hurenkönigin der Atem. Es war Irene! Und sie wollte ins Frauenhaus!

Panische Angst erfüllte Ursel bis in die Haarspitzen. Ihre Gedanken rasten. Der grausame Mord an Uffsteiner war die Tat einer Bestie! *Was soll ich nur tun? Wie kann ich mich gegen sie zur Wehr setzen?*

Sie fühlte sich viel zu schwach, um gegen Irene zu bestehen – und außer der schwerhörigen alten Köchin unten in der Küche war niemand im Hause, der ihr helfen konnte, die mutmaßliche Mörderin zu überwältigen.

In Windeseile stopfte Ursel das Samtgewand und die herausgefallenen Kleidungsstücke von Ingrid zurück in die Truhe, stapelte mit bebenden Händen die Bücher auf den Truhendeckel, atmete tief durch und eilte die Treppe hinab, um Irene die Tür aufzumachen.

Obwohl der Hurenkönigin die Knie schlotterten, bemühte sie sich mit aller Kraft, sich nichts anmerken zu lassen, als sie gleich darauf das Schloss entriegelte und Irene Auge in Auge gegenüberstand.

»Grüß Gott«, sagte sie zu der jungen Ulmerin und trat beiseite, um sie eintreten zu lassen. »Ich habe dich erst gar nicht erkannt in deinem neuen Gewand.«

»Gott zum Gruße, Hurenkönigin«, erwiderte Irene höflich.

Ursels Blick fiel auf den Hennin auf Irenes aufgetürmten Haaren, dessen rauchgrauer Schleier an der Spitze fast bis zum Boden reichte. »Siehst ja aus wie ein Burgfräulein«, murmelte sie spöttisch.

»Und wenn schon, mir gefällt es. Besser als das ewige Gelb«, erwiderte Irene trotzig und musterte die Gildemeisterin stirnrunzelnd. »Ihr seid ja ganz außer Atem … Ich hoffe, ich komme nicht ungelegen, aber mir wurde vom Pförtner des ›Schwarzen Stern‹ ausgerichtet, dass Ihr mich sprechen wolltet.«

»Ach so? Das war nicht so wichtig. Ich war nur gerade in der Nähe und wollte dich fragen, wann du gedenkst, euer restliches Gepäck abzuholen«, entgegnete Ursel keuchend. Ihr schlug das Herz immer noch bis zum Hals, und sie mühte sich vergebens, ihre Stimme nicht zu sehr zittern zu lassen.

Auf Irenes ebenmäßigem Gesicht spiegelte sich Besorgnis. »Geht es Euch nicht gut, Zimmerin? Kann ich vielleicht helfen?«, erkundigte sie sich mitfühlend, um im nächsten Augenblick echauffiert in die zierlichen Hände zu klatschen und auszurufen: »Was für eine Frage! Wie konnte ich das nur vergessen!«

Irenes kristallklare Augen schimmerten feucht, als sie Ursels Hand ergriff und mit tiefer Zerknirschung hervorstieß: »Es tut mir so unendlich leid, was Herrn von Wanebach zugestoßen ist! Wie konnte Mutter ihm nur so etwas antun?«

Die Hurenkönigin musterte Irene eindringlich, und es war ihr mit einem Mal, als könnte sie auf dem Grunde ihrer sanften Engelaugen nichts anderes als abgrundtiefen Zynismus entdecken.

War sie es auch, die Bernhard attackiert hatte?

Die ungeheure Wut, die plötzlich in Ursel aufstieg, verlieh ihr ungeahnte Kräfte. *Ich werde dafür sorgen, dass du am Galgen baumelst, du Ungeheuer!*, schwor sie sich. Ihre Schwäche war verflogen, und unversehens war sie ganz ruhig geworden.

In einfühlsamem Tonfall fuhr Irene fort: »Wie ich hörte, hat er den Anschlag ja glücklicherweise überlebt. Wie geht es ihm denn?«

»Danke der Nachfrage«, erwiderte die Hurenkönigin kühl und beschloss spontan, Irene ein wenig zu verunsichern. »Er ist auf dem Wege der Besserung. Es besteht Grund zur Hoffnung, dass er bald wieder aus der Ohnmacht erwacht.«

Ursel ließ die junge Ulmerin dabei nicht aus den Augen und hatte den Eindruck, dass ihr Alabasterteint noch eine Nuance bleicher geworden war. Doch Irenes Kaltschnäuzigkeit gewann auch diesmal die Oberhand. »Das freut mich!«, flötete sie. »Ich wünsche Herrn von Wanebach alles Gute. Bestellt ihm bitte meine besten Genesungswünsche!« Sie streifte Ursel mit einem taxierenden Seitenblick, ehe sie sich der Treppe zuwandte und sagte: »Dann will ich Euch auch nicht länger aufhalten, ich hole nur rasch meine Sachen.«

Die Hurenkönigin nickte und überlegte verzweifelt, was sie nun tun sollte. Vielleicht konnte sie, sobald Irene im Zimmer verschwunden war, zur Polizeiwache eilen?

Sie hat mich am Fenster gesehen und weiß, dass ich in dem Zimmer war. Wenn sie merkt, dass ich ihre Sachen durchsucht und das Kleid entdeckt habe, bin ich meines Lebens nicht mehr sicher. Sie wird mir unterwegs auflauern und versuchen, mich zu töten! Da bin ich hier sicherer. Sie weiß ja nicht, dass ich allein im Haus bin.

Auf unsicheren Beinen stieg sie hinter Irene die Treppe hinauf und rief hinter ihr her: »Wenn noch etwas ist, ich bin auf meinem Zimmer.«

Sobald Ursel in ihrer Kammer war, verriegelte sie die Tür und ließ sich keuchend auf dem Bettrand nieder. Als sie aus dem Nachbarzimmer ein lautes Scheppern vernahm, fuhr sie heftig zusammen, hastete zum Ofen und packte den Schürhaken.

Sie redete sich selbst beruhigend zu: Sie wird mir schon nicht die Tür einrennen! Doch mit der Waffe in der Hand fühlte sie sich sicherer.

Ursel hielt den Atem an und lauschte angespannt in die Stille. Ihr war, als hätte sie vom Flur her ein Geräusch gehört. Ein leises Dielenknacken, so, als schleiche jemand vor ihrer Tür herum. Der Hurenkönigin sträubten sich sämtliche Nackenhaare. Da war es wieder! *Was hat sie nur vor, diese Bestie?*

Gleich darauf wurde nebenan die Zimmertür geschlossen, und von der Treppe her erklangen laute Schrittgeräusche.

Sie geht, dachte Ursel erleichtert und vernahm auch schon das Zuklappen der Eingangstür.

Sie trat ans Fenster und spähte vorsichtig hinaus. In der Dunkelheit gewahrte sie Irenes schlanke Gestalt, die sich in Richtung der Alten Mainzer Gasse entfernte. Die Hurenkönigin stieß vernehmlich den Atem aus und wischte sich mit fahriger Hand die Schweißtropfen von der Stirn. Ihr Blick folgte Irenes Silhouette, bis sie in der Finsternis verschwunden war.

Sie würde noch ein paar Minuten warten und sich dann auf den Weg zum Leinwandhaus machen.

Ursel nahm ihren grauen Kapuzenumhang vom Kleiderhaken und legte ihn um. Eine Weile lang lief sie erregt im Zimmer auf und ab, bis sie es vor Anspannung nicht mehr aushielt und zur Tür eilte.

Als sie auf den düsteren Flur hinaustrat und von außen die Tür schließen wollte, glitschte ihr die Klinke aus der Hand. Ursel fuhr sich verstört über die Handfläche. Ist das Schweiß?, überlegte sie, denn vor Aufregung wurde sie immer wieder von Hitzewallungen geplagt. Doch der Belag auf ihrer Handfläche fühlte sich anders an. Er war schmierig. Ursel strich mit den Fingerkuppen über die Türklinke. Es kam ihr so vor, als wäre sie eingefettet worden. Seltsam, grübelte sie und wischte sich angewidert die Handfläche an der Innenseite des Capes ab.

Als Ursel aus der Tür des Frauenhauses kam, umfingen sie auf einmal dichte Nebelschwaden. Sie schluckte krampfhaft. Ihr Mund und die Kehle waren wie ausgetrocknet. Sie hastete die Alte Mainzer Gasse entlang, und ihre Schritte hörten sich durch den dichten Nebel seltsam gedämpft an. Fast hatte sie das Gefühl, über dem Boden zu schweben.

Ihr Herz schlug immer schneller, es dröhnte ihr in den Ohren. Wurde sie verfolgt? Ihr war auf einmal, als müsste sie vor irgendjemandem, irgendetwas davonrennen. *Irene!*, schrie es in ihr. *Sie folgt mir* … Die Hurenkönigin begann zu rennen.

Bald hatte Ursel jegliche Orientierung verloren und irrte panisch durch die engen, finsteren Gassen. Ständig drehte sie sich nach der vermeintlichen Verfolgerin um.

Doch wenn sie kurz stehenblieb und sich mit schreckensgeweiteten Augen nach ihr umdrehte, waren da nur die Nebelschwaden, die ihr wie dichte Spinnweben die Sicht nahmen.

Unversehens beschlichen die Hurenkönigin beklemmende Angstzustände, die sich zu aberwitzigen Wahnvorstellungen steigerten. Das Gassenpflaster bäumte sich in hohen Wellen vor ihr auf, die sie zu verschlingen drohten. Auch die Häuserfassaden an den Seiten rückten immer mehr zusammen, und Ursel hatte das beklemmende Gefühl, von ihnen erdrückt zu werden. Die Menschen, die ihr in dem schmalen Durchgang entgegenkamen, sahen aus wie grässliche Höllengestalten – und ähnelten allesamt Irene. Mit dem letzten Rest an klarem Verstand ahnte sie, dass Irene sie vergiftet hatte.

»Hilfe!«, schrie Ursel gellend.

Mit Entsetzen musste sie jedoch erkennen, dass sie keine Stimme mehr hatte. Sie schrie immer verzweifelter, doch es war kein Laut zu vernehmen. Um sie herum herrschte nichts als Totenstille.

Entkräftet sank Ursel zu Boden. »Große Mutter, steh mir bei«, flehte sie inbrünstig.

Mit einem Mal nahm sie in ihrer Nähe eine Bewegung wahr. Sofort flackerte Hoffnung in ihr auf. *Ein Gassenmeister vielleicht oder der Nachtwächter?*

Mit dem Mut der Verzweiflung rappelte sich die Hurenkönigin auf und eilte ihrem Retter entgegen.

Plötzlich hörte sie ein leises Kichern, und sie erstarrte. Da wandte sich die graue Schattengestalt vor ihr um, und fassungslos blickte sie in das bleiche, vor Hohn verzerrte Gesicht von Irene. Was Ursel sah, war eine Schreckensvision, eine monströse Harpyie mit grässlichen, rot leuchtenden Augen – nur diesmal war sie Wirklichkeit!

»Du hast nach mir gerufen?«, flüsterte die schlanke junge Frau im dunklen Kleid und kam lauernd auf Ursel zu. In der Hand hielt sie einen Dolch.

✱

Die alte Irmelin runzelte missmutig die Stirn. »Wo nur die Meistersen bleibt?«, sagte sie zur roten Mäu und zur Jennischen Marie, die schweigend an Bernhards Krankenbett standen und die Dienstälteste ratlos anblickten.

»Vielleicht hat sie sich ja noch mal hingelegt. So erschöpft, wie sie war«, erwiderte die Jennischen Marie nachdenklich und nestelte nervös an ihren silbernen Ohrgehängen.

»Das glaub ich nicht«, widersprach Irmelin. »Es hat doch schon zur achten Stunde geschlagen. Sie wollte längst wieder hier sein.« Die rote Mäu stimmte ihr zu.

Irmelin stöhnte auf. »Vielleicht ist was passiert«, sagte sie aufgeregt. »Dass sie unterwegs zusammengeklappt ist oder so was. Das verkraftet doch keiner, was sie in den letzten Tagen mitgemacht hat.«

Ihr Blick fiel auf den schlafenden Bernhard, und ihre düstere Miene hellte sich ein wenig auf. »Gott sei Dank geht es Herrn von Wanebach schon etwas besser. Der Doktor hat gesagt, wenn das Fieber weiter fällt, ist er bald überm Berg.« Sie sah hinüber zu dem kleinen Nachttisch, auf dem ein Glas Waldhonig, ein Früchtebrot und eine kleine Korbflasche mit Würzwein standen. Die Huren hatten die Präsente für Bernhard mitgebracht, doch der war noch nicht in der Lage, von ihnen zu kosten.

»Ich sage der Hospitalvorsteherin Bescheid, dass die Sachen für den Patienten bestimmt sind. Nicht dass sich noch eine von den Siechenmägden daran vergreift«, murmelte Irmelin. Ihr Ingrimm gegenüber den Krankenmägden lag vor allem darin begründet, dass diese den drei Hübscherinnen mit unverhohlener Geringschätzung begegneten. Irmelin sah sich nach der Vorsteherin um, und als sie die ältere Frau mit der gestärkten weißen Flügelhaube und den strengen Gesichtszügen am anderen Ende des weitläufigen Krankensaals bemerkte, schlug sie vor, zu ihr zu gehen und dann aufzubrechen.

Nachdem die Obersiechenmagd zugesagt hatte, sie werde dafür Sorge tragen, dass die Mitbringsel dem Patienten auch zugutekämen, verließen die gelbgewandeten Frauen unter den abschätzigen Blicken einiger Kranker das Hospital zum Heiligen Geist und durchquerten die Friedbergergasse. Im dichten Nebel gewahrten sie die Umrisse einer Frau, die ihnen entgegenkam.

»Das wird sie sein, die Meistersen«, sagte Irmelin erleichtert und beschleunigte ihre Schritte. Beim Näherkommen erkannte sie jedoch, dass die Frau, die einen Korb in der Hand trug, nicht Ursel, sondern die Köchin Bertha war.

»Ach, Ihr seid es«, entfuhr es der Dienstältesten enttäuscht.

Die alte Frau begrüßte die Hübscherinnen kurzatmig und erklärte, die Hurenkönigin habe sie gebeten, Bernhard eine Hühnerbrühe ins Spital zu bringen.

»Und wo ist die Meistersen?«, erkundigte sich Irmelin

stirnrunzelnd. Sie musste die Frage mit lauter Stimme wiederholen, bis Bertha sie verstand.

»Die war so müde und hat sich ein bisschen aufs Ohr gelegt«, entgegnete die Köchin schließlich.

»Das kann doch wohl nicht wahr sein!« Irmelin schüttelte ungläubig den Kopf.

»Doch, doch«, beharrte die alte Frau und entfernte sich mit der Bemerkung, die Suppe werde kalt.

»Das hätt ich jetzt nicht gedacht«, murmelte Irmelin vor sich hin. »Versteh einer die Meistersen … Aber vielleicht hat sie ja recht, dass sie sich endlich mal ein bisschen schont, denn irgendwann kann man einfach nicht mehr …« Die beiden anderen Huren stimmten ihr mit verstörten Mienen zu.

Einsilbig passierten die drei wenig später die Fahrgasse und liefen über den menschenleeren Weckmarkt in die angrenzende Saalgasse. Als sie am Ende der Gasse die beleuchteten Fenster einer Gastwirtschaft gewahrten, schlug Irmelin vor, dort noch einen kleinen Imbiss zu sich zu nehmen. Die Jennischen Marie und die rote Mäu stimmten ihrem Vorschlag zu, und sie betraten das Gasthaus »Zum Geistpförtchen«, das unweit des gleichnamigen Durchgangs zum Mainkai lag.

Die kleine Schenke war gut besucht. In der Hauptsache waren es Fuhrknechte, Handwerksgesellen und Tagelöhner, die an den einfachen Holztischen ihren Feierabendschoppen tranken und sich mit Karten- oder Würfelspiel die Zeit vertrieben.

Als die Hübscherinnen an die Theke traten, beim Wirt Bier und Kohleintopf bestellten und sich im Gastraum nach freien Plätzen umsahen, waren von allen Seiten

Pfiffe und laute Rufe zu vernehmen. Die raubeinigen Männer luden die Huren mit teils recht derben und anzüglichen Bemerkungen ein, sich zu ihnen an den Tisch zu gesellen.

»Na, ein kleines Zubrot wäre ja nicht schlecht, wo doch Karwoche ist und wir geschlossen haben …«, zischte Irmelin ihren Gefährtinnen zu, ließ sich mit heiserem Lachen an der Seite eines breitschultrigen Burschen nieder, der gute zwanzig Jahre jünger war als sie, und fing sofort an, mit ihm zu schäkern. Auch die rote Mäu und die Jenischen Marie reihten sich in die feuchtfröhliche Runde ein und fanden rasch ihre Galane.

Das Bier und der Branntwein flossen in Strömen, die Würfelbecher schepperten, und die Hübscherinnen waren bald ähnlich angetrunken wie ihre Verehrer.

Irmelin, die inzwischen auf dem Schoß des jungen Fuhrknechts saß und es kichernd zuließ, dass seine Finger unter ihre Röcke wanderten, stellte routiniert fest, dass es allmählich an der Zeit war, dem Freier Erleichterung zu verschaffen.

»Komm, mein Süßer, lass uns rausgehen«, flüsterte sie ihm ins Ohr. Dann fasste sie ihn an der Hand und zog ihn zum Ausgang.

Als sie draußen waren, besann sich Irmelin sogleich auf das Geschäftliche. »Drei Heller, mein Kleiner, weil du so süß bist …«, raunte sie dem Freier zu, wohl wissend, dass es außerhalb der schützenden Mauern des Frauenhauses klüger war, vorab zu kassieren.

»Ich dachte, du machst es mir umsonst – wo du doch nicht mehr die Jüngste bist«, maulte der Fuhrknecht unwirsch.

»Umsonst ist der Tod«, gab Irmelin derb zurück. »Auch wenn ich nicht mehr ganz frisch bin, mein Jüngelchen, so läuft's bei mir doch noch wie geschmiert …«

Der Fuhrknecht musste unwillkürlich grinsen. »Den Eindruck habe ich auch«, erwiderte er trocken und nestelte schließlich die Münzen aus der Tasche, die Irmelin sofort im Ausschnitt ihres Mieders verschwinden ließ. Dann schlug sie vor, hinunter ans Geistpförtchen zu gehen.

Unter dem langgezogenen Gewölbe des Torbogens war es stockfinster und roch scharf nach Urin und Mäusekot. Irmelin lehnte sich ans Mauerwerk und lüftete einladend die Röcke.

*

In panischer Flucht vor der mordlüsternen jungen Frau war Ursel unversehens am Mainufer angelangt. Der Fluss dehnte sich vor ihr wie ein gähnender schwarzer Abgrund, eine unendliche Tiefe, in der Wahngestalten lauerten – und hinter ihr hörte sie bereits die leichten, schnellen Schritte ihrer Verfolgerin.

Sie will mich ins Wasser treiben! Mit dem letzten Rest an klarem Verstand wurde der Hurenkönigin bewusst, dass es keinen Ausweg mehr für sie gab. Der Fluss barg keine Rettung für sie, denn sie konnte nicht schwimmen und würde elend ertrinken.

Mit einem Mal spürte Ursel eine mächtige Wut in sich aufsteigen. Nein! Sie würde sich von der Teufelin nicht widerstandslos in den Tod treiben lassen!

Die Hurenkönigin fuhr herum, stieß einen wilden Kampfesschrei aus und stürzte wie eine Furie auf ihre Widersacherin zu. Die von grauen Nebelschleiern umhüllte dunkle Gestalt hob drohend den Dolch, schien vor Ursel aufzuragen und immer weiter gen Himmel zu wachsen …

Als sie ihr ins Gesicht blickte und das bleiche Antlitz von der jungen Hübscherin erkannte, überkam sie wie ein Schlag die überwältigende Erkenntnis, dass es niemand anderes war als Irene, die sie in ihren Wahnvorstellungen für die Königin der Schatten gehalten hatte – und ihr Zorn steigerte sich ins Bodenlose.

»Mich kriegst du nicht, du Scheusal!«, schrie die Hurenkönigin mit sich überschlagender Stimme. Sie sprang auf Irene zu und versuchte ihr den Dolch zu entwinden. Verbissen rangen die beiden miteinander, und dabei näherten sie sich immer mehr dem Mainufer. Wut und Verzweiflung verliehen Ursel ungeheure Kräfte, und obgleich Irene das Messer mit eisernem Griff umklammert hielt, geriet sie doch kurzzeitig ins Straucheln. Im nächsten Moment aber bäumte sie sich mit solcher Gewalt gegen die Hurenkönigin auf, dass diese das Gleichgewicht verlor und in den Main stürzte.

Ursels Finger suchten panisch nach einem Vorsprung an der glitschigen Kaimauer, doch die glatten Steine boten keinerlei Halt. Sobald sie den Mund öffnete, um Luft zu holen, strömte ihr eisiges Wasser in den Rachen und drohte, sie zu ersticken.

Irene kniete sich auf die Kaimauer und versuchte mit aller Kraft, den Kopf der Hurenkönigin unter Wasser zu drücken. Verzweifelt versuchte Ursel, Irenes unbarmherzigen Händen auszuweichen und sich gleichzeitig nicht vom Fluss mitziehen zu lassen.

Mit einem Mal fühlte sie Grund unter den Füßen. Mit

letzter Kraft stieß sie sich vom Boden ab, und es gelang ihr, wenn auch nur für einen kurzen Moment, aufzutauchen und prustend um Hilfe zu rufen. Doch schon im nächsten Augenblick wurde ihr Kopf wieder gewaltsam unter Wasser gedrückt. Ursel spürte, wie ihre Lebenskraft mehr und mehr schwand, aus ihr herausfloss. Endlich ergab sie sich der grenzenlosen Schwärze, die sich unaufhaltsam in ihr auszubreiten begann.

✸

Obwohl ihr von der harten Steinmauer langsam der Rücken weh tat, war Irmelin richtig in Fahrt gekommen. Der junge Bursche gefiel ihr, und was in ihrem langen Hurenleben nicht allzu häufig vorgekommen war: Sie genoss es mit ihm. Seinem wohligen Stöhnen nach schien es auch ihm zu gefallen. Sie klammerte sich lustvoll an seine breiten Schultern, als sie plötzlich einen lauten Hilfeschrei hörte. Er schien vom Flussufer zu kommen.

»Hast du das gehört?«, fragte sie den Fuhrknecht, der nur unmutig knurrte: »Halt still, sonst rutscht er mir raus …«

Auch wenn es Irmelin nicht leichtfiel, schob sie den jungen Mann sachte von sich. »Da ruft jemand um Hilfe – es hat sich angehört wie eine Frau. Lass uns nachschauen, was da los ist«, sagte sie entschlossen.

»Ach, du kannst einem aber auch den Spaß verderben!«, murrte der Freier. »Ich war grad so gut dabei …«

Irmelin drückte den jungen Mann an sich. »Wir machen nachher weiter, Schätzchen«, suchte sie ihn zu trösten und zog ihn mit sich.

Als sie das Geistpförtchen passiert hatten und am Mainufer standen, nahm ihnen der dichte Nebel, der über dem Fluss und der Hafenmauer hing, die Sicht. Unschlüssig, wohin sie sich wenden sollten, blieben sie stehen und lauschten in die Dunkelheit, doch außer einem gedämpften Plätschern war nichts zu vernehmen.

»Ich glaube, der Schrei ist von rechts gekommen«, sagte Irmelin unsicher.

»Dann lass uns dorthin gehen«, grummelte ihr Begleiter unwirsch. »Wahrscheinlich sind sowieso nur ein paar Besoffene aneinandergeraten.«

Die beiden wandten sich nach rechts und gingen langsam am Ufer entlang. Der Nebel war so dicht, dass sie Mühe hatten, nicht gegen die Boote und Fässer zu stoßen, die die Mainfischer dort abgestellt hatten.

Nachdem sie ein ganzes Stück weit gelaufen waren und nichts entdecken konnten, schlug der junge Mann vor, wieder umzukehren. Unwillig stimmte Irmelin zu, obwohl sie nach wie vor ein mulmiges Gefühl hatte. Da ertönte plötzlich ein vernehmliches Plätschern und Prusten von der Kaimauer vor ihnen, und als sie näher kamen, gewahrten sie eine dunkle Gestalt. Sie kauerte auf der Mauer und beugte sich zum Wasser hinab.

»Können wir helfen?«, fragte Irmelin und ging langsam auf sie zu. Die Gestalt fuhr erschrocken zusammen und drehte sich um, und verblüfft erkannte Irmelin, dass es sich um Irene handelte.

»Was machst du denn hier?«, fragte die alte Hübscherin erstaunt, als ihr Blick auf das lange, dolchartige Messer fiel, das neben der Ulmerin auf der Hafenmauer lag.

Blitzschnell sprang Irene auf, klaubte die Waffe vom

Boden auf und ging mit erhobenem Dolch auf Irmelin zu, die sie nur fassungslos anstarrte.

Der Fuhrknecht hatte das Geschehen sofort erfasst. Mit einer jähen Bewegung stürzte er auf die Ulmerin zu, packte sie am Handgelenk und versetzte ihr mit der zur Faust geballten Linken einen schmetternden Kinnhaken. Irene sank ohnmächtig in sich zusammen, der Dolch fiel scheppernd zu Boden. Der Fuhrknecht hob ihn auf und steckte ihn in seinen Gürtel.

Erst jetzt löste sich Irmelins Erstarrung, und sie beugte sich über die Hafenmauer, um nachzusehen, was sich dort unten befand. Sie sah etwas Weißliches, das unter der Wasseroberfläche trieb, und – langwallende Haare!

»Da ist jemand im Wasser!«, schrie sie entsetzt, beugte sich vor und versuchte angestrengt, den Körper zu fassen. Doch ihre Arme waren zu kurz.

Sie drehte sich zu dem jungen Mann um und stammelte panisch: »Schnell, komm her, du musst ihn rausholen!«

Der Fuhrknecht sprang ihr sofort bei. Mit einem festen Ruck seiner starken Arme zog er gemeinsam mit Irmelin den leblosen Körper aus dem Wasser und legte ihn auf die Kaimauer.

»Das ist ja die Meistersen!«, rief Irmelin außer sich, als sie das bleiche Gesicht der Hurenkönigin gewahrte. Sie hielt ihr Ohr an Ursels Mund und stieß verzweifelt hervor: »Sie atmet nicht mehr!«

Sofort presste sie ihre Hände auf Ursels Brust und drückte heftig dagegen, immer wieder und wieder. Dabei schluchzte sie lauthals: »Bitte, Meistersen, tu mir das nicht an!«

Der Fuhrknecht, der ihre vergeblichen Versuche mit

ernster Miene verfolgte, murmelte tonlos: »Das wird nichts mehr …«

Irmelin schrie auf. »Nein, das darf nicht sein! Komm zurück, Ursel! Komm zurück!«

Wie eine Besessene stieß sie beide Fäuste immer wieder fest gegen Ursels Oberkörper und hörte, obgleich sie schon ganz heiser war, nicht auf, die Leblose aufs Inbrünstigste anzuflehen, doch wieder ins Leben zurückzukehren. Ihre heißen Tränen tropften auf Ursels Gesicht, und sie stammelte ein ums andere Mal: »Du kannst doch nicht einfach sterben, du bist doch mein Ein und Alles!«

Der junge Mann räusperte sich ergriffen und legte tröstend den Arm um Irmelins Schultern. »Lass gut sein, sie wacht nicht mehr auf …«, sagte er sanft, doch Irmelin ließ sich nicht davon abbringen, weiter Ursels Oberkörper zu bearbeiten.

Obwohl ihre Hoffnung zunehmend schwand, so konnte sie sich doch nicht damit abfinden, Ursel zu verlieren, und sie schrie ihre Verzweiflung in die Nacht hinaus.

Mit einem Mal nieste die Hurenkönigin heftig, und im nächsten Moment quoll ein großer Schwall Wasser aus ihrem Mund.

Sogleich drehten Irmelin und der Fuhrknecht ihren Körper auf die Seite, und sie erbrach in krampfartigen Schüben Unmengen von Wasser, ehe sie Irmelins Hand ergriff und entkräftet auf den Boden sank.

13

Mittwoch, 4. April 1512

Wie ein Lauffeuer hatte sich in Frankfurt herumgesprochen, dass die schöne Hübscherin aus Ulm in der vergangenen Nacht versucht hatte, die Hurenkönigin Ursel Zimmer umzubringen. Und damit nicht genug, die anmutige junge Frau mit dem Gesicht eines Engels war auch dringend verdächtig, die grausame Bluttat an Senator Uffsteiner sowie einen Mordversuch an dem Gelehrten Bernhard von Wanebach verübt zu haben.

Bald machten die Neuigkeiten auch unter dem Personal der Fürstenherberge »Zum Trierischen Hof« die Runde, wo sich die besagte Hübscherin in der Mordnacht gemeinsam mit Herrn von Fugger aufgehalten hatte. Der Hausdiener Reginald Dietz entschloss sich daraufhin, umgehend die Polizeiwache im Leinwandhaus aufzusuchen.

Um die elfte Vormittagsstunde wurde er dort vorstellig und erklärte dem Untersuchungsrichter, er habe in der Mordnacht im Trierischen Hof den Nachtdienst versehen und wünsche dazu eine Aussage zu machen. Obgleich Richter Fauerbach wegen des für die erste Nachmittagsstunde angesetzten Verhörs der Verdächtigen Irene

Deckinger schon reichlich aufgeregt war, wurde er doch sofort hellhörig und zückte eifrig seine Feder, um alles zu protokollieren.

»Ich habe damals nicht gewusst, dass das von Bedeutung sein könnte, weil es ja hieß, die Mörderin von Herrn Senator Uffsteiner sei bereits überführt«, bemerkte der grauhaarige Mann betreten. »Und es schien ja auch den Herrn Bürgermeister nicht weiter zu interessieren, als er damals bei uns vorstellig wurde, um mit dem Herrn von Fugger zu sprechen … Äh, ich meine, er hat das Hotelpersonal ja gar nicht befragt, ob uns in dieser Nacht vielleicht irgendetwas aufgefallen ist. Deswegen habe ich mir auch gedacht, da halte ich mich am besten zurück …« Der ältliche Hausdiener lächelte verlegen.

Untersuchungsrichter Fauerbach sah ihn ungeduldig an. Die Wende, die der Fall so plötzlich genommen hatte, war durchaus von Vorteil für ihn. Wenn Irene Deckinger für die Taten verantwortlich war und nicht ihre Mutter, dann konnte man ihm auch nicht anlasten, die Mörderin voreilig auf freien Fuß gesetzt zu haben. Daher wartete er begierig auf jeden neuen Beweis, und nun platzte er förmlich vor Neugier. »Jetzt sagt doch endlich, was Sache ist!«, schnaubte er unwirsch.

Der hagere Hausdiener zuckte zusammen und suchte sich zu sammeln. »Also … der Herr Senator Uffsteiner war ja in der Nacht, in der er umgebracht worden ist, noch in unserem Hause. Er wünschte den Herrn von Fugger zu sprechen. Es schien ihm sehr dringlich zu sein, und deswegen habe ich ihn dann auch zum Fürstenflügel geführt, wo der Freiherr logiert hat. Kurze Zeit später ist der Herr Senator dann wieder gegangen. Er war sehr griesgrämig und hat weder danke noch auf Wiedersehen gesagt, als ich ihn hinausgelassen habe.« Der Hausdiener blinzelte zum Untersuchungsrichter hinüber, der angespannt mitschrieb. »Dann habe ich meine übliche Runde ums Haus gedreht, um nachzusehen, ob auch alle Türen verschlossen sind. Die Herrschaften in den Fürstenflügeln haben nämlich ihre eigenen Schlüssel, und sie vergessen manchmal, die Außenpforten zu verschließen, und dann haben wir das Malheur, wenn sich wieder einer von den staubigen Brüdern auf unser Anwesen verirrt und Unruhe stiftet …« Der Hotelangestellte verzog missmutig das hagere Gesicht, ehe er weitersprach: »Ich hatte gerade das Portal zur Münzgasse überprüft, als ich plötzlich sah, wie eine Frau durch den Garten lief. Sie kam aus der Richtung, wo der Herr Bankier seine Räume hatte, also aus einem der Fürstenflügel. Und dann ist sie zur Außenmauer gehuscht, hat die Tür aufgesperrt und ist hinausgeschlüpft. – Es war zwar recht dunkel, aber ich bin mir ziemlich sicher, dass es sich um dieselbe junge Dame handelte, die bei dem Herrn von Fugger war – so graziös, wie sie sich bewegt hat, und mit der ellenlangen Schleppe am Kleid –, und da habe ich mir noch gedacht, das war aber ein kurzer Spaß, weil es ja noch gar nicht lange her war, seit sie mit ihm aufs Zimmer gegangen ist …« Er grinste verschämt. »Nun ja, weiter habe ich mir darüber auch nicht den Kopf zerbrochen. Ich hab geglaubt, sie ist nach Hause gegangen – wo ja der Freiherr auch schon ziemlich betrunken war. Da ist wahrscheinlich nicht mehr viel bei ihm gelaufen … Stutzig geworden bin ich erst, als ich sie dann am nächsten Morgen wieder gesehen habe, wie sie aus dem Fürstenflügel kam. Sie hat flüchtig gegrüßt und ist dann durchs Hauptportal gegangen. Mir ist aufgefallen, dass ihr Kleid ganz fleckig war, auch der Saum und die Schleppe … und sie hat sich deswegen wohl auch ein bisschen geniert, jedenfalls hat sie den Rock so verschämt zusammengerafft …« Der Hausdiener stieß vernehmlich die Luft aus. »Und im Nachhinein denke ich, dass es vielleicht getrocknetes Blut war!«, stieß er mit unheilvoller Miene hervor und fuhr sich fahrig durch das lichte Haar. »Und da war noch etwas«, murmelte er hektisch. »Am nächsten Tag fehlte in der Suite des Freiherrn das Obstmesser. Unsere Hausdame ist doch so penibel und hat uns alle deswegen zusammengestaucht – besonders das für den Fürstenflügel zuständige Dienstmädchen. Das arme Ding hat geheult und Stein und Bein geschworen, dass sie das Messer höchstpersönlich neben die Obstschale gelegt hat.«

Fauerbach pfiff durch die Zähne und rief aus: »Das ist ja ein Ding!«

✱

Nach einer intensiven Beratung mit dem Bürgermeister und den Ratsherren, bei der Fauerbach ausführlich und genüsslich die Aussagen des Hausdieners schilderte, ließ ihn der zerknirschte Reichmann wissen, er ziehe die angekündigte Entlassung zurück. Gleichzeitig legte er dem Richter nahe, den Beobachtungen des Hotelangestellten keine weitere Beachtung zukommen zu lassen, da die Schuld der Angeklagten ja ohnehin so gut wie erwiesen sei.

Wenig später begann im großen Verhörraum des Brückenturms die Befragung der Angeklagten Irene Deckinger. Den Vorsitz des Straftribunals hatte Fauerbach inne, und der Richter strotzte nur so vor Tatendrang – was jedoch, wie sich gleich herausstellen sollte, gar nicht vonnöten war. Denn die Delinquentin erklärte unumwunden, dass auf die peinliche Befragung verzichtet werden könne, da sie bereit sei, ein umfassendes Geständnis abzulegen.

Verblüfft musterten der Untersuchungsrichter und die Herren des Rates Irene, die selbst in ihrem grauen Gefangenenkittel noch eine Augenweide darstellte. Aus dem Hintergrund des Gewölbes ertönte die Stimme des Henkers: »Dann kann ich ja wieder gehen!«, und klirrend ließ er die Daumenschraube fallen, die er gerade gereinigt hatte.

Fauerbach wollte dem Angstmann schon bedeuten, er könne sich einstweilen zurückziehen, da bat ihn Irene, er möge doch ihre Mutter holen lassen. Ihr sei sehr daran gelegen, dass sie dem Verhör beiwohne, fügte sie hinzu.

Der Untersuchungsrichter gab dem Henker die entsprechende Anweisung und zog sich abwartend hinter sein Pult zurück. Obgleich er dem weiblichen Geschlecht nur wenig zugetan war, konnte er, genau wie der Bürgermeister und die Ratsherren, seinen Blick kaum von der schönen Frau lösen. Hoch aufgerichtet stand sie da, und in ihrer kühlen Beherrschung glich sie beinahe einer Marmorstatue.

Als wenig später der Scharfrichter mit der in Ketten gelegten Alma zurückkehrte, die einen sehr versehrten Eindruck machte, verzog Irene keine Miene.

»Mein Mädchen!«, stieß Alma beim Anblick ihrer Tochter hervor und brach in Tränen aus.

Irene blieb davon jedoch gänzlich unbeeindruckt und erklärte stattdessen in sachlichem Tonfall: »Ich werde der Ordnung halber am besten chronologisch berichten.«

»Nur zu, ich erteile Euch hiermit das Wort«, verkündete Fauerbach mit belegter Stimme.

»Ich war es, und nicht meine Mutter, die im letzten Jahr die Kastration an unserem jungen Ordensbruder vollzogen hat«, begann Irene mit Nachdruck.

»Das stimmt nicht!«, fiel ihr Alma erregt ins Wort, doch Irene würdigte sie keines Blickes. Kühl fuhr sie fort: »Spar dir deine Lügen, Mutter! Du brauchst mich nicht mehr zu schützen. Es ist ohnehin alles verloren, denn gestern Nacht hat man mich dabei ertappt, wie ich versucht habe, deine Busenfreundin zu ertränken.«

Als Alma verzweifelt aufschrie, glitt ein flüchtiges Lächeln über Irenes Züge, ganz so, als bereite es ihr Vergnügen, die Mutter zu verletzen. Doch gleich darauf wandte sie ihre Aufmerksamkeit wieder dem Richter und den versammelten Ratsherren zu. »Die Kastraten nennt man bei uns ›die ewig Keuschen‹ oder auch ›die im Frieden sind‹«, erläuterte sie mit unverhohlenem Zynismus in der Stimme. »Sie sind fortan keinen Anfechtungen mehr ausgesetzt. Deshalb hat mir diese ehrenvolle Aufgabe als Priesterin auch so große Freude bereitet. ›Irene‹ bedeutet nämlich ›Frieden‹, und in diesem Sinne sehe ich mich als eine Friedensbringerin. Nichts anderes habe ich auch Herrn Uffsteiner beschert – ich habe ihn von seinem Trieb erlöst.«

Irene hatte diese Worte mit einer so eisigen Klarheit geäußert, dass selbst die abgeklärten Magistratsmitglieder ein Schauder überlief. Wortreich bekundeten die würdevollen Herren in ihren schwarzen Amtstalaren ihr Entsetzen.

Irene nahm den Aufruhr mit heiterer Gelassenheit zur Kenntnis. »Der Vollständigkeit halber sollte ich vielleicht erwähnen, dass Herr Uffsteiner nach dem Vorfall im Frauenhaus noch einmal im Trierischen Hofe vorstellig wurde, um sich bei Herrn von Fugger zu entschuldigen. Der Freiherr erwiderte daraufhin nur, die Entschuldigung gebühre der Dame.«

Die Stimme der jungen Hübscherin zitterte leicht, als sie weitersprach: »Der Senator hat mich nur verächtlich angeblickt und gesagt, er sehe keine Dame. Dann ist er wieder gegangen. Er konnte nicht ahnen, dass er mit diesem Satz sein Todesurteil besiegelte …« Ihr entrang sich ein düsteres Lachen.

Dann beschrieb Irene dem Straftribunal in kühlen Worten, was anschließend geschehen war. »Fugger war zu diesem Zeitpunkt schon sehr müde und betrunken und hat sich gleich zu Bett begeben. Als ich sein Schnarchen vernahm, habe ich kurzerhand das Obstmesser vom Tisch genommen und bin Uffsteiner gefolgt.« Die junge Hübscherin lächelte versonnen, sie schien alles noch einmal zu durchleben. »Ich habe unzählige Male mit dem Messer auf ihn eingestochen, bis er zu Boden sank. Dennoch hat er noch gelebt und laut gestöhnt, als ich ihm sein Gemächt abgeschnitten habe. Erst nachdem ich es ihm in den Rachen gestopft habe, war endlich Ruhe.«

Alma stöhnte gequält auf. »Das kann doch nicht wahr sein!«, stammelte sie fassungslos.

Zum ersten Mal, seit Alma in den Verhörraum geführt worden war, sah Irene ihre Mutter an. Aus ihrem Blick sprach eine derartige Gleichgültigkeit, dass der Richter sich nicht mehr zurückhalten konnte. »So etwas Kaltschnäuziges habe ich noch nicht erlebt!«, stieß er entsetzt hervor.

Irene ignorierte seine Äußerung und fixierte weiterhin die auf dem Boden kauernde Alma. »Doch, Mutter, es ist die Wahrheit. Das habe ich nicht zuletzt auch deswegen getan, weil du kurz zuvor gedroht hattest, ihm die Eier abzuschneiden. Mir war klar, dass man dich zuerst verdächtigen würde.«

Alma schrie gepeinigt auf und schlug wie von Sinnen mit dem Kopf auf den Dielenboden, bis der Henker ihr seine starke Hand in den Nacken drückte.

Fauerbach musste sich mehrfach räuspern, um seine Beklommenheit loszuwerden, die ihm wie ein Frosch im Halse steckte. »Ihr … Ihr wollt damit sagen, dass Ihr Eurer Mutter die Tat in die Schuhe schieben wolltet?«, fragte er heiser.

Irene sah ihn eindringlich an. In ihren hellen Augen glitzerten Tränen. Dann entfuhr es ihr: »Ich habe mir so sehr gewünscht, meine Mutter loszuwerden, damit ich endlich mein verhasstes Gewerbe aufgeben kann!« Aufstöhnend barg sie das Gesicht in den Händen.

Fauerbach, dem es ganz flau im Magen geworden war, trat an die junge Frau heran und gab sich alle Mühe, eine respektable Haltung einzunehmen. »Wollt Ihr uns etwa glauben machen, Eure Mutter hätte Euch dazu gezwungen, dem Hurengewerbe nachzugehen?«, fragte er mit skeptisch gerunzelten Brauen. »Wie kann das sein? Ihr seid schließlich eine erwachsene Frau …«

Irene nahm die Hände vom Gesicht und blickte ihn

aus tränenverschleierten Augen an. »Meine Mutter und mein Schicksal haben mir nie eine andere Wahl gelassen«, erwiderte sie mit bebender Stimme. »Ich wurde in eine Hurenfamilie hineingeboren, die sich in der Tradition der antiken Venuspriesterinnen sieht.« Sie lächelte bitter. »Hinzu kam noch, dass ich durch meine verfluchte Schönheit für dieses Gewerbe wie geschaffen war. Wie auch immer, schon mit zwölf Jahren führte mich meine Mutter dem ersten Freier zu und drängte mich dabei in die Rolle der ewigen Verführerin. Ich genoss es zwar, Macht über die Männer zu haben, doch gleichzeitig hasste ich auch ihre Lüsternheit, die mich mit unbändigem Abscheu erfüllte.« Irenes Gesicht verzerrte sich vor Ekel, während weiterhin Tränen über ihre Wangen strömten. Ihr Blick war auf Alma gerichtet und schien sie nun förmlich zu durchbohren. Ihre Gleichgültigkeit war abgrundtiefer Feindseligkeit gewichen. »Was habe ich dich dafür gehasst, dass du mich zu diesen widerlichen Kerlen gezwungen hast!«, schrie sie außer sich. Ihr Alabasterteint war mit roten Zornflecken durchzogen. »Und du hast es einfach ignoriert und warst auch noch stolz darauf, wenn die Freier nicht genug von mir kriegen konnten! ›Sieht sie nicht aus wie die Göttin der Liebe …‹«, äffte Irene ihre Mutter nach, die sie wie vom Donner gerührt anstarrte. »Ich war dir immer eine folgsame Tochter und habe mich in alles gefügt, was du mir aufgebürdet hast. Doch glaube mir, ich habe dabei gelitten wie ein Tier. Und du warst taub für mein stummes Aufbegehren, du hast es noch nicht einmal gemerkt!« Abrupt wandte sie den Kopf ab und sah das Tribunal an. »Mit der Zeit wurde mein Widerstand immer heftiger – und *gefährlicher*.«

Ein maliziöses Lächeln glitt über Irenes Gesicht. »Schon lange hatte ich Mordphantasien in Bezug auf meine Freier«, gestand sie und musste unversehens kichern. »Was habe ich mir immer alles ausgemalt, während sie auf mir lagen, diese geilen Säcke! Ich glaube, kein Mensch vermag sich das vorzustellen.« Sie leckte sich lüstern über die Rosenlippen, und ihr Blick hatte mit einem Mal etwas Diabolisches. »Und so wurde aus der Göttin der Liebe allmählich eine Königin der Schatten. Ich kann gar nicht sagen, wie befreiend es für mich war, auf diesen widerlichen Fettwanst einzustechen!« Auf Irenes ebenmäßigen Zügen spiegelte sich reine Verzückung. In diesem Moment mutete sie an wie eine Heilige in religiöser Versenkung – wäre der Ausdruck ihrer Augen nicht so abgrundtief dämonisch gewesen.

Den Herren des Straftribunals stockte förmlich das Blut in den Adern.

»Was für ein Scheusal!«, murmelte der Bürgermeister beklommen.

»Jetzt weiß ich auch, warum es bisweilen heißt, der Satan sei schön …«, raunte ihm sein Freund Johann Fichard zu und bekreuzigte sich.

Ein anderer Ratsherr rief bestürzt: »Herr im Himmel, das ist ja die reinste Irrsinnige!«

»Eine Irrsinnige mit glasklarem Verstand«, bemerkte der Untersuchungsrichter mit finsterer Miene. »Und das macht sie umso gefährlicher. Mit der bestialischen Tat hat sich nicht nur ihr lange aufgestauter Männerhass Bahn gebrochen, sondern sie hat auch mit eiskalter Berechnung versucht, ihrer Mutter die Tat in die Schuhe zu schieben.«

Irene warf ihm einen kühlen Blick zu und erklärte schnippisch: »Das sagte ich ja bereits!«

»Was ich nicht ganz verstehe ...«, meldete sich plötzlich der Patrizier Claus Stalburg zu Wort, der als sehr gelehrt galt, und musterte Irene nachdenklich. »Wenn Euch Euer Gewerbe derart verhasst war – was ich im Übrigen sehr gut nachvollziehen kann –, warum seid Ihr dann nicht einfach davongelaufen, um woanders Euer Glück zu suchen?«

Irene lachte trocken. »Ihr kennt meine Mutter nicht«, entgegnete sie. »Sie ist eine stolze, starke Amazonenkriegerin, an ihr kommt niemand vorbei. Von klein auf hatte sie mich in der Hand. Sie hat mich vollständig beherrscht, sie hätte mich niemals gehen lassen. Deshalb wurde mir bewusst, dass ich erst durch ihren Tod frei sein würde, um ein neues, selbstbestimmtes Leben zu beginnen.«

»Was für ein Leben hättet Ihr Euch denn gewünscht?«, fragte der Gelehrte angespannt.

Die Augen der jungen Ulmerin leuchteten auf. »Ihr werdet es nicht glauben«, erwiderte sie mit verlegenem Lächeln, »aber ich habe immer davon geträumt, ein gelehrtes Klosterfräulein zu sein. – Wo ich doch Bücher so sehr liebe! Die Vorstellung, ein Keuschheitsgelübde abzulegen und hinter dicken Klostermauern vor männlichen Nachstellungen geschützt zu sein, ist für mich der Inbegriff des Glücks. Doch das ist ja nun verwirkt ...«, seufzte sie schwermütig.

»Das kann man wohl sagen«, warf der Untersuchungsrichter mit Häme ein. »Denn eines ist gewiss: Für Eure Taten werdet Ihr in der Hölle schmoren – und das schon sehr bald!«

»Das kann auch nicht schlimmer sein, als sich tagein und tagaus mit Dutzenden von ekelhaften Freiern abgeben zu müssen«, konterte Irene.

»Kommen wir doch zum nächsten Punkt«, forderte Fauerbach in amtlichem Ton. »Bekennt Ihr Euch auch für schuldig, Herrn Doktor von Wanebach am vergangenen Sonntagabend in der Katharinenpforte aufgelauert und mit dem Messer attackiert zu haben?«

Irenes Mundwinkel zuckten spöttisch. »Wie geht es denn dem Herrn Doktor? Wie ich hörte, befindet er sich ja bereits auf dem Wege der Besserung?«, bemerkte sie mit gespieltem Bedauern. »Eigentlich tut es mir ja fast ein bisschen leid um ihn, denn um einen so famosen Gelehrten wäre es doch jammerschade gewesen. Aber als meine liebe Frau Mama, die ich hinter sicheren Kerkermauern wähnte, so plötzlich wieder aufgetaucht ist, war mir klar, dass unbedingt etwas passieren muss, damit sie wieder in Gewahrsam kommt. Daher kam mir der Streit zwischen Mutter und Herrn von Wanebach sehr gelegen. Als sie dann beide davongerannt sind, witterte ich meine Chance und ging rasch auf mein Zimmer, um meinen Dolch zu holen. Nun, und dann ging alles ganz schnell. Ich entdeckte ihn schließlich in der engen, finsteren Gasse und stach von hinten auf ihn ein. Es ist mir, ehrlich gesagt, auch nicht besonders schwergefallen, denn im Grunde genommen ist der Herr Doktor auch nicht besser als die anderen Kerle. Als ich mit ihm ein gelehrtes Gespräch führen wollte, hat auch ihn die Geschlechtsgier gepackt und er hat sich in mich verliebt. Von daher hat es wenigstens keinen Falschen getroffen … Bedauerlicherweise konnte ich jedoch mein Werk nicht vollenden, weil plötzlich so ein Gassenmeister angelaufen kam und mich gestört hat. Immerhin wurde Mutter bezichtigt, den Anschlag verübt zu haben, und wenige Stunden später hat man sie dann auch dingfest gemacht. Und diesmal sah es wirklich so aus, als würde ich sie endlich loswerden. Obwohl ich schon ein wenig besorgt war, weil Wanebach ja noch lebte und mich erkannt hatte.«

Irene hielt inne und blickte nachdenklich vor sich hin. Dann fuhr sie fort: »Ich hatte mich schon so schön ausstaffiert und Reisepläne gemacht, damit ich über alle Berge bin, falls der Kerl doch wieder zu sich kommt. Aber dann ist sie mir doch tatsächlich auf die Schliche gekommen, diese verfluchte Hurenkönigin!« Die junge Frau richtete sich wieder auf und runzelte ungehalten die Stirn. »Sie hat in meinen Sachen gewühlt und das Kleid gefunden – das mit den großen Blutflecken. Dabei hatte ich es so gut versteckt! Ich hätte es am Sonntag doch besser mitnehmen sollen, doch ich war zu sehr in Eile. Als ich ins Frauenhaus kam, hat die Zimmerin zwar versucht, sich nichts anmerken zu lassen, aber ich habe gespürt, dass sie mir gefährlich werden kann. Deshalb musste ich sie auf dem schnellsten Wege unschädlich machen.« Ein böses Lächeln trat auf Irenes Gesicht. »Ich ahnte, dass die Hurenkönigin bei nächster Gelegenheit zur Polizeiwache gehen würde, um mich anzuzeigen. Nun konnte ich sie nicht einfach abstechen, denn das hätte den Verdacht am Ende noch auf mich gelenkt. Mutter konnte es ja nicht gewesen sein, die saß ja im Kerker. Und dann kam mir die Idee mit dem Mutterkorn.«

Der Richter sah sie verblüfft an, und sie erläuterte: »Ihr müsst wissen, dass die Venusschwestern bei ihren Zusammenkünften bestimmte Salben verwenden, die sie sich auf die Haut streichen. Sie werden nach einem alten, wohlgehüteten Rezept zubereitet und enthalten verschiedene Rauschdrogen. Dabei gibt es zweierlei Salben. Die sogenannte Liebessalbe, die für die Sommersonnwende bestimmt ist, hat eine starke aphrodisische Wirkung und versetzt in einen lustvollen Sinnenrausch. Für die Wintersonnwende dagegen, welche die dunkle Seite der Göttin einleitet, wird eine andere Salbe benutzt, die aus Mutterkorn und verschiedenen Nachtschattengewächsen bereitet wird. Sie ermöglicht es uns, in die große Finsternis abzutauchen und die Geheimnisse des Todes zu erfahren. Diese Droge ist sehr gefährlich und führt bei unkontrolliertem Gebrauch in den Wahnsinn. Und das kam mir in meiner prekären Lage sehr gelegen. Ich bestrich die Klinke ihrer Kammer mit dieser Salbe, um die Zimmerin in den Irrsinn zu treiben. Als sie dann das Haus verließ, versetzte ich sie unterwegs in Angst und Schrecken. Dabei trieb ich sie immer näher an den Main, damit sie schließlich vor Panik in den Fluss springt. Dann hätte es so ausgesehen, als hätte sie aus Kummer um ihren Geliebten den Freitod gewählt …« Irene schwieg einen Moment und stieß vernehmlich die Luft aus. »Das lief auch zunächst alles nach Plan, und wir gelangten schließlich an den Mainkai. Doch dann versuchte dieses Luder plötzlich, mich anzugreifen und mir den Dolch zu entringen. Nun, und da musste ich halt ein wenig nachhelfen. Sie stand unter Drogen und war ziemlich geschwächt, von daher war es nicht schwer, sie ins Wasser zu stoßen. Doch sie ist und ist nicht abgesoffen! Hat gekämpft wie eine Irrsinnige, als ich ihren Kopf unter Wasser gedrückt habe …« Irene lächelte anerkennend. »Aber das hätte ich schon noch hingekriegt. Sie war ja fast am Ende, und es hätte nicht mehr lange gedauert. – Doch dann ist alles anders gekommen, und den Rest kennt Ihr ja«, murmelte sie und schüttelte verzagt den Kopf.

Wie schon während des gesamten Verhörs, so erwies es sich auch jetzt, dass Irenes Mitgefühl einzig auf sie selbst beschränkt war. Für ihre Opfer zeigte sie keinerlei Anteilnahme.

Als der Richter sie am Ende der Vernehmung fragte, ob sie ihre Taten bedauere, erklärte sie ohne Zögern, dass dies keineswegs der Fall sei. Dann fügte sie hinzu: »Ich bedauere es jedoch unendlich, dass es mir nicht vergönnt war, ein Leben fernab der Prostitution zu führen und dass mich erst der Tod aus dieser abstoßenden Welt erlösen wird«, murmelte sie gepresst.

Obgleich die junge Frau durchaus ein Opfer unglückseliger Umstände war, fühlte sich das Tribunal doch außerstande, Verständnis für ihr Geschick aufzubringen.

Die Verkündung des Todesurteils, das schon am nächsten Tag vollstreckt werden sollte, nahm die junge Ulmerin mit versteinerter Miene auf. Lediglich ihre Mutter schrie bei diesem Urteil auf wie von Sinnen.

Als der Richter die beiden Frauen abführen ließ, musste Alma von den Bütteln hinausgetragen werden, weil sie nicht mehr aus eigener Kraft gehen konnte. Was der Tortur nicht gelungen war, hatte das Geständnis ihrer Tochter erreicht: Alma Deckinger verließ den Verhörraum als zutiefst gebrochene Frau.

Die Hurenkönigin versuchte verzweifelt an die Oberfläche zu gelangen, doch das Wasser über ihr wollte einfach nicht weichen. Ihr war, als würde sie nicht aufsteigen, sondern stattdessen immer noch tiefer sinken. Ihre Lunge schmerzte, sie hatte keine Luft mehr, und Todesangst erfasste sie …

»Hilfe!«, schrie Ursel außer sich und rang röchelnd nach Atem. *Ich ertrinke! Hilfe, ich ertrinke!*

Unversehens verspürte sie ein zärtliches Streicheln auf ihrem Unterarm und hörte wie aus weiter Ferne ein sanftes Flüstern.

»Ganz ruhig, mein Mädchen … Keine Angst! Du bist in Sicherheit …« Es war die Stimme von Bernhard!

Ursel schlug verwundert die Augen auf und konnte es kaum fassen, als sie neben sich das Gesicht des Geliebten gewahrte. Er lächelte sie aus seinem Bett an und hielt ihre Hand. Mit Erstaunen stellte sie fest, dass sie sich ebenfalls auf einem Krankenlager befand, das dicht neben dem seinen stand.

»Was … was ist passiert?«, stammelte sie und spürte, dass ihr die eben durchlebte Panik noch gewaltig im Nacken saß. Sie kannte dieses übermächtige Gefühl. Schon einmal war sie nur knapp dem Tod entronnen! Ganz allmählich kehrte die Erinnerung an den jüngst überstandenen Schrecken wieder zurück. Die entsetzlichen Wahngebilde, die sie heimgesucht hatten, das schauerliche Antlitz der Königin der Schatten! Doch die Wirklichkeit war tausendmal schrecklicher gewesen: Irene, die ihr mit dem Dolch in der Hand nach dem Leben trachtete und ihren Kopf mit eisernem Griff unter Wasser drückte …

»Es ist alles gut, mein Herz, du brauchst keine Angst mehr zu haben«, sagte Bernhard besänftigend.

Der Hurenkönigin fiel auf, wie leise er sprach, obwohl er sie liebevoll anstrahlte, wirkte er noch sehr mitgenommen. Zwar fühlte sie sich selbst noch völlig entkräftet, doch die Sorge um den Geliebten gewann sogleich die Oberhand.

»Wie geht es dir, mein Liebster?«, fragte Ursel und musterte den Gelehrten mit zärtlicher Besorgnis.

»Mir könnte es kaum besser gehen – jetzt, wo du wieder bei mir bist ...«, flüsterte Bernhard mit verschmitztem Lächeln.

Der Hurenkönigin versagte vor Ergriffenheit die Stimme. Sie drückte Bernhards Hand und weinte.

✵

»Ich habe ihr etwas Malvasier-Wein mitgebracht. Der wird sie beruhigen und stärken«, sagte Frau Schütz zu ihrem Sohn, als sie sich dem abgeteilten Bereich in der Ecke des Krankensaals näherten, hinter dem sich die Betten von Ursel und Bernhard befanden.

»Das wird ihr bestimmt guttun. Ich habe ihr heute Morgen eine Opiumtinktur gegeben, weil sie immer noch so schlimm halluziniert hat. Und dann hat sie bis zum späten Nachmittag geschlafen.« Der Arzt schob die Trennwand beiseite.

Ursel und Bernhard blinzelten den Eintretenden verschlafen entgegen, doch sie hielten einander noch immer an den Händen.

Der Doktor erkundigte sich bei den Patienten nach ihrem Befinden und lächelte zufrieden, als beide bekundeten, es gehe ihnen gut.

Während der Arzt Bernhards Stirn befühlte und erfreut konstatierte, dass er heute den ersten Tag fieberfrei sei, wandte sich Frau Schütz der Hurenkönigin zu und begrüßte sie herzlich. Als Ursel begann, ihr aufgeregte Fragen zu stellen, ließ sich die alte Dame auf einem Hocker am Bett nieder und berichtete ausführlich, was der Hurenkönigin in der Nacht widerfahren war. Ursel und auch Bernhard – dem bislang nur Bruchstücke der Ereignisse zu Ohren gekommen waren – lauschten ihr gespannt.

Als Frau Schütz erwähnte, dass die alte Irmelin und ihr Begleiter Ursel das Leben gerettet hatten, kamen der Hurenkönigin die Tränen.

»Wo ist Irmelin? Ich möchte ihr danken …«, sagte sie mit schwacher Stimme.

»Sie hat die ganze Nacht und den halben Tag an Eurem Bett gesessen«, entgegnete der Arzt. »Sie wollte gegen Abend wiederkommen, genau wie all die anderen Besucher, die im Laufe des Tages nach Euch gefragt haben. Einige haben sogar Geschenke hinterlassen. Sie müssten eigentlich in der Küche stehen …«

Da waren plötzlich gedämpfte Schritte zu vernehmen, die alte Irmelin steckte den Kopf durch die Tür und fragte höflich, ob sie eintreten dürfe.

Ursel strahlte bei ihrem Anblick. »Komm her!«, stieß sie hervor und breitete die Arme aus.

Während sie die Dienstälteste an sich drückte und küsste, murmelte sie unter Tränen: »Ich verdanke dir mein Leben …«

Irmelin war tief bewegt. »Alleine hätte ich das nie geschafft«, erwiderte sie und wies auf den jungen Mann, der hinter ihr eingetreten war und nun etwas verloren an der Seite stand. Die Hurenkönigin hatte ihn noch gar nicht bemerkt.

»Das ist der Max, mein tapferer Helfer«, stellte Irmelin den schmucken Burschen der Hurenkönigin vor und legte liebevoll den Arm um ihn. »Ohne ihn hätte ich dich nie aus dem Hafenbecken fischen können, und dann wärst du jämmerlich ertrunken«, erzählte sie mit bebender Stimme.

Ursel ergriff die schwielige Hand des Mannes und dankte ihm aufrichtig.

»Ich hab Euch ja bloß aus dem Wasser gezogen«, erwiderte der Fuhrknecht. »Ihr wart schon so gut wie tot, ganz bleich und leblos«, er räusperte sich und blickte zu Irmelin. »Sie hat Euch regelrecht von den Toten erweckt!« Er schluckte, und die Bewunderung stand ihm deutlich ins Gesicht geschrieben. »Das war schon zum Steinerweichen, wie sie sich um Euch bemüht hat … So was hab ich noch nicht erlebt. Sie hat alles für Euch gegeben!«

Ursel war so überwältigt, dass sie Irmelin und den Fuhrknecht in die Arme schloss und lange an sich drückte.

»Was für ein Glück, dass ihr in der Nähe wart«, durchbrach Bernhard das Schweigen. »Das hat der Himmel so gefügt! Was wolltet ihr eigentlich bei Nacht und Nebel unten am Main?«, erkundigte er sich unversehens.

Irmelin musste grinsen. »Das ist eine längere Geschichte«, sagte sie errötend.

»Na, die will ich jetzt aber unbedingt hören!«, insistierte Ursel und schaute Irmelin erwartungsvoll an.

Ursels Stellvertreterin streifte den Doktor und Frau Schütz, die ebenfalls aufmerksam lauschten, mit beschämten Blicken. »Ich weiß nicht, ob ich das vor einer Dame sagen darf«, murmelte sie verlegen.

»Kind, ich bin ausgebildete Hebamme und Arztwitwe, mir ist nichts Menschliches fremd«, ermunterte sie Frau Schütz auf ihre offene Art.

Irmelin seufzte. »Wenn ihr es unbedingt wissen wollt …«, erklärte sie und verdrehte die Augen. »Der Max und ich waren unten am Geistpförtchen gerade am Pimpern …«

Obgleich Ursel noch die Tränen in den Augen standen, konnte sie nicht umhin, bei Irmelins Äußerung in schallendes Gelächter auszubrechen, in das alle einstimmten. Selbst Bernhards Zwerchfell bebte, auch wenn ihm das noch Schmerzen bereitete.

»Jetzt bin ich wieder mitten im Leben!«, seufzte die Hurenkönigin glücklich.

Epilog

Am Dienstagmorgen nach Ostern wollte sich Ursel gerade auf den Weg ins Heiliggeistspital machen, um Bernhard abzuholen. Er war inzwischen so weit genesen, dass er entlassen werden konnte. Sie zog soeben den grauen Umhang an, als sie das durchdringende Geräusch des Türklopfers vernahm.

Als sie die Tür öffnete, traute sie ihren Augen kaum: Die grauhaarige alte Frau, die ausgemergelt wie eine Bettlerin vor dem Frauenhaus stand, war Alma.

Am liebsten hätte die Hurenkönigin die Tür wieder zugeworfen, doch der verzweifelte Ausdruck in Almas Augen, die einst so stolz und unerbittlich in die Welt geblickt hatten, berührte sie.

Sie sei gekommen, um Ursel ein letztes Mal um Verzeihung zu bitten, sagte Alma mit leiser Stimme, auch wenn es im Grunde unverzeihlich sei, was Ursel und Bernhard widerfahren sei. Die Schuld an allem trage jedoch nicht Irene, sondern sie, Alma, ganz allein. Sie habe so unendlich gefehlt.

Irene sei nun tot, und sie habe alles verloren, was ihrem Leben einen Sinn gebe. Anstatt auch sie wie ihre Tochter im Main zu ertränken, habe man sie aufgrund des Gottesurteils begnadigt. Ihre Brandwunden seien bereits am Abheilen, und so habe man sie heute aus der Haft entlassen.

Obwohl es ihr sehr schwerfalle, werde sie sich nicht gestatten, dem Lebensüberdruss nachzugeben. Sie werde in sich gehen und sich ihren Verfehlungen stellen – das sei sie ihrer Tochter, aber auch der Großen Mutter und dem Orden der Venusschwestern schuldig.

Unversehens zog Alma einen Lederbeutel aus der Tasche und übergab ihn der Hurenkönigin. Irene habe ihr viel Geld hinterlassen, erläuterte sie. Ursel solle es in Verwahrung nehmen und für Huren verwenden, die bedürftig seien. Sie selbst benötige es nicht, sie habe sich ein knappes Zehrgeld davon zurückbehalten, um unterwegs nicht ganz mittellos zu sein. Dann erklärte Alma, dass sie nach Norden ziehen werde, bis ans Meer. Denn nirgendwo sei die große Göttin gegenwärtiger als an der endlos weiten See. Dort werde sie innere Einkehr halten und darauf hoffen, dass die Große Mutter ihr dereinst den Weg aus der Finsternis weisen werde.

Zum Abschied küsste Alma der Hurenkönigin die Hand.

Nachdem Bernhard von Wanebach aus dem Spital entlassen worden war, erholte er sich gemeinsam mit Ursel auf seinem Landsitz oberhalb des Örtchens Bornheim. Es war für beide eine glückliche Zeit, in der sie wieder vollends zueinanderfanden. Ihre Liebe hatte durch die schwere Krise zwar keinen Schaden genommen, die unglückseligen Ereignisse der vergangenen Wochen hatten sie jedoch gelehrt, wie zerbrechlich das Glück war – und sie begegneten einander mit großer Behutsamkeit.

Mitte April öffnete das Frauenhaus am Dempelbrunnen wieder seine Pforten, und alles ging seinen gewohnten Gang – mit Ausnahme von Irmelin, die schon im Mai ihren Dienst als Hübscherin quittierte, um nur noch für ihren Geliebten da zu sein. Fortan begleitete sie den Fuhrknecht Max Färber auf seinen langen Fahrten übers Land, umsorgte ihn und gab dem unsteten jungen Mann einen Halt. So hatte die dienstälteste Hure des Frauenhauses am Dempelbrunnen unversehens ihre Erfüllung gefunden.

Wann immer Max und Irmelin in Frankfurt weilten, besuchten sie Bernhard und die Hurenkönigin. Und obwohl sich Ursel und Irmelin nur noch selten sahen, verband die beiden Frauen doch eine innige lebenslange Freundschaft.

»Alma die Graue« wurde die letzte große Priesterin des Venusordens genannt, die von ihren Anhängerinnen und Anhängern geliebt und verehrt wurde wie keine zuvor. Alma reformierte den Orden dahingehend, dass fortan keine rituellen Kastrationen mehr durchgeführt wurden. Männer seien der Göttin, die all ihren Geschöpfen in grenzenloser Liebe verbunden sei, genauso willkommen wie Frauen.

Alma die Graue lebte in einer ärmlichen Fischerkate an der Nordsee, wo ihre Künste als Heilerin von den einfachen Leuten sehr geschätzt wurden. Sie entlohnten ihre Dienste mit Fischen und anderen Naturalien, wodurch Alma ein bescheidenes Auskommen hatte. Von jungen Frauen und Wöchnerinnen wurde die Heilerin häufig in Herzensangelegenheiten um Rat gebeten, und sie begegnete ihnen mit Güte und großem Einfühlungsvermögen.

So kam es, dass dem alljährlichen Treffen der Venusliebhaber, welches auf einem Plateau an der Steilküste abgehalten wurde, auch zahlreiche Einheimische beiwohnten.

Viele Jahre hörte die Hurenkönigin nichts mehr von Alma, bis sie eines Tages ein Schreiben von ihr erhielt, in dem sie Ursel und ausdrücklich auch ihren Geliebten, Bernhard von Wanebach, zum Ordenstreffen an die Nordseeküste einlud.

Nach allem, was geschehen war, erschien es Ursel ein Unding, die Frau, die so viel Unglück über sie gebracht hatte, aufzusuchen. Doch Almas wohlgesetzte Worte, die ganz entgegen ihrer früheren, hochfahrenden Art von Demut und Weisheit getragen waren, stimmten sie schließlich um. Im Sommer reiste sie gemeinsam mit Bernhard in den Norden.

Als sie Alma Auge in Auge gegenüberstand, erkannte sie die Frau mit den silbergrauen, schulterlangen Haaren und dem faltigen, wettergegerbten Gesicht kaum wieder. Sie begrüßte Ursel und Bernhard mit echter Herzlichkeit. Ihr so durchdringender Blick von einst war milde geworden, und bei aller Bescheidenheit, die ihrem Wesen nun eigen war, verströmte sie eine tiefe Würde. Selbst Bernhard, der Alma nach wie vor misstraut hatte, überzeugte sie schließlich vollends von ihrer eingehenden Verwandlung.

Für Ursel und Bernhard wurde das Ordenstreffen zu einem überwältigenden Erlebnis, das sie einmal mehr mit dem Bewusstsein erfüllte, dass die Liebe das großartigste Geschenk des Lebens war.

Danksagung

Mein besonderer Dank gilt meinem Lebensgefährten Markus Wild, der den »Venusorden« von der Idee bis zur Vollendung so wunderbar begleitet hat.

Herzlichen Dank auch an meine Lektorinnen Wiebke Bolliger und Uta Rupprecht, die mir von Anfang an das Gefühl vermittelten, dass mein Werk bei ihnen in besten Händen ist.

Meiner Agentin Bettina Querfurth danke ich herzlich für ihre klugen wie kritischen Anregungen.

Danken möchte ich ebenfalls Charlotte Neeb, Jürgen Blümel, Gerold Hens, Ute und Andreas Wild, Bernhard Wicke, Bianka Schuster, Dorothea Griebel, Andrea und Dietmar Heinze, Ute Kaul, René Maier und Hanne Allenspach, Marion und Anna Kowal, Ingrid Schneider und Sylvia Thiel, die die Entwicklung des Romans mit regem Interesse verfolgt haben.

Vor allem aber danke ich meinen Lesern, für die ich dieses Buch geschrieben habe, und all denen, die meine Bücher mögen.

Ursula Neeb im August 2013